MIRA®

Umwelthinweis:
Dieses Buch wurde auf chlor- und säurefreiem Papier gedruckt.

Drei, die der Himmel schickt

MIRA®

MIRA® TASCHENBUCH
Band 25480
1. Auflage: November 2010

MIRA® TASCHENBÜCHER
erscheinen in der Cora Verlag GmbH & Co. KG,
Valentinskamp 24, 20350 Hamburg

Titel der nordamerikanischen Originalausgaben:

Shirley, Goodness and Mercy

erschienen bei: Harlequin Enterprises Ltd., Toronto
Published by arrangement with
HARLEQUIN ENTERPRISES II B.V./S.àr.l.

Where Angels Go

erschienen bei: Mira Books, Toronto
Published by arrangement with
HARLEQUIN ENTERPRISES II B.V./S.àr.l.

Konzeption/Reihengestaltung: fredebold&partner gmbh, Köln
Umschlaggestaltung: pecher und soiron, Köln
Redaktion: Stefanie Kruschandl
Titelabbildung: pecher und soiron, Köln
Autorenfoto: © by Nina Subin
Satz: Buch-Werkstatt GmbH, Bad Aibling
Druck und Bindearbeiten: CPI – Ebner & Spiegel, Ulm
Printed in Germany
Dieses Buch wurde auf FSC-zertifiziertem Papier gedruckt.
ISBN 978-3-89941-786-9

www.mira-taschenbuch.de

Debbie Macomber

Himmel, hilf!

Roman

Aus dem Amerikanischen von
Sabine Schlimm

MIRA®

1. KAPITEL

Greg Bennett hasste Weihnachten.

Er hatte noch nie an dieses ganze Gerede von „Friede auf Erden und den Menschen ein Wohlgefallen“ geglaubt. Sentimentales Zeug, seiner Ansicht nach. Nein, in einer Stadt war Weihnachten einfach gleichbedeutend mit Kommerz – und San Francisco stellte dabei keine Ausnahme dar. Man musste sich doch nur umsehen! Kaum Anfang Dezember, und in den Schaufenstern sämtlicher Kaufhäuser drängten sich Wichtel, Nikoläuse und lamettabehangene Weihnachtsbäume. Und das schon seit Wochen!

Das Schlimmste waren in Gregs Augen aber die Menschenmassen. Alle Welt schien Weihnachtsgeschenke zu kaufen, und die Passanten wirkten dabei auch noch unnatürlich fröhlich. All das verdüsterte seine eigene Laune nur noch.

Nichts hätte ihn um diese Jahreszeit in die Stadt gebracht, wenn er nicht dringend einen Kredit gebraucht hätte. Wenn er das Geld nicht bekam, dann musste er noch vor Jahresende die wenigen verbliebenen Mitarbeiter entlassen, und das würde das Ende seines Weinguts bedeuten. Eine Krankheit hatte seine Reben und damit die Arbeit von Jahrzehnten innerhalb von Monaten dahingerafft. Nun sah die Zukunft des Weinbergs düster aus, und Greg stand vor dem Ruin.

Den Morgen hatte er damit verbracht, bei einer Bank nach der anderen Klinken zu putzen. Genau wie die anderen betroffenen Winzer hatte er es zunächst bei den kleinen Banken im Napa Valley versucht – ohne Erfolg. Die Krankheit hatte nicht nur seinen Weinberg zerstört, sondern auch die der anderen. Einige Rebflächen allerdings waren aus bisher unerfindlichen Gründen verschont geblieben. Nach der Katastrophe hatten zunächst Gerüchte über staatliche Hilfen die Runde gemacht, aber das Geld war ausgeblieben. Offenbar war das Unglück nicht so groß, dass die Politik Handlungsbedarf sah. Pech für Greg.

Er befand sich in einer Zwickmühle: Ohne Darlehen konnte er keine neuen Reben pflanzen. Ohne Reben keine Trauben, ohne Trauben kein Wein, und ohne Wein kein Winzer. Kein Gregory Bennett.

Was er nach einem solchen Morgen brauchte, waren ein ordentlicher Drink und ein bisschen weibliche Gesellschaft. Also betrat er das elegante Hotel St. Francis – nur um sich sogleich einem riesigen Weihnachtsbaum mit Goldkugeln und rotsamtenen Schleifen gegenüberzusehen. Angewidert wandte er sich ab und ging hastigen Schrittes auf die Bar zu.

Der Barkeeper schien zu spüren, dass dieser Kunde dringend etwas zu trinken brauchte. „Was darf ich Ihnen bringen?", fragte er prompt. Sein Namensschild wies ihn als Don aus.

Greg setzte sich auf einen der Barhocker. „Einen Martini, bitte." Am liebsten hätte er um einen doppelten gebeten, aber es war noch nicht einmal Mittag. Außerdem musste er noch nach Hause fahren. Nicht, dass es ihn besonders heimwärts gezogen hätte. Das Haus war so leer wie sein ganzes Leben. Nun ja, natürlich nicht leer im wörtlichen Sinne – die Möbel hatte Tess schließlich nicht mitgenommen. Aber er fühlte sich darin so einsam wie nie zuvor.

Tess, seine dritte und habgierigste Ehefrau, hatte ihn vor einem halben Jahr verlassen. Noch immer stritten die Scheidungsanwälte darüber, wie das Geld aufgeteilt werden sollte, und die Sache würde sich sicher noch eine Weile hinziehen. Warum sollten die Rechtsverdreher sich auch beeilen, wenn sie für jede Stunde eine Rechnung über dreihundert Dollar schreiben konnten?

Wie auch immer: Tess war weg. Greg erhob stumm das Glas darauf, sie aus seinem Leben verbannt zu haben. Insgeheim schwor er sich, nie wieder den gleichen Fehler zu begehen und noch einmal zu heiraten. Drei zerbrochene Ehen machten es ganz deutlich: Er war einfach nicht für dauerhafte Zweisamkeit geschaffen.

Und trotzdem – er vermisste Tess, wie er sich etwas überrascht eingestehen musste. Nun ja, vielleicht ging es ihm weniger um Tess selbst als die Sehnsucht danach, sich im Bett an einen warmen Körper zu schmiegen. Eigentlich hatte er schon bei der Hochzeit gewusst, dass er einen Fehler machte. So viel hätte ihn das unschöne Ende seiner zweiten Ehe jedenfalls lehren können. Die erste Ehe hatte zehn Jahre lang gehalten, und er hatte sich mit Jacquie überworfen, weil ... Warum eigentlich? Er konnte sich schon nicht mehr daran erinnern. Vermutlich war es um eine blöde Kleinigkeit gegangen. Wie üblich.

„Sind Sie in der Stadt, um einzukaufen?“, erkundigte der Barkeeper Don sich beiläufig, während er eine Schale mit Erdnüssen vor Greg hinstellte.

Verächtlich lachte dieser auf. „Einkaufen? Nur über meine Leiche.“

Der jüngere Mann lächelte wissend. „Ach, zu *der* Sorte gehören Sie also.“

„Sie meinen, zu denen, die ihren gesunden Menschenverstand noch nicht vollständig ausgeschaltet haben? Sagen Sie, wie kommt es eigentlich, dass Weihnachten vernünftige Leute plötzlich in sentimentale Schwachköpfe verwandelt?“

Greg schüttelte den Kopf. Voriges Jahr, Tess und er waren kaum anderthalb Jahre verheiratet, hatte sie unmissverständlich durchblicken lassen, dass sie zu Weihnachten Diamanten erwartete. Und zwar viele. Sie wollte damit vor ihren Freundinnen prahlen. Das hatte er davon, dass er sich auf eine neunzehn Jahre jüngere Frau eingelassen hatte. Tess war hübsch, blond und besaß eine Figur, die bewundernde Blicke auf sich zog, wo sie auch ging oder stand.

Beim nächsten Mal würde er eine solche Frau einfach in sein Bett holen und wieder hinauswerfen, sobald sie ihn langweilte. Nie wieder heiraten – er brauchte wirklich keine weiteren juristischen Verwicklungen.

In diesem Augenblick betrat eine blonde Schönheit die Bar, und Greg fuhr zusammen. Einen Herzschlag lang glaubte er, Tess vor sich zu sehen, doch glücklicherweise hatte er sich getäuscht. Anerkennend ließ er den Blick über sie schweifen: blond, schön und vermutlich eine Zicke. Nicht, dass Letzteres ihn besonders gestört hätte – im Gegenteil, im Moment konnte er etwas Ablenkung gut gebrauchen. Demnächst würde er seinen einundsechzigsten Geburtstag feiern, aber er wirkte schlank und fit. Sein Haar war immer noch dicht, wenn auch inzwischen grau, was ihm eine gewisse weltmännische Eleganz verlieh. Greg wusste, dass er ohne Mühe als Fünfzigjähriger durchgehen konnte. Sein gutes Aussehen hatte ihn weit gebracht, und er tat alles, um es sich zu erhalten.

„Herzlich willkommen", begrüßte er den Neuankömmling, während er seinen Barhocker drehte, um sich der Frau voll zuzuwenden.

„Hallo."

An ihrem Lächeln konnte Greg ablesen, dass sie gegen Gesellschaft nichts einzuwenden hatte. Umso besser. Vielleicht bot sie ihm die Ablenkung, die er brauchte. Wenn alles gut ging, blieb er vielleicht sogar über Nacht in der Stadt. Angesichts der Misserfolge dieses Vormittags hatte er sich etwas Trost redlich verdient. Nicht, dass er auf der Suche nach etwas Ernstem wäre – er suchte lediglich einen Flirt, der ihn auf andere Gedanken brachte. Eine kleine Affäre.

„Erwarten Sie jemanden?", fragte Greg.

„Nein, eigentlich nicht." Ihre Stimme klang tief und sinnlich.

Greg zeigte auf die vielen Pakete und Tüten. „Sie waren wohl einkaufen."

Sie nickte. Als der Barkeeper auf sie zukam, wies Greg ihn an: „Das geht auf meine Rechnung."

„Danke." Wieder diese sinnliche Stimme. Noch mehr beeindruckte Greg allerdings, dass sie ein Glas Bennett-Wein bestellte. Pinot Noir.

Er glitt vom Barhocker und trat an ihren Tisch. „Ich bin Greg."

„Cherry Adams."

Der Name gefiel ihm. Er passte zu ihr. „Haben Sie etwas dagegen, wenn ich mich zu Ihnen setze?"

„Nein. Bitte sehr."

Sofort sah der Tag ein wenig freundlicher aus. Greg zog einen Stuhl heran und ließ sich nieder. Während sie ein paar Minuten lang über dieses und jenes plauderten, umging Greg geschickt die Notwendigkeit, seinen Nachnamen zu nennen. Sie sollte keinesfalls zwei und zwei zusammenzählen und ihn mit den Schwierigkeiten bei Bennett Wines in Verbindung bringen.

Doch auch so stellte sich schnell heraus, dass Cherry Adams eine Menge über Wein wusste. Greg fühlte sich geschmeichelt, dass sie seinen 1996er Pinot Noir lobte. Im Gegensatz zu dieser Fremden hatte Tess keinen blassen Schimmer von dem Thema gehabt, obwohl sie mit dem Besitzer eines Weinguts verheiratet war. Schon am Unterschied zwischen einem Chablis und einem Chardonnay scheiterte sie. Er konnte ihr auch nie begreiflich machen, weshalb er seinen Sekt nicht Champagner nennen durfte. Dabei hatte er ihr ein übers andere Mal erklärt, dass diese Bezeichnung den Schaumweinen aus der französischen Region Champagne vorbehalten blieb.

Nachdem er Cherry ein weiteres Glas Wein bestellt und sich selbst einen zweiten Martini genehmigt hatte, schlug Greg ihr vor, gemeinsam etwas zu essen.

Cherry zögerte und senkte den Blick auf ihre Hände. „Es

tut mir leid, aber ich habe einen Maniküretermin."

„Dann versuchen Sie doch, ihn zu verschieben." Sein Tonfall ließ durchblicken, dass es bessere Arten gab, den Nachmittag zu verbringen. Doch das sprach er nicht offen aus. Sie sollte ihn nicht für aufdringlich halten. Später, nach dem Mittagessen, würde er sie mit der Wahrheit überraschen und ihr sagen, wer er war. Ihr Interesse an seiner Person schmeichelte ihm zutiefst – umso mehr, als sie nicht ahnte, dass er der Produzent jenes „exquisiten" Weines war. Was würde sie wohl sagen, wenn sie es erfuhr? Der Gedanke brachte ihn zum Lächeln. Dieser kleine Flirt bestätigte genau das, was er sich ständig sagte, seit Tess ihn verlassen hatte: Er war immer noch jung, vital, attraktiv.

In diesem Augenblick passierte es.

Der Ausdruck auf Cherrys Gesicht offenbarte ihre Gedanken so klar und deutlich, als hätte sie sie laut ausgesprochen. Sie war an Greg nicht interessiert. Ja, um ihr bei einem Drink die Zeit zu vertreiben, genügte er – zumal er ihren Wein zahlte. Aber das war alles.

„Ich muss mich wirklich auf den Weg machen", erklärte Cherry und griff nach ihren Einkaufstaschen. „Meine Fingernägel sehen schrecklich aus. Vielen Dank für … für die Gesellschaft und den Wein."

„Keine Ursache", murmelte Greg, während er ihr nachsah. Der Schlag, den sie seinem Stolz versetzt hatte, schmerzte.

Kurz darauf ging er ebenfalls. Niederlagen hatte er noch nie gut wegstecken können. Er besaß darin einfach keine große Übung.

Greg wusste, dass er nach zwei Martinis nicht mehr fahren konnte. Also ließ er das Auto auf dem Parkplatz stehen und ging zu Fuß einfach irgendwohin. Ziellos spazierte er durch die überfüllten Straßen, während er gleichzeitig versuchte, den abstoßend gut gelaunten Passanten auszuweichen. Ihm knurrte der Magen, und sein Kopf schmerzte, aber all das war nichts gegen seinen verletzten Stolz. Jedes Mal, wenn er sich an Cherrys Miene erinnerte, verzog er unwillkürlich das Gesicht. Okay, ja, sie war zu jung gewesen; vermutlich nicht älter als dreißig.

Andererseits kannte Greg Dutzende Frauen ihres Alters, die sich alle zehn Finger danach lecken würden, Zeit mit ihm zu verbringen. Er war charmant, weltgewandt und reich. Vielleicht nicht ganz so reich wie früher – aber das würde er bald wieder sein, sobald er diese steinige Wegstrecke überwunden hatte. *Falls* er sie überwand. Die Wahrheit war: Er stand kurz davor, alles zu verlieren.

In dem verzweifelten Versuch, seinen düsteren Gedanken zu entfliehen, beschleunigte Greg seine Schritte. *Nur nicht nachdenken! Die Ängste gar nicht erst hochkommen lassen!* Stattdessen konzentrierte er sich auf das Geräusch seiner Schritte und den Rhythmus seiner Atemzüge. Ohne auch nur einmal Halt zu machen, bog er hier und dort ab, bis er sich in einer Seitenstraße vor einer imposanten Backsteinkirche wiederfand.

Greg blieb stehen. Eine Kirche. Wenn ihm nicht so elend zumute gewesen wäre, hätte er am liebsten aufgelacht. Er erinnerte sich noch genau daran, wie seine Mutter ihn und seinen Bruder Phil jeden Sonntag zum Gottesdienst geschleppt hatte. Sogar zu Collegezeiten war er noch regelmäßig in die Kirche gegangen. Aber nun hatte er keine mehr betreten, seit … seit Catherine.

Sie war im College seine Flamme gewesen – bis plötzlich Schluss war. Nein, wenn er ehrlich war, musste er zugeben, dass er sie hatte sitzen lassen. Im Laufe der Jahre waren seine Schuldgefühle schwächer geworden. Inzwischen dachte er nur noch selten an Catherine. Merkwürdig, dass diese Sache ihm nun, fünfunddreißig Jahre später, plötzlich wieder so lebhaft vor Augen stand!

Als er Catherine zum letzten Mal gesehen hatte, war er in seinem College-Abschlussjahr. Sie liebten sich, alles war gut. Dann gestand Catherine ihm, dass sie schwanger war, und versetzte Greg damit in Panik. Er stand kurz vor den Abschlussprüfungen, wollte endlich den Schritt ins Leben gehen – und reagierte so, wie es ihm damals das Vernünftigste schien: Er lief davon.

Er brachte es nicht fertig, von Angesicht zu Angesicht mit Catherine zu sprechen. Stattdessen teilte er ihr in einem Brief mit, dass er sie verließ. Mit dem Baby sollte sie tun, was sie für richtig hielt. Natürlich hatte er sich wie ein Feigling verhalten, aber schließlich war er damals nicht viel mehr als ein Kind gewesen. Er machte sich schon lange keine Vorwürfe mehr deswegen. Von Catherine hatte er nie wieder etwas gehört. Er wusste bis heute nicht, ob sie das Kind bekommen hatte. Damals waren Abtreibungen noch illegal, aber wer eine unerwünschte Schwangerschaft beenden wollte, fand normalerweise Mittel und Wege dazu. Seiner Mutter hatte Greg nie erzählt, weshalb die Beziehung zu Catherine so plötzlich zu Ende ging, aber Phil wusste Bescheid. Damit hatten ihre Schwierigkeiten miteinander begonnen.

Beinahe ohne es zu merken, ging Greg die Stufen zur Kirche hinauf. *Nur, um den Passanten auszuweichen.* Alles, was er suchte, waren ein paar Momente der Stille und des Friedens, um seine Gedanken zu sammeln.

Auf der obersten Stufe zögerte er. Er gehörte nicht in eine Kirche – nicht so, wie er lebte. Und dennoch …

Sein Leben war leer, und er war alt genug, es sich einzugestehen. Aber mit sechzig ließ sich daran nicht mehr viel ändern. Seit er erwachsen war, hatte er immer den Weg des geringsten Widerstands gewählt und seine Interessen über die anderer Menschen gestellt. Er hatte geglaubt, nur so Erfolg haben zu können. Angefangen hatte es damals, als er Catherine verließ.

Sie verursachte ihm die ersten Gewissensbisse, Matthias die nächsten. Und dann kam seine Mutter …

Matthias Jamison, ein Cousin von Gregs Vater, arbeitete auf dem Bennett-Anwesen. Nachdem die Eltern sich während Gregs Highschoolzeit getrennt hatten, verbrachten Greg und Phil die Ferien bei ihrem Vater auf dem Weingut. Obwohl Greg der jüngere der Brüder war, interessierte er sich stärker für das Familienunternehmen. Stunde um Stunde verbrachte er dort, um alles über Wein, Reben und Kellerei zu lernen.

Der zehn Jahre ältere Matthias nahm Greg unter seine Fittiche und zeigte ihm all das, was John Bennett ihm nicht beibrachte. Der Vater bestand darauf, dass ein Wirtschaftsstudium für Greg unerlässlich wäre, und er sollte recht behalten. Später, als John Bennett starb, zahlte Greg seinen Bruder aus und bewirtschaftete das Weingut mit Matthias' Hilfe.

Ihre Weine waren schon immer gut gewesen. Was fehlte, war lediglich eine vernünftige Marketingstrategie. Wie sollten die Kunden schließlich Bennett-Weine bestellen, wenn sie nie davon gehört hatten? Das einzige Problem, das zwischen Gregs Ideen und ihrer Verwirklichung lag, war der enorme Finanzbedarf. Aber er wagte den Schritt, schaltete ganzseitige Anzeigen in edlen Feinschmecker-Zeitschriften und reiste zu Weinmessen in aller Welt. Sein Einsatz begann gerade, erste Früchte zu tragen, als Matthias eines Tages zu Greg kam und ihn um ein Darlehen bat.

Man hatte bei seiner Frau Mary eine seltene Form von Blutkrebs festgestellt. Aber das Medikament, das ihr Leben retten konnte, wurde von der Krankenversicherung nicht bezahlt. Bald hatten die Kosten der Behandlung Matthias' sämtliche Ersparnisse aufgezehrt, und die Banken weigerten sich, ihm einen Kredit zu gewähren. In dieser Situation bat er Greg um Hilfe. Nach allem, was Matthias für ihn und seine Familie getan hatte, wusste Greg, dass er ihm diese Unterstützung schuldete, wenn nicht sogar viel mehr.

Er machte sich die Entscheidung alles andere als leicht. Bennett Wines begann gerade, bekannter zu werden. Die Verkäufe hatten sich bereits verdoppelt und verdreifacht. Aber Greg hegte noch größere Pläne. Sicher wollte er Matthias helfen, aber es gab keine Garantie, dass die Behandlung bei Mary anschlagen würde. Also entschied Greg sich dafür, Matthias das Darlehen nicht zu geben. Wenige Monate später starb Mary, nachdem die üblichen Behandlungsmethoden gescheitert waren. Matthias verließ verbittert Bennett Wines und zog nach Washington State.

Eigentlich machte Greg sich nichts aus Freundschaften. Seiner Überzeugung nach versuchten sogenannte Freunde immer irgendwann, einen auszunutzen, und sie neideten einem den Erfolg. Jeder musste selbst sehen, wo er blieb; das war sein Credo. Matthias war der engste Freund gewesen, den er je besessen hatte. Doch seit Marys Tod hatten die beiden Männer kein Wort mehr miteinander gewechselt. Das lag nun fünfzehn Jahre zurück.

Nachdem das Virus seine Reben befallen hatte, hätte Greg Matthias' Rat gut gebrauchen können. Aber er wollte dem Mann nicht die Genugtuung bereiten, ihm die Tür vor der Nase zuzuschlagen. Bestimmt hätte Matthias ihm die Hilfe verweigert, genau wie Greg es einst getan hatte.

Nein, eine Kirche war nun wirklich nicht der richtige Ort für Greg. Was hatte ihn nur geritten, hineingehen und dort Trost finden zu wollen? Er wusste es nicht mehr.

Eben wollte er sich zum Gehen wenden, als er feststellte, dass das Portal weit offen stand. Warum war ihm das vorhin nicht aufgefallen? Es war beinahe, als wollte die Kirche ihn zum Eintreten auffordern … *Wo ist dieser Gedanke denn jetzt hergekommen? Lächerlich.* Trotzdem setzte er einen Fuß über die Schwelle.

Es dauerte einen Augenblick, bis sich seine Augen an das Dämmerdunkel im Kircheninneren gewöhnt hatten. Der Raum kam ihm riesig vor. Zwei Reihen von Kirchenbänken liefen auf den großen Altar zu. Auch hier war bereits alles festlich geschmückt. Töpfe mit weißen und roten Weihnachtssternen ersetzten den üblichen Blumenschmuck, und hinter dem Altar stand eine Reihe von lichterbesteckten Weihnachtsbäumen. Von der Decke hing ein großes Kreuz herab.

Seitlich entdeckte Greg die Orgel, neben der ein Bereich für den Kirchenchor abgetrennt war. Ihm fiel auf, dass er gar nicht geschaut hatte, welcher Konfession diese Kirche angehörte. Aber eigentlich interessierte es ihn auch nicht.

Obwohl seine Mutter so eifrig in die Kirche gegangen war, hatte Greg die Gottesdienstbesuche immer gehasst. Sie kamen ihm bedeutungslos vor. Ganz im Gegensatz zu Phil: Sein Bruder hatte die Gebete und Predigten förmlich aufgesogen.

„Okay", sagte Greg laut. Er gehörte nicht zu denen, die in der Kirche ehrfurchtsvoll flüsterten. „Die Tür stand offen und ich bin reingekommen. Willst du mir sagen, dass mein Leben ein Scherbenhaufen ist? Ja, gut – ich habe versagt. Natürlich hätte ich alles besser machen können. Wolltest du das etwa hören? Bitte schön, ich habe es ausgesprochen. Bist du jetzt glücklich?"

Seine Worte hallten in dem großen Raum nach, sodass Greg unwillkürlich einen Schritt zurücktrat.

In diesem Augenblick überwältigte ihn das Bewusstsein, gescheitert zu sein. Alle seine Fehler, seine Unzulänglichkeiten, sein gesamtes Versagen stürmten auf ihn ein wie eine Lawine, die ihn umzuwerfen drohte. Haltlos schien er durch die Vergangenheit zu fallen, und er sank in eine Kirchenbank, weil er die Bürde der Jahre nicht mehr tragen konnte. Verzweifelt barg er das Gesicht in den Händen.

„Kannst du mir verzeihen, Mama?", flüsterte er mit erstickter Stimme. „Wie kann ich wiedergutmachen, was ich getan habe – dass ich nicht für dich da war, als du mich gebraucht hast …“

Er hatte es alles verdient. All das Unglück, alles Schlimme, das ihm widerfahren war – er hatte es verdient. Wenn er kein Darlehen bekam, wenn er das Weingut verlor, dann geschah es ihm nur recht.

Greg selbst hätte seine Worte niemals als Gebet erkannt. Aber sie stiegen auf, vorbei am Altar, vorbei an dem Kruzifix, in Richtung Kirchturm. Nachdem sie an den Glocken vorbeigeflogen waren, verschwanden sie im Himmel, wanden sich durch die Wolken und landeten schließlich mit einem lauten „Rumms!“ auf dem überfüllten Schreibtisch des Erzengels Gabriel.

„Schau an, schau an“, bemerkte der Erzengel ein bisschen überrascht, aber durchaus erfreut. „Was haben wir denn hier?“

2. *KAPITEL*

Der Erzengel Gabriel zog die weißen Augenbrauen in die Höhe, während er Greg Bennetts Akte durchblätterte. Es handelte sich um eine ziemlich dicke Akte. „Na, das wurde aber auch Zeit", murmelte er. Pflichtbewusst notierte er das Anliegen.

„Da gebe ich dir ganz recht", antwortete leise eine weibliche Stimme.

Gabriel musste nicht aufblicken, um festzustellen, wer an seine Seite getreten war. Dazu war ihm diese Engelsstimme nur allzu vertraut. Sie gehörte Shirley, die ihn offenbar mal wieder besuchte. Und wo Shirley auftauchte, da waren Goodness und Mercy mit Sicherheit nicht weit. Du lieber Himmel – seine drei größten Unruhestifterinnen! Er brauchte gar nicht erst zu fragen, was sie von ihm wollten. Seit Jahren lagen ihm die drei nun schon in den Ohren, dass sie zur Erde zurückkehren wollten.

„Hallo, Shirley", erwiderte Gabriel ohne große Begeisterung. Eigentlich mochte er Shirley, Goodness und Mercy sehr gerne, aber er tat alles, um diese Zuneigung zu verbergen. Die Flure des Paradieses summten nur so von Gerüchten über die Erden-Eskapaden des Trios, und bei mehr als einer Gelegenheit hatten ihre Abenteuer hier oben für Aufruhr gesorgt.

„Wir finden, dass du ziemlich fix und fertig aussiehst", bemerkte Goodness, die neben ihrer Freundin aufgetaucht war. Sie stützte die Ellenbogen auf Gabriels Schreibtisch, legte das Gesicht auf die Hände und betrachtete den Erzengel eingehend.

„Vollkommen überarbeitet", ergänzte Mercy, die das Trio komplettierte.

„Und wir sind gekommen, um dir zu helfen." Shirley umrundete den Schreibtisch und sah Gabriel mitleidig an.

„Wir spüren deinen Schmerz", versicherte Goodness ihm.

Wenn sie nicht so aufrichtig geklungen hätte, wäre Gabriel

in Lachen ausgebrochen. Am liebsten hätte er ihr gesagt, sie solle mit dem Psychogeschwätz aufhören, aber er wusste genau, dass es ohnehin nichts nützen würde. Deshalb seufzte er lediglich und lehnte sich in seinem Stuhl zurück.

„Also – was können wir tun, um dir zu helfen?" In Mercys Stimme lag eine heitere Gelassenheit, hinter der kaum jemand Hintergedanken vermuten würde.

„Mir helfen?", fragte Gabriel zurück. „Am meisten helft ihr mir, wenn ihr auch dieses Jahr wieder an der Menge der himmlischen Heerscharen teilnehmt."

„Aber das haben wir jetzt schon drei Jahre lang getan", beschwerte sich Goodness. Sie zog eine Schnute und verschränkte die Arme. „Es macht einfach keinen Spaß, eine unter Tausenden zu sein."

„Wir möchten zurück zur Erde", erklärte Shirley. Unter den dreien war sie diejenige, die am deutlichsten ihre Meinung kundtat. Gabriel wusste, dass sie ihm immer die Wahrheit sagen würde. Außerdem setzte sie alles daran, die anderen beiden zur Ordnung anzuhalten. Aber wenn ihre Ermahnungen nichts nützten, erlag sie üblicherweise früher oder später selbst der Versuchung.

„Ich finde Menschen einfach faszinierend." Goodness hatte die Hände gefaltet und starrte sehnsüchtig zur Erde hinab.

„Ich auch", stimmte Mercy ihr zu. „Wo sonst im gesamten Universum würde man allen Ernstes glauben, dass Gott tot ist und Elvis lebt?"

Gabriel musste ein Lächeln unterdrücken. „Trotz aller guten Vorsätze ist es euch dreien noch nie gelungen, euch da unten zurückzuhalten."

„Das stimmt." Shirley nickte. „Aber vergiss nicht, wir sind schließlich Engel und keine Heiligen."

„Ein Grund mehr, euch hier im Himmel zu behalten, wo ihr hingehört", erklärte Gabriel.

Der lautstarke Protest ließ nicht lange auf sich warten.

„Aber du brauchst uns dieses Jahr!“

„Und zwar dringender denn je, Gabriel. Du hast einfach mehr zu tun, als du alleine schaffen kannst.“

„Du bist überarbeitet!“

Und das stimmte. Weihnachten war üblicherweise die arbeitsreichste Zeit im Jahr, und auf Gabriels Schreibtisch türmten sich die Anliegen und Gebete. Es ließ sich nicht leugnen: Menschen waren und blieben mit Abstand die schwierigsten Wesen in Gottes Reich – starrköpfig, anspruchsvoll und widerborstig. Wie viele von ihnen schickten ihre Gebete gen Himmel, ohne auch nur einmal darüber nachzudenken, dass sie selbst ein Teil ihres eigenen Problems waren! Nichts war schwieriger, als sie zu der Einsicht zu bringen, dass sie gewisse Lektionen verinnerlichen mussten, bevor man ihren Bitten stattgeben konnte. Gabriels Aufgabe bestand darin, sie mithilfe seiner anderen Himmelsgesandten auf den richtigen Weg zu bringen.

„Hast du irgendwelche Bitten von Kindern?“, erkundigte sich Shirley. Sie hatte früher als Schutzengel gearbeitet und kümmerte sich immer noch am liebsten um die Jüngsten.

„Gibt es jemanden, der ein bisschen Barmherzigkeit braucht?“ Mercy war, wie ihr Name sagte, der Engel der Barmherzigkeit.

„Oder gute, gottesfürchtige Seelen, die sich nach ein bisschen himmlischer Führung sehnen?“ Goodness, die nach der Güte benannt war, mischte sich nun ebenfalls ein.

„Da.“ Abrupt schob Gabriel ihnen das Anliegen von Greg Bennett hinüber.

Schon im nächsten Augenblick fragte er sich, was in ihn gefahren war, diesem Trio nachzugeben. Vielleicht Frust. Möglicherweise war der Impuls aber auch aus etwas viel Mächtigerem entstanden. War Gottes Hand im Spiel? „Also gut. Diese Aufgabe dürfte euch alle drei fordern. Lest das Bittgesuch durch, macht eure Hausaufgaben und dann sprechen wir darüber. Kann durchaus sein, dass ihr zu dem Ergebnis kommt, vielleicht doch lieber bei den himmlischen Heerscharen mitwirken zu wollen."

Er lächelte etwas verhalten, als die drei aufgeregt davonflatterten, um alles über diesen traurigen Menschen und sein erbärmliches Leben herauszufinden.

Im Grunde rechnete Gabriel damit, dass sie in Kürze zurückkehrten. Dann würden sie ihm vermutlich sagen, dass sie doch im Himmelschor singen wollten. Und er könnte es ihnen nicht einmal verdenken. Greg Bennetts Fall sah verzwickt aus. Vermutlich würde er sogar die erfahrensten Himmelsgesandten vor echte Herausforderungen stellen – von diesen dreien einmal ganz zu schweigen. Sobald Shirley, Goodness und Mercy einen Blick in die Hintergründe warfen, würden sie das einsehen.

Das Trio hatte sich um die Akte versammelt, in der das Leben von Greg Bennett verzeichnet war. Als sie anfingen zu lesen, verstummte ihr aufgeregtes Geplapper auffallend schnell. Es dauerte nicht lange, bis Shirley, die Älteste und Reifste unter ihnen, Gabriels Gedankengang durchschaute. Der Erzengel erwartete, dass sie aufgaben, bevor sie überhaupt begonnen hatten! Sie sollten zugeben, wie recht er doch hatte, und kleinlaut wieder zur Chorprobe zurückflattern. Angesichts dessen, was sie gerade über Greg Bennett erfahren hatten, wäre das vielleicht sogar die beste Lösung.

„Du liebe Zeit", flüsterte Goodness. „Er hat seine Freundin sitzen lassen, als sie schwanger war."

„Und seinem besten Freund die Hilfe versagt, die er dringend brauchte."

„Seht nur, was er seiner eigenen Mutter angetan hat!"

„Seiner Mutter?"

Shirley nickte. „Greg Bennett ist ein …"

„Mistkerl", ergänzte Mercy.

„Er ist arrogant."

„Selbstsüchtig."

„Und eingebildet."

„Ich glaube, um diesen erbärmlichen Kerl wachzurütteln, brauchen wir mehr als ein Wunder."

Dem ließ sich nichts hinzufügen. Bedauernd stellte Shirley fest: „Greg Bennett ist für uns vermutlich eine Nummer zu groß."

Goodness und Mercy sahen sich an. „Sie macht Witze, oder?"

„Nein", verteidigte sich Shirley. „Lest doch selbst, was für ein Mann er ist! Ehrlich gesagt, ich glaube, dass jemand mit mehr Erfahrung in Sachen menschlicher Schwäche besser für diesen Fall geeignet wäre."

„Ach was!", rief Goodness empört aus.

„Wir schaffen das", erklärte Mercy unter schöner Missachtung der Tatsache, dass ihre bisherigen Fehlschläge keinerlei Anlass zu Optimismus gaben.

„Wir wissen doch alle, dass Gabriel uns diesen Fall mit Absicht übertragen hat", sagte Goodness. Sie hatte sich also auch nicht hinters Licht führen lassen. „Er dachte wohl, dass wir nur sehen müssen, was für ein Schlamassel Greg Bennett mit seinem Leben veranstaltet hat, damit wir aufgeben und brav in den Chor zurückkehren. Ha! Ich jedenfalls habe keineswegs die Absicht, mir schon wieder Weihnachten über den Feldern von Bethlehem die Lunge aus dem Leib zu singen. Der Erde so nah zu sein und doch so fern ..."

Mercy kicherte ein wenig, aber sie schien vollkommen mit Goodness übereinzustimmen. „Komm schon, Shirley, das hier ist unsere einzige Chance, zur Erde zurückzukehren. Na gut, du hast schon recht: Greg Bennett gehört nicht zu den überzeugtesten Gläubigen, aber Gott liebt ihn. Und weiß der Himmel, der Mann braucht Hilfe."

Doch so leicht ließ Shirley sich nicht überreden. „Ja, er braucht Hilfe. Und zwar mehr, als wir ihm gewähren können."

„Jetzt sei doch nicht so pessimistisch", schalt Goodness. „Wir können ihm immerhin einen kleinen Schubs in die richtige Richtung geben."

„San Francisco", bemerkte Mercy nachdenklich und klopfte sich mit dem Finger gegen die Wange. „In San Francisco gibt es Schiffe, oder?"

Shirley sah bereits, wie sich Unheil zusammenbraute. Hitzig sagte sie: „Du musst versprechen, dass du dich von allen Werften und Häfen fernhältst, hörst du?" Es hatte Jahre gedauert, bis Gras über diese Angelegenheit mit der Marinewerft gewachsen ist. Noch schlimmer: Die Journalisten, die damals über den Zwischenfall mit den verschwundenen Flugzeugträgern berichteten, schienen eine direkte Verbindung zum Himmel zu haben. Jedenfalls war die Sache hier oben in aller Munde.

„Na gut, ich verspreche es. Keine Werften", lenkte Mercy ein. Shirley fühlte sich so lange beruhigt, bis sie sah, dass Mercy Goodness zuzwinkerte. *Du liebe Zeit, wenn wir den Fall Bennett übernehmen, dann werden das heiße Weihnachten! Andererseits …*

„Wo willst du hin?", rief Goodness ihr hinterher, als Shirley sich umdrehte und forteilte.

„Ich gehe zu Gabriel und sage ihm, dass wir den Job übernehmen. Aber bitte, tut mir den Gefallen, dafür zu sorgen, dass ich diesen Schritt nicht schon bald bereue."

„Würden wir dir denn jemals Schande machen?" Der Gesichtsausdruck eines wahren Unschuldsengels begleitete Mercys Worte.

Natürlich hatte Shirley allen Grund, dieser Beteuerung Skepsis entgegenzubringen. Aber noch mehr Grund hatte sie, diesen Auftrag anzunehmen, der sie alle drei zur Erde bringen würde. Sie sehnte sich ebenso sehr wie ihre Freundinnen danach, dem himmlischen Chor zu entkommen. Und ein bloßer Mensch würde sie daran nicht hindern – noch nicht einmal einer mit so vielen Fehlern und Schwächen wie Greg Bennett.

„Hi, Dad!" Strahlend kam Michael Thorpe ins Krankenhaus gerannt.

Dr. Edward Thorpe sah von der Krankenakte auf, die er gerade las. Beim Anblick seines Sohnes leuchtete ein Lächeln in seinem Gesicht auf. Seine Frau Janice, die im fünften Monat schwanger war, musste sich beeilen, um mit dem lebhaften Sechsjährigen Schritt zu halten.

Der Junge lief in die weit geöffneten Arme seines Vaters, und Edward schwang ihn hoch über seinen Kopf. Den eigenen kerngesunden Sohn zu sehen war in diesem Moment genau das, was er brauchte. Er hatte den größten Teil des Vormittags am Bett eines anderen Jungen verbracht. Tanner Westley war zehn und litt an einer seltenen Form von Leukämie. Als Onkologe hatte Edward sich auf die Behandlung von krebskranken Kindern spezialisiert, und seine Forschungen hatten kürzlich sogar die Aufmerksamkeit des *San Francisco Herald* geweckt. Heute erst hatte ihn ein Reporter interviewt, denn die Zeitung wollte einen Artikel über den dringenden Bedarf an Knochenmarkspendern bringen. Der Artikel würde mit einem Foto von Tanner bebildert werden. Merkwürdig, dass immer noch so wenige Leute von der Möglichkeit wussten, Leben zu retten, indem sie sich in Knochenmarkspenderdateien aufnehmen ließen. Dazu war schließlich nichts Aufwendigeres notwendig als ein Bluttest. In dem Artikel sollten die Leser nachdrücklich dazu aufgerufen werden, sich als Spender zur Verfügung zu stellen. Für Kinder wie Tanner konnte das den Unterschied zwischen Leben und Tod bedeuten.

Der Reporter hatte Edward erklärt, dass der Zeitpunkt für einen Artikel wie diesen gut gewählt war. Vor Weihnachten gingen die meisten Menschen etwas großzügiger mit ihrer Zeit und ihrem Geld um. Edward hoffte nur, dass dies auch die Bereitschaft mit einschloss, sich einem Bluttest zu unterziehen.

„Hallo, Liebling“, begrüßte ihn seine Frau.

„Ist schon Zeit fürs Mittagessen?“ Der Vormittag war mit dem Interview und ein paar zusätzlichen Untersuchungen an Tanner Westley nur so verflogen.

Janice warf einen Blick auf ihre Uhr. „Oh ja, wir sind sogar ziemlich spät dran.“

„Mom und ich waren einkaufen.“ Dabei verdrehte Michael die Augen, als wollte er zeigen, wie sehr ihn diese Unternehmung gelangweilt hatte. Edward musste ein Lächeln unterdrücken. Diese Abneigung gegen Shoppingtouren schien etwas zu sein, was er mit seinem Sohn gemeinsam hatte.

„Können wir trotzdem gemeinsam zu Mittag essen?“, fragte Janice.

Nun war es an Edward, auf die Uhr zu schauen. „Ja, wenn ihr nichts dagegen habt, hier in die Cafeteria zu gehen.“ Er musste in der Nähe bleiben, da Tanner heute mit einer neuen Chemotherapie anfing. Falls sich Komplikationen ergaben, wollte er so schnell wie möglich an seiner Seite sein.

„Ja, lass uns in die Cafeteria gehen, okay, Mom?“ Michael zupfte seine Mutter am Ärmel. „Die haben da so eine coole Eismaschine.“

„Na gut, ihr habt mich überzeugt“, antwortete Janice gutmütig, während sie alle drei auf den Aufzug zugingen.

„Warum sind wir hier?“, wollte Goodness wissen. Ihre Stimme klang unnatürlich hoch. „Du weißt doch, dass ich Krankenhäuser nicht mag.“

„Meine Idee war das nicht. Bedanke dich bei Shirley.“

„Hört auf damit, ihr zwei!“ Shirley seufzte ungeduldig. Goodness und Mercy konnten selbst einen Heiligen zur Verzweiflung bringen, ganz zu schweigen von einem Engel. „Das hier ist der Sohn von Greg Bennett."

„Wer?"

„Na, der Krebsspezialist." Ihr Tonfall schien auszudrücken, dass die Sache sonnenklar war.

„Willst du damit sagen, dass er der Sohn von Catherine ist?"

„Richtig." Es war Gabriel gewesen, der sie zum Krankenhaus geschickt hatte, aber das würde sie den anderen nicht auf die Nase binden. Goodness und Mercy mussten nicht mehr wissen als unbedingt nötig – das war das Sicherste.

„Was für ein wunderbarer Mann!"

„Ganz anders als sein Vater", murmelte Goodness.

Shirley konnte ihr nur aus tiefstem Herzen zustimmen. „Greg Bennett hat damals Catherines Herz gebrochen." So stand es in der Akte, und seit sie es gelesen hatte, fiel es ihr schwer, auch nur das geringste Mitgefühl für Greg aufzubringen.

„Dabei hat sie ihn so sehr geliebt", ergänzte Mercy kopfschüttelnd. „Als Greg ihr den Rücken kehrte, war sie am Boden zerstört."

„Wenig später bekam sie Edward und zog ihn alleine auf. Es fiel ihr lange Zeit schwer, überhaupt wieder Vertrauen zu Männern zu fassen."

„Deshalb hat sie auch erst geheiratet, als Edward schon fast acht war." Shirley erzählte, was sie von der Geschichte im Kopf behalten hatte. „Aber heute ist sie sehr glücklich ..."

„Hat Catherine noch andere Kinder bekommen?"

„Eine Tochter, die als Kinderpsychologin arbeitet", antwortete Shirley. „Jeden Freitag treffen sie sich zum Mittagessen am Fisherman's Wharf."

„Das liegt direkt am Wasser, oder?" Mercys Gesichtsausdruck hellte sich merklich auf.

Schnell warf Shirley ihrer Engelskollegin einen strengen Blick zu. Sie wollte das Thema nicht schon wieder aufbringen, aber Mercys Schiff-Besessenheit nervte sie zunehmend. *Du lieber Himmel, wie soll ich mit Goodness und Mercy im Schlepptau nur die Festtage über die Bühne bringen und gleichzeitig etwas für Greg Bennett tun?* So viel Spaß es auch machte, wieder einmal die gute alte Erde zu besuchen – sie hatten eine wichtige Aufgabe zu erfüllen und durften sich nicht ablenken lassen. Dazu war die Zeit einfach zu knapp.

„In der Zwischenzeit war Greg dreimal verheiratet, und jede einzelne seiner Frauen sah Catherine ähnlich“, bemerkte Goodness.

Stimmt. Darüber hatte Shirley bisher noch gar nicht nachgedacht, aber sobald die Freundin es aussprach, fiel es ihr auch auf. „Nur dass er selbst das Muster nicht erkennt“, murmelte sie.

„Er hat bisher einfach seine Augen nicht weit genug aufgemacht.“

„Noch nicht.“ Mercy verschränkte mit einer entschiedenen Geste die Arme. Offensichtlich konnte sie sich nichts Schöneres vorstellen, als ihn persönlich mit der Nase daraufzustoßen.

„*Noch* nicht?“ Warnend hob Shirley die Augenbrauen, fuhr aber gleich darauf in ihrem Bericht fort. „Sein einziger Sohn, das Kind, das er noch vor der Geburt verlassen hat, ist ein berühmter Krebsspezialist geworden. Greg selbst hat sein Leben dagegen mit Wein und Frauen verschwendet.“

„Ja, und während er versuchte, in einer schicken Bar eine blonde Schönheit aufzureißen, hat Edward hier einen zehnjährigen Leukämiepatienten behandelt“, ergänzte Mercy verächtlich.

Goodness war in Schweigen versunken – ein gefährliches Zeichen.

„Worüber denkst du nach?“, erkundigte sich Shirley.

„Über Catherine“, gab Goodness zu.

Shirley zuckte die Schultern. „Er hat sie seit seinen Collegetagen nicht mehr gesehen."

„Trotzdem kommt es mir so vor, als hätte er sie in jeder Frau gesucht, die ihm seitdem begegnet ist", sagte Goodness tief in Gedanken.

„Zumindest in jeder, die er geheiratet hat." Der Unterton in Mercys Stimme ließ keinen Zweifel daran, dass sie dafür nur Verachtung übrig hatte.

„Ja, und?", bohrte Shirley nach. „Was willst du uns damit sagen, Goodness?"

„Nun ja ... vielleicht sollten wir etwas tun, damit es passiert."

„Was meinst du damit?"

„Also, wenn er wirklich nach Catherine sucht – und alles deutet schließlich darauf hin –, dann könnten wir dafür sorgen, dass er sie findet. Soll er doch sehen, was sie aus ihrem Leben gemacht hat, wie glücklich sie ist ..."

„Goodness, ich glaube wirklich nicht, dass das eine besonders gute Idee ist", wandte Shirley ein. „Du kennst die Regeln so gut wie ich und weißt, dass wir uns nicht einmischen dürfen."

„Wer hat denn etwas von Einmischen gesagt?"

„Es gibt schließlich keine Regel, die es uns verbietet, einen Menschen in eine bestimmte Richtung zu schicken, oder?", fiel Mercy ein.

„Das nicht, aber ...", setzte Shirley an. Aber bevor sie den Satz zu Ende sprechen konnte, waren Goodness und Mercy bereits verschwunden.

Ach, du liebe Zeit – nun fängt das schon wieder an! Kaum auf der Erde angekommen, waren die beiden schon ihrer Kontrolle entwischt.

In Windeseile machte Shirley sich auf, ihnen zu folgen. Hoffentlich gelang es ihr noch rechtzeitig, sie aufzuhalten!

3. KAPITEL

Greg saß nun schon länger in der Kirche, als er beabsichtigt hatte. Eigentlich kam er sich ein bisschen idiotisch vor, hier ganz allein in dem dunklen Raum auszuharren. Es war ein bisschen, als ... als ob er darauf wartete, dass etwas geschah. Oder darauf, dass jemand erschien und zu ihm sprach – was natürlich ein ganz und gar lächerlicher Einfall war. Nichts war unwahrscheinlicher, als dass Gott plötzlich vom Himmel herabplumpste, um mit jemandem wie ihm ein paar freundliche Worte zu wechseln.

Abgesehen von diesem seltsamen Gefühl, dass etwas passieren könnte, war während seines Aufenthaltes in dieser Kirchenbank nichts Ungewöhnliches vorgefallen. Aber die Stille in der Kirche beruhigte Greg. Seine Sorgen kamen ihm auf einmal weniger drückend vor als noch vor einer halben Stunde. Allerdings war er immer schon jemand gewesen, der sich nicht lange mit trüben Gedanken aufhielt. Es war einfacher, Ängste und Gewissensnöte fortzuschieben und so zu tun, als gäbe es sie gar nicht. Außerdem war es ihm bisher noch immer gelungen, sich aus geschäftlichen Schwierigkeiten irgendwie herauszuwinden, selbst wenn Katastrophen wie Überschwemmungen, Frost oder sogar Feuer den Weinberg getroffen hatten.

Dieses Mal allerdings sagte ihm sein Bauchgefühl, dass keine Rettung in Sicht war. Diesmal war alles anders. Wenn nicht bald eine Lösung für seine Probleme auftauchte, dann würde er alles verlieren. Und mit sechzig war er einfach zu alt, um noch einmal ganz von vorne anzufangen.

Nachdem er die Kirche verlassen hatte, setzte er mit schwerem Herzen seine ziellose Wanderung fort. Vermutlich war es immer noch nicht ratsam, sich hinters Steuer zu setzen, also lief er einfach weiter. Gleichzeitig überlegte er, welche Wege ihm noch offen standen. Er konnte Insolvenz anmelden. Oder er konnte sich der Gnade und Barmherzigkeit seines Bruders ausliefern. Phil war inzwischen zum Vizedirektor der Pacific Union, einer der größten Banken Kaliforniens, aufgestiegen. Bestimmt stand es in seiner Macht, dem eigenen Bruder einen Kredit zu verschaffen.

Allerdings hatten sie seit dem Tod der Mutter kein Wort mehr miteinander gewechselt. Greg machte seinem Bruder keinen Vorwurf daraus, dass dieser ihn hasste – das war nur verständlich nach allem, was er getan hatte. Schon wieder eines der Dinge in seinem Leben, die er bereute. Schon wieder ein Mensch, der ihn gebraucht und den er enttäuscht hatte: seine eigene Mutter.

Übelkeit stieg in Greg auf. Er beschleunigte seine Schritte, als könnte er so der Schuld davonlaufen. Seine Mutter mochte ihm vergeben haben – sein Bruder war weit davon entfernt. Angesichts der Auseinandersetzung, die sie nach der Beerdigung gehabt hatten, bestand nicht die geringste Wahrscheinlichkeit, dass Phil ihm nun helfen würde.

Obwohl er nicht hungrig war, beschloss Greg, etwas zu essen. Wenn er erst etwas im Magen hatte, würde die Wirkung des Alkohols bestimmt bald nachlassen. Dann konnte er wieder fahren. Er sehnte sich plötzlich danach, zu Hause zu sein, obwohl dort niemand auf ihn wartete.

Am Fisherman's Wharf bekam er sicher eine heiße Fischsuppe oder ein Krabbensandwich. Entschlossen lenkte er seine Schritte in Richtung Meer. Ein kalter, scharfer Wind wehte ihm ins Gesicht, und Greg zog den Mantel enger um sich, als er sich der Bucht näherte. Was um alles in der Welt hatten all diese Leute hier verloren? Vermutlich waren sie immer noch dabei, ihr gesamtes Geld für nutzlosen Kram aus dem Fenster zu werfen, den sie zu Weihnachten verschenken wollten. Mürrisch drängte er sich durch die Menschenmenge zum nächstgelegenen Fischimbiss.

„Da ist sie", flüsterte Goodness, die sich die Nase an dem Schaufenster des Restaurants platt drückte.

„Hast du sie gefunden?" Mercy klang ungläubig, spähte aber ebenfalls durch die Scheibe. „Oh, du lieber Himmel! Catherine sieht wirklich wunderschön aus."

Nun konnte auch Shirley nicht mehr widerstehen. Sie beugte sich vor und sah durch das Fenster, das bereits etliche Fingerabdrücke zierten.

„Ihre Tochter sieht ihr unglaublich ähnlich", bemerkte Mercy.

Sie haben recht, dachte Shirley unwillkürlich. Catherine, eine klassische Schönheit, wirkte elegant und anmutig, während ihre Tochter – hieß sie nicht Carrie? – ihr wie aus dem Gesicht geschnitten war. Wenn man sie ansah, konnte man beinahe Catherine als junge, unbeschwerte Collegestudentin vor sich sehen, die Greg geliebt und ihm blind vertraut hatte.

Empört presste Shirley die Lippen zusammen. Sie verabscheute Greg mehr denn je. Sanftmütiges Verzeihen gehörte nicht gerade zu ihren Stärken.

„Greg Bennett braucht wirklich Hilfe, und zwar nicht zu knapp", sagte sie. Doch ihre himmlischen Gaben an einen Mann zu verschwenden, der ihre Bemühungen weder bemerken noch schätzen würde, entmutigte sie.

Vermutlich könnten wir zu dritt direkt vor ihm stehen, umleuchtet von dem Strahl göttlicher Gnade, und er würde sich umdrehen und in die entgegengesetzte Richtung davonlaufen.

„Ich nehme an, dass Catherine es damals nicht so sehen konnte – aber vermutlich ist es das Beste, was ihr überhaupt passieren konnte, dass Greg sie verlassen hat. In seinen drei Ehen hat er sich jedenfalls als furchtbarer Partner herausgestellt." Goodness Kopfschütteln zeugte von ihrem Abscheu. Offenbar hatte auch sie ihre Schwierigkeiten damit, in Greg

Bennett einen würdigen Empfänger ihrer himmlischen Unterstützung zu sehen.

„Das Einzige, was ich nicht verstehe“, begann Mercy nachdenklich, „ist, warum Gabriel uns zu jemandem schickt, der so …“ Ihr fehlten die Worte.

Goodness beendete den Satz für sie. „… so unmöglich ist. Greg Bennett ist einfach *unmöglich*! Und für Gott hat er nicht einmal einen Gedanken übrig.“

„Aber wie wir schon festgestellt haben: Gott ist er umgekehrt sehr wohl wichtig, und Gabriel auch. Deshalb ist Greg Bennett der Grund unseres Hierseins“, erklärte Shirley geduldig. „Er hat uns die Gelegenheit verschafft, auf die Erde zu kommen. Deshalb ist es unsere Pflicht, dafür zu sorgen, dass er dieses Weihnachten so schnell nicht vergisst.“

Goodness und Mercy traten beiseite, als Catherine und ihre Tochter aus dem Restaurant herauskamen. Die Frauen unterhielten sich angeregt und lachten.

„Du hast recht“, erklärte Goodness, sobald die beiden vorbeigegangen waren. „Ich finde Greg Bennett bestimmt nicht sympathischer als ihr, aber Gott liebt ihn.“ Sie wollte weitersprechen, unterbrach sich aber im nächsten Augenblick. Ihre tiefblauen Augen weiteten sich. „Oh – schaut euch das an!“

„Was?“, wollte Shirley wissen.

„Rate mal, wer da ist“, antwortete Goodness aufgeregt. „Jetzt, genau in diesem Moment!“

Shirley fuhr herum, obwohl sie sich beinahe davor fürchtete, hinzuschauen. Es konnte nicht sein – aber sie wusste, dass es so war. „Greg Bennett.“

„Wir müssen etwas tun“, drängte Mercy. „Denkt nach. Eine solche Gelegenheit können wir nicht einfach verstreichen lassen!“

„Nein … nein!“, warnte Shirley laut rufend, aber Goodness und Mercy bewegten sich bereits auf einen Tisch zu, der mit dampfenden gekochten Krabben beladen war. „Nein, nicht die Krabben!“ Aber es war zu spät.

Catherine Thorpe freute sich jedes Mal auf das freitägliche Mittagessen mit ihrer Tochter, und die gemeinsame Stunde verging immer wie im Fluge. Abgesehen von dem Wiedersehen mit Carrie genoss Catherine auch die Gelegenheit, in die Innenstadt von San Francisco zu kommen. Im Dezember war die Stadt noch aufregender als sonst, und Catherine hatte vor, den Nachmittag mit Weihnachtseinkäufen zu verbringen. Sie liebte es, ihren Enkel zu verwöhnen, und freute sich bereits auf das zweite Enkelkind, das im April erwartet wurde.

„Dann sehe ich dich und Dad am Sonntag“, sagte Carrie, als sie gemeinsam in die Richtung ihres Büros gingen.

„Bring doch Jason mit“, bat Catherine. Sie kannte ihre Tochter gut genug, um zu erkennen, dass deren jetziger Freund eine besonders wichtige Rolle für sie spielte.

„Mutter, ich ...“

Lautes Scheppern und Krachen unterbrach sie. Aus unerfindlichem Grund war ein Tisch mit frisch gekochten Krabben umgefallen, sodass die Krustentiere in alle Richtungen flogen. Der größte Teil allerdings schlitterte über das Straßenpflaster – direkt auf einen attraktiven älteren Mann zu, der den Krabben mit beneidenswerter Behändigkeit auswich.

Catherine erkannte Greg auf den ersten Blick, aber er schien nur ihre Tochter Carrie wahrzunehmen. Verwirrt runzelte er die Stirn.

„Catherine?“

Fragend drehte Carrie sich zu ihrer Mutter um, und Gregs Blick folgte ihr. Nach fünfunddreißig Jahren stand Catherine ihm zum ersten Mal wieder gegenüber, und sie sahen sich direkt in die Augen. Der Atem stockte ihr, und einen Augenblick lang bekam sie keine Luft mehr.

Das also war Greg.

Während der vergangenen Jahre hatte Catherine sich gelegentlich gefragt, wie sie wohl reagieren würde, wenn sie ihm wiederbegegnete. Jetzt wusste sie es. Ihr Mund fühlte sich trocken an, und der Schmerz des Verlassenwerdens, den sie so weit hinter sich gelassen hatte, stürmte auf einmal wieder auf sie ein.

„Mom?"

Carries Stimme klang, als käme sie von weither.

Unter Aufbietung all ihrer Willenskraft riss Catherine sich zusammen und wandte sich ihrer Tochter zu.

„Du siehst aus, als hättest du gerade ein Gespenst gesehen", murmelte Carrie besorgt.

„Nein, es ist alles in Ordnung", versicherte ihr Catherine. Aber Carrie hatte recht: Sie hatte gerade ein Gespenst gesehen – das Gespenst des Mannes, der ihr viele Jahre Selbstvertrauen und Liebe genommen hatte. Mit der Zeit war die Bitterkeit, die sie gegen Greg Bennett hegte, schwächer geworden. Aber das änderte nichts daran, dass das unerwartete Wiedersehen ihr einen Schock versetzte.

Bevor sie sich entschließen konnte, entweder auf Greg zuzugehen oder ihm die kalte Schulter zu zeigen, machte er einen Schritt nach vorne. Dann zögerte er. Catherine blieb regungslos stehen. Langsam kam Greg näher, bis sie direkt voreinander standen.

Rund um sie her war hektische Betriebsamkeit ausgebrochen. Überall liefen Menschen herum und sammelten die Krabben auf, aber Catherine bekam kaum etwas davon mit.

„Catherine." Gregs Stimme klang tief und verriet seine Erschütterung.

„Sie kennen meine Mutter?", fragte Carrie. Beschützend nahm sie Catherines Arm.

„Greg ist ein alter Freund", erklärte Catherine, sobald

klar war, dass Greg die Frage nicht beantworten würde. Er starrte immer noch ihre Tochter an. Endlich ging Catherine der Grund dafür auf. „Greg, das hier ist meine fünfundzwanzigjährige Tochter Carrie Thorpe."

Er begriff sofort. Dann war das hier also nicht sein Kind, nicht seine Tochter. Rasch riss er sich zusammen. „Sie sind genauso schön wie Ihre Mutter. Als ich Sie eben zum ersten Mal sah, dachte ich sogar, Sie *wären* Ihre Mutter."

Das Lob brachte Carrie zum Erröten. „Das höre ich immer wieder." Plötzlich sah sie auf die Uhr. „Du liebe Zeit! Bitte entschuldigen Sie, aber ich muss mich beeilen, um nicht zu spät zur Arbeit zu kommen."

„Selbstverständlich", sagte Greg, während Carrie sich schon zum Gehen wandte.

Catherine rief hinter ihrer Tochter her: „Auf Wiedersehen, und vergiss nicht, Jason am Sonntag zum Dinner mitzubringen!"

Als Carrie verschwunden war, sah Catherine Greg an. Sie hatte immer damit gerechnet, dass das eines Tages geschehen könnte – dass sie Greg wiedersehen würde. Aber nun, da dieser Fall eingetreten war, wusste sie nicht, was sie tun oder sagen sollte.

Greg schien im gleichen Maß ratlos zu sein. „Es ist ... lange her", brachte er schließlich heraus.

Sie nickte nur.

„Wollen wir uns irgendwo hinsetzen?" Seine Frage wurde von einem unsicheren Lächeln begleitet. „Ehrlich gesagt, fühlen sich meine Knie so an, als wollten sie gleich unter mir nachgeben."

Catherine ging es nicht wesentlich anders. „Ja, lass uns irgendwo hinsetzen. Das ist eine gute Idee."

Greg führte sie zu einem kleinen Café, und als der Kellner erschien, bestellte er Kaffee für sie beide. Gewöhnlich trank sie ihren Kaffee schwarz, aber dieses Mal nahm Catherine Zucker. Sie hatte das Gefühl, den Energieschub zu brauchen, um sich von dem Schrecken zu erholen.

„Hat Carrie irgendwelche älteren Geschwister?", erkundigte Greg sich endlich, um die angespannte Stille zu durchbrechen.

„Ja, einen Bruder. Sieben Monate, nachdem du gegangen warst, habe ich einen Jungen bekommen."

„Dann hast du das Baby also behalten."

„Ja."

„Und du hast den Jungen großgezogen?"

„Ja."

„Alleine?"

Diesmal nickte sie nur. Ihr Hals war ihr wie zugeschnürt, als ihr auf einmal die schwierigen ersten Jahre wieder vor Augen standen: die harte Arbeit, die schlaflosen Nächte. „Ich ... ich habe geheiratet, als Edward acht war", brachte sie schließlich heraus. „Larry hat den Jungen ein Jahr später adoptiert."

„Dann habe ich also einen Sohn."

„Nein", erklärte Catherine fest, aber ohne Bosheit. „Du bist lediglich der leibliche Vater eines Kindes – das heißt, inzwischen eines wunderbaren jungen Mannes. Er ist aufgewachsen, ohne jemals die Gelegenheit zu bekommen, dich kennenzulernen. Und ohne dass du ihn jemals kennengelernt hast."

Greg hielt den Blick auf seine Kaffeetasse gesenkt. „Ich war damals jung. Und dumm."

„Du hattest Angst", erinnerte Catherine ihn leise. „Und das galt für uns beide."

„Aber du warst nicht diejenige, die die Flucht ergriffen hat."

Catherine lachte trocken auf. „Das hätte ich auch nicht gekonnt. Schließlich war ich diejenige, die schwanger war."

Einen kurzen Moment lang schloss Greg die Augen. „Ich bereue sehr, was ich damals getan habe, Catherine. Einerseits wollte ich wissen, was aus dir geworden ist, aber andererseits hatte ich zu viel Angst, es herauszufinden."

„Ich weiß."

Nun sah er sie an, als fiele es ihm schwer zu glauben, was sie sagte.

Catherine wandte den Blick ab. „Das alles ist schon so lange her."

„Es tut mir so leid." Gepresst brachte er die Worte hervor.

„Sag das nicht", flüsterte sie.

In seiner Miene mischten sich Zweifel und Verwirrung.

„Du brauchst dich nicht zu entschuldigen, Greg. Ich habe dir schon vor vielen Jahren verziehen. Auch wenn du es damals nicht ahnen konntest und ich auch nicht: Mit Edward hast du mir etwas sehr Kostbares geschenkt. Er war ein wunderbares Kind und ein wahrer Sonnenschein für meine Eltern. Sie haben mir in den ersten Jahren bei der Betreuung geholfen."

„Du bist wieder zu Hause eingezogen?"

„Ja, bis das Baby geboren war. Danach hat Mom tagsüber auf Edward aufgepasst, während ich das College zu Ende gemacht habe."

„Es muss eine schwierige Zeit für dich gewesen sein."

„Ja, das stimmt." Catherine hatte nicht die Absicht, die Sache schönzureden. Als alleinerziehende Mutter hatte sie viele Opfer bringen müssen, und die ersten Jahre waren hart gewesen.

„Edward", bemerkte Greg. „Nach deinem Vater."

Catherine nickte. Insgeheim war sie überrascht, dass er sich noch an den Vornamen ihres Vaters erinnerte.

„Wie konntest du mir verzeihen?" Greg klang beinahe ärgerlich, dass sie ihn nicht mit jahrelang aufgestautem Hass konfrontierte. Fast sah es so aus, als hätte er erwartet, von ihr gestraft zu werden – als müsste er hier und jetzt Buße für seine Sünden tun.

„Ich musste erst dir vergeben, bevor ich in meinem Leben

einen Schritt weiterkommen konnte. Das hat eine ganze Weile gedauert, aber irgendwann war die Bitterkeit kaum noch zu ertragen. Ich musste sie hinter mir lassen. Sobald ich diesen Schritt getan hatte, fand ich ungeahnte Freiheit. Kurz darauf bin ich Larry begegnet. Wir sind inzwischen seit siebenundzwanzig Jahren verheiratet."

„Aber ich habe deine Vergebung nicht verdient."

„Darüber kann ich mir kein Urteil erlauben. Aber glaub mir: Es war alles andere als einfach, dir zu verzeihen. Als ich damals erfuhr, dass du einfach gegangen bist, habe ich mich zuerst geweigert, es zu glauben. Immer und immer wieder habe ich deinen Brief gelesen – ohne zu begreifen, was die Worte bedeuteten. Irgendwie war ich trotz allem überzeugt davon, dass du zu mir zurückkehren würdest. Ich habe mir eingeredet, dass du nur ein bisschen Zeit brauchtest, um mit der ganzen Sache fertigzuwerden. Dann würdest du wiederkommen, und alles wäre in Ordnung ... Irgendwann gab es ein ziemlich böses Erwachen."

„Ich ... ich war einfach noch nicht bereit, Vater zu werden. Vermutlich war ich das auch später nie."

Einen Augenblick lang fragte sich Catherine, ob sie ihn missverstanden hatte. „Willst du damit sagen, dass du keine Kinder bekommen hast?"

„Ja", bestätigte er. „Dreimal war ich verheiratet, aber keine meiner Frauen wollte eine Familie gründen. Aber das machte mir nichts, denn ich wollte es auch nicht." Er zögerte und suchte ihren Blick. „Ich war ein egoistischer Mistkerl, als ich dich verlassen habe. Leider hat sich daran seitdem nichts geändert."

Sie konnte seine Behauptung weder bestätigen noch abstreiten, denn sie kannte ihn nicht mehr.

„Würde es dir etwas ausmachen, mir von Edward zu erzählen?", fragte er.

Catherine lehnte sich in ihrem Stuhl zurück und nippte an ihrem Kaffee. „In mehr als einer Hinsicht gleicht er dir. Zumindest äußerlich seht ihr euch ähnlich."

Aufblickend versuchte Greg sich an einem schwachen Lächeln.

„Er ist fast eins neunzig groß, mit ziemlich sportlicher Figur."

„Wie alt ist er jetzt? Vierunddreißig?"

„Fünfunddreißig", berichtigte sie. „Er hatte letzten Monat Geburtstag, am neunundzwanzigsten."

„Ist er verheiratet?"

„Ja, und inzwischen hat er sogar selbst einen kleinen Sohn. Das zweite Baby wird im Frühling erwartet."

Gregs Lächeln wurde breiter.

„Er ist Arzt."

„Wirklich?" Die Frage klang etwas ungläubig, als könnte Greg sich das nur schwer vorstellen.

„Ja, wie mein Mann." Vielleicht war es an der Zeit, Greg noch einmal daran zu erinnern, wer Edwards wirklicher Vater war. „Larry hat Edward großgezogen und dafür gesorgt, dass er der Mann wurde, der er ist. Larry ist sein Vater."

Greg schüttelte den Kopf. „Ich würde mich nie in sein Leben einmischen."

Es dauerte einen Augenblick, bis Catherine die Bedeutung seiner Worte erfasste, doch dann begriff sie. „Soll das etwa heißen, du möchtest Edward treffen?"

Er schwieg eine ganze Weile. Doch endlich sah er auf, das Gesicht blass und angespannt, und sagte: „Ja. Wäre das möglich?"

4. KAPITEL

Matthias Jamison genoss es, schon vor dem Frühstück in seinem Gewächshaus zu hantieren. Morgens – das war die Zeit, zu der er Mary am stärksten vermisste. Nun war sie schon fünfzehn Jahre tot, und noch immer verging kein Tag, in dem er nicht an die Frau dachte, die er dreißig Jahre lang geliebt hatte. Er kannte etliche Männer, die schnell wieder geheiratet hatten, nachdem sie ihre Partnerinnen verloren hatten. Bei ihm war das anders. Mary war die Einzige für ihn gewesen, und niemand konnte jemals die Lücke füllen, die ihr Tod gerissen hatte.

Ein wunderbarer Sonnenaufgang vergoldete die Berggipfel der Cascade Mountains. Zunächst erschien nur ein heller Streifen am Horizont, doch bald badete der Weinberg in warmen Sonnenstrahlen. Die Morgensonne bedeutete Hoffnung, denn sie versprach einen neuen Tag voller neuer Chancen. Es war Mary gewesen, die ihn das gelehrt hatte. Leider hatte er ihre Begeisterung für den Sonnenaufgang erst zu schätzen gelernt, als es bereits zu spät war. Heute wünschte er, er hätte häufiger mit ihr zugesehen, wie die ersten Strahlen die Erde wärmten.

Ihr einziger Enkel litt inzwischen an derselben seltenen Leukämie-Art, die auch Mary so früh aus dem Leben gerissen hatte. Alles sah danach aus, als würde Tanner ebenfalls sterben. Matthias biss die Zähne zusammen, bis seine Kiefernmuskeln schmerzten, und schloss die Augen. Wie konnte ein liebender Gott nur zulassen, dass ein unschuldiges Kind so litt?

Was die Situation noch weiter verschlimmerte, war die Tatsache, dass seine Tochter die schreckliche Last alleine tragen musste. Ihr Exmann rührte keinen Finger. Er kümmerte sich weder um sie noch um den Jungen, sodass Matthias sich gleich doppelt in der Verantwortung fühlte. Aber abgesehen von Anrufen und gelegentlichen Besuchen konnte er wenig tun, um zu helfen. Er wohnte einfach zu weit entfernt.

Das Telefon klingelte. Matthias sprang auf und eilte ins Haus, in der Hoffnung, endlich einmal gute Neuigkeiten zu hören. „Hallo“, rief er in seiner üblichen ruppigen Art in den Hörer.

„Hier ist Harry.“

Seinem langjährigen Freund Harry gehörte ein Weingut in Napa Valley. „Meinst du nicht, dass es noch ein bisschen früh ist, um anzurufen?“ Es gelang Matthias nicht, den enttäuschten Unterton in seiner Stimme zu unterdrücken. Eigentlich hatte er gehofft, seine Tochter Gloria am anderen Ende der Leitung zu hören. Er seufzte schwer. Es brachte ihn beinahe um, dass er sich wieder genauso machtlos sah wie während der Krankheit seiner Frau.

„Ich habe Neuigkeiten, die dich etwas aufmuntern dürften“, sagte Harry.

„Dann schieß los. Etwas Aufmunterndes kann ich gut gebrauchen.“

„Es geht um Greg Bennett.“

Beim Klang dieses Namens versteifte sich Matthias. Er hasste Greg Bennett mit einer Leidenschaft, die im Laufe der Jahre nur noch gewachsen war. Bennett stand in seiner Schuld. Wem verdankte Greg denn den Erfolg seines Weinguts, wenn nicht ihm? Wenn er nicht gewesen wäre, dann hätte Greg Bennett den Betrieb schon zehnmal verloren – vor allem in den ersten Jahren.

Sicher, die Begabung für das Weinmachen und alles, was damit zusammenhing, hatte der jüngere der beiden Bennett-Jungen mitgebracht. Aber Matthias war derjenige gewesen, der ihn alles gelehrt hatte, was man über Reben, Kellerei und die Verwaltung eines Weinguts wissen musste. Gregs Vater John Bennett hatte nur für den Betrieb gelebt. An diesem

Übereifer war schließlich sogar seine Ehe zerbrochen. Seinem wissbegierigen Sohn gegenüber hatte er sich ungeduldig und als schlechter Lehrer gezeigt.

Wenige Jahre, nachdem Greg in den väterlichen Betrieb eingetreten war, starb John, und Greg trat an seine Stelle. Von diesem Augenblick an stand Matthias dem jungen Chef zur Seite. Er beriet ihn und half ihm dabei, so weit zu expandieren, dass er seinen Bruder auszahlen konnte. Matthias behandelte Greg wie den eigenen Sohn, den er niemals bekommen hatte. Er gab seine Kenntnisse und Fähigkeiten an ihn weiter, besprach seine Ideen mit ihm, steckte ihn mit seiner Begeisterung für Wein und Kellerei an und bot ihm sogar seine Freundschaft. Genau deshalb hatte ihn der Verrat so geschmerzt und ihn fast am Boden zerstört. Marys Krankheit hatte ihn bereits tief getroffen, aber Gregs Weigerung, ihm zu helfen – das war in einem gewissen Sinne fast der größere Schlag gewesen.

Auch Mary hatte Greg gemocht. Wie häufig hatte sie ihn abends eingeladen, mit ihnen zu essen! Sie öffnete Greg ihr Haus und ihr Herz, doch als sie auf ihn angewiesen war, sagte er einfach Nein. Weder freundschaftliche Bande noch Pflichtgefühl oder Dankbarkeit hatten seine Entscheidung auch nur im Geringsten beeinflusst.

„Was ist mit Greg?“, fragte Matthias jetzt.

„Er ist nach San Francisco gefahren, um eine Bank zu finden, die ihm Kredit gibt.“

Also war auch Gregs Weinberg von dem Virus befallen worden. Matthias hatte es schon vermutet, aber nicht mit Sicherheit gewusst. „Und, hat er einen bekommen?“

Harry zögerte die Antwort einen Moment hinaus, um eine größere Wirkung zu erzielen. „Keinen Cent.“

„Gut.“

„Ich dachte mir gleich, dass dich das freuen würde.“

Matthias empfand tatsächlich Schadenfreude – allerdings

wesentlich weniger, als er erwartet hätte. All sein Hoffen und Wünschen war inzwischen darauf gerichtet, dass es seiner Tochter und seinem Enkel besser ging. Fünfzehn Jahre lang hatte Matthias den brennenden Hass auf Greg Bennett in seinem Herzen getragen, bis er ihn innerlich fast zerfraß. Auch heute konnte er dem Mann weder vergeben noch vergessen, was er getan hatte. Aber der Hass beherrschte inzwischen nicht mehr jeden seiner Tage.

„Du hast immer gesagt, dass die Zeit alle Wunden heilt." Matthias musste grinsen. Eigentlich war Mary diejenige gewesen, die das gesagt hatte.

„Er wird alles verlieren", bemerkte Harry.

„Das ist nicht mehr und nicht weniger, als er verdient hat", antwortete Matthias ungerührt. Der junge Mann hatte sich sein eigenes Grab geschaufelt. Matthias war nur dankbar, dass er lange genug lebte, um seinen Fall mitzuerleben.

„Vermutlich denkst du gerade: ‚Soll er doch in der Hölle schmoren.'" Harry ließ ein leises Lachen hören, als sein Freund nichts darauf erwiderte. „Hey, ich kann den Kerl auch nicht leiden – wie jeder hier. Allerdings nehme ich an, dass niemand ihn so sehr hasst wie du. Also gut, dann kehre ich mal zu meinem Frühstückskaffee zurück."

„Danke für den Anruf."

„Wir hören voneinander", sagte Harry. Einen Augenblick später wurde aufgelegt.

Matthias war froh, von Gregs Geldschwierigkeiten zu erfahren. Die Rebkrankheit hatte etliche Weinberge in der Umgebung befallen und die Eigentümer dazu gezwungen, kostbare Weinreben zu roden, um ganz von vorne zu beginnen. Die Maßnahme kostete nicht nur Geld, sondern vor allem auch Zeit. Es dauerte Jahre, bis die neuen Reben größere Erträge abwarfen. Einige der kleinen und mittleren Weingüter in der Region waren dadurch vom Untergang bedroht – darunter offenbar auch Gregs.

Obwohl er eigentlich im Ruhestand war, konnte Matthias nicht einfach untätig herumsitzen. In den vergangenen Jahren hatte er mit benachbarten Weingutbesitzern zusammengearbeitet, die neue, virenresistente Reben zu züchten versuchten. Diese widerstandsfähigeren Pflanzen sollten das Virus daran hindern, sich hier genauso ungehemmt auszubreiten wie in Kalifornien.

Matthias stand immer noch neben dem Telefon. Eigentlich müsste er jetzt einen Freudentanz aufführen, weil Greg Bennett das Wasser bis zum Hals stand. Noch vor einem Jahr – sogar noch vor einem halben – hätte der Gedanke an die Sorgen von Bennett Wines ihn jubeln lassen. Rache, so hieß es, war süß. Und sein Hass hatte sich jahrelang nach dieser Süße verzehrt. Matthias hatte Greg die gleichen Qualen gewünscht, die er selbst am Krankenbett seiner Frau gelitten hatte.

Das Weingut bedeutete Greg alles – genau wie sein Enkelkind Matthias alles bedeutete. Diesmal würden sie beide das verlieren, was sie auf der Welt am meisten liebten.

„Das ist wirklich traurig“, murmelte Mercy, die auf der Kante der Arbeitsplatte in Matthias’ Küche hockte. „Seht ihn doch nur an.“

„Er sorgt sich beinahe zu Tode um seinen Enkel.“

„Was wird aus dem Jungen?“ Sowohl Goodness als auch Mercy wandten sich an Shirley.

„Sehe ich etwa so aus, als hätte ich eine Kristallkugel?“, erkundigte Shirley sich gereizt.

„Ich weiß nicht, wie es euch geht“, sagte Goodness und rekelte sich auf der Arbeitsplatte. „Aber ich hatte irgendwie gehofft, dass dieser Besuch auf der Erde etwas weniger stressig ausfällt. Man hat uns auf einen Typen angesetzt, der sich als der reinste Mistkerl herausgestellt hat. Diesen Mann interessiert doch nichts als seine eigene Person!"

„Schon, aber immerhin sind wir auf der Erde, stimmt's?"

„Nun ja, aber ..."

„Ich bin ganz deiner Meinung", mischte Shirley sich ein. „Doch zumindest können wir helfen."

„Und, macht dir das etwa Spaß? Wir müssen uns um einen Menschen kümmern, der so verd..."

„Mercy!"

„Also gut, der so ver*flixt* selbstsüchtig ist, dass man es kaum für möglich hält. Ich glaube, es ginge mir besser, wenn Catherine ihn in der Luft zerrissen hätte. Irgendwie finde ich, sie hätte ihm nicht einfach verzeihen sollen."

„Mercy! Merkst du eigentlich, was du da sagst?"

„Schon gut, schon gut", grummelte die Gescholtene vor sich hin, aber Shirley sah deutlich, dass Greg Bennett die Sanftmut ihrer Freundin arg strapazierte.

„Er hat zu viele Probleme. Wir können uns nicht um alles kümmern", beschwerte sich Goodness.

Eine so pessimistische Einstellung war Shirley von den beiden nicht gewöhnt. „Es gibt ja noch seinen Bruder."

„Was ist mit seinem Bruder?" Goodness schien auf einmal wieder ganz Ohr zu sein.

„Erinnert ihr euch nicht?" Als Shirley die beiden anderen ansah, begegnete sie lediglich verständnislosen Blicken. Seufzend erklärte sie, was sie meinte: „Phil. Ihr habt doch wohl nicht vergessen, was über ihn in der Akte stand, oder? Er gehört in der Pacific Union Bank zu den ganz großen Tieren. Zwischendurch hat Greg überlegt, sich wegen eines Darlehens an ihn zu wenden. Aber das hat er dann doch nicht über sich gebracht."

„Warum nicht?"

Shirley seufzte erneut aus tiefstem Herzen. Vielleicht würde alles etwas glatter laufen, wenn Goodness und Mercy ihre Recherche ein bisschen ernster genommen hätten.

„Komm schon, hilf mir – es fällt mir nur gerade nicht mehr ein."

Plötzlich spürte Shirley die ganze Last der Verantwortung, die auf ihren Schultern lag. „Du hast die Akte nicht zu Ende gelesen, stimmt's?", fragte sie resigniert.

„Äh … nein."

„Dachte ich's mir doch." Aber welchen Sinn hatte es, der Freundin jetzt eine Predigt zu halten? „Also, Gregs Mutter ist gestorben, als er gerade mitten in seiner zweiten Scheidung steckte."

„Ach ja, ich erinnere mich, dass ich etwas über Bobbi gelesen habe", erklärte Mercy triumphierend. „Sie war Gregs zweite in der Reihe junger, hübscher Frauen."

„Du meinst wohl, sie war sein zweiter Versuch, eine neue Catherine zu finden", warf Goodness missmutig ein.

„Ja, schon gut. Aber was haben Bobbi und die Scheidung mit Gregs Mutter zu tun?", fragte Mercy. Sie und Goodness lagen inzwischen auf dem Bauch, das Kinn in die Hände gestützt, und sahen Shirley an.

„Hast du die Akte etwa auch nicht fertig gelesen?" Nun klang Shirley ehrlich entsetzt. Wenn diese Mission überhaupt etwas bringen sollte, dann hing offenbar alles von ihr allein ab.

„Es war mir einfach zu trübsinnig."

„Und mir fehlt jede Geduld, mich mit Menschen wie ihm zu beschäftigen", fiel Goodness ein.

„Sag schon, was war mit seiner Mutter?", drängte Mercy ihre Freundin, die Geschichte weiterzuerzählen.

„Greg hat alles darangesetzt, so viel von seinem Reichtum wie möglich vor Bobbi zu verstecken. Das meiste hat er in Aktien und Wertpapieren angelegt. Hätte sie davon gewusst, dann hätte sie bei der Scheidung einen Teil davon verlangt."

„Waren sie denn überhaupt lange genug verheiratet, dass

sie viel bekommen hätte?"

Ganz wie den meisten Engeln fiel es auch Goodness und Mercy schwer zu begreifen, wie diese Dinge auf der Erde geregelt wurden. „Das spielte keine Rolle, denn sie hatte einen guten Anwalt", erklärte Shirley.

„Aha." Offenbar wussten die beiden zumindest, was *das* bedeutete.

„Also noch mal: Gregs Mutter lag im Sterben und hat sich gewünscht, ihren Sohn noch einmal zu sehen", fuhr Shirley fort. „Leider hat sie diese Bitte ausgerechnet an dem Morgen geäußert, an dem der Scheidungstermin war. Greg beschloss, lieber den Gerichtstermin wahrzunehmen. Bestimmt hätte er sich anders entschieden, wenn er gewusst hätte, dass Lydia sterben würde, bevor er ins Krankenhaus kam. Er hätte dann sicher den Gerichtstermin abgesagt."

„Ach, du lieber Himmel", flüsterte Goodness.

„Und sein Bruder hat ihm das nie verziehen?"

„Nein, niemals. Phil und Greg haben seit zehn Jahren kein Wort mehr miteinander gesprochen."

Goodness setzte sich auf und sah sich um. „Ich weiß wirklich nicht, ob ich diese ganze Sache noch länger ertragen kann. Macht ihr beiden, was ihr wollt, aber ich brauche eine Pause."

„Wo willst du hin?", verlangte Shirley zu wissen. Wenn der jüngere Engel in eine Klemme geriet, dann würde man sie wieder einmal dafür verantwortlich machen. Wie üblich.

„Raus!", sagte Goodness über die Schulter zurück.

Wortlos schickte Mercy sich an, der Freundin zu folgen.

„Mercy!", rief Shirley.

Nahe daran, die Fassung zu verlieren, eilte sie den beiden hinterher, so schnell sie konnte.

Sie kam abrupt zum Stehen, als sie die Heißluftballons sah. Ihre farbenfrohen Seidenhüllen tupften bunte Punkte an den Himmel – es mussten Dutzende sein, die hier über das Tal flogen. Früh am Morgen fanden Ballonfahrer häufig die günstigsten Wetter- und Windbedingungen vor, so viel wusste Shirley.

„Goodness! Mercy! Wagt bloß nicht …“ Zu spät. Shirley sah gerade noch, wie die beiden in den Korb eines Ballons sprangen, dessen Seidenhülle bereits prall gefüllt war. Gerade wollten die Helfer die Seile lösen, die ihn noch am Boden hielten.

„Goodness!“, rief Shirley erneut, nun außer sich vor Ärger. „Mercy! Kommt da sofort wieder raus!“

Doch beide gaben vor, sie nicht zu verstehen. Shirley musste vorsichtig sein. Immer wieder kam es vor, dass Menschen – vor allem kleinere Kinder – Engel sprechen hörten. Auch unter älteren Menschen gab es einige, die diese Gabe besaßen. Im Korb des Ballons stand eine achtzigjährige Großmutter, der ihre Enkel die Ballonfahrt zum Geburtstag geschenkt hatten.

„Um Himmels willen, wärt ihr beide so freundlich, sofort …“ Shirley erstarrte. Sah sie recht, oder täuschten ihre Augen sie? Der Ballon war nur etwa zwei Meter hoch aufgestiegen. Dort verharrte er regungslos, obwohl die Leinen allesamt gelöst worden waren.

„Was ist los?“, rief die alte Frau den Helfern am Boden zu. Die Männer waren beiseitegetreten und warteten offensichtlich darauf, dass der Ballon gen Himmel schwebte. „Warum geht es nicht weiter?“

Shirley stöhnte innerlich auf, als sie die Ursache des Problems erkannte. Goodness und Mercy waren ihrem Befehl gefolgt und aus dem Korb gestiegen. Allerdings standen sie nun daneben am Boden und hielten die Leinen fest.

„Lasst los“, schrie Shirley, so laut sie konnte.

„Bist du wirklich sicher, dass wir das tun sollen?“, fragte Goodness.

Ohne die Antwort abzuwarten, ließen Goodness und

Mercy gleichzeitig die Taue los. Augenblicklich schoss der Ballon wie eine Rakete in die Höhe, um erst etliche Sekunden später in gemächlicherem Tempo weiter aufzusteigen.

„Wow!“, hörte Shirley die Großmutter rufen. Die Frau klammerte sich mit einer Hand am Rande des Korbs fest, während sie sich mit der anderen den Schutzhelm fest auf den Kopf drückte. „Könnten wir das noch mal machen?“

Goodness trat neben Shirley. Sie konnte ihr zufriedenes Lächeln nicht unterdrücken.

„Das hat Spaß gemacht.“

„Ihr habt die gesamte Mission gefährdet“, sagte Shirley kalt. „Glaubt nicht, dass Gabriel davon nichts erfahren wird.“

„Schaut euch das an!“, rief Mercy, als sie auf die beiden zukam. In einer Hand hielt sie eine Flasche Schaumwein, in der anderen drei Sektgläser.

„Wo hast du das her?“, fragte Shirley streng.

„Och, das ist einfach so vom Himmel gefallen.“ Ihre Worte wurden von einem spitzbübischen Lächeln begleitet.

„Ach, komm schon, Shirley“, schmeichelte Goodness. „Warum sollten nur die Menschen von Zeit zu Zeit einen Schluck Sekt genießen dürfen?“

5. KAPITEL

Während der letzten fünf Tage hatte Greg fast nicht geschlafen und kaum einen Bissen herunterbekommen. Beinahe hätte er den hohläugigen Mann nicht erkannt, der ihm an diesem Morgen aus dem Badezimmerspiegel entgegengeblickte. Er betrachtete sein Spiegelbild eine Weile, stumm vor Schreck. Jeder, der ihn so sah, würde vermutlich glauben, dass an seinem Zustand entweder der drohende Ruin seines Weinguts oder aber das Scheitern seiner dritten Ehe schuld war. Aber keins von beiden stimmte.

Ich habe einen Sohn. Catherine hatte einen Jungen geboren, das Kind großgezogen, es geliebt und auf seinem Weg zum Erwachsenwerden begleitet. Inzwischen war dieser unbekannte Sohn Arzt geworden und selbst Vater. Das hieß, dass Greg Großvater war. Großvater! Was für ein berauschender Gedanke für einen Mann, der nie … nie richtig Vater gewesen war und es auch niemals sein würde. Als er Catherine und ihr Kind verließ, tat er es in dem Glauben, dass er noch alle Zeit der Welt besaß, um eine Frau zu finden und eine Familie zu gründen. Damals hatte er nicht geahnt, dass dieses Kind, das Catherine in sich trug, seine einzige Chance auf Vaterschaft bleiben würde. In seiner Feigheit hatte er genau das Leben weggeworfen, das er sich immer vorgestellt hatte.

Im ersten Moment, als Catherine ihm von Edward erzählt hatte, hatte er ungetrübte Freude empfunden. Dabei besaß er kein Recht dazu, überhaupt etwas zu fühlen. Das musste Catherine ihm nicht erst sagen – er wusste es auch so. Trotzdem gelang es ihm nicht, seine Aufregung zu verbergen. Catherine hatte ohnehin schon immer die fast unheimliche Gabe besessen, ihn zu durchschauen. Genau das war einer der Gründe gewesen, weshalb er damals nicht persönlich mit ihr Schluss gemacht hatte. Besessen von dem Wunsch, der Bürde der Verantwortung zu entfliehen, war er davongelaufen und hatte keinen Blick mehr zurückgeworfen. Das hatte er in den letzten Tagen doppelt und dreifach wettgemacht. Denn plötzlich dachte er ständig an das, was war und was hätte sein können. Und zwar in jeder wachen Minute.

Greg hätte es Catherine nicht verdenken können, wenn sie ihn angeschrien, ihm Vorwürfe gemacht und ihn auf jede erdenkliche Art und Weise beschimpft hätte. Aber all das hatte sie nicht getan. Stattdessen hatte sie ihm Vergebung gewährt – eine Vergebung, die er ganz und gar nicht verdient hatte.

Ihren Ärger hätte er deutlich leichter ertragen können als ihre Großherzigkeit. So unglaublich es auch schien: Sie hatte ihn sogar in Schutz genommen und die schäbige Art, wie er sie behandelt hatte, entschuldigt.

Greg blieb nun nichts anderes übrig, als sich mit dem Gedanken zu quälen, was für Chancen er sich genommen hatte, als er Catherine sitzen ließ. Seit ihrer Begegnung am Freitag verspürte er ein Gefühl von Übelkeit in der Magengegend, das einfach nicht weggehen wollte. Er wusste nicht, was er als Nächstes tun sollte, aber eines war klar: Irgendetwas *musste* er tun.

Catherine hatte ihm gesagt, sie würde sich wegen seines Treffens mit Edward bei ihm melden. Natürlich hatte er gemerkt, dass dieser Wunsch sie nicht gerade begeisterte. Ihre zutreffende Bemerkung, dass Edward bereits einen Vater besaß, hatte ihre Wirkung auf ihn nicht verfehlt. Immerhin hatte sie ihm zugesichert, dass sie erst eine Entscheidung treffen würde, nachdem sie mit ihrem Mann und mit Edward gesprochen hatte. Greg war klar gewesen, dass er mehr nicht verlangen konnte. Am Schluss des Gesprächs hatte Catherine ihm sogar noch versichert, dass sie bald anrufen würde.

Doch seitdem hatte er nichts mehr von ihr gehört, und das Warten brachte ihn beinahe um.

Um fünf Uhr nachmittags war es mit Gregs Geduld endgültig vorbei. Er beschloss, Catherine nun selbst anzurufen. Eilig ging er in sein Büro und griff nach dem Telefon, um die Nummer der Auskunft zu wählen. Als er den Hörer abhob, geriet der Stapel Post, die sich seit einer Woche ungeöffnet türmte, ins Rutschen. Etliche Briefe fielen auf den Teppich.

Angesichts seiner finanziellen Probleme machte Greg sich nicht mehr die Mühe, die Post zu öffnen. Er wusste, dass er ohnehin nur Mahnungen und Schreiben seiner Rechtsanwälte zu erwarten hatte. Ungeduldig bückte er sich, um die Briefe aufzuheben, und in diesem Moment fiel sein Blick darauf.

Ein Brief, der in Catherines Handschrift an ihn adressiert war. Vor fünfunddreißig Jahren hatte er diese runden, fließenden Buchstaben zum letzten Mal gesehen, und immer noch erkannte er ihre Schrift auf den ersten Blick.

Ohne die Augen von dem Brief zu wenden, legte er den Hörer zurück auf die Gabel. Er betrachtete den Umschlag von allen Seiten und versuchte, den Poststempel zu entziffern. Offenbar hatte sie ihm bereits am Tag nach ihrer zufälligen Begegnung geschrieben. Es dauerte einige Minuten, in denen er den Brief nur ansah, bis er sich traute, ihn zu öffnen.

Das Schreiben war kurz.

Samstag, den 1. Dezember
Lieber Greg,
sicherlich hast du unsere zufällige Begegnung gestern genauso als Schock empfunden wie ich. Wie ich schon sagte: Ich habe immer geglaubt, dass wir uns eines Tages wiedertreffen würden. Trotzdem war ich vollkommen unvorbereitet, als wir uns plötzlich über den Weg liefen.

Eigentlich hätte ich voraussehen können, dass du dir wünschen würdest, den Sohn kennenzulernen, den du gezeugt hast. Es war kurzsichtig von mir, nicht früher daran zu denken. Ich habe mit Larry über deine Bitte gesprochen. Zum Glück ist mein Mann ein kluger und großherziger Mensch. Er hat mir zu bedenken gegeben, dass keiner von uns beiden das Recht hat, diese wichtige Entscheidung zu treffen. Seiner Meinung nach sollte ich es einzig und allein Edward überlassen, ob er dich sehen möchte.

Ich habe Edward gestern Abend noch erreicht. Das Gespräch war nicht einfach, denn er hat eine Reihe von Fragen gestellt, denen ich bisher immer erfolgreich ausgewichen war. Ich habe sie ihm wahrheitsgemäß beantwortet. Vielleicht liegt es auch daran, dass er sich entschlossen hat, dich nicht zu treffen.

Sicher bist du enttäuscht, Greg. Es tut mir leid.

Catherine

Greg las den Brief ein zweites Mal. Dann sank er in seinem Schreibtischstuhl zusammen und schloss die Augen. Die Enttäuschung durchfuhr ihn scharf wie ein Messerstich. Es war ihm nicht entgangen, dass Catherine ihm diese Mitteilung schriftlich machte – genau wie er selbst damals einen Brief für die Nachricht gewählt hatte, dass er sie verließ. Bei ihrer Begegnung am Fisherman's Wharf hatte er ihr seine Visitenkarte gegeben, auf der auch seine private Telefonnummer stand. Catherine hätte ihm die Qualen der Ungewissheit um Tage verkürzen können, doch sie hatte es vorgezogen, sein Leiden hinauszuzögern. Vermutlich hatte sie es insgeheim genossen, dass sie durchblicken lassen konnte, wie unerwünscht er war. Zweifellos hatte sie fünfunddreißig Jahre lang auf eine solche Gelegenheit gewartet.

In einem Anfall brennender Wut knüllte er den Brief zusammen und warf ihn in den Papierkorb. Als ihm das keinerlei Erleichterung verschaffte, fegte er mit dem Arm alles vom Schreibtisch, was darauflag, und vergrub das Gesicht in den Händen.

Die Weihnachtsstimmung hatte Phil Bennett angesteckt. Fröhlich summte er die Melodie von „Stille Nacht“ mit, die gerade im Radio gespielt wurde, während er nach Feierabend den Büroanzug gegen bequemere Kleidung vertauschte. Es mochte ja Leute geben, die weihnachtliche Popmusik lieber mochten, aber Phil fand die alten Lieder immer noch am schönsten.

„Du hast ja gute Laune heute“, bemerkte seine Frau, als er zum Abendessen in die Küche kam. Im Laufe der letzten zehn Jahre war Sandy ein wenig füllig um die Taille geworden. *Aber was soll's – mir ergeht es ja auch nicht anders.* Sie waren inzwischen seit dreißig Jahren verheiratet, hatten drei Töchter großgezogen und freuten sich nun beide auf den baldigen Ruhestand. Im vergangenen Jahr hatten sie ein Grundstück in Arizona gekauft. Dort planten sie, eine Seniorensiedlung zu bauen, in die sie mit ihren besten Freunden einziehen wollten. Es würde nicht mehr lange dauern, bis ihr täglicher Weg sie nicht mehr zur Arbeit führte, sondern zum Golfspielen.

„Was macht dich so fröhlich?“, erkundigte sich Sandy, während sie eine Platte mit Hackbraten auf den kleinen Küchentisch stellte. Nachdem die Kinder aus dem Haus gegangen waren, hatten Phil und Sandy sich angewöhnt, ihre Mahlzeiten in der Küche statt in dem großen Esszimmer einzunehmen.

„Ach, ich weiß nicht“, antwortete er, griff nach der Salatschüssel und trug sie zum Tisch. Er nutzte einen Augenblick, in dem Sandy nicht herschaute, um eine Gurkenscheibe aus dem Salat zu stibitzen und sich in den Mund zu schieben.

„Na, dann freut es mich einfach, dass dich offenbar die Weihnachtsstimmung gepackt hat“, sagte Sandy abwesend und stellte eine Auflaufform mit Kartoffelgratin auf einen Untersetzer.

Phil murmelte nur etwas Unverständliches. Er wusste genau, dass es nicht die Weihnachtszeit war, die ihn in eine solche Hochstimmung versetzte. Im Gegenteil – seine gute Laune hatte herzlich wenig mit dem Fest der Liebe zu tun. Aber das würde er seiner Frau nicht auf die Nase binden.

Sobald nämlich Sandy erfuhr, dass seine Freude einzig und allein durch die finanziellen Schwierigkeiten seines Bruders ausgelöst wurde, würde sie ihm mit Sicherheit Vorhaltungen machen. Und er hatte nicht vor, sich dadurch die gute Laune verderben zu lassen.

An diesem Nachmittag war ihm zugetragen worden, dass Greg bereits zahlreiche Versuche unternommen hatte, einen Kredit für Bennett Wines zu bekommen. Phil freute sich von Herzen, dass sein jüngerer Bruder nun endlich die gerechte Strafe für seine Arroganz erntete.

„Du kommst heute Abend mit zur Chorprobe, oder?", fragte Sandy und setzte sich ihm gegenüber an den Küchentisch.

Abrupt aus seinen Gedanken gerissen, wusste Phil zunächst nicht, wovon sie sprach. „Chorprobe?" Gleichzeitig nahm er sich ein Brötchen. *Hmm, noch ofenwarm.*

„Phil!"

„Natürlich komme ich mit."

Sie entspannte sich etwas. „Gut. Wir haben die Übung wirklich bitter nötig."

Erst kürzlich war Phil in den Kirchenchor eingetreten, um auf diese Weise zum Gemeindeleben beizutragen. Zwar kannte er noch nicht viele der anderen Chormitglieder mit Namen, aber das würde sich schnell ändern. Immerhin trafen sie sich im Moment dreimal wöchentlich zur Probe, um sich auf das Weihnachtskonzert vorzubereiten.

Anders als sein Bruder war Phil ein gut aussehender, großzügiger Mann – wie er es selbst gern ausdrückte. Außerdem besaß er eine durchaus angenehme Singstimme. Oh, natürlich hatte auch sein jüngerer Bruder gewisse Vorzüge, ganz ohne Frage. Greg hatte die Marke Bennett Wines zu Erfolg und Ansehen geführt und dafür gesorgt, dass die Weine von Kennern gelobt wurden. Mit der ihm eigenen Sturheit hatte er sein Ziel verfolgt und erreicht. Außerdem verfügte Greg über Charme, den er immer dann einzusetzen wusste, wenn er sich davon einen Vorteil versprach.

Und er war ein rücksichtsloser Mistkerl.

Phil wartete nun schon seit Jahren darauf, dass Greg endlich bekam, was er verdient hatte. Seit Jahren! Wochenlang hatte die Rebkrankheit die Schlagzeilen sämtlicher Zeitungen beherrscht. Inzwischen hatte das Virus bereits hektarweise kostbare Rebflächen vernichtet. Und natürlich hatte Phil sich gefragt, ob wohl auch Greg davon betroffen war. Aber mit Sicherheit wusste er es erst seit dem heutigen Tag. Und was er erfahren hatte, ließ ihn innerlich frohlocken.

Nach all den Jahren schien nun die Zeit der Vergeltung gekommen zu sein. Immerhin hatte der jüngere Bruder eine Frau in einer Notlage sitzen lassen. Nicht dass Phil Catherine sonderlich gut gekannt hätte, aber er hatte sie sympathisch gefunden ... und damals hatte er Gerüchte gehört, sie sei schwanger gewesen. Später, und das war vielleicht das Schlimmste, enttäuschte Greg die eigene Mutter noch auf dem Sterbebett. Als Phil ihm deswegen Vorwürfe machte, kam ihm noch nicht einmal ein Wort des Bedauerns über die Lippen.

Natürlich hatte Phil versucht, seinen Bruder nicht zu hassen – so wie es in Gottesdiensten immer gepredigt wurde. Er musste allerdings zugeben, dass er Greg verabscheute und sich über seine finanziellen Schwierigkeiten freute.

Ihm war keineswegs entgangen, dass Greg nur bei einer

einzigen Bank nicht wegen eines Kredits vorstellig geworden war: bei der Pacific Union. Eine weise Entscheidung. Wenn er die Gelegenheit bekommen hätte, dann hätte Phil den Antrag seines Bruders höchstpersönlich und mit größter Genugtuung abgelehnt. Und mehr noch: Er hätte alles darangesetzt, dafür zu sorgen, dass Greg auch anderswo keine Unterstützung fand.

Aber auch so schmeichelte er sich, die Angelegenheit ziemlich clever geregelt zu haben: Er hatte die Bankenwelt wissen lassen, niemand solle Bennett Wines ein Darlehen gewähren. Dabei hatte er durchblicken lassen, dass er selbst seinem Bruder helfen würde.

Hoffentlich erfuhr Sandy nichts von alledem! Sie wäre außer sich und würde ihm vorwerfen, Gregs Unternehmen sabotiert zu haben. Aber Phil betrachtete die Sache in einem ganz anderen Licht. In seinen Augen hatte er lediglich dafür gesorgt, dass Greg nichts bekam, was ihm nicht zustand. Und das erlebte er bestimmt das allererste Mal in seinem Leben. Von Kindheit an war Greg der Lieblingssohn gewesen. Seine Begeisterung für dieses verdammte Weingut hatte dafür gesorgt, dass er bei ihrem Vater an erster Stelle kam. Und dass auch ihre Mutter ihn immer verwöhnt hatte, mochte daran liegen, dass Greg der Jüngere war.

Noch auf dem Sterbebett hatte sie ihn in Schutz genommen. Es war nun zehn Jahre her, dass sie ihre Mutter zur letzten Ruhe gebettet hatten. Trotzdem stieg immer noch heiße Wut in Phil auf, wenn er an die Beerdigung dachte.

Die Trauer, die Greg damals zur Schau gestellt hatte, war so unecht gewesen wie eine Dreidollarnote. Wenn ihm nur das Geringste an ihrer Mutter gelegen hätte, dann wäre er zum Krankenhaus gekommen, als sie nach ihm verlangte. Sie hatten doch alle gewusst, dass sie sich von dieser Krankheit nicht mehr erholen würde! Nichts hätte wichtiger sein dürfen;

nichts hätte ihn von ihrem Bett fernhalten dürfen. Als Phil erfuhr, dass Greg lieber seine Zeit genutzt hatte, um eine für ihn vorteilhafte Scheidungsregelung auszuhandeln, ging er in die Luft.

Bei dem Empfang nach der Beerdigung gingen die beiden Brüder beinahe mit Fäusten aufeinander los. Was Phil aber nach wie vor am meisten aufregte, war die Rolle des untröstlichen Sohnes, die Greg allen Freunden und Verwandten gegenüber so perfekt gespielt hatte.

Untröstlich? Wer's glaubt!

Zu Phils Überraschung führte Greg mit dieser Nummer fast alle Anwesenden hinters Licht. Auch Phil trauerte, aber er riss sich zusammen, statt seine Gefühle zum öffentlichen Schauspiel zu machen. Schmerz war schließlich Privatsache. Außerdem hatte Phil den Tod seiner Mutter besser verarbeitet, weil er dabei gewesen war. Ihre Krankheit hatte mehrere Monate gedauert, und Phil war in dieser Zeit derjenige gewesen, der an ihrem Bett saß, ihr vorlas und sie tröstete.

Sicher, gelegentlich war auch sein Bruder vorbeigekommen, aber er hatte immer eine nützliche Entschuldigung parat, weshalb er nicht lange bleiben konnte. Anfangs schob Greg die Weinernte vor. Dann kam die Phase der Weinproduktion, während der er ständig in der Kellerei sein musste, um den Prozess zu überwachen. Behauptete er jedenfalls. Und später wurde er von seiner Scheidung vollkommen in Anspruch genommen. Seiner *zweiten* Scheidung.

Wenn man Phil fragte, so waren Gregs Eheprobleme selbst verschuldet. Die erste Frau, mit der er zehn Jahre verheiratet blieb, war schlimm genug. Die zweite, die der ersten erschreckend ähnlich sah, blieb nur noch drei Jahre – vielleicht auch vier, so genau erinnerte Phil sich nicht mehr. Phil hatte gehört, dass es inzwischen eine dritte Mrs. Bennett gab. Manchmal fragte er sich, ob sie wohl dem Beispiel ihrer Vorgängerinnen folgen und irgendwann die Scheidung einreichen würde.

„Phil, beeil dich, sonst kommen wir zu spät“, rief Sandy ihm zu.

Sie hatten das Abendessen beendet und gemeinsam abgewaschen, und nun saß Phil vor den Nachrichten, während Sandy ihre Noten zusammensuchte.

„Ich bin fertig“, rief er zurück und stellte den Fernseher aus. Er hatte ohnehin nichts von dem mitbekommen, was der Nachrichtensprecher erzählt hatte, so sehr war er in Gedanken versunken.

Der Gemeindeparkplatz war halb leer, als sie das Auto abstellten. Im Innern der Kirche begrüßte der Chorleiter die Neuankömmlinge lächelnd, ohne sich aber in Gespräche verwickeln zu lassen. In zwei Wochen sollte das Konzert stattfinden, und noch klappten die Stücke nicht perfekt.

Phil stand als Tenor in der hinteren Reihe, vor ihm die Frauen, die den ersten Sopran sangen. Erst als sie das erste Lied anstimmten, bemerkte er die junge Blondine direkt vor sich. Noch nie hatte er eine schönere, klarere Stimme gehört als ihre, und es fiel ihm schwer, sich auf die Noten zu konzentrieren, die er zu singen hatte. Die wunderbaren Klänge, die von vorne an sein Ohr drangen, lenkten ihn ab.

„Sind wir uns schon begegnet?“, erkundigte er sich während einer Pause bei ihr.

Die Frau drehte sich um und lächelte. „Nein.“

„Phil Bennett“, stellte er sich vor.

„Ich weiß.“

„Ach, tatsächlich?“

„Oh ja. Ich weiß so einiges über Sie, Mr. Bennett.“

Unwillkürlich straffte Phil die Schultern. Das offenkundige Interesse der hübschen Sängerin schmeichelte ihm.

Der Chorleiter schien mit dem Probenerfolg zufrieden zu sein; jedenfalls entließ er den Chor nach anderthalb Stunden.

„Das klang schön, findest du nicht auch?“, bemerkte Sandy auf der Heimfahrt.

„Ja, ich war auch zufrieden. Sag mal, wer war eigentlich die Frau, die vor mir stand?“

„Mrs. Hansen?“

„Nein, die Blondine.“

Seine Frau warf ihm von der Seite einen neugierigen Blick zu. „Vor dir stand keine Blondine.“

„Doch, wir haben sogar miteinander gesprochen. Sie war nicht zu übersehen, und zu überhören auch nicht mit ihrer engelhaften Stimme. Was für eine begabte Sängerin!“

Sandy lachte leise in sich hinein. „Und wie hieß sie?“

Einen Augenblick verstummte Phil, während er sich zu erinnern versuchte. „Ich glaube, sie hat mir ihren Namen nicht genannt.“

„Aha.“ Obwohl er Sandy nicht sehen konnte, hörte er ihrer Stimme Belustigung an.

„Wirklich, ich versichere dir, dass vor mir eine blonde Frau stand und so schön gesungen hat, wie ich es noch nie gehört habe.“

„Wenn du meinst ...“

Frauen! Nur weil Sandy die Frau nicht mit eigenen Augen gesehen hatte, glaubte sie nicht an ihre Existenz. Bei der nächsten Probe würde Phil sie ihr vorstellen. Und dann würde man sehen, ob Sandy immer noch an seinen Worten zweifelte!

6. KAPITEL

„Goodness!" Shirley wartete, bis die Kirche sich geleert hatte, bevor sie ihrer Engelskollegin eine Standpauke hielt. Sie wusste einfach nicht mehr, wie sie Goodness und Mercy in den Griff kriegen sollte. Wenn die beiden so weitermachten, würde man sie alle für ewige Zeit von der Erde verbannen. „Musstest du das wirklich tun?"

Zumindest besaß Goodness so viel Anstand, eine zerknirschte Miene aufzusetzen. „Schon gut, schon gut, du hast ja recht. Aber ich konnte es einfach nicht ertragen, wie selbstgefällig Phil Bennett sich benommen hat. Von dem Moment an, als er von den finanziellen Schwierigkeiten seines Bruders gehört hat, hat er sich ja kaum noch eingekriegt vor Freude. Und dann redet er noch ständig darüber, was für ein guter Christ er ist!"

„Wir sind nicht wegen Phil Bennett hier."

„Aber man kann ihn doch nicht vom Fall Greg Bennett trennen!"

„Nun ja, einerseits ja, andererseits nein …"

„Ich glaube nicht, dass wir uns Sorgen machen müssen", mischte sich Mercy ein. „Wenn Gabriel mit uns schimpft, dann doch wegen der Sache mit dem Heißluftballon. Verglichen damit ist es vollkommen unwichtig, ob Goodness hier in einem Kirchenchor gesungen hat oder nicht."

Shirley hatte sich nach Kräften bemüht, den Ballonzwischenfall aus ihrem Gedächtnis zu tilgen. Dass Mercy dieses Thema nun wieder aufbrachte, beruhigte ihre ohnehin zum Zerreißen gespannten Nerven keineswegs. „Bitte, erinnere mich nicht daran!"

„Wenn Gabriel davon nichts mitbekommen hat, dann brauchen wir uns auch keine …" Mitten im Satz brach Mercy abrupt ab. Ein Ausdruck des Schreckens malte sich auf ihr

Gesicht, und sie blinzelte mehrmals, bevor sie sagte: „Oh … hallo, Gabriel."

„Hallo, Gabriel", echote Goodness gehorsam, die Augen weit aufgerissen.

„Für euch immer noch ‚Erzengel Gabriel', wenn ich bitten darf", antwortete ihr Chef streng.

Ein leichter Schwindel erfasste Shirley. Sie drehte sich herum und schluckte nervös. Schon hatte sie den Mund geöffnet, um ihre Rechtfertigungen hervorzubringen, als sie sah, dass es nichts nützen würde. Die Chancen, den Erzengel damit milde zu stimmen, gingen gegen null. Sie schloss den Mund wieder.

„Ich bin gekommen, um mir einen Bericht über eure Fortschritte geben zu lassen", verkündete Gabriel kurz angebunden.

Sowohl Goodness als auch Mercy warfen Shirley flehentliche Blicke zu, die sie wütend erwiderte. Als sie endlich zu einer Antwort ansetzte, versagte ihr die Zunge fast den Dienst.

„Also?", bemerkte Gabriel. „Ich warte."

„Greg hat mit Catherine gesprochen und erfahren, dass er einen Sohn hat", brachte Shirley hervor.

„Möchtest du mir erzählen, dass Greg nach all diesen Jahren – fünfunddreißig, um genau zu sein – vollkommen *zufällig* Catherine über den Weg gelaufen ist?", erkundigte sich Gabriel.

Irgendwie wusste Shirley nie genau zu sagen, wie viel Gabriel von ihren Taten mitbekam. Allerdings vermutete sie, dass ihm nicht viel verborgen blieb. Sicher war das eine Testfrage, um zu sehen, wie viel sie gelernt hatten und wie sehr er ihnen vertrauen konnte …

Alle drei nickten übereinstimmend.

Der Erzengel runzelte die Stirn noch stärker. „Wenn ich es richtig in Erinnerung habe, lag das an einem umgefallenen Tisch mit Krabben."

„Ja, aber das war lediglich Mittel zum ..."

„... Zweck", ergänzte Gabriel den Satz für Mercy.

„Ja, und wenn ich das so sagen darf, hat es hervorragend gewirkt", erklärte Goodness kühn. „Da befanden sich die beiden nach so vielen Jahren endlich einmal zur selben Zeit am selben Ort – es wäre doch eine Schande gewesen, wenn sie aneinander vorbeigelaufen wären! Alles, was ich getan habe, war, Catherine auf Greg aufmerksam zu machen. Ob sie ihm die kalte Schulter zeigen oder ihn ansprechen wollte, war einzig und allein ihre Entscheidung."

„Ja", fiel Mercy ein. „Greg hat nie begriffen, wie stark Catherine ist."

„Dann wollt ihr mir also weismachen, dass Catherine ihn aus freiem Willen wiedergetroffen hat?"

Wieder nickten die drei.

Es zuckte um Gabriels Mundwinkel. „Wenn man es genau nimmt, hat Catherine diese innere Stärke niemand anderem als Greg zu verdanken. Sie hat sie entwickelt, als er sie sitzen ließ."

„Womöglich wären sie sich nie wiederbegegnet, wenn nicht die Krabben gewesen wären." Goodness klang so überzeugt, als wäre ihre vorschnelle Handlung ein wahrer Geniestreich gewesen.

Trotzdem sah Gabriel alles andere als begeistert aus. Und man kann es ihm nicht verdenken, dachte Shirley. Aber die unbedachte Tat hatte wunderbare Folgen nach sich gezogen, das musste sie zugeben. Auch wenn sie dagegen gewesen war.

„Gibt es noch weitere Fortschritte, die ihr mir berichten könnt?", fragte Gabriel.

Die drei sahen sich an und zuckten die Schultern.

„Wir haben Matthias besucht. Er wohnt in der Nähe von Seattle", erzählte Mercy beiläufig, als wüsste Gabriel ohnehin Bescheid. „Im Grunde hasst er Greg immer noch, aber gerade im Moment beschäftigt ihn hauptsächlich die Sorge um den Gesundheitszustand seines Enkels."

„Ach ja." Gabriel runzelte wieder die Stirn, diesmal nachdenklich. „Davon habe ich gehört. Hat das Kind nicht Krebs?"

Nickend antwortete Shirley: „Ja, und zwar die gleiche Leukämie-Abart, an der schon seine Großmutter gestorben ist." Um dem Erzengel deutlich zu machen, dass sie ihre Zeit auf der Erde sinnvoll genutzt hatten, ergänzte sie: „Außerdem haben wir bei Gregs Bruder vorbeigeschaut. Du erinnerst dich an ihn? Phil Bennett."

„Aber natürlich", versicherte Gabriel ihnen. „Ich wusste allerdings nicht, dass Goodness eine so passionierte Chorsängerin ist. Sicher meldet sie sich nächstes Jahr freiwillig, um ihr Talent in den Dienst der himmlischen Heerscharen zu stellen. Nicht wahr, Goodness?"

„Äh ..." Verzweifelt wartete die Angesprochene darauf, dass Shirley sie aus dieser Klemme befreite. Aber diese fühlte sich nicht in der Stimmung dazu. Dazu war die Episode mit dem Heißluftballon noch zu frisch. Jedes Mal, wenn sie daran dachte, stieg erneut Ärger in Shirley auf. Sicher, der Sekt hatte ihren ersten Zorn einigermaßen besänftigt, aber trotzdem ...

„Selbstverständlich übernehme ich mit Freuden jede Aufgabe, die man mir zuteilt", murmelte Goodness kleinlaut – nicht ohne Shirley einen letzten mitleidheischenden Blick zuzuwerfen.

Gabriel hob eine Augenbraue, als wollte er sagen, dass ihre Bereitschaft ihn überraschte. „Was für ein erfrischender Meinungsumschwung! Bei unserer letzten Begegnung habe ich noch ganz andere Worte aus deinem Mund gehört."

„Na ja, es gehört nicht gerade zu meinen Lieblingsaufgaben, im himmlischen Chor zu singen", räumte Goodness hastig ein. „Aber ich werde mein Bestes geben, wo immer ich deiner Meinung nach gebraucht werde."

Gabriels Miene zeigte deutlich, wie schwer es ihm fiel, ihr Glauben zu schenken. Nach einer unbehaglichen Pause fragte er endlich: „Gibt es noch etwas zu berichten?"

„Nein, nichts."

„Ganz und gar nichts."

„Null."

Eindringlich sah er die drei an. „Also gut, macht weiter. Aber denkt daran, dass Weihnachten schon in drei Wochen ist."

„Oh ja", gaben Shirley, Goodness und Mercy einstimmig zurück. Shirley hatte das Gefühl, noch einmal glimpflich davongekommen zu sein. Den Heißluftballon hatte der Erzengel nicht einmal erwähnt.

„Wie nett von dir, bei uns vorbeizuschauen", sagte Goodness.

Also wirklich – muss sie es immer übertreiben? Shirley konnte sich nur mit Mühe davor zurückhalten, ihrer Kollegin kräftig auf den Fuß zu treten.

„Oh ja", stimmte Mercy zu, „du bist jederzeit herzlich willkommen." Sie unterstrich ihre Worte mit einem Winken.

Es war ein Wunder, dass die spannungsgeladenen Blicke, die Shirley auf ihre beiden Freundinnen abschoss, deren Haare nicht zum Kräuseln brachten.

Endlich wandte Gabriel sich zum Gehen. Doch abrupt drehte er sich noch einmal um. „Ich wusste gar nicht, dass ihr eine Schwäche für Sekt habt."

Keine der drei wagte es, darauf auch nur ein Wort zu äußern. Shirley schluckte schwer. Bestimmt würden sie den Rest ihrer Tage damit verbringen, auf einer Wolke zu sitzen und Harfensaiten zu zupfen.

„Ich gehe davon aus, dass euch das Etikett nicht weiter aufgefallen ist, oder?"

Keine Antwort.

„Ja, das habe ich mir schon gedacht", bemerkte Gabriel. „Es handelte sich um einen Sekt von Bennett Wines. Greg Bennett ist ein talentierter Winzer. Es wäre schade, wenn er sein Weingut verlieren würde, meint ihr nicht auch?" Damit entschwand Gabriel in himmlische Sphären, ohne ihnen die Gelegenheit zu geben, noch etwas zu erwidern.

Greg Bennett besaß eine tief sitzende Abneigung gegen den Geruch nach Desinfektionsmittel in Krankenhäusern. Auch nun schien ihn die Wolke überwältigen zu wollen, sobald sich die Glastüren des San Francisco General Hospital öffneten. Vermutlich hatte dieser Widerwille etwas mit der langen Krankheit seiner Mutter zu tun. Dazu kam sein Ekel vor Spritzen und Blut.

Am Empfangstresen blieb er stehen.

„Was kann ich für Sie tun?", fragte ihn eine betont muntere Angestellte im grell gestreiften Oberteil.

„Wo finde ich Dr. Edward Thorpe?"

„Oh, dann sind Sie wegen des Artikels hier – wie wunderbar!"

Artikel? Welcher Artikel? Greg hatte nicht den Schimmer einer Ahnung, wovon sie sprach, aber das würde er dieser Frau nicht zeigen. Sein Sohn mochte beschlossen haben, dass er ihn nicht treffen wollte – gut, das war seine Entscheidung. Aber Greg wollte Edward sehen. Mehr als das: Er *musste* ihn sehen. Nicht, dass er es an die große Glocke hängen oder eine Szene machen würde. Er hatte noch nicht einmal vor, zu sagen, wer er war. Aber die Neugier ließ sich nicht länger unterdrücken, und schließlich hatte sie gesiegt.

Natürlich war Greg klar, dass er jedes väterliche Recht vor vielen Jahren verspielt hatte. Aber so, wie die Dinge standen, konnte es auch nicht weitergehen. Alles hatte sich geändert, seit er wusste, dass Catherine damals das Kind bekommen hatte.

Bei ihrer Begegnung hatte Catherine erwähnt, wie sehr sein Sohn ihm glich. Seitdem wünschte sich Greg, ihn zu sehen. Sie würden vermutlich kein Wort miteinander wechseln, denn Edward hatte seinen Vater zurückgewiesen, ohne ihn auch nur zu kennen. Ohne ihn kennenlernen zu wollen.

Der Apfel fällt nicht weit vom Stamm.

„Fahren Sie in den vierten Stock", erklärte die junge Frau am Empfangstresen und deutete in Richtung der Aufzüge. „Und dann sagen Sie der Krankenschwester am Tresen einfach, dass Sie wegen des Bluttests gekommen sind."

„Aha." Greg zögerte. Hatte sie wirklich „Blut" gesagt? Er würde sich definitiv von allem fernhalten, was mit Blut zu tun hatte.

„Wie wunderbar, dass Sie gekommen sind." Sie strahlte ihn so begeistert an, dass Greg am liebsten in einem Mauseloch verschwunden wäre.

Wunderbar? Er fand die Situation alles andere als das. Außerdem hatte er nicht im Entferntesten die Absicht, irgendjemandem auch nur einen Tropfen seines Bluts zu überlassen. Nur über seine Leiche.

„Und Dr. Edward Thorpe – er ist auch dort?"

„Ja, im vierten Stock", versicherte ihm die Angestellte. „Sie brauchen bei den Krankenschwestern nur nach ihm zu fragen."

„Danke", murmelte er und ging zum Aufzug.

„Nein, wir haben Ihnen zu danken!", rief sie ihm hinterher.

Im vierten Stock verließ Greg den Lift. Zu seiner Überraschung sah er sich im Gang einer wahren Menschenansammlung gegenüber. Bevor er sich, wie angewiesen, am Tresen melden konnte, drückte ihm eine Krankenschwester bereits einen Fragebogen in die Hand.

„Füllen Sie den aus, unterschreiben Sie unten auf der Seite und geben Sie mir den Bogen zurück, sobald Sie fertig sind."

Entgeistert starrte Greg sie an. „Was soll das?"

„Sie müssen den Fragebogen ausfüllen und uns Ihr Einverständnis erteilen, bevor wir Ihnen Blut abnehmen können." Anders als die muntere Angestellte im bunten Streifentop wirkte diese Krankenschwester gestresst und überarbeitet.

„Das habe ich schon verstanden, aber ..."

„Lesen Sie sich den Bogen einfach durch. Wenn Sie danach noch Fragen haben, stehe ich Ihnen gerne zur Verfügung."

Das klang vernünftig. Greg gesellte sich zu den anderen Wartenden, setzte sich und überflog den Zettel. Genau wie die Krankenschwester gesagt hatte: Das San Francisco General Hospital wollte sich von ihm die Erlaubnis geben lassen, ihm Blut abzunehmen. Nicht, dass er die jemals erteilen würde. Jedenfalls nicht, solange er noch atmete.

Sobald er das Schriftstück gelesen hatte, wusste er, dass ihm nur zu gehen übrig blieb. Gerade wollte er aufstehen und diskret verschwinden, als ein Arzt auf die Gruppe der Wartenden zukam.

Alle Gespräche verstummten, als der Mann im weißen Kittel anfing zu sprechen. Greg sah auf und erstarrte. Es war Edward. Eindeutig. Um ihn zu erkennen, musste Greg nicht erst auf das Namensschild sehen, das der Arzt um den Hals trug.

„Haben Sie alle die Einverständniserklärung unterschrieben?", fragte Dr. Thorpe. „Wenn Sie zwischenzeitlich beschlossen haben, dass Sie sich lieber doch kein Blut abnehmen lassen wollen, können Sie jetzt gehen. Trotzdem vielen Dank, dass Sie sich die Zeit genommen haben, hierherzukommen. Allen anderen, die bleiben wollen, versprechen wir, die Blutabnahme kurz und schmerzlos über die Bühne zu bringen. Sie werden gar nicht so schnell gucken können, wie wir Sie wieder auf den Heimweg schicken."

Drei oder vier der Wartenden standen auf und gingen.

Greg stand vor der Entscheidung, ihnen entweder zu folgen oder aber die Sache durchzuziehen. Entschlossen setzte er sich über seine instinktive Abneigung hinweg und unterschrieb hastig, bevor er es sich anders überlegen konnte. Na schön, dann musste er sich eben ein paar Tropfen Blut abnehmen lassen. Das war schließlich nicht der Rede wert, oder? Er würde viel mehr als das geben, wenn er sich dadurch ein paar Minuten mit seinem Sohn erkaufen könnte.

Catherine hatte recht gehabt: Edward war groß. Mehr Ähnlichkeit zu ihm selbst konnte Greg nicht ausmachen. Trotzdem konnte er die Augen nicht von ihm abwenden. Das war *sein* Sohn, und er sah gut aus. Verdammt gut. Noch etwas hatte Greg auf den ersten Blick festgestellt: dass sein Sohn all die Eigenschaften besaß, die ihm selbst fehlten – Mitgefühl, Klugheit, Selbstlosigkeit.

„Den Fragebogen, bitte", sprach ihn die Krankenschwester an, als er an ihr vorbeitrottete.

Er händigte ihr das Papier aus und folgte den anderen, die hinter Edward hergingen.

„Bevor wir weitermachen, möchte ich jedem Einzelnen von Ihnen danken, dass Sie sich von dem Zeitungsartikel haben bewegen lassen, hierherzukommen", sagte Edward. „Wir haben den ganzen November über nicht so viele Freiwillige gehabt, wie jetzt vor mir stehen. Sicher liegt das auch am Geist von Weihnachten, der uns alle berührt hat. Gibt es noch irgendwelche Fragen?"

Ein Mann, der trotz seiner jungen Jahre weiße Haare hatte, meldete sich. „Was passiert, wenn eine Übereinstimmung festgestellt wird?"

Während Edward mit einer kompliziert klingenden Erklärung medizinischer Vorgänge antwortete, neigte Greg sich zu der Frau, die vor ihm stand. „Was für eine Übereinstimmung?"

„Stammzellen", flüsterte sie zurück und beäugte ihn neugierig. „Sind Sie sicher, dass Sie hier richtig sind?"

Hatte es je eine Frage gegeben, die schwieriger zu beantworten war?

„Nein“, murmelte Greg mehr zu sich selbst als zu ihr. In seinem Leben war gar nichts mehr sicher. Neugier hatte ihn in dieses Krankenhaus geführt – eine brennende Neugierde, die ihn schon seit Tagen verzehrte. Nach fünfunddreißig Jahren der Ahnungslosigkeit, der Sorglosigkeit, verspürte er plötzlich ein übermächtiges Verlangen, seinen Sohn zu sehen.

„Wer möchte den Anfang machen?“

Bevor Greg sich zurückhalten konnte, hatte er schon die Hand gehoben.

„Wunderbar. Kommen Sie mit.“

Greg trat aus der Schlange und folgte seinem Sohn den Gang hinunter, wo Edward ihn in eine abgetrennte Nische führte.

„Die Krankenschwester kommt gleich, um das Blut abzunehmen.“

„Aber tun Sie das denn nicht selbst?“ Greg spürte, wie Panik in ihm aufstieg.

Achselzuckend antwortete Edward: „Das ist normalerweise die Aufgabe der Krankenschwestern.“

„Mir wäre es lieber, wenn Sie es selbst machen würden. Nein, ich bestehe sogar darauf.“

Edward wandte sich zu ihm um und sah ihm ins Gesicht. In seinen Augen las Greg Überraschung. Obwohl der Arzt im ersten Moment offenbar ablehnen wollte, besann er sich plötzlich eines anderen – weshalb, wollte Greg am liebsten gar nicht so genau wissen. Jedenfalls führte Edward ihn zu dem Stuhl in der Ecke und bat ihn, sich zu setzen.

Greg gehorchte und rollte den Hemdsärmel hoch.

„Kenne ich Sie?“, erkundigte sich Edward, der ihn fragend musterte.

„Nein. Erinnere ich Sie denn an jemanden?“ Greg war

durchaus bewusst, dass er eine unfaire Frage stellte.

„Nein. Ich dachte, Sie wären vielleicht ein Freund meines Vaters, Dr. Larry Thorpe."

„Nein. Ich bin ihm nie begegnet."

Edward griff nach einer Manschette, die er fest um Gregs Oberarm legte. Als Nächstes betastete er die Haut in der Armbeuge. „Schöne Gefäße. Das sollte unproblematisch sein."

„Gut." Beim Anblick der Nadel bekam Greg einen trockenen Mund, und er schloss die Augen. Zusätzlich wandte er noch den Kopf ab. Die Situation kam ihm noch schlimmer vor als bei seiner letzten Blutabnahme. Jetzt spürte er die Nadel, die gegen die Haut drückte, und versuchte sich innerlich gegen den Pikser zu wappnen. Als Kind war er bei jeder Impfung im Behandlungszimmer des Arztes umgekippt, und diese Erfahrung wollte er nicht wiederholen. Das alles war natürlich Jahre her. Aber selbst jetzt, als Erwachsener, mied er Blutuntersuchungen, wo er nur konnte und ... Die Nadel war das Letzte, was er spürte, bevor er Edwards Stimme hörte. Sie dröhnte ihm in den Ohren wie das Nebelhorn eines Schiffes.

„Hören Sie mich?"

Greg blinzelte und stellte fest, dass er auf dem Boden lag. Neben ihm kniete Edward.

Ihre Blicke begegneten sich, bis Greg die Augen abwandte. „Was ist passiert?", fragte er durch die Watte hindurch, die ihn zu umgeben schien.

„Sie sind ohnmächtig geworden."

„Wirklich?" Abrupt setzte Greg sich auf. Am liebsten wäre er dieser unwürdigen Situation einfach entflohen, aber bei seiner plötzlichen Bewegung fing der Raum an, sich auf höchst beunruhigende Art und Weise zu drehen.

„Langsam, langsam", riet ihm Edward, reichte ihm eine Hand und half ihm auf die Beine. „Ich habe eine der Krankenschwestern gebeten, bei Ihnen Blutdruck zu messen. Sagen Sie mal, wann haben Sie das letzte Mal etwas gegessen?"

„Ach, das ist schon in Ordnung. Heute Morgen habe ich gut gefrühstückt." Das war eine Lüge. Weder war alles in Ordnung, noch hatte er am Morgen etwas zu sich genommen. „Es ist nur so, dass ich Spritzen nicht besonders mag."

„Dann haben Sie sehr tapfer gehandelt, als Sie hierhergekommen sind."

„Tapfer?" Bitter lachte Greg auf. „Ich bin der größte Feigling, der je auf dieser Erde gelebt hat."

7. KAPITEL

Am Morgen des nächsten Montags erkannte Greg, dass ihm kein anderer Ausweg blieb. Es würde ihm nicht leichtfallen, bei der Pacific Union Bank um einen Kredit nachzusuchen, aber eine andere Möglichkeit hatte er nicht mehr. Er war noch nie jemand gewesen, der andere um Hilfe anbettelte. Bisher hatte er noch nie betteln *müssen*, aber wenn es das war, was Bennett Wines rettete, dann würde er es tun. Sogar mehr als das.

Das Schlimmste daran war, dass er ausgerechnet seinen eigenen Bruder anbetteln musste. Vermutlich würde es Phil die allergrößte Genugtuung bereiten, ihn einen Versager zu nennen. Und damit hätte er noch nicht einmal so furchtbar unrecht. Greg *fühlte* sich als Versager.

Trotz seiner düsteren Laune bereitete Greg sich sorgfältig auf den Termin vor und warf sich in seinen besten Anzug. Gerade wollte er das Haus verlassen, als das Telefon klingelte. Ein kurzer Blick auf die Nummer im Display sagte ihm, dass es sich diesmal nicht um einen Gläubiger handelte.

„Hallo", bellte er barsch in den Hörer.

„Hallo, Greg."

Es war Tess, seine Fast-schon-Exfrau. Exfrau Nummer drei. „Was ist los? Willst du mir jetzt auch noch das letzte Hemd ausziehen?", fragte er höhnisch. Das Letzte, was er jetzt brauchte, war eine Unterhaltung mit der verzogenen, selbstsüchtigen Tess.

„Ich habe von deinen Geldproblemen gehört."

„Bestimmt freust du dich auch noch darüber."

Er hörte, wie sie am anderen Ende der Leitung scharf die Luft einsog. „Ich wünsche dir nichts Schlechtes, Greg."

Nicht, dass er ihr auch nur eine Sekunde lang glaubte. „Was willst du?" Er hatte eine unangenehme Aufgabe vor sich, die all seine Konzentration erforderte. In dieser Situation wollte er sich nicht durch noch unangenehmere Dinge ablenken lassen.

„Ich rufe an, weil ich erst jetzt verstehe, wie groß deine finanziellen Schwierigkeiten wirklich sind, und, na ja … es tut mir leid."

Er sagte nichts darauf.

„Ich wünschte, du hättest mir früher davon erzählt. Wenn ich das gewusst hätte, dann …"

„Hätte es irgendeinen Unterschied gemacht?" Ihre Schwierigkeiten hatten begonnen, lange bevor das Virus seine Weinberge befallen hatte. Lange bevor er sich mit einer finanziellen Krise nach der anderen konfrontiert sah. Schon bei der Hochzeit mit Tess hatte er gewusst, dass sie vermutlich einen großen Fehler begingen. Aber auch das hatte ihn nicht aufhalten können. Er hatte sie gewollt, und sie wünschte sich, Mrs. Bennett zu werden, weil sie damit von seinem Ansehen profitierte. Immerhin hatten sie ein hübsches Paar abgegeben. Gerade im Moment sah es allerdings danach aus, als wäre das schon alles, was man an Positivem über sie sagen konnte.

Greg lebte nicht gern allein, aber vermutlich würde er sich eines Tages daran gewöhnen.

Tess antwortete ihm nicht sofort auf seine nachdrückliche Frage. „Wenn ich von deinen Schwierigkeiten gewusst hätte, dann glaube ich, dass es schon etwas verändert hätte."

Unglaublich, was für ein positives Selbstbild die meisten Frauen haben, dachte er zynisch. „Glaub doch, was du willst."

„Ach, Greg. Hasst du mich wirklich so sehr?"

Ihre Worte brachten ihn zur Besinnung. „Ich hasse dich überhaupt nicht", antwortete er und erkannte zu seiner Überraschung, dass er die Wahrheit gesagt hatte. Es tat ihm leid, dass die Ehe zerbrochen war, aber es hatte ihn nicht überrascht. Tatsächlich hatte er schon lange vor Tess' Auszug damit gerechnet.

„Wirklich nicht?" Sie klang überrascht, fing sich aber

schnell wieder. „Gut, denn ich habe nachgedacht und würde dir gerne einen Vorschlag machen. Wollen wir unsere Rechtsanwälte nicht fortschicken und die Scheidung untereinander regeln? Ich kann mir ein Honorar von dreihundert Dollar pro Stunde nicht leisten, und du auch nicht."

Greg wusste nicht recht, ob er diesem plötzlichen Meinungsumschwung trauen sollte. „Meinst du das ernst?"

„Natürlich."

„Na gut, dann schlag eine Zeit und einen Ort vor. Ich werde da sein." Eigentlich ärgerte ihn, wie eifrig er plötzlich klang. Aber er wollte die Rechtsanwälte loswerden – und zwar genauso dringend, wie Tess das wollte. Ohne diese Leute, die im eigenen Interesse die Feindseligkeiten zwischen den Eheleuten schürten, hatten Tess und er die Chance, sich gütlich zu einigen.

„Wie wäre es mit Dienstagabend?", schlug sie vor.

Greg notierte sich Zeit und Ort und beendete das Telefongespräch mit einem Abschiedsgruß, den man schon beinahe als freundlich bezeichnen konnte.

So, so. Das Leben steckte voller Überraschungen, und nicht alle waren unangenehm.

Die Fahrt in die Stadt dagegen war unangenehm. Dichter Verkehr behinderte das Vorwärtskommen. Als Greg dann auch noch fast eine Stunde brauchte, bis er einen Parkplatz gefunden hatte – der noch nicht einmal in der Nähe des Bankenviertels lag –, verlor er beinahe die Fassung. Solche Parkplatzgebühren zu nehmen sollte gesetzlich verboten werden! grummelte er vor sich hin. Das hier war sein dritter Besuch in der Stadt innerhalb von zehn Tagen. Dabei blieb er viel lieber zu Hause, um seine Rolle als Gutsherr zu spielen. Aber wenn es ihm nicht gelang, ein Darlehen zu bekommen, hatte er wohl bald ausgespielt.

Auf den Gehwegen drängten sich die Menschen, die während ihrer Mittagspause noch rasch etwas erledigten. Ein kalter Wind wehte von der Bucht herüber, und Greg zog die Schultern hoch. Beim Gehen versuchte er so gut es ging, die festlichen Dekorationen an den Bankgebäuden zu ignorieren, aber jedes Mal, wenn sich eine Tür öffnete, drang der Klang von Weihnachtsliedern auf die Straße heraus.

Ich hoffe nur, dass ich Phil zumindest jetzt noch nicht begegnen muss. Am liebsten auch später nicht. Er kannte Phil. Sein Bruder würde mit dem größten Vergnügen den Antrag höchstpersönlich ablehnen. Möglicherweise wäre er auch gnädig und würde diese Aufgabe an einen niederen Angestellten delegieren. Aber darüber musste sich Greg zum jetzigen Zeitpunkt noch keine Sorgen machen. Heute ging es lediglich darum, den ersten Schritt zu unternehmen: ein Gespräch mit dem Kreditsachbearbeiter zu führen und die Unterlagen zusammenzustellen. Sobald der Papierkram erledigt war, konnte er sich verabschieden. Er würde wieder einmal eine Bank verlassen. Und dann begann das Warten auf die nächste Ablehnung.

Seine pessimistische Haltung war ihm selbst zuwider, aber in der gesamten vergangenen Woche war nichts passiert, was ihn Hoffnung hätte schöpfen lassen. Sein Bruder hasste ihn, daran ließ sich nichts deuteln. Außerdem war Phil nicht der Mann, der einen schlimmen Streit einfach vergeben und vergessen würde. Wenn er Greg nach zehn Jahren noch nicht verziehen hatte, würde er das wohl kaum jetzt tun.

Greg wusste, dass Phil immer eifersüchtig auf ihn gewesen war. Nur der Grund dafür war ihm nicht klar. Vermutlich war Gregs größte Sünde die Tatsache, dass er der Jüngere war. Und natürlich, dass er sich ebenso sehr wie ihr Vater fürs Weinmachen begeisterte. Mochte Phil glauben, was er wollte – Greg hatte ihre Mutter geliebt. Ihr Tod hatte ihn hart getroffen, obwohl man damit hatte rechnen müssen.

Damals hatte er nicht gewusst, wie kritisch ihr Zustand tatsächlich war. Am Abend zuvor telefonierten sie noch kurz miteinander, und obwohl sie schwach klang, ermunterte sie ihn, sich um seine Angelegenheiten zu kümmern. Er sollte den Gerichtstermin nicht absagen, erklärte sie. Natürlich glaubte er daraufhin, es bliebe noch reichlich Zeit für einen Besuch. Sie hatte wirklich nicht wie jemand gewirkt, der an der Schwelle des Todes stand.

Der Streit, den er mit Phil nach der Beerdigung hatte, war der Tiefpunkt seines Lebens gewesen. Doch jede Beschimpfung, die Phil ihm damals an den Kopf geworfen hatte, hatte Greg seitdem mehr als einmal gegen sich selbst gerichtet.

Sobald Greg den Kreditantrag der Pacific Union Bank fertig ausgefüllt hatte, ging er zu seinem Auto zurück. Die Gebühr, die er beim Parkplatzwächter entrichten musste, kam schon beinahe einem Lösegeld gleich. Aber statt sich zum St. Francis Hotel zu wenden und sich wie üblich einen Drink zu genehmigen, fuhr er nach Viewcrest. Auf dem dortigen Friedhof lag seine Mutter.

Mehr als eine Stunde verbrachte er damit, die grasbewachsenen Gräberreihen abzulaufen, bevor er den Stein seiner Mutter fand. *Lydia Smith Bennett, 1930 – 1989.* Er stand lange da und betrachtete die Inschrift. Den Stein hatte Phil in Auftrag gegeben, so wie er alle Einzelheiten rund um die Beerdigung organisiert hatte.

Greg stand zum ersten Mal seit der Trauerfeier an ihrem Grab. Endlich schüttelte er den Kopf und wischte sich die Tränen von den Wangen. Aber das überwältigende Gefühl, dass so viel ungesagt geblieben war, ließ sich nicht einfach wegwischen. *Ich habe dich geliebt, Mom. Wirklich. Es tut mir so leid …*

„Hat eine von euch ein Taschentuch?“, schluchzte Mercy. Als niemand antwortete, warf sie sich Goodness in die Arme und wischte sich die Augen an dem weichen Ärmel der Freundin ab.

„Würdest du das bitte lassen?“ Goodness klang verdächtig gedämpft, als sei sie selbst den Tränen nah.

Auch Shirley musste sich anstrengen, sich von ihren Gefühlen nicht überwältigen zu lassen. Dazu tat es einfach zu weh, Greg so zu sehen: gebrochen und verzweifelt. Man erkannte ihn kaum wieder. Shirley wusste nicht, wann oder wie es angefangen hatte, aber irgendwie war ihr dieser Mann allmählich ans Herz gewachsen. Und Goodness und Mercy schien es auch nicht anders zu gehen.

„Wir müssen einfach etwas unternehmen, um Greg zu helfen!“

„Das versuchen wir ja schon“, wandte Shirley ein.

„Aber es geht ihm wirklich schlecht.“

„Ich vermute, dass es sogar noch schlimmer kommt.“ Aus Angst vor dem, was die Zukunft bringen würde, flüsterte Shirley die Worte beinahe.

„Sag, dass das nicht wahr ist.“ Mercy schluchzte noch lauter als zuvor.

„Sein Bruder lehnt den Kreditantrag ab, stimmt's?“

Shirley konnte sich nicht vorstellen, dass Phil eine andere Entscheidung treffen würde, und sagte das auch.

„Aber nicht, solange ich dabei ein Wörtchen mitzureden habe!“, rief Goodness aus. „Ich finde, es wird Zeit, dass ich mich noch einmal zur Chorprobe aufmache.“

„Goodness, nein!“

„Es ist mir egal, ob Gabriel mich danach in den himmlischen Chor schickt oder mich sogar zum Tordienst abstellt. Vorher werde ich Phil Bennet gründlich meine Meinung sagen.“

„Goodness!“, keuchte Mercy entsetzt.

„Was?“

„Goodness“, setzte Shirley an. „Du …“

„Ich komme mit.“ Von der Seite warf Mercy einen Blick auf Shirley.

Diese sah, dass ihr keine andere Wahl blieb. „Also gut. Aber wir können nicht alle drei in den Chor gehen."

„Warum nicht?" Mercy eilte bereits hinter Goodness her.

Staunend schüttelte Shirley den Kopf. Sie würden schon wieder Gabriels Zorn heraufbeschwören, so viel war sicher. Hoffentlich würde sich das Opfer, das sie für Greg Bennett brachten, wenigstens auszahlen.

„Phil! Hast du auch nur ein Wort von dem mitbekommen, was ich den ganzen Abend über geredet habe?"

Phil senkte die Zeitung und sah seine Frau an. „Wie meinst du das?"

Doch Sandy warf lediglich mit einem entnervten Stöhnen den Kopf zurück, um gleich darauf in der Küche zu verschwinden.

Widerstrebend folgte Phil ihr. Er hätte ahnen können, dass er mit seinem Ausweichmanöver nicht einfach davonkam. Nach so vielen Jahren Ehe gab es nicht viel, was er vor Sandy verbergen konnte. Er *war* tief in Gedanken versunken gewesen, das stimmte. Und wieder einmal ging es um seinen Bruder – diesen nichtsnutzigen, verantwortungslosen Tunichtgut, der früher einmal der Liebling aller gewesen war. Aber die Zeiten waren vorbei.

„Greg ist heute Nachmittag in die Bank gekommen", erzählte Phil beiläufig, während er sich einen Becher heißen Kaffee eingoss.

Zumindest hatte er damit Sandys Aufmerksamkeit geweckt. „Hast du ihn gesprochen?" Sie wusste so gut wie er, dass die Brüder seit der Beerdigung kein Wort mehr miteinander gewechselt hatten.

„Äh, nein." Er zog die Schultern hoch und versuchte, eine Miene des Bedauerns aufzusetzen. „Dave Hilaire hat sich um ihn gekümmert."

„Heißt das, dass Greg sich um einen Kredit bewirbt?"

Nach außen hin ließ Phil es bei einem bloßen Nicken bewenden, aber innerlich machte er Luftsprünge vor Freude.

„Seit Wochen lese ich davon, mit welchen Schwierigkeiten die Weingüter derzeit zu kämpfen haben", bemerkte Sandy nachdenklich. „Es muss schrecklich sein, wenn ein einziges Virus die Arbeit von Generationen einfach auslöscht. Soweit ich weiß, waren einige Betriebe stärker betroffen als andere."

„Gregs Weinberge haben mit am schlimmsten unter der Krankheit gelitten", erklärte Phil im selben sachlichen Tonfall.

„Ich habe mich schon gefragt, wie es bei Bennett Wines wohl gehen mag ..."

„Ich auch." Er gab sich alle Mühe, mitfühlend zu klingen.

Trotzdem musterte Sandy ihn aus misstrauisch zusammengekniffenen Augen, und Phil musste sich zusammenreißen, um seine wahren Gefühle nicht zu zeigen. Dieses Virus – oder zumindest etwas in der Art – war genau das, worauf er jahrelang gewartet hatte. *Gerechtigkeit. Vergeltung. Rache. Mir egal, wie man es nennen möchte.* Phil hatte lange auf den Tag gewartet, an dem Greg angekrochen kommen und ihn um Hilfe anbetteln würde. Und nun war es so weit.

„Kannst du es einrichten, dass man ihm den Kredit gewährt?"

„Ich ... ich weiß nicht", wich Phil aus. Schließlich konnte er kaum zugeben, dass er lieber in aller Öffentlichkeit nur mit einem Tanga bekleidet herumlaufen würde, bevor er das Geld freigab, das Greg brauchte.

„Aber du tust doch, was du kannst, oder?" Sandy legte Nachdruck in ihre Stimme, und es fiel Phil schwer, ihrem Blick standzuhalten.

„Natürlich", versprach er im Tonfall größter Aufrichtigkeit.

Sie seufzte, kam auf ihn zu und küsste ihn auf die Wange. „Gut. Ich habe immer gehofft, dass ihr beiden eines Tages eure

Differenzen aus dem Weg räumt."

Um ihr nicht wieder ins Gesicht sehen zu müssen, umarmte er sie. „Ich weiß."

„Du bist alles, was Greg noch an Familie besitzt."

Das stimmte zwar, aber seinen Bruder schien dieser Gedanke bisher auch nicht gekümmert zu haben. Deshalb sah Phil auch nicht ein, warum er sich davon beeinflussen lassen sollte. Greg war erst zu ihm gekommen, als er Hilfe brauchte – und auch nur, *weil* er Hilfe brauchte. Allein dadurch war jede Entschuldigung, jeder Versöhnungsversuch bloße Heuchelei. So sah es jedenfalls Phil. Nicht, dass er selbst die Absicht hatte, seinem Bruder zu verzeihen oder sich mit ihm zu vertragen. Dafür war es einfach zu spät. Und ein gerechter Gott würde bestimmt verstehen, dass es Dinge gab, die nicht vergeben werden konnten. Oder?

„Armer Greg", flüsterte Sandy.

Stimmt, und wenn ich mit ihm erst fertig bin, wird er noch viel ärmer dran sein.

„Kein Wunder, dass du mir vorhin nicht richtig zugehört hast", sagte Sandy und befreite sich aus seiner Umarmung. „Du hattest ganz andere Sachen im Kopf."

„Es tut mir echt leid, Schatz."

„Du hilfst ihm doch wirklich, oder?" Offenbar brauchte Sandy seine beruhigende Zusicherung, dass Greg das Geld bekommen würde.

Wieder nickte er, ohne sie anzusehen.

„Schön. Damit hast du vermutlich alle Hände voll zu tun. Wir lassen die Chorprobe einfach ausfallen. Ich rufe Andrew an und sage ihm, dass wir nicht können."

Andrew war der Chorleiter. „Dass wir was nicht können?"

„Heiligabend mitsingen."

„Einen Moment mal", wandte Phil ein. „Wieso das denn? Wir haben doch keine Pläne für Heiligabend, oder? Schließlich können die Mädchen erst am ersten Weihnachtstag herkommen."

„Bist du sicher, dass du immer noch mitsingen willst?", fragte Sandy. Sie klang erfreut.

„Hundertprozentig sicher."

„Du willst bloß die Blondine wiedersehen, stimmt's?", neckte sie ihn.

Die blonde Frau, mit der er sich Anfang der Woche in der Probe unterhalten hatte, war zu den letzten beiden Terminen nicht erschienen. Langsam verlor Phil den Mut. Aber auch wenn Sandy ihn damit immer wieder aufzog: Er hatte sich die hübsche Sängerin nicht einfach zusammenfantasiert.

„Vielleicht habe ich sie mir doch eingebildet", sagte er im gleichen scherzhaften Ton, um Sandy zu besänftigen. „Schließlich muss ich dafür sorgen, dass du nicht zu übermütig wirst."

„Das Konzert an Heiligabend findet in einem Krankenhaus statt, im San Francisco General." An Sandys Blick sah Phil, dass sie nun doch mit einer Absage rechnete.

„Das ist in Ordnung." Krankenhäuser waren vielleicht nicht seine absoluten Lieblingsorte, aber damit konnte er leben.

Außerdem entsprach es dem Geist von Weihnachten, Kranke mit Liedern zu erfreuen. Immerhin feierte man das Fest der Liebe und Menschlichkeit, und von beidem hatte Phil reichlich zu verschenken. Nicht gerade an seinen Bruder, aber das war Gregs eigene Schuld. *Was der Mensch sät, das wird er ernten.* Das stand irgendwo in der Bibel, und genau diese Worte würde er jedem entgegenschleudern, der sein Handeln infrage stellte.

Oh ja, sein Bruder würde genau das bekommen, was er verdiente.

8. KAPITEL

Matthias verließ das Flugzeug und ging über den langen Flugsteig zum Terminal des San Francisco Airport. Er war gekommen, um Weihnachten mit seinem Enkel zu verbringen – möglicherweise das letzte, das der Junge noch erleben würde.

Sobald er seine Tochter in der Menschenmenge entdeckte, lief er auf sie zu. „Gloria!" Er umarmte sie fest, bevor er sie unauffällig musterte. Sie hatte abgenommen, sah blass und schlecht aus. Jeden Tag miterleben zu müssen, wie ihr Sohn dem Tod wieder einen Schritt näher kam, war entsetzlich. Bei ihrem Anblick erinnerte Matthias sich wieder, wie sehr ihn Marys Krankheit mitgenommen hatte. Damals hatte auch Gloria gelitten – und nun musste sie erneut die ganze Trauer, den ganzen Schmerz durchmachen … Wie ertrug sie es nur?

„Oh, Daddy, es gibt wunderbare Neuigkeiten!", rief seine Tochter aus. „Man hat einen Spender gefunden!"

Die unerwartete Erleichterung und Dankbarkeit, die auf Matthias einstürmten, ließen seine Knie weich werden. „Wo?", erkundigte er sich heiser. „Wer ist es?"

„Ich kenne seinen Namen nicht. Es ist ein Fremder, der sich auf den Aufruf in dem Artikel letzte Woche gemeldet hat. In der Zeitung stand, dass Freiwillige gesucht werden, und daraufhin haben etliche Leute einen Bluttest gemacht. Dr. Thorpe hat gesagt, dass er den Betreffenden heute Nachmittag noch anrufen will. Dann kann die ganze Prozedur noch vor Weihnachten starten. Ist das nicht herrlich? Ach, Daddy, ich kann dir gar nicht sagen, wie glücklich ich bin!"

„Ein schöneres Weihnachtsgeschenk hätte man mir gar nicht machen können."

„Mir geht es genauso." Glorias Augen glänzten feucht. „Dr. Thorpe hat gesagt, dass die genetischen Merkmale in ungewöhnlichem Maß übereinstimmen. Er klang wirklich hoffnungsvoll, Dad. Natürlich ist er nicht so weit gegangen, mir gleich zu sagen, dass diese Spende Tanner das Leben retten kann. Aber ich weiß, dass es so ist – ich spüre einfach, dass jetzt alles gut wird.“ Endlich gab sie den Kampf gegen die Tränen auf und ließ ihnen freien Lauf.

„Wann kann ich mein Enkelkind sehen?“, fragte Matthias. Er konnte es gar nicht abwarten, endlich zum Krankenhaus zu kommen.

Während der Fahrt in die Stadt unterhielten sie sich die ganze Zeit angeregt. Im Krankenhaus angekommen, eilten sie beinahe im Laufschritt in den siebten Stock. Trotz seiner Schwäche saß Tanner aufrecht im Bett und erwartete Matthias.

„Hallo, Grandpa.“ Das fröhliche Grinsen ließ für einen Moment die dunklen Schatten unter den eingesunkenen Augen vergessen.

„Hallo, Tanner.“ Vorsichtig umarmte Matthias seinen Enkel, ängstlich darauf bedacht, den zerbrechlichen kleinen Körper nicht zu stark zu drücken. Tanner so zu sehen brach ihm beinahe das Herz.

„Grandpa, weinst du?“

„Nur, weil ich so glücklich bin.“ Matthias blickte auf und warf seiner Tochter und der jungen Krankenschwester, die neben dem Bett stand, ein entschuldigendes Lächeln zu.

„Jetzt wird alles gut“, versicherte Gloria ihm von Neuem. Matthias glaubte ihr. Nun würde sich wirklich alles zum Guten wenden.

„Hallo“, knurrte Greg in sein Handy. Telefongespräche hatten noch nie zu seinen Lieblingsbeschäftigungen gehört, und diese neumodischen Dinger fand er besonders lästig.

„Spreche ich mit Greg Bennett?“

„Ja.“ Erneut legte er so viel Ungeduld in seine Stimme, wie

er nur konnte. Er schritt gerade die Reihen toter und sterbender Rebpflanzen im Weinberg ab. Dabei musste er mit endgültiger Gewissheit erkennen, dass sich hier nichts mehr retten ließ. Die Arbeit von fünfzig Jahren war unwiderruflich verloren.

„Hier spricht Dr. Edward Thorpe vom San Francisco General Hospital."

Greg bekam einen solchen Schrecken, dass er beinahe das Handy hätte fallen lassen. „Äh … ja, Dr. Thorpe."

„Ich wollte fragen, ob Sie vielleicht bereit wären, heute Nachmittag ins Krankenhaus zu kommen." Die Stimme am anderen Ende der Leitung klang angenehm und selbstsicher. Und hörte er dort wirklich einen erleichterten Unterton heraus?

„Ja, ich komme", erklärte Greg sofort.

„Natürlich ist mir klar, dass das sehr kurzfristig kommt, und dazu noch in der Weihnachtszeit, aber …"

„Nein, schon gut. Ich komme", unterbrach ihn Greg. „Um welche Uhrzeit?"

„Würde Ihnen drei Uhr passen?"

„Natürlich." Doch dann konnte Greg der Versuchung nicht widerstehen, ins Handy zu fragen: „Könnten Sie mir denn sagen, worum es geht?"

„Es wäre mir lieber, wenn wir das hier besprechen könnten." Nachdem Edward ihm genau erklärt hatte, wo er ihn im Krankenhaus finden würde, beendete er das Gespräch.

„Dann sehen wir uns um drei", sagte Greg, klappte das Handy zu und ließ es in seine Brusttasche gleiten. Er tat einen tiefen Atemzug und hielt einen Moment die Luft an, bevor er sie langsam wieder ausströmen ließ.

Irgendwie, auf welche Weise auch immer, musste Edward die Wahrheit über ihre Verwandtschaft herausgefunden haben. Offenbar hatte sein Sohn sich daraufhin eines Besseren besonnen und wollte seinen leiblichen Vater nun doch kennenlernen.

Obwohl Greg ihm keine Entschuldigung anbieten konnte für das, was er Catherine angetan hatte, war er für Edwards Entscheidung dankbar. Er wollte, dass sein Sohn wusste, wie stolz er auf ihn war. Natürlich durfte Greg keinerlei Anteil für sich beanspruchen. Edward schuldete ihm nichts. Greg hoffte lediglich, dass sein Sohn ihm eines Tages verzeihen würde. Dass er eine Beziehung zu ihm aufbauen konnte – aber darum würde er nicht bitten. Genau wie alles andere lag das einzig und allein in Edwards Hand.

Langsam wurde die Fahrt in die Stadt schon zur Routine. Greg stellte fest, dass er sich nervös fühlte, gleichzeitig aber auch freudig erregt. Er parkte dort, wo Edward es ihm geraten hatte, und folgte der Wegbeschreibung, die er sich notiert hatte. Erst als er im Aufzug stand, bemerkte er, dass ihn diesmal der übliche Krankenhausgeruch nicht mit Abscheu erfüllt hatte. Das, fand er, war ein gutes Zeichen.

Edward erwartete ihn schon, als sich die Lifttüren öffneten, und begleitete ihn in sein Büro. Mit Befriedigung stellte Greg fest, dass Edwards Arbeitszimmer genauso aufgeräumt und wohlorganisiert aussah wie sein eigenes. Auf dem Schreibtisch des Arztes fanden sich lediglich ein Computerbildschirm, eine Uhr und ein Set mit Kugelschreiber und Bleistift. Ein paar Fotos standen auf dem niedrigen Aktenschrank dahinter. Auf einem von ihnen erkannte Greg Catherine, die neben einem grauhaarigen Endfünfziger stand. Das musste ihr Mann sein.

„Ihre Frau?“, erkundigte sich Greg und wies auf das goldgerahmte Bild einer jüngeren Frau.

Edward nickte.

„Ich war dreimal verheiratet“, stieß Greg hervor, bevor er sich bremsen konnte. Im nächsten Moment hätte er sich am liebsten selbst einen Tritt versetzt.

Zum Glück besaß Edward den Takt, so zu tun, als hätte er die Bemerkung nicht gehört. „Ich nehme an, Sie können sich schon denken, weshalb ich Sie hergebeten habe."

Es gefiel Greg, dass Edward offen genug war, gleich zum springenden Punkt zu kommen. „Ich habe eine Ahnung."

„Gut", sagte der Arzt. Eine gewisse Anspannung schien von ihm abzufallen. „Wenn das so ist, dann würde ich Sie gerne einem ganz besonderen Menschen vorstellen."

Greg zögerte. „Jetzt?" Eigentlich hatte er gedacht, dass es alle möglichen anderen Dinge zu besprechen gab, bevor er irgendjemand weiteren kennenlernte. Aber gut, sollte sein Sohn ruhig den Kurs vorgeben.

„Sie haben doch nichts dagegen?"

„Nein, in Ordnung." Nachdem sein letzter Versuch, Edward zu sehen, kläglich gescheitert war, empfand Greg einfach nur Dankbarkeit, eine zweite Chance zu bekommen. Gott sei Dank hatte Edward mit keinem Wort auf die Ereignisse bei ihrer letzten Begegnung angespielt.

Der Arzt geleitete ihn zu den Aufzügen, und gemeinsam fuhren sie ein paar Stockwerke in die Höhe. Als die Türen aufglitten, schienen sie sich auf einer Kinderstation zu befinden. Greg runzelte die Stirn, stellte aber keine Fragen. Schweigend folgte er Edward zu einem Zimmer ganz am Ende des Ganges.

„Das ist Tanner Westley", flüsterte Edward und nickte in Richtung des schlafenden Jungen.

Die medizinischen Geräte, von denen Schläuche in den kleinen Körper führten, ließen keinen Zweifel daran: Dieser Patient war ernsthaft krank.

„Sollte ich ihn kennen?", erkundigte Greg sich ebenfalls im Flüsterton.

Doch Edward schüttelte den Kopf. „Lassen Sie uns in mein Büro zurückgehen. Dort erkläre ich Ihnen, wie die ganze Prozedur abläuft."

Prozedur? Greg fühlte sich etwas verwirrt. Trotzdem folgte er Edward in dessen Arbeitszimmer.

Sobald sie wieder zu beiden Seiten des Schreibtisches Platz genommen hatten, begann Edward: „Ich kann Ihnen gar nicht sagen, wie erleichtert ich war, als ich die Übereinstimmung mit Tanner bemerkte."

„Übereinstimmung?"

„Des Knochenmarks", erklärte er und musterte Greg aufmerksam. „Deshalb sind Sie doch hier. Um Knochenmark zu spenden."

„Nein. Auf keinen Fall." Bevor er es gewahr wurde, war Greg aufgestanden und schüttelte hektisch den Kopf. „Sie wollen, dass ich Knochenmark spende? Das muss ein Witz sein! Sie haben doch mit eigenen Augen gesehen, was passiert, wenn man mir Blut abnimmt."

„Aber Sie sind ins Krankenhaus gekommen, um sich testen zu lassen. Sicher wussten Sie …"

„Ich sage Ihnen, die Einwilligung dazu bekommen Sie nur über meine Leiche!"

„Bitte, setzen Sie sich doch wieder." Ruhig wies Edward auf den Stuhl.

Es fiel Greg schwer, seine Enttäuschung zu unterdrücken. Dann hatte dieses Treffen also nichts damit zu tun, dass Edward seinen leiblichen Vater kennenlernen wollte! Es ging seinem Sohn lediglich darum, einem vollkommen Fremden zu helfen. Immer noch schüttelte Greg den Kopf. Weder Geld noch gute Worte – noch nicht einmal von seinem Sohn – würden ihn dazu bringen, sich wieder eine Nadel in den Arm stechen zu lassen. Schon gar nicht irgendwo anders hin.

„Bevor Sie ablehnen, lassen Sie mich erst einmal erklären."

„Eher lernen Schweine fliegen, als dass Sie mich dazu überreden." Greg konnte sich nicht zurückhalten, ihm diese Worte an den Kopf zu knallen. Trotzdem setzte er sich wieder hin und verschränkte abwehrend die Arme vor der Brust.

„In zwei Wochen wird man Tanner in einen absolut keimfreien Raum bringen, um mit hoch dosierter Chemotherapie und Bestrahlung alle seine Knochenmarkzellen zu zerstören – sowohl die gesunden als auch die entarteten. Es ist die einzige Möglichkeit, die wir besitzen, um den Krebs zu zerstören."

„Hören Sie ..."

„Lassen Sie mich bitte ausreden. Wenn Sie danach immer noch derselben Meinung sind, dann ... dann können wir darüber sprechen."

Innerlich stöhnte Greg auf, aber er sah ein, dass ihm nichts anderes übrig blieb, als zuzuhören. Sobald Edward seine Erklärung beendet hätte, würde er selbst unter einem Vorwand aufstehen und so schnell wie irgend möglich verschwinden.

„Für Tanner beginnt damit eine gefährliche Phase, in der er jederzeit eine Infektion bekommen kann. Am Tag der Transplantation wird man Ihnen Knochenmark entnehmen, das Tanner dann über mehrere Stunden intravenös bekommt." Edward hielt inne und musterte Greg, der vollkommen bewegungslos dasaß. „Möchten Sie nicht fragen, ob es wehtut oder wie das Knochenmark entnommen wird?"

„Nein, nicht besonders dringend." Er brauchte diese Dinge nicht zu wissen – wollte sie nicht wissen. Schließlich würde es dazu sowieso nicht kommen.

„Die meisten Leute interessiert die Schmerzfrage am meisten, und zu recht. Ich will gar nicht erst leugnen, dass die Prozedur unangenehm ist. Aber wie ich immer sage: Es tut nie weh, ein Leben zu retten."

Offenbar hatte Edward ihm nicht richtig zugehört. Er würde das nicht tun. Er konnte einfach nicht.

„Ich möchte so schnell wie möglich einen Termin für die Transplantation machen. Wie Sie sehen, geht es mit Tanners Gesundheit rapide bergab."

Greg starrte ihn an. Warum weigerte Edward sich nur, ihn zu verstehen? „Für mich brauchen Sie sich nicht um einen

Termin zu bemühen. Suchen Sie sich einen anderen Spender."

Nun war es an Edward, einen ungläubigen Gesichtsausdruck aufzusetzen. „Soll das heißen, dass Sie es wirklich nicht machen?"

„Nur über meine Leiche."

„Es geht hier nicht um Ihre Leiche, sondern sehr bald um die des Jungen. Ohne die Stammzellenspende wird er sterben."

„Sie finden schon einen anderen Spender." Greg war aufgestanden. Er wollte nur noch weg von hier.

„Nein, das ist leider fast ausgeschlossen." Auch Edward erhob sich nun. „Glauben Sie denn, dass einfach jeder beliebige Mensch Stammzellen für Tanner spenden kann? Wäre das der Fall, würde ich ihm mit Freuden eigene spenden. Leider läuft das so nicht. Alles hängt von der Übereinstimmung ab, und Ihr genetisches Profil stimmt mit seinem eben überein."

„Ich wüsste nicht, wie das kommen sollte", sagte Greg störrisch. Schließlich war er mit dem Jungen nicht verwandt.

„Warum haben Sie die Einwilligung unterschrieben und sich testen lassen, wenn Sie nicht bereit waren, tatsächlich zu spenden?" Edward erhob die Stimme.

Doch Greg wagte es nicht, ihm die Wahrheit zu sagen. Den eigentlichen Grund, weshalb er zum Krankenhaus gekommen war, behielt er lieber für sich.

„Haben Sie Tanner überhaupt gesehen?", fragte Edward. „Er ist erst zehn, und damit könnte er Ihr Sohn sein – oder meiner. Ohne Ihre Stammzellen hat er nur äußerst geringe Überlebenschancen."

„Und *mit* meinen Stammzellen?" Greg konnte nicht fassen, dass er diese Frage auch nur stellte.

„*Mit* besteht eine deutlich größere Chance, dass er das nächste Weihnachtsfest noch erlebt."

Greg sank auf den Stuhl zurück und bedeckte die Augen mit den Handballen. Er wusste nicht, was er tun sollte.

„Wird er es machen?“, rief Mercy aus, die unruhig hinter Edwards Schreibtisch auf und ab lief. „Ich halte diese Unsicherheit einfach nicht aus.“

„Psst! Ich kann nichts hören.“ Mit einer Armbewegung gab Goodness der Freundin zu verstehen, dass sie still sein sollte.

„Shirley, weißt du Bescheid?“, fragte Mercy.

Shirley schüttelte nur den Kopf.

„Soll das heißen, dass er ablehnt?“ Mercy musste sich plötzlich an das Bücherregal lehnen. „Besitzt dieser Mann denn überhaupt kein Herz?“

„Würdest du bitte dieses Geschrei lassen?“, forderte Goodness sie zum zweiten Mal auf. „Ich kann sonst nichts hören.“

„Sie streiten noch“, bemerkte Shirley. „Und der arme Greg kann nicht wissen …“

„Dass Tanner der Enkel von Matthias ist?“

„Nicht nur das“, sagte Shirley traurig. Die Ironie der ganzen Geschichte ließ deutlich Gottes Handschrift erkennen.

„Sondern?“ Goodness drehte sich sichtlich verwirrt zu Shirley um.

„Was Greg nicht weiß“, erklärte Shirley den beiden anderen, „ist, dass der Junge mehr ist als nur Matthias’ Enkelsohn. Er ist Gregs Chance auf Erlösung.“

9. KAPITEL

Phil und Sandy Bennett kamen zur Chorprobe fünf Minuten zu spät. Hastig drängte Phil sich zwischen den anderen Mitgliedern hindurch zu seinem Platz in der hinteren Reihe. Er fühlte sich gereizt und gab seiner Frau die Schuld dafür. Schon möglich, dass sie nicht vorgehabt hatte, ihm Schuldgefühle wegen Greg einzureden – aber genau das hatte sie getan. Na ja, „Schuldgefühle“ war vielleicht ein bisschen zu hoch gegriffen. Aber er fühlte sich nicht wohl in seiner Haut.

Erst nachdem er die Noten aufgeschlagen und die ersten Töne gesungen hatte, hörte er sie: Die blonde Frau im ersten Sopran war wieder da! Allmählich wich die Spannung aus seinen Schultern. Er hatte es doch gewusst. Seine Einbildung hatte ihm die Sängerin nicht nur vorgegaukelt. Sobald die Töne des ersten Stücks verklungen waren, beugte er sich beiläufig vor, um sie anzusprechen.

„Wo waren Sie in den letzten Proben?“, erkundigte er sich. Es fiel ihm schwer, seinen Eifer zu unterdrücken. Bevor sie antworten konnte, stellte er schon die nächste Frage: „Wie heißen Sie eigentlich?“ Hätte er Sandy einen Namen nennen können, dann hätte sie ihm sicher Glauben geschenkt. Schließlich kannte sie mehr Chormitglieder als er persönlich.

„Ich hatte viel zu tun“, erklärte ihm die blonde Sängerin.

„Aber Sie sind doch Chormitglied, oder?“

„Ich bin hier.“

Ihr Haar glänzte so hellblond, dass es fast weiß wirkte, und ihre Stimme … Phil war noch nie jemandem begegnet, der so sang wie diese Frau. Ihr Sopran klang klar, rein und beinahe schon überirdisch schön.

„Ich muss Sie unbedingt meiner Frau vorstellen“, sagte er, während sie beide in ihren Noten blätterten, um das nächste

Stück herauszusuchen.

„Was ist mit Ihrem Bruder?“, fragte sie. „Würden Sie mich ihm auch vorstellen?“

Bevor Phil sich von diesem Schock erholen konnte, hatte der Chorleiter bereits den Einsatz gegeben. „Sie kennen meinen Bruder?“, erkundigte sich Phil, sobald das Lied zu Ende war.

„Oh ja. Ich weiß eine Menge über Sie beide.“

„Wer sind Sie?“ Die Wendung, die das Gespräch genommen hatte, gefiel ihm gar nicht.

„Eine Freundin.“

Das begann Phil allmählich zu bezweifeln.

„Auf Ihrem Schreibtisch liegt Gregs Kreditantrag, nicht wahr?“

Nein, er würde nicht nachfragen, woher sie das wusste. Gerade an diesem Nachmittag, kurz vor Verlassen des Büros, hatte er die Unterlagen durchgelesen. Aber davon ahnte niemand in der gesamten Kreditabteilung etwas. Greg kniff die Augen zusammen und musterte diese Person, die mehr über ihn zu wissen schien, als ihm lieb war.

„Sie haben ihm immer noch nicht für das vergeben, was er Ihrer Mutter angetan hat.“

„Damit haben Sie verdammt recht.“

„Dann dürfte es Sie interessieren, dass er sich selbst genauso wenig verziehen hat.“

„Ha, eher gefriert die Hölle, als dass ich das glaube!“

Frieda Barney drehte sich zu ihm um und sah ihn streng an. Auch ihre Nachbarin legte den Finger an die Lippen und bedeutete ihm, das Schwatzen einzustellen. Vom anderen Ende der Reihe schien ihn Sandys Blick geradezu durchbohren zu wollen.

Erneut fing der Chor an zu singen, und Phil gab sich alle Mühe, sich auf die Melodie zu konzentrieren. Die Sympathie, die er für die blonde Sängerin empfunden hatte, war vollkommen verschwunden. Durch irgendwelche miesen Tricks war es seinem Bruder gelungen, diese ... diese Spionin in den Kirchenchor einzuschleusen. Greg war schon immer geschickt darin gewesen, Leute zu manipulieren.

„In den ganzen letzten Jahren haben Sie nicht ein einziges Wort mit ihm gewechselt", ertönte plötzlich eine zweite Stimme neben ihm. Diese Frau schien etwas größer zu sein als die erste – aber eine zweite Blondine? Noch eine, die sang? Das alles ergab keinen Sinn. Phil schloss die Augen. Vielleicht war er gerade auf dem besten Wege, den Verstand zu verlieren.

„Wer sind Sie?", verlangte er im wütenden Flüsterton zu wissen.

„Die passendere Frage wäre eigentlich: Wer sind *Sie*?"

„Ich weiß, wer ich bin."

„Ach ja?" Die zweite Frau schien keineswegs überzeugt. „Wissen Sie das wirklich?"

„Immerhin haben Sie sich immer für den tugendhaften Bruder gehalten", hielt ihm der erste Sopran vor.

„Für einen braven Kirchgänger."

„Ein gutes Chormitglied."

„Und trotzdem haben Sie die ganze Zeit darüber nachgedacht, wie Sie Ihrem Bruder schaden könnten. An der Vorstellung haben Sie sich geradezu berauscht. Sie können es ja kaum abwarten, ihn endlich leiden zu sehen!"

Nun drangen aus allen Richtungen weibliche Stimmen auf ihn ein. Nicht eine, nicht zwei – nein, drei verschiedene Sprecherinnen machten ihm Vorhaltungen. Wenn er noch ein einziges Wort hören musste, würde er verrückt werden. „Würden Sie bitte den Mund halten!"

Urplötzlich erfüllte Schweigen den Raum. Der gesamte Chor drehte sich zu ihm um. „Es tut mir leid", murmelte Phil. Er spürte, wie ihm die Hitze in die Wangen stieg, während er den Blick wieder auf die Noten senkte. Was war nur über ihn gekommen?

Andrew, der Chorleiter, sah ihn streng an. „Ist alles in Ordnung?"

„Ja. Es tut mir leid. Soll nicht wieder vorkommen."

Zum Glück wandte Andrew sich daraufhin dem Alt zu und bat die Sängerinnen, eine schwierige Stelle noch einmal alleine zu wiederholen. Die Altistinnen waren gerade einmal zwei Takte weit gekommen, als die blonden Frauen erneut über Phil herfielen. „Zur Weihnachtszeit gehören Liebe und Brüderlichkeit", erklärte diejenige, die neben ihm stand. „Ich frage mich wirklich, ob Sie überhaupt wissen, was das bedeutet."

Phil bemühte sich, sie zu überhören. Angestrengt sah er nach vorne, um das Zeichen des Chorleiters nicht zu verpassen. Endlich gab Andrew dem gesamten Chor das Zeichen, die Stelle noch einmal gemeinsam zu singen. Sollen diese Spioninnen, die Greg aufgetrieben hat, doch sagen, was sie wollen, dachte Greg. Er würde ihnen jedenfalls nicht länger zuhören.

„Sie verstecken sich hinter einer Fassade der Wohlanständigkeit, während Sie Ihrem Bruder das Schlimmste wünschen", sang die erste Sopranistin. Ihre Worte waren perfekt auf die Melodie abgestimmt.

Phil blieben beinahe die Töne im Hals stecken. Hoffentlich hörte niemand diesen lächerlichen Liedtext!

„Der tugendhafte Bruder."

„Der Kirchgänger."

„Das Chormitglied."

Diese drei Zeilen erklangen als Soli, und sie schienen noch schier endlose Augenblicke im Raum zu schweben. Bestimmt wussten alle sofort, dass sie auf ihn gemünzt waren. Verärgert und peinlich berührt wollte er schon seinen Platz verlassen und weglaufen, als er bemerkte, dass die Blondine neben ihm verschwunden war. Er blickte zu der Reihe der ersten Soprane – auch die andere Frau war weg. Wo die dritte gestanden hatte, wusste er noch nicht einmal. Keine Ahnung, wie sich die drei hatten in Luft auflösen können, aber das interessierte ihn auch gar nicht. Hauptsache, sie waren fort. Er konnte die Erleichterung schon fast körperlich spüren.

Sandy fing augenblicklich an, ihm Vorwürfe zu machen, sobald sie im Auto saßen. „Eine Schande, wie du dich heute Abend benommen hast", sagte sie verärgert. „Was ist bloß los mit dir?"

„Nichts." Der Motor sprang an, und Phil lenkte den Wagen aus der Parklücke und auf die Straße. Am liebsten wollte er den ganzen Zwischenfall vergessen.

„Andrew zu sagen, er solle den Mund halten – das war wirklich der Gipfel der Unhöflichkeit!"

„Ich habe nicht Andrew gemeint."

„Wen denn sonst?"

Entnervt atmete Phil aus. „Die Blonde."

Für einen langen Augenblick schwieg Sandy – leider nicht so lange, wie Phil es sich gewünscht hatte. „Welche Blonde?"

„Die vor mir stand. Eigentlich waren es sogar zwei blonde Frauen, nein, drei – aber die dritte habe ich nicht gesehen; nur gehört."

Wieder wurde es still. „Phil, vor dir stand keine blonde Frau", sagte Sandy endlich. „Im ganzen ersten Sopran gibt es keine."

„Doch." Er wusste wirklich nicht, wie Sandy so blind sein konnte. Glaubte sie allen Ernstes, er dachte sich so etwas aus? „Greg hat sie hergeschickt."

„Greg? Dein Bruder?"

„Wer sonst würde so etwas Mieses tun, bitte schön?"

Schon wieder Schweigen. Offenbar glaubte Sandy ihm nicht, und das ließ Phil nur noch gereizter werden. Natürlich steckte Greg hinter der ganzen Sache. Er hatte diese Blondinen dazu angestiftet, ihn vor dem gesamten Chor lächerlich zu machen und dann zu verschwinden. Das sah Greg wieder einmal ähnlich. Aber diesmal würde Phil seine Niedertracht nicht so einfach hinnehmen. Oh nein. Wenn Greg Ärger wollte – er war bereit!

„Was hat Greg mit alldem zu tun?“, fragte Sandy.

„Er hat die drei bezahlt, um mich auszuspionieren.“

„Ach, Phil. Das ist doch Wahnsinn.“

„Wenn sie keine Spione waren, woher wussten sie dann alle diese Dinge? Nur jemand, der mich beobachtet hat, kann wissen, dass ich Gregs Kreditantrag auf dem Schreibtisch liegen habe. Außerdem schienen die drei genau darüber informiert zu sein, wie sehr ich mich darauf freue, den Antrag abzulehnen.“ Sobald die Worte draußen waren, bereute er sie. Aber es war zu spät – er hatte sie ausgesprochen.

„Du lehnst Gregs Antrag ab?“ Der vorwurfsvolle Klang in ihrer Stimme traf ihn an einer empfindlichen Stelle.

„Das Risiko ist zu hoch. Er hat keine Sicherheiten.“

„Phil, er ist dein Bruder!“

„Mein selbstsüchtiger, arroganter Bruder.“ Anscheinend musste er seine Frau daran erst erinnern. „Mom hat ihn immer in Schutz genommen, selbst kurz vor ihrem Tod. Jetzt fang du nicht auch noch an.“

„Du bist eifersüchtig, stimmt's? Deine Eltern sind schon lange tot, und du glaubst immer noch, dass sie deinen Bruder lieber mochten als dich.“

„Das stimmt ja auch.“ Dieses Wissen trug er nun schon sein ganzes Leben mit sich herum.

„Greg ist zu dir gekommen, weil er Hilfe braucht. Es kann ihm nicht leichtgefallen sein.“

„Und es wird keineswegs leichter werden“, gab Phil verärgert zurück.

„Du klingst, als ... als würde dich das freuen.“

Phil drückte das Gaspedal durch und nahm die Auffahrt zur Autobahn mit Höchstgeschwindigkeit.

Erst als sie sich in den Verkehr eingefädelt hatten, fuhr Sandy fort: „Greg ist dein Bruder. Und es steht in deiner Macht, ihm zu helfen."

Er umklammerte das Lenkrad so fest, dass sich seine Finger verkrampften. „Du klingst schon genau wie diese Blondinen mit ihren Soli, die mich unbedingt vor allen anderen blamieren mussten."

„Die Frauen haben gesungen?" Jetzt klang Sandy besorgt. „Willst du mir damit sagen, dass du sie noch nicht einmal *gehört* hast?"

„Nein", antwortete Sandy. „Hätte ich das tun sollen?"

„Ja … nein." Vielleicht war alles gar nicht so schlimm, wie er zunächst angenommen hatte. „Du sagst das nicht nur so, oder?"

„Was?"

„Dass du sie nicht gehört hast."

„Nein, es stimmt", versicherte Sandy ihm. „Aber ich möchte trotzdem wissen, was sie gesagt haben."

Er seufzte. „Dass ich mir nur einrede, ich wäre der tugendhafte Bruder. Dass ich mich hinter einer Fassade der Wohlanständigkeit verstecke, während ich Greg das Schlimmste wünsche. Irgendwas in der Art." Ein Blick auf den Tacho zeigte Phil, dass er zu schnell fuhr. Als er den Fuß vom Gaspedal nahm, sah er aus dem Augenwinkel, wie Sandy ihn musterte. „Jetzt sag mir bloß nicht, dass meine eigene Frau diesen dreien Rrcht gibt!"

Sandy antwortete ihm nicht. Ihr Schweigen sagte alles.

„Na gut, dann sei halt sauer", erklärte er. Schon wieder fuhr er zu schnell. Er schien es äußerst eilig zu haben, heimzukommen, und er wusste wirklich nicht, warum. Im besten Fall würde sich diese Meinungsverschiedenheit dort zu einem regelrechten Streit auswachsen.

„Ich kann nur ahnen, wie schwer es Greg gefallen sein muss, zur Pacific Union Bank zu kommen", bemerkte Sandy nicht zum ersten Mal. „Besonders, weil er ja wusste, dass du derjenige bist, der über seinen Antrag entscheiden wird."

Phil würdigte sie keiner Antwort.

„Greg ist zu dir gekommen, um dich um Hilfe zu bitten."

Diesmal konnte Phil das höhnische Lachen nicht unterdrücken.

„Ach Phil, wie kannst du nur?"

„Ganz leicht, glaub mir."

Gleich nach Weihnachten hatte er vor, Greg zur Bank zu zitieren. Sollte sein Bruder die Feiertage doch mit Warten und Unsicherheit verbringen. Sobald er die Bank betrat, würde Phil ihn in sein Büro führen lassen. Es wäre das erste Mal nach der Beerdigung ihrer Mutter, dass sie sich von Angesicht zu Angesicht gegenüberstanden.

Dann würde er ihm die Entscheidung höchstpersönlich mitteilen.

10. KAPITEL

Heiligabend fuhr Matthias zum Krankenhaus, um seinen Enkel zu besuchen. Heute hatte Tanner die Knochenmarktransplantation bekommen. Laut Gloria war alles gut gegangen, zumindest hatte sie das am Telefon erzählt.

Jetzt lag Tanner in einem keimfreien Raum, den Matthias nicht betreten durfte. Nur die Mutter des kleinen Patienten wurde zu ihm gelassen, und auch sie durfte ihren Sohn nur durch einen schützenden Plastikvorhang sehen. Trotzdem konnte Matthias sich keinen Ort auf der Welt vorstellen, an dem er lieber Weihnachten gefeiert hätte.

Und dank dem unbekannten Spender hatten sie tatsächlich etwas zu feiern! Es war faszinierend zu sehen, wie sehr sich Gloria seit der Transplantation verändert hatte. Ihre Stimme hatte den ängstlichen Unterton verloren, und die Farbe war in ihre Wangen zurückgekehrt.

„Dad!" Als er die Eingangshalle des Krankenhauses betrat, kam Gloria auf ihn zugelaufen.

„Frohe Weihnachten, Liebes." Er küsste sie auf die Wange.

„Dad, Tanners Spender ist noch hier. Eigentlich ist alles wie geplant verlaufen, aber als er aufstehen und nach Hause gehen wollte, ist er umgekippt. Dabei ist er gegen das Krankenhausbett gefallen. Er hat eine ziemliche Platzwunde am Kopf."

Der Spender hatte es vorgezogen, anonym zu bleiben, doch jetzt verbrachte er Heiligabend im Krankenhaus. Tanner zuliebe. „Das tut mir leid. Geht es ihm gut?"

„Ja. Er hat lediglich gesagt, dass er sich schämt, solche Aufregung verursacht zu haben. Jetzt sitzt er in der Ambulanz und wartet darauf, dass seine Frau ihn abholt."

„Ich möchte mich persönlich bei ihm bedanken", sagte

Matthias. „Meinst du, er hat etwas dagegen?" Dieser Fremde, der sich auf einen Zeitungsartikel hin gemeldet hatte, war Tanners Retter. Und zum Dank hatte er noch eine Platzwunde am Kopf davongetragen. Das Mindeste, was Matthias tun konnte, war, bei ihm zu sitzen, bis seine Frau auftauchte. „Ich gehe mal hin und rede mit ihm."

„Wenn du nichts dagegen hast, will ich wieder zu Tanner zurück."

„Klar, gute Idee", antwortete Matthias. Er folgte der Beschilderung, die ihn zur Ambulanz wies, und betrat ein geräumiges Wartezimmer. Hier und da saßen Patienten in Grüppchen herum. Ein Mann mit verbundenem Kopf hockte einsam in einer dunklen Ecke. Das musste er sein.

Matthias ging hinüber und stellte sich vor. „Hallo, ich bin Matthias Jamison, der Großvater von Tanner Westley, und ich …" Er beendete den Satz nicht – es gelang ihm nicht. Alles, was er tun konnte, war offenen Mundes den Mann anzustarren, an den er fünfzehn Jahre lang nur mit tiefstem Hass gedacht hatte.

„Matthias, bist du das?"

„Greg?"

Der Schock verschlug ihnen die Stimme, und sie sahen sich fast eine Minute lang schweigend an.

„*Du* bist Tanners Großvater?", fragte Greg schließlich.

Matthias nickte nur.

Ganz offensichtlich hatte Greg nichts von der Verbindung zwischen ihm und Tanner geahnt. Wut und Hass loderten plötzlich von Neuem in Matthias auf und durchströmten ihn wie pures Feuer. Doch zu seiner Überraschung erstarben die Gefühle ebenso schnell wieder, wie sie aufgeflammt waren.

Matthias ließ sich gegenüber von Greg auf einen Stuhl sinken. Zu seiner Überraschung fiel ihm kein einziges Wort ein, das er äußern könnte.

„Das erklärt es natürlich“, äußerte Greg plötzlich und schüttelte langsam den Kopf.

Matthias hatte keine Ahnung, wovon er redete.

„Jetzt verstehe ich, warum mein genetisches Profil mit dem von Tanner übereinstimmt“, erklärte Greg. „Du und ich, wir sind doch Cousins zweiten Grades.“

„Soll das heißen, dass du wirklich nichts davon wusstest? Ich meine, dass Tanner mein Enkel ist?“ Matthias musste die Frage einfach stellen.

Mit einem etwas schiefen Grinsen erwiderte Greg: „Nein, ich hatte keinen blassen Schimmer. Warte mal – war das etwa Gloria, mit der ich vorhin noch gesprochen habe? Deine Gloria ... Marys Tochter?“ Sobald die Worte draußen waren, schien er zu bedauern, dass er Marys Namen erwähnt hatte. „Du lieber Himmel, sie hat sich wirklich verändert, seit sie als kleines Mädchen im Weinberg Verstecken gespielt hat.“

„Das ist lange her.“

Greg nickte. Unsicher fuhr er sich durchs Haar und zuckte zusammen, als er dabei den Verband berührte. Seine Haare waren fast vollständig ergraut, aber es stand ihm gut. „Gloria ist nicht die Einzige, die sich verändert hat.“

„Wir beiden auch“, murmelte Matthias und beugte sich vor, um die Ellbogen auf den Knien abzustützen.

„Wegen Mary“, flüsterte Greg. „Ich ... ich habe damals einen Fehler begangen. Seitdem habe ich so häufig an Mary und dich denken müssen ...“ Er schien nicht in der Lage zu sein, weiterzusprechen.

Gefühle und Erinnerungen schnürten auch Matthias die Kehle zu. Es war so lange her, dass er das letzte Mal geweint hatte, dass ihm die Tränen in den Augen brannten wie Säure. Verlegen blinzelnd wandte er den Kopf ab. „Sie ist vor fünfzehn Jahren gestorben, aber ich vermisse sie immer noch. Ohne Mary weiterzuleben kommt mir einfach nicht richtig vor.“

„Kannst du mir verzeihen?" Gregs Stimme brach vor Schmerz.

„Der Herr nimmt, aber er gibt auch. Mary ist tot. Aber du hast Tanner eine echte Chance gegeben, die Krankheit zu besiegen. Die gleiche Krankheit übrigens, an der auch seine Großmutter damals gestorben ist."

„Mr. Bennett." Tanners Arzt war zu ihnen getreten. Offenbar war er kurz davor, nach Hause zu gehen, denn er hatte den Kittel bereits abgelegt. Nicht, dass Matthias ihm seinen Feierabend missgönnte – schließlich war Heiligabend, den Dr. Thorpe sicher wie jeder andere auch mit seiner Familie verbringen wollte. „Ich habe gerade erst von Ihrem Unfall gehört und wollte Ihnen sagen, wie leid es mir tut."

Matthias war dankbar für die Unterbrechung. Sie verschaffte ihm eine kleine Atempause, um sich wieder zu sammeln.

„Ach, das war nicht so schlimm", erklärte Greg, als seien die Stiche, mit denen die Wunde genäht worden war, nicht der Rede wert. „Das heilt bestimmt in null Komma nichts. Außerdem bin ich selbst schuld. Ich hätte einfach nicht aufstehen sollen, ohne auf die Krankenschwester zu warten."

„Ich habe Ihnen ja gesagt, dass Sie es besser langsam angehen lassen." Der Arzt lächelte und wandte sich Matthias zu. „Sie beide haben sich offenbar schon kennengelernt."

„Wir sind alte Freunde."

„Eigentlich sogar Cousins", fügte Greg hinzu, und weil sie beide einen Vorwand brauchten, um in Lachen auszubrechen, taten sie es.

„Aha …", äußerte der Arzt. „Kommt jemand vorbei, um Sie abzuholen?", fragte er Greg dann.

„Ja. Meine Frau muss jeden Augenblick hier sein."

„Wenn es noch etwas gibt, das ich für Sie tun kann, dann lassen Sie es mich wissen."

„Ja, aber ich glaube, das wird nicht nötig sein."

Dr. Thorpe nickte. „Vermutlich sehen wir uns nicht wieder, Mr. Bennett, aber ich möchte Ihnen sagen, dass Sie etwas sehr Tapferes und Selbstloses getan haben. Ich danke Ihnen." Damit streckte er ihm die Hand entgegen, und Greg stand auf, um sie zu ergreifen.

„Danke", erwiderte er gleichfalls.

Nachdem der Arzt sich zum Gehen gewandt hatte, sank Greg auf seinen Stuhl zurück. „Ein toller junger Mann, findest du nicht auch?"

Matthias wunderte sich über den gerührten Unterton. „Einer der besten Krebsspezialisten, die es gibt." Wie häufig hatte Gloria ihm von dem wunderbaren und fürsorglichen Arzt erzählt, der sich so aufopfernd um Tanner und sie gekümmert hatte!

Greg blickte immer noch Dr. Thorpe hinterher, der sich rasch entfernte. Um seinen Mund erschien ein seltsam schmerzlicher Zug.

„Alles okay?", erkundigte sich Matthias.

Es dauerte etwas, bis Greg nickte. „Ja. Im Moment vielleicht nicht, aber das kommt schon."

Verständnislos zog Matthias die Augenbrauen zusammen. „Willst du es mir erzählen?"

„Irgendwann später vielleicht", murmelte Greg in sich hinein.

Von draußen hereindringender Gesang löste die Spannung. Ein Weihnachtslied verkündete „Joy to the World" – Freude für die ganze Welt, und die fröhlichen, festlichen Klänge verscheuchten ihre melancholische Stimmung.

„Haben wir bald Weihnachten?", fragte Greg, dem anscheinend das Datum nicht bewusst war.

„Heute ist Heiligabend", erklärte ihm Matthias.

Während die Musik den Raum erfüllte, unterhielten sich

die beiden Männer weiter, hauptsächlich über Tanner und Gloria. Nach einer Weile brachte Matthias das Gespräch auf den Weinberg. „Ich habe gelesen, dass deine Gegend von dem Virus betroffen war."

„Ja. Es hat mich ruiniert."

Das erklärt, warum er so schlecht und sorgenvoll aussieht, dachte Matthias.

„Ein paar Wochen haben ausgereicht, um ein Lebenswerk zu vernichten", murmelte Greg vor sich hin.

„Aber du pflanzt doch wohl neu."

Greg schüttelte den Kopf. „Dazu braucht man Kapital, und zwar mehr, als ich aufbringen kann."

„Lass dir einen Kredit geben. Dazu sind Banken schließlich da."

„Glaubst du etwa, dass ich das noch nicht probiert habe?" Vor Erregung wurde Greg lauter. „Ich verfüge schließlich über Sicherheiten, zumindest auf dem Papier. Aber das Geld ist knapp, und zwar knapper, als ich dachte. Trotz allem ist es mir nicht gelungen, auch nur eine einzige Bank von meiner Kreditwürdigkeit zu überzeugen."

„Ich habe in Washington mit Columbia Wines zusammengearbeitet. Die Reben, die sie dort oben züchten, sind kräftiger und widerstandsfähiger gegen Krankheiten. Du brauchst nur ein Wort zu sagen, und ich veranlasse, dass du diese Pflanzen bekommst."

Erneut schüttelte Greg den Kopf. „Ich bin inzwischen sechzig. Das ist zu alt, um jetzt noch einmal ganz von vorne anzufangen. In letzter Zeit habe ich immer öfter darüber nachgedacht, den Betrieb zu verkaufen und mich bei einem anderen Weingut als Angestellter zu bewerben."

Dass das nicht die Lösung sein konnte, wusste Matthias nur zu gut. „Ach was. Du konntest es doch nie ertragen, für andere zu arbeiten. Dafür bist du viel zu gerne dein eigener

Chef. Außerdem bist du immer noch jung. Ich gehe jetzt verdammt hart auf die siebzig zu, und selbst ich zähle mich noch nicht zum alten Eisen."

„Tja, aber ich kann den Neuanfang nicht finanzieren."

„Was ist mit Phil? Arbeitet er nicht für eine Bank? Da sollte er doch in der Lage sein, dir zu helfen."

Greg schüttelte den Kopf. „Er hat genauso viel Grund wie du, mich zu hassen."

Allmählich kam der Chor näher, und die Musik übertönte ihre Worte. Matthias konnte deshalb nur darüber spekulieren, was zwischen den Bennett-Söhnen vorgefallen war.

Soweit er sich erinnerte, hatte Phil seinem Bruder schon immer das gute Aussehen und die Zielstrebigkeit geneidet. Was auch immer geschehen war – der Ärger hatte sich über Jahre aufgestaut. Zweifellos hatte Greg seinen Anteil zu dem Zerwürfnis geleistet, so viel war Matthias klar. Aber Phil hatte ihm bereits vorher gegrollt und wohl nur darauf gewartet, dass etwas vorfiel, was seine Abneigung rechtfertigte.

Plötzlich erhob Greg sich ohne Vorwarnung langsam von seinem Stuhl, als würde er an Fäden gezogen.

Als Matthias aufsah, erkannte er den Grund.

Phil sah seinen Bruder und Matthias im selben Moment, in dem Greg ihn erblickte. Seine erste Reaktion war Erschrecken, gefolgt von unerwartetem Mitgefühl. Greg stand, den Kopf verbunden, blass und verhärmt, neben Matthias Jamison. Ausgerechnet.

Ohne es wirklich wahrzunehmen, hörte Phil auf zu singen. Auch Sandy verstummte. Langsam und wie gegen seinen Willen löste Phil sich aus dem Chor, und im nächsten Augenblick stand er vor seinem Bruder. Sie starrten sich an.

Keiner von ihnen sprach ein Wort. Phil hätte nicht gewusst, was er hätte sagen sollen. Er sah sich am Ziel seiner Wünsche.

Genau davon hatte er immer geträumt: seinen Bruder, diesen eleganten, reichen Angeber, endlich gebrochen und erniedrigt vor sich zu sehen. Nun stand Greg vor ihm, die Erniedrigung war ihm anzumerken – aber zu seiner eigenen Überraschung empfand Phil keinerlei Genugtuung.

Die Stimme versagte ihm. In seinem Gehirn herrschte Leere, aber dafür schien ihm plötzlich das Herz überzufließen. Tränen traten ihm in die Augen, und er musste sich zusammenreißen, um seine Gefühle nicht zu zeigen.

Wortlos, wie unter Zwang traten die Brüder aufeinander zu und umarmten sich.

„Was ist passiert?", fragte Phil mit einem Blick auf Gregs Verband, sobald sie sich wieder losgelassen hatten.

Als hätte er seine Verletzung bereits vergessen, fasste Greg sich an den Kopf. „Ach, eigentlich nichts. Kein Anlass zur Sorge."

„Matthias", begrüßte Phil seinen Cousin. „Ich wusste gar nicht, dass du immer noch in Kalifornien wohnst."

„Das tue ich auch nicht. Ich bin hergekommen, um meine Familie zu besuchen – und um mich bei Greg zu bedanken. Er hat meinem Enkel Knochenmark gespendet."

Wie bitte? Greg hatte sich freiwillig Knochenmark entnehmen lassen? Phil erinnerte sich noch gut an die Abneigung seines Bruders gegen Spritzen. Damals war er beim Arzt immer ohnmächtig geworden, wenn er geimpft werden musste.

„Ich …" Offenbar fühlte Greg sich plötzlich unwohl in seiner Haut. „Mein genetisches Profil hat mit dem des Jungen übereingestimmt. Du weißt doch noch, dass Matthias Dads Cousin ist, oder?"

Phil nickte.

„Wie geht es dir?", erkundigte sich Matthias.

„Gut, danke", antwortete Phil, und die beiden drückten sich die Hand.

„Arbeitest du immer noch für die Pacific Union Bank?", fragte Matthias.

„Ja." Phil ahnte bereits, worum der Cousin ihn bitten wollte.

„Kannst du dann nicht Greg dabei helfen, die Finanzspritze zu bekommen, die er zur Rettung seines Weinbergs braucht?"

„Was willst du ihm antworten?", flüsterte Sandy. Sie war von hinten herangekommen und hakte sich bei ihrem Mann unter. Bestimmt haben die anderen beiden nichts gehört, dachte Phil, der wieder an die Stimmen der drei merkwürdigen Blondinen denken musste. *Du versteckst dich hinter einer Fassade der Wohlanständigkeit ... Der ach so tugendhafte Bruder ...*

„Ich sorge dafür, dass du deinen Kredit bekommst." Phil sah Greg direkt in die Augen. „Komm nach Weihnachten in meinem Büro vorbei, dann machen wir die Unterlagen fertig."

Sprachlos starrte Greg ihn einen Moment lang an. „Phil", setzte er zögernd an, „willst du das wirklich für mich tun, nachdem ..." Die Worte schienen ihm im Hals stecken zu bleiben.

„Wir haben wohl beide Zeit gebraucht, um erwachsen zu werden."

„Danke." Gregs Stimme klang erstickt und rau.

„Greg!", schrie eine weibliche Stimme erschrocken auf.

Als Phil sich umdrehte, sah er eine unwiderstehlich schöne Frau auf seinen Bruder zueilen. Sie war mindestens zwanzig Jahre jünger als er. „Um Himmels willen, was hast du nur gemacht?"

Greg ertrug es lächelnd, dass die Frau ihm über die Wange strich und sich den Verband genau ansah. „Wie ist das passiert? Du liebe Zeit, du ahnst nicht, was für einen Schrecken ich bekommen habe, als die Krankenschwester mich angerufen hat."

Ohne zu antworten, legte Greg ihr den Arm um die Schultern und wandte sich an Matthias, Phil und Sandy. „Das ist Tess, meine Ex…, meine Frau“, erklärte er mit einem jungenhaften Lächeln.

„Hallo, Tess“, sagte Sandy als Erste und lud die Jüngere mit der ihr eigenen Freundlichkeit zum Weihnachtsessen ein. Auch Matthias und Gloria wurden herzlich gebeten, sich dazuzugesellen. Matthias wusste zwar, dass seine Tochter den größten Teil des Weihnachtstages bei Tanner verbringen wollte, aber für ein paar Stunden konnte sie sicher kommen.

„Können wir nicht hingehen, Greg?“, fragte Tess mit weit aufgerissenen Augen. „Du weißt doch, wie ungern ich koche. Außerdem wird es langsam Zeit, dass ich deine Familie kennenlerne, meinst du nicht auch?“

Immer noch lächelnd, nickte Greg.

Die Frauen fingen eine Unterhaltung an, an der die Männer schon bald keinen Anteil mehr hatten. Doch das schien weder Phil noch Greg oder Matthias das Geringste auszumachen.

„Habt ihr so etwas Unglaubliches schon einmal gesehen?“, fragte Goodness von ihrem Platz auf dem Krankenhaus-Wandleuchter. Neben ihr saßen Shirley und Mercy, die sich bei dem Gedrängel den einen oder anderen Stoß in die Rippen einfingen.

Es stimmte: Greg so mit seinem Bruder, seinem Cousin und seiner Frau zu sehen, konnte einen schon schwindlig machen. Etwas Schöneres hätte sich Shirley nicht wünschen können. Trotz ihrer Streiche hatte sich alles zum Besten gewendet – und das, obwohl der Fall anfangs alles andere als einfach ausgesehen hatte. Offenbar hatte Gabriel ihnen ein bisschen unter die Arme gegriffen.

„Mir scheint es, als wärt ihr drei außerordentlich zufrieden mit eurem Werk“, sagte der Erzengel, der in diesem Moment erschien.

„Wir haben es geschafft“, erklärte Mercy mit stolzgeschwellter Brust.

Goodness ergänzte: „Und das, ohne dass das FBI oder die Polizei einschreiten mussten.“

„Allerdings erinnere ich mich an einen gewissen Zwischenfall mit einem Heißluftballon“, erinnerte Gabriel sie. „Die staatliche Flugsicherung untersucht die Angelegenheit immer noch.“

Shirley fiel auf, dass ihre Freundinnen plötzlich verstummt waren. „Alles in allem war es eine Herausforderung.“ Zwar hatten sie den Fall erfolgreich abgeschlossen, aber Shirley war überzeugt, dass mehr als nur ein bisschen himmlische Unterstützung nötig gewesen war.

„Was geschieht denn nun mit Greg?“, erkundigte sie sich. Obwohl sie den Mann anfangs verabscheut hatte, interessierte sie sich jetzt brennend für seine Zukunft. Mit der Zeit hatte sie Sympathie für ihn entwickelt und wünschte ihm von Herzen alles Gute. Er war kein schlechter Kerl, auch wenn es auf den ersten Blick so ausgesehen hatte. Ob wohl *das* die Lektion war, die Gabriel ihnen hatte erteilen wollen?

„Na ja, wie ihr seht, kittet er gerade seine Beziehung zu Tess“, antwortete der Erzengel. Greg hatte immer noch den Arm um seine Frau gelegt, während sie sich angeregt mit Matthias, Phil und Sandy unterhielten.

„Dann ist ihr Treffen also gut gelaufen“, murmelte Shirley.

„Ja, und zwar ziemlich gut.“ Mercy lächelte übers ganze Gesicht. Als sie Shirleys Blick sah, fügte sie hastig hinzu: „Ja, ja. Ich habe mir das Ganze ja nur ein paar Minuten lang angeguckt. Jedenfalls hätte sich keiner der beiden träumen lassen, dass die Begegnung so positiv ausgehen könnte.“

„Sie ziehen wieder zusammen“, ergänzte Gabriel. „Und

diesmal sind sie fest entschlossen, beim zweiten Anlauf einen Erfolg aus ihrer Ehe zu machen."

„Und, wird das klappen?"

„In den nächsten Jahren müssen sie noch einige Höhen und Tiefen überstehen, aber sie schaffen es jedes Mal, ihre Konflikte zu lösen. Sie erkennen mit der Zeit, dass Liebe, genau wie alles andere im Leben, Entscheidungssache ist. Und sie haben entschieden, zusammen zu bleiben."

Shirley erkundigte sich: „Was wird aus dem Weingut?"

„Greg bepflanzt seine Weinberge noch einmal neu, und zwar mit den Reben, die Matthias ihm verkauft. In ein paar Jahren wird Bennett Wines wieder ein paar der besten Weine in der ganzen Gegend produzieren."

„Und aus Matthias und seinem Enkel?"

„Der Junge wird wieder ganz gesund, sodass Matthias häufig zu Besuch nach Kalifornien kommt. Später, wenn die Reben wieder tragen, wird Greg seinem Cousin einen Anteil am Gewinn ausbezahlen – als Dank für seine Hilfe beim Aufbau der Firma. Mit diesem Geld kann Matthias sich endlich zur Ruhe setzen. Gloria wird einen netten Mann kennenlernen, und zwar Gregs neuen Kellermeister, und die beiden heiraten nach nicht allzu langer Zeit."

„Das freut mich wirklich", erklärte Mercy, „und zwar für alle."

„Und was ist mit Edward?", wollte Goodness wissen. „Findet er jemals heraus, dass Greg sein leiblicher Vater ist?"

Gabriel schüttelte den Kopf. „Edward ändert seine Meinung nicht. Er möchte seinen Vater nicht kennenlernen, und der respektiert seine Entscheidung. Trotzdem wird Greg immer dankbar sein, dass er seinem Sohn begegnen durfte, den er gezeugt hat."

Mercy lächelte wehmütig, während der Kirchenchor ein neues Lied anstimmte.

„So, seid ihr drei jetzt so weit, wieder in den Himmel zurückzukehren?"

Auch wenn Goodness und Mercy die Frage bejahten, taten sie es mit offensichtlichem Widerstreben.

„Können wir denn nächstes Jahr wiederkommen?", fragte Goodness, als sie gen Himmel entschwebten.

„Abwarten und Tee trinken", riet Gabriel ihr.

Shirley fasste die Freundinnen an den Händen. „Wir müssen einfach nur die Augen offen halten, wer unsere Hilfe am dringendsten braucht", flüsterte sie Goodness und Mercy zu.

– ENDE –

Debbie Macomber

Drei Engel und ein Weihnachtswunder

Roman

Aus dem Amerikanischen von
Sabine Schlimm

MIRA®

1. KAPITEL

Alles um ihn herum kündete von Weihnachten. Der Duft von Tannengrün mischte sich mit dem von Gewürzen und Lebkuchen, und überall im Haus glitzerten und blinkten bunte Lichter. Harry Alderwood genoss den Advent so sehr wie keine andere Zeit im Jahr. Seit mehr als fünf Jahrzehnten wohnte er nun schon in Leavenworth, und immer noch freute er sich darüber, wie in dem kleinen Städtchen Weihnachten begangen wurde.

Auch seine Gesundheit, mit der es in seinem siebenundachtzigsten Lebensjahr nicht zum Besten stand, konnte diese vorweihnachtliche Freude nicht trüben. Noch nicht einmal in diesem Augenblick fühlte sich Harry deprimiert, obwohl er in Dr. Snellgroves Wartezimmer saß und einen künstlichen Weihnachtsbaum mit dürren Ästchen anstarrte. Auf ihn wartete eine vermutlich unerfreuliche Diagnose. Dieser Arzttermin würde ihn für den Rest des Tages erschöpfen. Und wozu der Aufwand? Vermutlich konnte Dr. Snellgrove ohnehin nichts mehr für ihn tun. Sein Herz machte einfach nicht mehr mit. So einfach war das.

Harry hatte keine Angst vor dem Tod. Schon häufig hatte er über das Ende nachgedacht – kein Wunder, schließlich waren etliche seiner Freunde bereits gestorben. Harry hatte dem Tod schon früher ins Auge geblickt; damals in der Normandie und auf den Schlachtfeldern des Zweiten Weltkriegs. Als seine eigenen Eltern und sein älterer Bruder Ted gestorben waren, hatte er um sie getrauert. Trotzdem fürchtete er sich nicht. Vielleicht hätte er das tun sollen. Aber was brachte es, sich um etwas zu ängstigen, dem man ohnehin nicht ausweichen konnte?

Harry gegenüber, auf der anderen Seite des Wartezimmers, saß eine erschöpft aussehende junge Mutter. Sie lenkte ihre kleine Tochter ab, indem sie ihr vorlas. Als Harry die beiden anschaute, hätte er nicht sagen können, wer von ihnen den Arzt dringender benötigte. Mutter und Kind wirkten stark erkältet. Insgeheim war Harry dankbar für den Abstand zwischen ihnen, denn sein eigenes Immunsystem war geschwächt.

Er wusste, dass dieses Weihnachten mit ziemlicher Sicherheit sein letztes sein würde. Der Gedanke stimmte ihn traurig. Im Laufe des Lebens war sein Glaube an Gott stärker geworden, wahrscheinlich eine normale Entwicklung. Kurz fragte er sich, ob die Engel im Himmel wohl auch Weihnachten feierten. Vermutlich schon. Das würde er nun wohl ziemlich bald herausfinden. Aber bis dahin war er fest entschlossen, Rosalie das letzte gemeinsame Weihnachten auf Erden so schön wie möglich zu machen. Fünfundsechzig Jahre waren sie nun verheiratet, und er wollte ihr noch einmal zeigen, wie sehr er sie liebte. Rosalie verlassen zu müssen – das war es, was ihm am schwersten fiel.

„Harry Alderwood."

Er war völlig in Gedanken versunken, und die Arzthelferin musste seinen Namen ein zweites Mal aufrufen, bevor er sie hörte. Die junge Frau hieß Kelly Shannon – oder war es Shannon Kelly? Egal, er hatte ihr ohnehin den liebevollen Spitznamen „Schwester Feldwebel" gegeben. Sie schien nichts dagegen zu haben.

„Harry Alderwood?"

„Ich komme schon." Er brauchte einen Moment, um auf die Füße zu kommen. Manchmal vergaß er, dass seine Beine ihn nicht mehr so trugen wie früher. Vor gar nicht allzu langer Zeit war es ihm lediglich schwergefallen, aus dem Sessel hochzukommen. Inzwischen aber strengte ihn das bloße Stehen bereits furchtbar an. Älterwerden war nichts für Hasenfüße, so viel stand fest.

Indem er sich schwer auf seinen Stock stützte, zog Harry sich hoch. Er lächelte der jungen Mutter zu und setzte vorsichtig einen Fuß vor den anderen. Selbst die paar Meter bis ins Behandlungszimmer bedeuteten eine fast unüberwindliche Anstrengung. Trotzdem winkte er ab, als „Schwester Feldwebel" ihm zu Hilfe kommen wollte. Er holte mehrmals tief Luft und zwinkerte ihr zu, als er an ihr vorbeiging. Sie lächelte zurück, während sie den kleinen Stechpalmenzweig zurechtrückte, den sie sich an den gestärkten weißen Schwesternkittel gesteckt hatte.

Dass sie einen Sinn für Weihnachten besaß, gefiel ihm. Außerdem war er dankbar dafür, dass sie ihn nicht zur Eile antrieb. Das war das Problem der Menschen heutzutage. Alle schienen es permanent eilig zu haben, überholten ihn, stießen ihn förmlich beiseite in ihrem Bestreben, möglichst schnell zur Kasse des Supermarkts oder zum Parkplatz zu gelangen. Sahen diese Idioten denn nicht, dass er schon so schnell ging, wie er konnte? Noch vor ein paar Jahren hatte er sich nicht anders verhalten. Ständig war er irgendwohin gehetzt, nur um sich am Ziel zu fragen, warum er es eigentlich so eilig gehabt hatte.

„Eine gesunde Gesichtsfarbe haben Sie heute Morgen", sagte Schwester Feldwebel, während sie ihm die Tür zum Behandlungszimmer aufhielt und wartete, dass er hineinging. „Es scheint Ihnen besser zu gehen."

Harry hatte noch nie verstanden, warum andere Leute ständig Vermutungen darüber anstellten, wie es ihm ging. Die Wahrheit schien niemanden zu interessieren. Na gut – vielleicht am ehesten noch Schwestern und Ärzte. Aber seinen Gesundheitszustand mit Freunden oder Bekannten zu besprechen, daran lag ihm nichts. Er hatte Krankheit und den näher rückenden Tod als unausweichlich akzeptiert, wollte aber keine Sekunde früher abtreten als unbedingt nötig.

„Setzen Sie sich", sagte die Arzthelferin und zeigte auf den Stuhl an der Wand.

Es dauerte lange, bis Harry ihn erreicht hatte und sich darauf niederlassen konnte.

Während sie freundlich mit ihm plauderte, überprüfte Schwester Feldwebel Harrys Blutdruck – der normal war –, maß die Temperatur – ebenfalls normal –, stellte noch die üblichen Fragen und ging dann hinaus. Die Tür schloss sie hinter sich.

Fünf Minuten später tauchte Dr. Snellgrove auf. Harry hatte sich immer noch nicht recht daran gewöhnt, dass sein Arzt so jung war. In seinen Augen wirkte Paul Snellgrove kaum alt genug, um sich zu rasieren – geschweige denn, Entscheidungen über Leben und Tod zu fällen. In letzter Zeit war Harry einer ganzen Reihe junger Ärzte und Ärztinnen begegnet. Eigentlich fand er das gut, auch wenn er sich im Vergleich zu ihnen noch älter vorkam als ohnehin schon. Aber diese frischgebackenen Doktoren hatten noch nichts von ihrem Idealismus verloren, und das gefiel ihm. Außerdem kannten sie sich mit den neuesten Technologien, Behandlungsmethoden und Medikamenten aus. Das einzige Problem war, dass ihnen mitunter der Realitätssinn fehlte und sie den Tod als Feind betrachteten. Dabei trat der am Ende eines langen Lebens oder einer schweren Krankheit eher als Freund auf. Doch Dr. Snellgrove war anders. Er hatte vor drei oder vier Jahren die Praxis von Harrys langjährigem Hausarzt übernommen. Harry bewunderte den jungen Burschen.

„Was kann ich für Sie tun?“, erkundigte sich Dr. Snellgrove, während er sich auf einem Hocker niederließ und herüberrollte, sodass er Harry genau gegenübersaß.

Harry legte beide Hände übereinander auf den Knauf seines Gehstocks. „Das Atmen macht mir wieder Schwierigkeiten.“ Nicht, dass diese Beschwerden neu gewesen wären. Aber in letzter Zeit war es damit schlimmer geworden. In der vergangenen Woche war er zweimal nachts aufgewacht und hatte keine Luft mehr bekommen. Beide Male hatte er geglaubt, sterben zu müssen. Eigentlich hatte er gehofft, sanft und leicht in den Tod hinüberzugleiten, vielleicht sogar im Schlaf. Im Bett zu sitzen, nach Luft zu schnappen und Rosalie dadurch in Panik zu versetzen entsprach keineswegs seiner Wunschvorstellung.

Der junge Arzt stellte ihm ein paar Fragen, aber Harry kannte das Problem bereits. Sein Herz war müde und machte deshalb ab und zu eine kleine Pause. Das entsprach vielleicht nicht ganz der medizinisch korrekten Diagnose, kam der Wahrheit aber ziemlich nahe. Dafür hatte Harry den Herzschrittmacher, und der hatte bisher auch gut funktioniert – bis vor Kurzem.

„So ungern ich es auch zugebe, Mr. Alderwood: Ich fürchte, ich kann nicht viel für Sie tun", erklärte der Arzt. In seinen Augen las Harry einen ernsten Ausdruck.

Er wusste es zu schätzen, dass der Jüngere nicht wegschaute und dass er ihm die Wahrheit sagte. Harry war bereit, das Leben loszulassen. Fast. Es gab noch etwas, das er gerne erledigt wissen wollte, und dazu brauchte er Zeit. „Keine neue Pille?" Im Laufe der Zeit hatte er eine halbe Apotheke geschluckt. Sechsundzwanzig verschiedene Tabletten hatte er neulich gezählt – von denen er natürlich nicht alle auf einmal nehmen musste. Zum Glück übernahm die Regierung für einen alten Kriegsveteranen wie ihn einen Teil der Kosten für die teuren Medikamente.

„Nein, Mr. Alderwood, tut mir leid. Diesmal kann ich Ihnen keine Wunderpille verschreiben."

Harry seufzte. Er hatte auch nicht wirklich damit gerechnet.

„Ihr Herz versagt langsam seinen Dienst", stellte Dr. Snellgrove fest. „Das wissen Sie so gut wie ich." Er runzelte die Stirn. „Ich sehe, Sie benutzen den Stock statt des Rollators."

Harry verabscheute diesen verdammten Rollator. „Er steht zu Hause."

„Mr. Alderwood, wir haben Dezember." Der Arzt schien

am Ende seiner Geduld zu sein. „Das Letzte, was Sie jetzt noch gebrauchen können, ist ein Knochenbruch."

Harry quittierte die Befürchtung des Doktors mit einem Achselzucken. „Mir ist durchaus bewusst, dass ich sterbe", bemerkte er und beugte sich leicht vor. „Aber ich hätte gerne Ihre ehrliche Einschätzung, wie viel Zeit mir noch bleibt."

„Warum ist es Ihnen so wichtig, das zu wissen?", fragte Dr. Snellgrove.

„Wegen Rosalie", antwortete Harry. „Sie wird vergesslich, und manchmal hat sie Phasen, in denen sie verwirrt ist. Ich glaube nicht, dass sie allein zurechtkommt." Harry sorgte sich ständig um seine Frau. Noch nicht einmal ihre Kinder ahnten, wie schlecht Rosalies Gedächtnis im Laufe der letzten Jahre geworden war.

Paul Snellgrove griff nach Harrys Krankenakte und warf einen Blick auf das Deckblatt. „Sie wohnen immer noch in Ihrem eigenen Haus, richtig?"

Harry nickte. Dort, an der Walnut Avenue, hatten er und Rosalie bereits ihre beiden großartigen Töchter großgezogen. Lorraine und Donna lebten und arbeiteten schon lange in Seattle, und dort hatten sie auch ihre Familien gegründet. Mindestens einmal im Monat kam eine von ihnen vorbei, manchmal sogar öfter. Auch die Schwiegersöhne waren häufig zu Gast. Gerade letzte Woche hatte ihnen Kenny, Lorraines Mann, die Lichterketten aufgehängt und einen Weihnachtsbaum vorbeigebracht. Oh ja, Harry wusste genau, wie viel Glück er mit seiner Familie hatte. Er fühlte sich gesegnet.

Und erst seine Enkelkinder ... Alle vier waren inzwischen selbst erwachsen und gingen ihren eigenen Weg. Wenn sie bei ihm waren, taten sie mehr für Harrys Herz als all die Pillen, die er jeden Morgen schluckte.

„Bevor ich sterbe, möchte ich Rosalie in Liberty Orchard unterbringen, dieser neuen Anlage für betreutes Wohnen", erklärte er. „Es ist die beste Lösung für sie. Für alle."

Der Arzt nickte. „Steht dem irgendetwas im Wege?"

„Sie meinen, noch etwas außer Rosalie?", fragte Harry scherzhaft zurück. „Ich muss sie nur noch überzeugen, und das könnte seine Zeit dauern. Deshalb muss ich wissen, wie lange mir noch bleibt."

Ruhig betrachtete ihn der Arzt.

Harrys Töchter stimmten ihm zu, dass ihre Mutter früher oder später Hilfe brauchen würde. Aber anders als Harry betrachteten sie die Angelegenheit nicht als besonders dringlich. Sie verstanden einfach nicht, dass Harry diese Erde nicht beruhigt verlassen konnte, solange er Rosalie nicht versorgt wusste.

„Reden Sie nicht um den heißen Brei herum", beharrte er. „Es kann doch nicht so schwierig sein, einem alten Mann zu sagen, wie lange er noch lebt." Die Herausforderung blieb zwischen ihnen in der Luft hängen.

Schweigend rollte der Arzt auf seinem Hocker ein paar Zentimeter zurück. Seine Geste sagte mehr als alle Worte. „Mr. Alderwood, ich bin nicht Gott, daher weiß ich es nicht mit Sicherheit", sagte er leise. „Aber ich will ehrlich sein, wenn es das ist, was Sie möchten."

„Ja, das möchte ich."

Langsam ließ Dr. Snellgrove die Luft entweichen, die er einen Augenblick lang angehalten hatte. „Die Wahrheit ist: Es kann jederzeit so weit sein."

Seine Worte erschütterten Harry. Damit hatte er nicht gerechnet. Er war immer davon ausgegangen, dass ihm noch einige Monate blieben, vielleicht bis zum Frühling. Oder sogar bis zum Sommer. Er brauchte einen Augenblick, um die neue Erkenntnis zu verdauen. Dann nickte er. „Okay."

Als befürchte er, schon zu viel preisgegeben zu haben, begann der Arzt mit einer langatmigen Erklärung. Begriffe wie

Herzrhythmus, Stenose und Stauungsinsuffizienz schienen darin eine große Rolle zu spielen.

Harry nahm kaum etwas davon wahr. In seinem Kopf hatte nichts Platz außer dem Gedanken an den Tod. Wann würde es passieren? Würde ihm noch Zeit bleiben, sich um Rosalies Versorgung zu kümmern?

„Überanstrengen Sie sich nicht. Benutzen Sie den Rollator“, ermahnte ihn Dr. Snellgrove.

„Mach ich“, versprach Harry.

„Gönnen Sie sich so viel Ruhe wie möglich“, fuhr der Arzt fort. „Und, Mr. Alderwood – Harry: Sie dürfen nicht mehr Auto fahren. Das ist einfach zu gefährlich.“

Harry nickte. Mit dem Gedanken hatte er sich bereits abgefunden. Das hieß, dass er sich um noch mehr Dinge kümmern musste …

Auf das Auto zu verzichten fiel ihm nicht schwer. Ohnehin fehlte ihm die Kraft für große Ausfahrten. Die meisten Stunden des Tages verbrachte er vor dem Fernseher. Gerichtssendungen gefielen ihm neben der Wettervorhersage am besten. Je älter er wurde, desto wichtiger schien das Wetter zu werden.

Um diese Jahreszeit war es in Leavenworth meistens kalt, und es schneite. Der Schnee war gerade im Advent wichtig für den Tourismus, deshalb zählten die meisten Läden in der Stadt darauf. Der ganze Dezember war hier ein einziges Weihnachtsmärchen. Jedes Wochenende fanden Umzüge statt, angeführt von einem altmodischen Weihnachtsmann und einem pausbäckigen Nikolaus. Danach wurden feierlich die Lichter am großen Weihnachtsbaum entzündet.

„Kann ich sonst noch etwas für Sie tun?“, fragte Dr. Snellgrove.

Harry erhob sich schwerfällig und scherzte: „Hätten Sie vielleicht ein neues Herz für mich?“

Traurig schüttelte der Arzt den Kopf. „Tut mir leid."

Harry streckte ihm die Hand entgegen. Er wollte ihm zeigen, dass er ihm dankbar war für alles, was er getan hatte – insbesondere für seine Ehrlichkeit. „Frohe Weihnachten, Dr. Snellgrove. Und falls wir uns nicht mehr sehen, wünsche ich Ihnen auch ein gutes neues Jahr."

Der Arzt schüttelte ihm herzlich die Hand. „Alles Gute, Mr. Alderwood. Ihnen und Ihrer Frau."

Im Wartezimmer reichte die Arzthelferin Harry den Mantel, den er an die Garderobe gehängt hatte. Er wickelte sich den Schal um den Hals. Rosalie hatte ihn vor fünfundzwanzig Jahren für ihn gestrickt. Noch immer trug Harry ihn jeden Winter. Schade, dass Rosalie überhaupt nicht mehr strickte. Sie war eine gute Handarbeiterin gewesen. Jahrelang hatte sie die Kinder und Enkel mit Pullovern, Handschuhen und Mützen versorgt, alles wunderschöne Dinge.

Damals … Harry hielt kurz inne und lächelte, bevor er sich den Hut aufsetzte. Damals … Das Wort kam ihm in letzter Zeit immer öfter in den Sinn. Er holte Luft, bevor er in die Ärmel seines schweren Wollmantels schlüpfte. Plötzlich schien ihm das Kleidungsstück schwer auf den Schultern zu lasten – schwerer als am Morgen, als er es zuerst angezogen hatte.

Er wünschte Schwester Feldwebel höflich „Frohe Weihnachten" und wandte sich zum Gehen.

Schwer auf den Stock gestützt, öffnete er die Tür und wappnete sich gegen die Kälte, bevor er sich auf den kurzen Weg zum Auto machte. Genau wie Dr. Snellgrove waren seine Töchter dagegen, dass er noch fuhr oder das Haus alleine verließ. Sie hatten recht. Er würde mit ihnen über den Verkauf des Wagens sprechen. Vielleicht rief er sie heute Abend noch an. Bis dahin würde er eben sehr, sehr vorsichtig fahren.

Der Himmel war dunkel und bewölkt. Die Kälte fuhr Harry durch alle Glieder. Er schob sich auf den Fahrersitz und startete den Wagen. Als er die Heizung aufdrehte, traf ihn ein Schwall kalter Luft, und er fröstelte. In letzter Zeit kam es ihm so vor, als wäre ihm ständig kalt. Der Arzt hatte ihm erklärt, dass das am schwachen Kreislauf lag. Mit anderen Worten: Harrys Herz wollte nicht mehr, und das Frösteln gehörte zu den Symptomen.

Die behandschuhten Hände am Lenkrad, wartete er darauf, dass die Scheibe klar wurde.

Ich kann jederzeit sterben.

Gleichzeitig mit diesem Gedanken traf ihn eine andere Erkenntnis. Er musste Rosalie davon überzeugen, dass sie so schnell wie möglich umzog. Aber wenn sie wollte, konnte seine Frau ziemlich stur sein, und Harry wusste, dass er Hilfe brauchen würde.

Er neigte den Kopf und schloss die Augen. Im Alter hatte sich Harrys Glauben noch vertieft, auch wenn er nicht mehr ganz so häufig in die Kirche ging und in der Bibel las. Aber wenn er den Gottesdienst besuchte, verließ er ihn immer erfüllt von dem Glauben an Gottes Güte und beseelt von dem Wunsch, ein aufrechter und ehrenhafter Mensch zu sein. In der Bibel fand er Weisheit – und ein paar ziemlich gute Geschichten. Anders als er, ging Rosalie regelmäßig zum Gottesdienst. Die Kirche war nur wenige Straßen entfernt, und jeden Sonntagmorgen saß Rosalie in der Bank. Einer der Nachbarn fuhr sie hin oder eines der Mädchen, wenn sie gerade zufällig zu Besuch waren.

Und es gab noch etwas, das Harry nicht regelmäßig tat: beten. Eigentlich bedauerte er das, denn er glaubte daran, dass Gott Gebete erhörte. Aber er hatte Hemmungen, den Allmächtigen mit seinen armseligen Sorgen zu belästigen. Schließlich hatte Gott alle Hände voll zu tun mit großen Problemen wie dem Klimawandel und den Kriegen im Nahen Osten. Vermutlich hatte er gar keine Zeit, sich um einen alten Mann wie

Harry zu kümmern. Einen alten Mann, der sich Sorgen darum machte, was aus seiner Frau wurde, wenn er starb … Nur wusste Harry nicht, an wen er sich sonst wenden sollte.

Aber vielleicht konnte ja selbst ein Auto so etwas wie eine Kirche sein. Mit gebeugtem Kopf und geschlossenen Augen flüsterte Harry: „Also gut, Herr, mir läuft die Zeit davon. Du sollst wissen, dass ich das akzeptiere. Es gibt auf dieser Erde wichtigere Probleme als meine, und du hast bestimmt Besseres zu tun, als einem alten Mann wie mir zuzuhören. Trotzdem hoffe ich, dass du nichts dagegen hast, wenn ich dich um Hilfe bitte.

Es geht um Rosalie. Das Haus ist zu viel für sie alleine. Wenn ich nicht mehr da bin, um auf sie aufzupassen, habe ich Angst, dass sie es abfackelt, weil sie vergisst, den Herd auszustellen. Oder sie setzt es unter Wasser, weil sie das Badewasser einfach laufen lässt. Ich weiß, dass du sie noch mehr liebst als ich, und das beruhigt mich. Zeig mir, wie ich sie davon überzeugen kann, in eine von diesen schicken neuen betreuten Wohnungen zu ziehen. Ich muss dich allerdings warnen, Herr: Meine Rosalie kann ziemlich stur sein. Aber ich nehme an, das ist dir auch schon aufgefallen.

Wenn ich einmal nicht mehr bin, musst du dich an meiner Stelle um sie kümmern." Er hielt inne. In dem Gedanken, dass er bereits genug von Gottes Zeit in Anspruch genommen hatte, fügte er nur noch hinzu: „Amen."

Als er aufblickte, war die Wolkendecke aufgerissen. Ein Sonnenstrahl fiel auf den Schnee und ließ ihn weiß schimmern. Einen langen Augenblick betrachtete Harry das Schauspiel. Er fühlte sich erleichtert, denn sein Problem lag nun in Gottes Hand.

2. KAPITEL

Harrys Gebet stieg gen Himmel, ließ die schneebedeckten Zweige der Nadelbäume hinter sich, wand sich durch die dicken, weißen Wolken. Schließlich landete es, getragen vom warmen Wind seiner Liebe, direkt auf dem Schreibtisch des Erzengels Gabriel.

„Harry Alderwood", murmelte Gabriel und blätterte die Seiten des riesigen Buches um, in denen die Gebete und Lebensläufe der Gläubigen verzeichnet waren. „Ah ja. Harry." Der Erzengel erinnerte sich an den alten Mann. Harry betete nicht häufig. Aus irgendeinem Grund schien er zu glauben, dass er Gott nicht mit seinen unwichtigen Sorgen belästigen sollte. Er ahnte offenbar nicht, dass Gott sich gerne mit den Menschen unterhielt und dass er sich danach sehnte, ihnen zuzuhören.

Gabriel, der mit dem Allmächtigen in engem Austausch stand und die Menschen liebte wie dieser, empfand Zärtlichkeit für den alten Mann. Ihm stand die Reise vom Leben zum Tod kurz bevor. Wie häufig, wenn der Tod nahte, wurde der Schleier zwischen Himmel und Erde sehr dünn. Auf der einen Seite schien Harry die Tatsache zu akzeptieren, dass er sterben musste. Andererseits hing er am Leben, weil er Angst davor hatte, die Menschen zurücklassen zu müssen, die er liebte – allen voran seine Frau Rosalie.

Harry blieben nur noch wenige Tage – weniger sogar, als der alte Mann ahnte. Das verlieh seinem Gebet eine gewisse Dringlichkeit. Leider stand Weihnachten kurz bevor, und das hieß, dass Gabriel sich vor Bitten kaum retten konnte.

Aus der kleinen Stadt Leavenworth in Washington hatten ihn beinahe gleichzeitig sogar zwei Gebete erreicht. Das zweite stammte von Carter Jackson, einem kleinen Jungen, der offenbar glaubte, dass sein Anliegen bei Gott besser aufgehoben war als beim Weihnachtsmann.

Carters Bitte war keineswegs leichter zu erfüllen als die von Harry Alderwood. Wünsche wie dieser gestalteten sich zur Weihnachtszeit sogar noch komplizierter als sonst. Im Himmel herrschte jetzt höchste Geschäftigkeit. Es mussten jede Menge Aufgaben erledigt, Gebete beantwortet und Engel eingeteilt werden.

Gabriel studierte die Liste der Himmelsgesandten, die gerade zur Verfügung standen. Dabei stellte er fest, dass seine drei Lieblingsengel gerade nichts zu tun hatten. Ihm lag viel an Shirley, Goodness und Mercy, aber in der Vergangenheit hatten ihm diese drei immer wieder Probleme bereitet.

Viele Probleme.

Mercy beispielsweise, deren Name von ihrer Barmherzigkeit kündete, ließ sich einfach zu leicht von ihrer Faszination für alles Irdische verführen. Mit einem Gesichtsausdruck, in dem sich Belustigung und Gereiztheit mischten, schüttelte Gabriel den Kopf. Gleichgültig, wie knapp er gerade an helfenden Händen war – diese drei würde er nicht wieder auf die Erde schicken. Mercy auch nur in die Nähe von Gabelstaplern oder Aufzügen zu lassen, bedeutete, das Unheil geradezu herauszufordern.

Der Erzengel konnte sich nicht an ein einziges Mal erinnern, dass er es nicht bereut hätte, sie mit einem Gebetsanliegen betraut zu haben. Na gut, vielleicht war „bereuen" ein zu starkes Wort. In letzter Sekunde hatte Mercy es schließlich immer noch irgendwie geschafft, alles wieder auszubügeln. Und er musste zugeben, dass sie ihn zum Lachen brachte. Aber Mercy und Harry Alderwood …

„Armer Harry", flüsterte Gabriel.

„Harry", antwortete Mercy hinter ihm.

Sie besaß die schlechte Angewohnheit, sich von hinten an ihn anzuschleichen, und Gabriel musste sich zusammenreißen, um nicht überrascht zusammenzufahren. Mit äußerster Selbstbeherrschung drehte er sich zu der Himmelsgesandten um. Sie stand vor ihm, ein Bild der Unschuld, mit weit aufgerissenen Augen, in denen er ein Fünkchen Hoffnung entdeckte.

„Hast du gerade Harry Alderwood erwähnt?", erkundigte sie sich. Ihre Flügel raschelten leise, wie immer, wenn sie aufgeregt war. Die bloße Aussicht, womöglich wieder zur Erde zurückzukehren, schien Mercy fast den Atem zu nehmen.

„Ganz richtig", antwortete Gabriel.

„Wenn es irgendetwas gibt, worin ich dich unterstützen kann ...", bemerkte Mercy. „Ich stehe dir *gerne* zur Verfügung."

„Das glaube ich dir. Aber da gibt es noch die kleine Angelegenheit mit ..."

Mercy unterbrach ihn mit erhobener Hand. „Falls du an den unseligen Zwischenfall mit dem Flugzeugträger denkst: Dafür habe ich Buße getan."

„Nun", erwiderte Gabriel und räusperte sich. „Ich dachte eher daran, als du die Boeing 747 auf einen komplett anderen Kurs umgeleitet hast."

„Oh."

Mercys Wangen röteten sich. Vollkommen zu Recht. In Gabriels Augen war dieser Zwischenfall der Tropfen gewesen, der das Fass zum Überlaufen gebracht hatte. „Ich weiß wirklich nicht, ob ich dich guten Gewissens auf die Erde schicken kann ...", sagte er nachdenklich. Allerdings stand ihm wirklich nur eine sehr begrenzte Anzahl an Himmelsgesandten zur Verfügung ...

„Bitte, bitte, bitte gib mir noch eine Chance", bat Mercy ihn mit gefalteten Händen.

Trotz all des Unheils, das sie stiftete, besaß Mercy eine gewisse Begabung dafür, mit Gebeten umzugehen. Was die Menschen allerdings nicht immer begriffen, war die Tatsache, dass sie selbst ihren Beitrag dazu leisten mussten, dass ihre Bitten Wirklichkeit wurden. Gott begrüßte es zwar, wenn man sich mit Anliegen an ihn wandte, aber ein bisschen Mitarbeit erwartete er schon.

„Harrys Gebet ist gerade eingetroffen“, erklärte Gabriel zögernd. „Er weiß, dass ihm nur noch wenig Zeit auf der Erde bleibt.“

„Weiß er denn nicht, dass er einen neuen Körper bekommt, sobald er im Himmel ist?“ Mercy schien überrascht von dem Widerstreben des alten Mannes, die Erde zu verlassen. „Und hier ist es so viel schöner.“

„Nein, das weiß er schon“, antwortete Gabriel. Vielleicht war es das Beste, wenn er ihr einen kurzen Blick auf Harry und Rosalie gönnte. „Komm mit und lerne Harry kennen.“ Damit hob er den Arm und schob mit einer einzigen ausladenden Bewegung den Schleier zwischen Himmel und Erde beiseite. Einen Augenblick später konnten sie auf das Städtchen Leavenworth hinabblicken.

„Harry, bist du das?“, rief Rosalie, als ihr Mann das Haus betrat und die Tür schloss, um den bitterkalten Dezemberwind auszuschließen.

„Ja, ich bin's“, antwortete Harry. Aber seine Stimme klang angestrengt. Atemnot machte ihm zu schaffen, und in seinem Kopf gingen die Worte von Dr. Snellgrove herum. Harry wusste, dass Rosalie ohne ihn nicht zurechtkommen würde, und er wusste auch, dass er sein Vertrauen nun in Gott setzen musste, der sein Gebet erhören würde.

„Das Mittagessen ist fertig“, bemerkte Rosalie aus der Küche.

Eigentlich hatte er keinen Appetit, aber er wollte seine Frau auch nicht enttäuschen. Schließlich hatte sie sich die Mühe gemacht, Essen für sie vorzubereiten. Mittlerweile erinnerte sie sich nur noch an wenige ihrer Lieblingsrezepte, sodass es fast immer Dosensuppe gab. So sicher auch jetzt.

Nicht, dass Essen Harry noch besonders interessierte. Er aß, weil es notwendig war, aber ohne große Begeisterung.

Als er in die Küche kam, sah er, dass er richtig geraten hatte. Rosalie hatte Suppe erwärmt. Zwei dampfende Schüsseln mit leuchtend roter Tomatensuppe standen auf dem Tisch. Der Rest kochte bei höchster Hitze auf dem Herd weiter. Harry wartete, bis Rosalie ihm den Rücken zuwandte und das Besteck aus der Schublade nahm, bevor er die Herdplatte abschaltete.

Danach setzte er sich an den runden Eichentisch, der in einer Nische stand. Sie beugten die Köpfe, und Harry murmelte das Tischgebet. Kaum hatte er geendet, als Rosalie ihn anlächelte. Liebe leuchtete aus ihren Augen. „Wie ist es beim Arzt gegangen, Schatz?"

Um sie nicht mit Sorgen zu belasten, nickte Harry nur. „Ich bin so fit, wie man es bei einem Mann meines Alters nur erwarten kann."

Besorgt erwiderte Rosalie seinen Blick. Sie schien näher nachhaken zu wollen, entschied sich aber dagegen. Er hatte ihr erzählt, was sie hören wollte.

„Schmeckt dir die Suppe?", fragte sie stattdessen.

„Wunderbar." Weil er nicht wusste, wie er das Thema des Umzugs aufbringen sollte, löffelte Harry schweigend und hielt dann inne. Es wäre nicht das erste Mal, dass er damit anfinge – alles andere als das. Sorgfältig legte er den Löffel auf den Platzset.

„Wie war es bei dem netten Dr. Snellgrove?", erkundigte sich Rosalie, während sie mit zitternder Hand einen Löffel Suppe zu den Lippen hob. Sie nahm sich ein Stück Brot aus dem Korb und bröckelte es langsam in ihre Schüssel.

„Er gefällt mir."

„Mir auch. Hat er dir wieder etwas aufgeschrieben?"

Harry schüttelte den Kopf. Auch so benötigte die Krankenschwester, die jeden zweiten Tag bei ihnen vorbeischaute, eine Tabelle, um den Überblick über seine Medikamente zu behalten.

„Es kommt doch alles wieder in Ordnung mit dir, oder?", fragte seine Frau.

Harry sah, dass Angst sich in ihr Gesicht malte. „Natürlich. Ich … ich muss mich nur ein bisschen schonen. Das ist alles."

Sofort wirkte sie erleichtert. „Gut. Ich weiß wirklich nicht, was ich ohne dich täte."

Das wusste Harry auch nicht. Er seufzte. Vielleicht sollte er diese Gelegenheit nutzen, das Thema wieder einmal auf den Tisch zu bringen. „Ich habe überlegt, dass mir die Arbeit hier im Haus langsam zu viel wird." Wenn er ihr den Umzug in betreutes Wohnen als etwas hinstellte, was er *seinetwegen* für notwendig hielt, hätte er womöglich bessere Chancen, sie zu überzeugen.

Doch Rosalie reagierte nicht auf die Bemerkung. Obwohl ihr die Jahre Falten und Runzeln ins Gesicht gegraben hatten, sah Harry in ihr immer noch die Frau, der er vor sechsundsechzig Jahren zum ersten Mal begegnet war. Sie arbeitete damals in dem Kaufhausrestaurant von Woolworth in Seattle. Harry war zu einer Fortbildung aus Yakima in die Stadt gekommen, kurz nachdem er die Stelle bei der Versicherungsgesellschaft angetreten hatte. Für dieses Unternehmen sollte er über vierzig Jahre lang arbeiten.

Es war sein erster Besuch in Seattle, und er fühlte sich von den Menschenmengen und dem Lärm überwältigt. Ein Freund hatte vorgeschlagen, in dem Kaufhausrestaurant etwas zu essen. Harry warf nur einen Blick auf Rosalie, und es war um ihn geschehen. Bis zu diesem Zeitpunkt hätte er höchstens spöttisch gelacht, wenn ihm jemand mit Liebe auf den ersten Blick gekommen wäre. Das würde er nie wieder tun. Ein Blick hatte genügt, um sich Hals über Kopf in Rosalie zu verlieben.

„Harry?"

Er blinzelte. Merkwürdig, wie er in seinen Erinnerungen abgetaucht war.

„Hast du aufgegessen?", fragte Rosalie.

„Ja", murmelte er. „Ich habe keinen großen Hunger." Aber auch sie schien kaum etwas zu essen, wie ihm auffiel.

„Dann mache ich dir später etwas", schlug Rosalie vor.

„Das wäre schön." Doch er zögerte den Moment hinaus, an dem er vom Tisch aufstehen musste. „Dr. Snellgrove möchte, dass ich den Rollator benutze."

Rosalie presste die Lippen aufeinander. „Habe ich dir nicht genau das Gleiche gesagt? Wenn du wieder hinfällst, kann ich dir nicht aufhelfen, Schatz."

Es stimmte. Erst vor einer Woche war er gefallen und mit eigener Hilfe nicht mehr auf die Beine gekommen, obwohl er sich nach Kräften abgemüht hatte. Rosalie hatte versucht, ihm zu helfen. Binnen Kurzem waren sie beide erschöpft gewesen. Schließlich hatte sie sich nicht anders zu helfen gewusst und die Feuerwehr gerufen. Sie war mit einer ganzen Mannschaft ausgerückt, und Harry hatte sich in Grund und Boden geschämt. Dabei waren die Feuerwehrleute wirklich nett gewesen. Diesen Zwischenfall hatte er absichtlich Dr. Snellgrove gegenüber nicht erwähnt. Dazu gab es keinerlei Grund. Es ging ihm schließlich gut. Sicher, die Sache hatte ihn geärgert, ihm aber ansonsten nicht weiter geschadet.

Mit vorsichtigen Bewegungen schlurfte Harry ins Wohnzimmer und setzte sich vor den Fernseher. Rosalie trug die Suppenschüsseln zum Becken und spülte sie aus, bevor sie sich in ihrem Sessel neben ihm niederließ.

„Gleich kommt *Oprah*", bemerkte sie.

Es war ihre Art, ihm mitzuteilen, dass sie nun die bekannte Talkshow mit Oprah Winfrey sehen wollte. Rosalie mochte in mancher Hinsicht vergesslich geworden sein, aber ihre Lieblingssendungen vergaß sie nie. Nie hätte Harry es zugegeben, aber inzwischen genoss er die Talkshows genauso sehr wie sie. Dass manche der Leute, die dort auftraten, so vollkommen jeden gesunden Menschenverstand vermissen ließen, erstaunte ihn immer wieder. Traten dagegen Menschen auf, die Großes geleistet hatten, berührte ihn das.

„Wir könnten demnächst mal Liberty Orchard besuchen", äußerte er, bequem im Sessel zurückgelehnt. Er griff nach der Decke, die Rosalie ihm vor vielen Jahren gestrickt hatte, und breitete sie über seine Beine. Die Kälte schien sich überhaupt nicht mehr aus seinen Gliedern vertreiben zu lassen.

„Damit haben wir doch keine Eile, oder?", fragte Rosalie.

Statt ihr anzudeuten, was er von Dr. Snellgrove wusste, antwortete Harry: „Wie ich eben schon sagte, das Haus wird mir langsam zu viel. Es gibt doch keinen Grund, es hinauszuzögern. Zumindest können wir uns auf die Liste setzen lassen."

„Natürlich, das könnten wir tun", stimmte Rosalie widerstrebend zu. „Aber lieber würde ich damit bis zum Sommer warten."

Da er sie nicht beunruhigen wollte, beschloss Harry, die Diskussion auf einen späteren Zeitpunkt zu verschieben. Vielleicht wenn er sich ein bisschen ausgeruhter fühlte …

Gabriel sah Mercy aufmerksam an. In ihren tiefblauen Augen stand Mitgefühl, als sie sich zu ihm wandte. „Er ist sehr schwach."

Gabriel nickte.

„Wie lang bleibt ihm noch?", fragte sie, während sie beobachtete, wie Rosalie aus dem Sessel aufstand und zu ihrem schlafenden Mann ging. Sanft zog Rosalie ihm die handgestrickte Decke bis über die Schultern hoch und drückte ihm einen Kuss auf die Stirn.

„Nicht mehr lange", antwortete Gabriel.

„Sicher nimmt Gott ihn erst nach Weihnachten zu sich, oder?"

„Nein. Leider muss Harry die Erde noch vorher verlassen."

„Ach, du liebe Zeit. Also ist sein Gebetsanliegen dringend. Irgendjemand muss Rosalie von dem Umzug überzeugen, und zwar schnell."

„Ja."

„Aber Weihnachten ist doch schon in einer Woche!"

Das musste man Gabriel nicht erst sagen. „Ich weiß."

„Oje."

„Bist du immer noch interessiert daran, die Aufgabe zu übernehmen?" Er war sich sicher, dass sie ihre Meinung geändert hatte.

Nachdenklich biss Mercy sich auf die Lippen, während sie überlegte. Das war das schwierigste Anliegen, das Gabriel ihr jemals vorgeschlagen hatte.

„Diesmal ist jedes Trara ausgeschlossen", warnte er sie.

„Vollkommen ausgeschlossen", erklärte sie feierlich. Sie hatte den Blick immer noch nicht von dem alten Ehepaar abgewandt. Die Wärme und Liebe, die zwischen ihnen herrschten, waren deutlich spürbar.

„Glaubst du denn, du kannst Harry helfen?" Gabriel war immer noch unschlüssig. Schließlich ließ Mercy sich nur allzu leicht ablenken …

„Ja", sagte sie zuversichtlich. Wieder drehte sie sich zu ihm, und zu Gabriels Überraschung standen Tränen in ihren Augen. Harry Alderwood hatte Mercys Herz gerührt. Mehr konnte Gabriel sich nicht erhoffen. Mercy würde alles tun, was in ihrer Macht stand, um Harry und seine Frau darauf vorzubereiten, dass sie sich trennen mussten.

3. KAPITEL

Beth Fischer konnte es kaum erwarten, endlich von der Arbeit nach Hause zu kommen. Sie arbeitete als Rechtsanwaltsgehilfin in der Anwaltskanzlei Barney, Blackburn and Buckley in Seattle, einer der renommiertesten Kanzleien im ganzen Staat Washington.

Sofort nachdem sie ihre kleine Wohnung betreten hatte, fuhr sie den Computer hoch. Sie loggte sich ins Internet ein und öffnete das Spiel, das sie seit Monaten in Atem hielt. Es hatte nicht lange gedauert, bis sie von *World of Warcraft* regelrecht besessen war. Vor einem halben Jahr hatte einer der Anwälte im Büro es beiläufig erwähnt. Lachend hatte er seinen Kollegen geraten, die Finger davon zu lassen, weil es süchtig mache. Beth hätte auf ihn hören sollen – aber andererseits war sie froh darüber, dass sie es nicht getan hatte.

Während das Spiel lud, strich sie sich hastig ein Sandwich mit Erdnussbutter und Gelee. Das trug sie in das kleine Arbeitszimmer direkt neben der Küche, das ihr bei seltenen Gelegenheiten auch als Gästezimmer diente. Außerdem war es der perfekte Computerraum.

Beth ließ sich in den bequemen Schreibtischstuhl sinken, zog die nackten Füße unter den Körper und loggte sich ein. Im Spiel hieß sie Borincana und war Jägerin. Sie besaß einen zahmen Wolf namens Spot. Vielleicht war das nicht der originellste Name, aber er hatte die Aufmerksamkeit eines Priesters erregt, der sich seitdem mit ihr verbündet hatte. Sowohl sie als auch der Priester Timixie waren Nachtelfen und hatten zusammen inzwischen den vierzigsten Level erreicht.

Sie waren unschlagbar und nicht aufzuhalten – eine Legende in den Annalen der Online-Computerspiele. Jedenfalls in ihren eigenen Köpfen. Beide waren besessen von *World of Warcraft*. Jeden Abend trafen sie sich, um manchmal stundenlang zu spielen. Eigentlich war es gar nicht notwendig, dass sie zur selben Zeit online waren, aber häufig ergab es sich so.

Als Lloyd, der Anwalt, das Spiel erwähnte, hatte Beth sich gerade nach irgendetwas umgesehen, womit sie ihre Abende ausfüllen konnte. Sie brauchte etwas Hirnloses, um zu entspannen – und um sie von der Tatsache abzulenken, dass alle ihre Freundinnen heirateten, eine nach der anderen.

Inzwischen hatte Beth an zehn Hochzeiten als Brautjungfer teilgenommen. *Zehn.* Drei der Freundinnen waren inzwischen Mutter geworden, zwei weitere waren schwanger. Wenn Beth auch nur die geringste Neigung zu Handarbeiten besäße, hätte sie schon längst Stricken oder Häkeln gelernt. Aber sie konnte den Gedanken nicht ertragen, jeden Abend vor dem Fernseher zu sitzen und an Babydecken zu arbeiten, während die Wahrscheinlichkeit, dass sie selbst heiratete und ein Kind bekam, gegen null ging.

Der Gedanke an Hochzeit und Ehe erfüllte sie mit Schrecken. Das hatte sie bereits hinter sich – und war kläglich gescheitert. Zum Glück war sie klug genug, den Fehler zu erkennen. Es gab Menschen, die dazu bestimmt waren, sich zu verlieben, zu heiraten und die üblichen zwei Kinder zu bekommen – vorzugsweise einen Jungen und ein Mädchen. Ihre jüngere Schwester Angela hatte genau das in Rekordzeit getan.

Eine ganze Weile hatte das den Druck auf Beth etwas vermindert. Doch in letzter Zeit fing ihre Mutter wieder mit dem alten Lied an. „Lern jemanden kennen. Unternimm einen neuen Versuch.“ Und Joyce Fischer hielt sich nicht mit zarten Andeutungen auf.

Nein, vielen Dank, Mom. Beth verspürte keinerlei Neigung für einen neuen Versuch, und mehr gab es dazu nicht zu sagen.

World of Warcraft war die beste Alternative zu einsamen Abenden, die sie entdeckt hatte – und lenkte ausgezeichnet von dem Gedanken an Hochzeit und Babys ab. Beth war dankbar, etwas gefunden zu haben, das so viel Spaß machte und einen so sehr beanspruchte. Und ein weiterer Pluspunkt war natürlich Peter, ihr Internetpartner – der Priester Timixie. Hin und wieder chatteten sie und gratulierten sich gegenseitig zu ihren Erfolgen. Peter schien genau wie sie Beziehungen tunlichst zu meiden.

Im Spiel verbündeten sie sich miteinander und reisten zusammen durch die Welt von *World of Warcraft*. Sie ergänzten sich als Paar perfekt – natürlich nur virtuell. Zumindest Beth war sich sicher, dass sie nie wieder einem Mann näher kommen wollte als Peter im Spiel.

Gerade als das Leben in dem virtuellen Universum interessant zu werden begann und sich die nächste Schlacht anbahnte, klingelte Beths Telefon. Aufstöhnend warf sie einen Blick auf die angezeigte Nummer. Ihre Mutter. Statt an den Apparat zu gehen, ließ sie das Telefon klingeln, bis der Anrufbeantworter ansprang.

„Marybeth, ich weiß genau, dass du zu Hause bist. Spielst du etwa schon wieder dieses vermaledeite Computerspiel? Es geht um etwas Wichtiges – wir müssen über Weihnachten sprechen. Ruf mich innerhalb der nächsten Stunde zurück, sonst setze ich mich ins Auto und komme zu deiner Wohnung. Und das will ich keineswegs tun müssen."

Als sie ihre Mutter „Marybeth" sagen hörte, verzog Beth unwillkürlich das Gesicht. Sie war mit diesem Namen aufgewachsen und verabscheute ihn. Aus irgendeinem Grund erinnerte er sie an die drallen Schönheiten aus Countrymusicshows, die im Nachmittagsfernsehen liefen. Aber ihre Mutter weigerte sich, sie anders als mit Marybeth anzusprechen.

Beth sah ein, dass ihr keine Wahl blieb, als zurückzurufen. Seufzend loggte sie sich aus.

Sofort erschien eine Nachricht von Peter auf ihrem Bildschirm: *Wohin gehst du?*

Sie schrieb zurück: *Tut mir leid. Meine Mutter hat mich wegen Weihnachten angerufen; also muss ich die pflichtbewusste Tochter spielen.*

Peters Antwort ließ nur Sekunden auf sich warten: *Ich verstehe. Mir macht man auch Druck. Meine Eltern liegen mir ständig in den Ohren, dass ich etwas aus meinem Leben machen soll.*

Als Beth seine Nachricht las, hätte sie beinahe laut aufgelacht. *Meine Mutter hat mir fast dasselbe gesagt.*

Wo wohnst du?

Das war die persönlichste Frage, die er ihr jemals gestellt hatte, und sie zögerte, bevor sie die Antwort tippte: *In Seattle.*

Nein, hör mir auf! Ich auch!

Das gibt's doch nicht. Es war kaum zu fassen – da spielten sie seit fast einem halben Jahr dieses Spiel, und erst jetzt fanden sie heraus, dass sie in derselben Stadt wohnten. *Ich muss Schluss machen*, schrieb Beth schnell. *In einer halben Stunde bin ich zurück.*

Bis dann, blinkte Peters Antwort auf.

Beth brachte Borincana und ihren zahmen Wolf Spot in ihr Versteck, wo sie vor einem Angriff geschützt waren. Widerstrebend griff sie dann nach dem Telefon. Schon während sie auf die Schnellwahltaste drückte, wurde ihr klar, dass es in dem Gespräch nur am Rande um Weihnachten gehen würde. Ihre Mutter versuchte herauszufinden, ob es einen Mann in Beths Leben gab.

Joyce hob bereits beim ersten Klingeln ab. Es war, als hätte sie neben dem Telefon gesessen und auf den Anruf gewartet.

„Nein, Mom, ich verabrede mich gerade nicht zu Dates." Beth dachte, dass sie genauso gut gleich zum Kern der Sache vorstoßen könnte. Auf diese Weise ersparte sie sich wenigstens all die betont beiläufigen Fragen nach ihren Kollegen.

„Wie kommst du darauf, dass ich dich so etwas fragen würde?“, fragte ihre Mutter. Offenbar hatte Beths direkte Aussage sie beleidigt.

„Weil du das immer machst“, gab Beth zurück. Sie liebte ihre Eltern und beneidete sie um ihre Ehe. Wäre ihre eigene nur halb so gut verlaufen, dann befände sie sich jetzt nicht in dieser Lage. Beth und John, ihr College-Freund, waren jung und unreif gewesen, kaum einundzwanzig. Alle hatten ihnen geraten, noch zu warten. Aber sie waren zu ungeduldig und zu verliebt gewesen.

Kaum ein halbes Jahr war nach der Hochzeit vergangen, als sie sich bereits hassten. Beth wollte die Sache nur noch hinter sich lassen, und John ging es genauso. Beide konnten sie es kaum erwarten, dieses Desaster einer Ehe zu einem Ende zu bringen.

Es sollte eine schmerzlose Scheidung in beiderseitigem Einverständnis sein. Alles ging glatt. Beth reichte die Scheidung ein, weil John anscheinend nichts tun konnte, wenn sie ihn nicht dazu drängte. Wann immer etwas gemacht werden musste, war es an ihr, die Verantwortung dafür zu übernehmen, weil John hilflos war.

Anwälte konnten sie sich nicht leisten. Also gingen sie die Dokumente mithilfe eines Jurastudenten auf dem Universitätscampus durch. Sie besaßen kaum weltliche Güter. John behielt den Fernseher, und sie bekam das Bett. Tatsächlich schlief sie heute noch darin, auch wenn sie vor ein paar Jahren eine neue Matratze gekauft hatte.

Was Beth bestürzte, weil es sie vollkommen unerwartet traf, war der Schmerz, den die Scheidung ihr bereitete. Irgendwie hatte sie damit gerechnet, dass sie sich ungefähr so anfühlen würde wie die Trennung von einem Freund. Aber so war es nicht. Diesmal empfand Beth das Ende ihrer Ehe als persönliches Scheitern.

Nach der Scheidung war sie zu einem Therapeuten gegangen, der ihre Gefühle als Trauer bezeichnete. Damals hatte sie darüber gespottet. Sie hatte behauptet, sogar froh darüber zu sein, John und diese Ehe vom Hals zu haben. Und dennoch: Sie hatte getrauert, und in gewisser Weise tat sie das heute noch. Einen größeren Schmerz hatte sie nie zuvor erlebt, und er ließ ein Gefühl emotionaler Erschöpfung in ihr zurück. Selbst neun Jahre später war es Beth immer noch nicht gelungen, ihre gescheiterte Ehe hinter sich zu lassen.

Zweimal hatte sie während des Scheidungsverfahrens gezögert. Zweimal war sie kurz davor gewesen, zu John zu gehen und eine letzte Anstrengung zu unternehmen, die Ehe zu retten. Schließlich bestand das Problem nicht darin, dass sie ihn mit einer anderen Frau im Bett erwischt hätte, und er hatte sie auch weder körperlich noch seelisch misshandelt. Weder war er drogen- noch alkoholabhängig – lediglich vollkommen verantwortungslos und unreif. Sie hatte die Nase voll gehabt und war gegangen. Dass sie es nicht geschafft hatte, einen neuen Versuch zu unternehmen, verfolgte sie bis heute.

„Marybeth, ich habe dich wegen Weihnachten gefragt", sagte ihre Mutter gerade.

„Oh, tut mir leid. Ich habe gerade nicht aufgepasst."

„Das habe ich gemerkt", bemerkte Joyce sarkastisch. „Dein Vater und ich haben uns überlegt, dass wir dieses Jahr nicht wie sonst ein großes Weihnachtsessen veranstalten wollen. Es soll ganz zwanglos zugehen, und jeder bringt etwas zu essen mit."

Ein zwangloses Essen an Weihnachten? Der Gedanke gefiel Beth überhaupt nicht, obwohl sie die Gründe dafür nachvollziehen konnte. Ihre Mutter verbrachte den größten Teil des Weihnachtstages in der Küche, und das entsprach sicher nicht ihrer Vorstellung von Spaß. Beth beschloss, ihren Teil zum Essen beizutragen, ohne an die Zeit oder Kosten zu denken.

„Hast du dagegen denn gar nichts einzuwenden?", erkundigte ihre Mutter sich. Beths schweigende Zustimmung schien sie zu irritieren.

„Nein. Ich habe gerade darüber nachgedacht, dass ich ja den Truthahn und die Füllung beisteuern könnte."

„Du?"

„Ich kann durchaus kochen." Beth fand, dass der ungläubige Tonfall ihrer Mutter schon fast einer Beleidigung gleichkam.

„Ach ja?", fragte Joyce Fischer. „Wann hast du denn das letzte Mal etwas gegessen, das nicht vom Pizzaboten oder aus der Tiefkühltruhe des Supermarkts stammte?"

Da sie allein wohnte, sah Beth wenig Veranlassung dazu, ihre Zeit am Herd zu verbringen. Dafür war es einfach zu bequem und einfach, etwas zu bestellen oder auf dem Nachhauseweg irgendwo etwas mitzunehmen. Ihre Mikrowelle war häufiger in Benutzung als ihr Herd.

„Also gut, dann bestelle ich eben einen gebratenen Truthahn. Truthahn muss sein, Mom. Das ist Tradition."

„Dann möchte ich eben eine neue Tradition beginnen", erklärte ihre Mutter. „Ich will nämlich den Tag mit meinen Enkelkindern genießen – apropos Enkel: Wann kann ich denn mit weiteren rechnen?"

Der geschickte Schwenk vom Weihnachtsessen zu ihrem nicht vorhandenen Liebesleben, den ihre Mutter in einem Atemzug zustandebrachte, belustigte Beth. „Vermutlich nie."

„Marybeth!" Die Aussicht schien sie zu entsetzen. „Du bist eine hübsche Frau. Lass deine Scheidung endlich hinter dir und mach etwas aus deinem Leben. John hat das schließlich auch getan."

Mit der Bemerkung, dass der Exmann ihrer Tochter wieder geheiratet hatte, versetzte sie Beth einen Tiefschlag.

Lisa Carroll, eine Collegefreundin von Beth – halt: keine

Freundin, sondern eine Bekannte, und das Verhältnis war auch keineswegs freundschaftlich –, hatte die Kunde von Johns Hochzeit schadenfroh überbracht. Das war jetzt zwei, drei Jahre her. Obwohl die Scheidung damals bereits sieben Jahre zurücklag, hatte die Nachricht Beth tief getroffen. John besaß natürlich jedes Recht, das Eheleben ein zweites Mal auszuprobieren. Beth freute sich für ihn. Riesig.

Das hatte sie sich zumindest selbst einzureden versucht. Aber die Depression, in die sie versank, ließ sich dadurch nicht erklären. Wochenlang fühlte sie sich den Tränen nahe und elend. In einem verborgenen Winkel ihres Gehirns hatte sie insgeheim gehofft, John würde eines Tages zu ihr zurückkehren. Doch dieser Gedanke hatte sich als absurd, als vollkommen unrealistisch erwiesen.

„Ich hätte dir niemals erzählen dürfen, dass John wieder geheiratet hat", antwortete Beth. Es gelang ihr nicht, den Schmerz zu überspielen, der in ihren Worten lag.

„Es tut mir leid, Liebes. Aber du musst wirklich nach vorn schauen. Diese Woche war ich in der Kirche und habe für dich eine Kerze angezündet. Ich habe Gott gebeten, dafür zu sorgen, dass jemand Besonderes in dein Leben tritt. Bestimmt wird er das Gebet erhören."

„Du hast für mich eine Kerze angezündet?"

„Das tue ich immer, wenn ich ein besonderes Anliegen habe."

Beth rollte mit den Augen. „Du hast wirklich Gott gebeten, mir einen Ehemann zu schicken?" Sie konnte einfach nicht glauben, dass ihre Mutter so etwas tun würde.

„Jetzt tu nicht so, als hätte ich dich bei einer Partnervermittlung angemeldet."

„Das wollte ich damit auch nicht sagen."

„Gibt es denn überhaupt *niemanden*, der dich auch nur im Geringsten interessiert?", fragte Joyce eindringlich.

Die Verzweiflung in der Stimme ihrer Mutter gab Beth ein unbehagliches Gefühl. „Nein, nicht wirklich“, murmelte sie.

„Jemand bei der Arbeit?“

„Nein.“ Das Letzte, was Beth wollte, war eine Büroaffäre. Sie hatte schon mehr als eine scheitern sehen. Nach dem letzten Vorkommnis dieser Art, das sich zwischen einem Rechtsanwaltsgehilfen und einer der Partnerinnen abgespielt hatte, hatte die Firma Liebesbeziehungen unter den Mitarbeitern untersagt. Beth hatte nicht vor, diese Regel zu brechen. Schließlich mochte sie ihren Job und wollte keineswegs die Entlassung riskieren.

Unwillkürlich glitt ihr Blick zum Bildschirm des Computers. „Na ja, also, ich bin da kürzlich jemandem begegnet ...“

„Wirklich?“ Joyce schien augenblicklich Hoffnung zu schöpfen.

Man sollte meinen, Beth hätte soeben das Datum für ihre Hochzeit bekannt gegeben.

„Wir haben uns bei *WoW* kennengelernt.“

„Bei diesem lächerlichen Spiel?“

„Ja, Mom. Und ich habe herausgefunden, dass er in Seattle wohnt.“

„Wie heißt er?“

„Peter.“

„Lad ihn doch zum Weihnachtsessen ein“, erwiderte Joyce prompt. „Ich koche auch das traditionelle Dinner. Vergiss den Vorschlag, dass jeder etwas mitbringt. Ich werde ihn mit meinen Kochkünsten verführen – und dir zeige ich, wie man das macht. Du weißt schon – Liebe geht durch den Magen.“

„Mom!“

„Ja, ja, früher habe ich auch über solche Ammenmärchen gelacht“, fuhr ihre Mutter unverdrossen fort. „Aber manche dieser Redensarten haben einen wahren Kern. Keine Angst, ich werde ihm schon nicht erzählen, dass du nicht kochen kannst. Überlass das ruhig mir." Joyce unternahm noch nicht einmal den Versuch, ihre Begeisterung zu verbergen.

„Mom, nein!" Du lieber Himmel – sie wusste ja noch nicht einmal, ob Peter nicht verheiratet war! Das hatte sie ihn bisher noch nicht zu fragen gewagt. Schließlich sollte er nicht glauben, dass sie an ihm interessiert war. Na gut, sie *war* interessiert. Aber nur, weil ihre Mutter sie so drängte.

„Dir bleibt noch eine Woche, um ihn zu fragen."

„Mom!"

„Ich bestehe darauf."

Beth schloss die Augen. Bevor sie irgendetwas entgegnen konnte, hatte ihre Mutter aufgelegt. Seufzend legte sie das Telefon beiseite. Nun hatte sie die Wahl: Entweder tauchte sie Weihnachten mit einem Mann an ihrer Seite auf, oder sie enttäuschte ihre Mutter. Beth seufzte wieder, als sie daran dachte, dass Joyce schon Zuflucht zur Kirche nahm, um ihrer Tochter einen Ehemann zu verschaffen.

Beth liebte ihre Schwester, und ihr Neffe James und die Nichte Bella bedeuteten ihr alles. Trotzdem hatte Angela ihr keinen Gefallen damit getan, als sie ihren Mustergatten Brian heiratete und schnell nacheinander zwei perfekte Enkelkinder in die Welt setzte.

In dem Versuch, ihre Sorgen zu verdrängen, loggte Beth sich wieder in das Spiel ein. Zu ihrer Freude sah sie, dass ihr Partner noch online war. Sie gesellte sich dazu, und kurz darauf schickte Peter ihr eine Nachricht.

Wie lief das Gespräch mit deiner Mutter?

Ganz okay. Beth wünschte, sie hätte gar nicht erst erwähnt, dass sie mit ihrer Familie telefonieren würde. Im Moment interessierte sie viel brennender, was während ihrer Abwesenheit passiert war. *Habe ich etwas Aufregendes verpasst?*

Ja. Ich habe mich mit einem Zwergenkrieger mit Level 41 verbündet und die letzten beiden Kriegsherren besiegt. Damit ist die Crushridge-Mission abgeschlossen.

Beth setzte sich auf. *Wow – das ist ja großartig!*

Du hättest dabei sein sollen. Ich habe mir sogar gegen die Brust getrommelt.

Du Tarzan? schrieb sie scherzhaft zurück.

Nur wenn du Jane bist, kam die Antwort.

Diese Zeile las Beth ein zweites Mal. Beinahe kam es ihr so vor, als wollte er mit ihr flirten. Ach was – er machte nur Spaß. Schließlich chatteten sie öfter mit einem solch witzigen Tonfall, wenn sie sich gegenseitig gratulierten. Es wäre nur zu einfach, in seine Worte etwas hineinzulesen, was gar nicht drin lag. Beth beschloss, die Sache nicht überzubewerten.

Als sie auf seine Bemerkung nicht antwortete, wandten sie sich wieder dem Spiel zu. Erst später, als sie sich ausgeloggt hatte und auf dem Weg unter die Dusche war, dachte sie noch einmal über den Chat nach.

Falls Peter doch geflirtet hatte – und dieses „Falls“ musste wirklich groß geschrieben werden –, dann sollte sie sich vielleicht bemühen, mehr über ihn herauszufinden.

Beth drehte das Wasser auf. So denkt nur eine verzweifelte Frau, dachte sie finster. Eine, die einen bisher ungeahnten Tiefpunkt in ihrem Leben erreicht hat: sich ein Date für Weihnachten über ein Onlinerollenspiel suchen zu müssen.

4. KAPITEL

Gabriel betrachtete das Gebetsanliegen von Joyce Fischer, das einige Tage zuvor im großen Buch der Gebete aufgetaucht war. Der riesige Band lag aufgeschlagen auf seinem Schreibtisch, und die Seiten füllten sich beinahe so schnell, wie er die Anliegen an seine Himmelsgesandten vergeben konnte. Schon unzählige Male hatte Joyce darum gebetet, dass ihre Tochter endlich dem Richtigen begegnete. Gabriel schüttelte den Kopf, während er mit dem Finger auf die Seite tippte. Dafür wäre es hilfreich, wenn Beth für eine neue Beziehung zugänglich wäre. Doch nach ihrer Scheidung hatte Joyce Fischers Tochter sich vollkommen von Männern abgekapselt. Dieser Peter allerdings könnte ein interessanter Kandidat sein.

„Gabriel?“ Hinter seinem Rücken hörte er die schüchterne Stimme von Goodness. Natürlich: Sobald er Mercy auf das Anliegen von Harry Alderwood angesetzt hatte, wusste er, dass ihre üblichen Begleiterinnen nicht weit sein konnten. Es sah Shirley und Goodness ähnlich, auch etwas von dem Abenteuer abhaben zu wollen. Niemals würden sie einfach im Himmel bleiben, während Mercy auf die Erde geschickt wurde.

„Was Beth angeht …“, bohrte Goodness nach.

Die Himmelsgesandte, deren Name sie als Engel der Güte auswies, sah ihn aus flehenden Augen an. Augen, so blau, dass sie beinahe schon leuchteten. Es überraschte Gabriel keineswegs, dass Goodness über seine Schulter hinweg in das Gebetsbuch geblickt hatte. Offenbar interessierte sie sich für den Fall von Beth Fischer.

„Was ist mit ihr?“, fragte Gabriel und ignorierte das Flehen in ihren Augen.

„Sie könnte ein bisschen Hilfe gebrauchen, meinst du nicht auch?“

„Alle Menschen sind fehlbar“, erklärte Gabriel. Das entsprach der Wahrheit, aber es bereitete ihm keinerlei Vergnügen, es auszusprechen.

„Und genau deshalb hat Gott uns damit beauftragt, ihnen zu helfen.“

Dem konnte er schlecht widersprechen.

„Was ist denn los mit Beth?“, erkundigte sich Goodness und trat einen Schritt näher an den Schreibtisch. Gleichzeitig versuchte sie, in das Buch der Gebete zu spähen.

Der Erzengel rückte beiseite, sodass Goodness den gesamten Wortlaut von Joyce Fischers Anliegen lesen konnte. Vor seinem inneren Auge stieg das Bild der Frau auf, die in der katholischen Kirche St. Alphonsus eine Kerze entzündete und vor dem Altar kniend mit gebeugtem Kopf betete. Obwohl Joyce von Enkelkindern gesprochen hatte, ging es ihr im Grunde ihres Herzens darum, Beth glücklich zu sehen. Sie war davon überzeugt, dass eine Beziehung, Heirat und Kinder der richtige Weg für ihre Tochter waren. Schätzungsweise hat sie damit recht, dachte Gabriel.

„Was ist mit Kevin Goodwin?“, fragte Goodness.

Gabriel war beeindruckt. Offenbar hatte Goodness im Fall Beth bereits Nachforschungen angestellt.

„Sie arbeiten zusammen, und Kevin ist Single“, fuhr Goodness fort.

„Stimmt“, murmelte Gabriel. Auch er hatte Kevin bereits ins Auge gefasst. Aber wie es aussah, verfolgte Gott andere Pläne mit dem jungen Rechtsanwalt – Pläne, die keine Beziehung mit Beth beinhalteten. Außerdem stand einem Glück der beiden immer noch die Firmenregel entgegen, wonach Beziehungen zwischen Kollegen verboten waren. Das ließ Komplikationen erwarten. „Ich persönlich finde ja Peter ganz nett.“

Goodness warf ihm einen ungläubigen Blick zu. „Der Peter aus diesem Onlinespiel, auf das Beth so wild ist?“

Gabriel nickte.

Einen Augenblick lang dachte Goodness darüber nach. Als sie weitersprach, schwangen Zweifel in ihrer Stimme mit. „Er wäre wohl eine Möglichkeit, nehme ich an."

Gabriel hob eine seiner buschigen weißen Augenbrauen. „Nimmst du an?" Sosehr er Goodness auch schätzte: Er war nicht gewillt, ihr oder einem der anderen Himmelsgesandten unbotmäßiges Verhalten durchgehen zu lassen.

„Versteh mich nicht falsch – ich mag Peter durchaus", schob Goodness hastig hinterher. Offenbar war ihr aufgegangen, dass sie soeben eine unsichtbare Grenze übertreten hatte. Dabei hätte sie inzwischen durchaus wissen können, dass Gabriel keinen Spaß verstand, wenn es um die korrekte Durchführung der Gebetsanliegen-Bearbeitung ging.

„Ich fürchte nur, dass sie möglicherweise keinen anderen Weg finden, miteinander zu kommunizieren, als in der Rolle von Nachtelfen", setzte sie nach einer kurzen Pause hinzu.

Ihre Worte entlockten dem Erzengel ein Lächeln. „Nun ja, das Computerspiel stellt ein Problem dar. Allerdings ein vergleichsweise kleines."

„Aber Beth mag Peter doch – oder etwa nicht?"

Über diese Frage musste Gabriel erst sorgfältig nachdenken. „Zumindest fühlt sie sich wohl mit ihm. Zumindest mit dem, was sie von ihm weiß", erklärte er schließlich.

„Das ist doch zumindest ein Anfang", murmelte Goodness, aber sie klang unsicher.

„Hast du etwa Vorbehalte dagegen?" Ihre Antwort interessierte Gabriel tatsächlich.

„Nicht gerade Vorbehalte …" Goodness zögerte. „Ich finde es nur ziemlich traurig, dass die Menschen inzwischen ihre Beziehungen schon über den Computer führen. Auf diese Weise kommt keine richtige Nähe und Vertrautheit zustande – aber ich kann mich auch irren. Das wäre ja nichts Neues."

Gabriel zuckte die Achseln. „Für einige ist es so einfacher, andere kennenzulernen. Sogar in diesen Rollenspielen tritt das Wesen eines Menschen zutage.“ Weise nickte er, selbst davon angetan, wie modern er diese Dinge betrachtete. „Zum Beispiel muss man sich nur ansehen, wie gut Beth und Peter als Verbündete zusammenarbeiten.“

„Na gut“, räumte Goodness sichtbar widerwillig ein. „Trotzdem finde ich es irgendwie traurig.“

Aufmerksam sah Gabriel sie an. Wenn sie diese Haltung an den Tag legte, musste er sich fragen, ob sie die Richtige für diesen Auftrag war.

„Wie geht es ihr jetzt gerade?“, fragte Goodness.

„Sollen wir nachschauen?“

„Ja, bitte.“ Goodness trat näher an den Erzengel heran. „Du hast doch wirklich vor, mich zur Erde zu schicken, oder?“

Aus ihren großen blauen Augen sah sie ihn erwartungsvoll an. Goodness war keineswegs seine erste Wahl, und er befürchtete, dass sich dieses Anliegen als zu schwierig für sie herausstellen könnte. Möglicherweise wäre ihm mit einem anderen Himmelsgesandten besser gedient; mit einem, der bereits Erfahrung mit komplizierten Situationen gesammelt hatte. Mit einem, der sich nicht von irdischen Dingen verführen und ablenken ließ. Leider besaß Goodness genau wie Mercy einen etwas beschädigten Ruf, was ihre Gebetsmissionen anging. Obwohl er sich dessen wohl bewusst war, fand Gabriel sich außerstande, ihrer Bitte zu widerstehen. „Du kannst dich mit Mercy zusammentun.“

„Oh, danke!“, rief Goodness begeistert aus, die Hände zusammengepresst. Ihre Flügel flatterten vor Aufregung, sodass ein oder zwei Federn zu Boden segelten. „Ich werde dich bestimmt nicht enttäuschen, Gabriel. Ich gebe dir mein Wort.“

„Darauf zähle ich.“ Und das meinte er auch. Diese Angelegenheit war einfach zu wichtig und musste mit Fingerspitzengefühl behandelt werden. Er konnte Goodness nicht erlauben, sie zu verpfuschen. Doch Gabriel hielt sich im letzten Augenblick davor zurück, dem Engel eine Warnung mitzugeben. Nein, er würde es Goodness selbst überlassen, die verknoteten Fäden von Beths Leben zu entwirren. Daran konnte die Himmelsgesandte wachsen – und Beth Fischer ebenso.

„Was tut sie gerade?“, fragte Goodness. In ihrem Eifer, Beth zu sehen, drängte sie sich neben den Erzengel.

„Sie hat gerade Mittagspause und sitzt mit einer Freundin in einem Restaurant am Ufer.“ Mit einer ausladenden Armbewegung teilte Gabriel die Wolkendecke, die den Blick auf die Erde verdeckte. Im ersten Augenblick war die Aussicht noch getrübt, aber ein paar Sekunden später wurde sie klar. Gabriel und Goodness konnten nun Beth sehen, als blickten sie durch ein Fernglas. Sie und ihre Freundin saßen an einem Tisch in dem belebten Restaurant. An einem Fenster neben ihnen hing ein Kranz, der mit Stechpalmenzweigen und roten Weihnachtsbaumkugeln geschmückt war.

Beth trug das lange, dunkle Haar in der Mitte gescheitelt, sodass es über die Schultern ihres rosa Kaschmirpullovers fiel.

„Sie sieht sehr hübsch aus“, flüsterte Goodness.

Darin konnte Gabriel ihr nur zustimmen.

„Wie sehen denn deine Weihnachtspläne aus?“, fragte Heidi, während sie nach der Hälfte des Thunfischsandwiches griff, das sich die Freundinnen teilten.

„Ich verbringe die Feiertage bei meinen Eltern“, antwortete Beth ohne echte Begeisterung. Langsam machte sie sich Sorgen. Ihre Mutter hatte vorgeschlagen – nein, sie hatte darauf bestanden –, dass Beth Peter zum feierlichen Weihnachtsessen einlud. Allein die Vorstellung erschien Beth höchst unwahrscheinlich. Sie hatte einfach keine Ahnung, wie sie nach einem halben Jahr oberflächlicher Chat-Unterhaltungen plötzlich diesen Umschwung vollziehen sollte – von einer *WoW*-Bekanntschaft hin zu Freundschaft und ... nun ja, einer Romanze. Oder so etwas in der Art. Ein Blind Date an Weihnachten unter den Augen der versammelten Familie. Unwillkürlich verzog Beth das Gesicht.

Wie um alles in der Welt sollte sie einen Menschen, den sie noch nie zu Gesicht bekommen hatte, davon überzeugen, sie zum wichtigsten Familienfest des Jahres zu begleiten? Genauso gut konnte sie auf ein Wunder hoffen.

„Du bist schon wieder mit den Gedanken ganz woanders."

Beth brauchte nicht erst zu fragen, was Heidi damit meinte. Immer, wenn ihr irgendetwas Sorgen bereitete, wurde sie schweigsam. „Darf ich dich etwas fragen?" Sie legte das Sandwich hin und beugte sich vor.

„Klar, was du willst. Das weißt du doch."

Beth betrachtete Heidi als eine ihrer besten Freundinnen. Sie war bei ihrer Hochzeit zugegen gewesen und hatte ihren Sohn Adam als Patin über das Taufbecken gehalten.

„Als du Sam zum ersten Mal begegnet bist ...", begann sie. Als sie und Heidi sich kennenlernten, war die Freundin gerade frisch verliebt gewesen. Inzwischen waren Heidi und Sam bereits seit vier Jahren verheiratet.

„Als ich Sam zum ersten Mal begegnet bin", wiederholte Heidi. „Wusste ich da schon, dass ich mich in ihn verlieben würde? Ist es das, was du wissen willst?"

Beth blinzelte überrascht. Nun ja, sie hatte nicht ganz genau das fragen wollen, aber es kam der Sache schon ziemlich nahe. „Ja."

„Die Antwort lautet nein. Eigentlich habe ich ihn sogar für einen ziemlichen Langweiler gehalten. Ich meine, hättest du dir vorstellen können, dass ausgerechnet ich einen Buchhalter heirate? Damals fand ich ihn so pingelig und detailversessen, dass ich mir um alles in der Welt nicht vorstellen konnte, mit ihm zusammen zu sein."

Das war tatsächlich bemerkenswert: Heidi, diese lebenssprühende, immer unbeschwerte Freundin und ein Erbsenzähler? Aber soweit Beth das beurteilen konnte, waren die beiden glücklich miteinander. Dabei waren sie vollkommen unterschiedlich: Heidi schludrig und impulsiv und Sam das genaue Gegenteil. Allerdings vertraten sie dieselben Werte, wenn es um die wirklich wichtigen Themen ging – Heirat und Familie zum Beispiel. Kürzlich hatte Heidi ihren Mann dazu ermutigt, mit ein paar Freunden von ihnen ein Unternehmen zu gründen. Die Firma, die sich auf Buchhaltung für das Rechtswesen spezialisiert hatte, schien gut zu laufen.

„Mit John und mir war das anders", murmelte Beth. „Als wir uns damals begegnet sind, waren wir uns total sicher, dass wir perfekt zusammenpassen." Sie schluckte. Warum quälte sie sich bloß immer noch mit den Erinnerungen an ihre gescheiterte Ehe? Sie wusste es nicht. Dabei führte es lediglich dazu, ihr immer wieder zu bestätigen, dass sie in Sachen Beziehung eine Versagerin war.

„Die Sache mit John ist lange her."

Damit wollte Heidi sie sanft daran erinnern, die Vergangenheit nicht immer weiter mit sich herumzuschleppen. Und sie hatte recht. Beth setzte sich aufrechter hin und straffte die Schultern. „Ich glaube, ich habe da jemanden kennengelernt."

Augenblicklich war Heidis Interesse geweckt. Während der letzten fünf Jahre hatte sie häufig versucht, Beth mit alleinstehenden Männern zusammenzubringen, meist mit Kollegen von Sam. Doch Beth hatte jedes einzelne Mal abgelehnt. „Wem bist du begegnet? Wo? Wann?"

„Wir haben uns online getroffen."

Mit einem strahlenden Lächeln fragte die Freundin: „Hast du dich etwa auf einer dieser Datingseiten im Internet angemeldet?" Heidi hatte ihr dieses Vorgehen schon vor Monaten nahegelegt, nur um von Beth kategorische Ablehnung zu ernten.

„Nein, wir ... ich meine, wir sind uns nicht *wirklich* begegnet. Aber wir sind Partner in einem Online-Rollenspiel."

„Dieses Fantasy-Dings?" Verächtlich rümpfte Heidi die Nase.

Beth nickte. „Ja. Wir haben uns letzten Juni in *World of Warcraft* miteinander verbündet. Allerdings weiß ich so gut wie nichts über ihn, abgesehen von der Tatsache, dass er auch in Seattle wohnt."

Sie hatte die Worte kaum ausgesprochen, als ihr auffiel, dass sie gar nicht der Wahrheit entsprachen. Peter war entschlossen, und das schätzte sie an einem Mann. Außerdem handelte er überlegt. Sie beide bildeten in der Spiellandschaft ein gutes Team, denn sie konnten die Bewegungen des anderen voraussehen und ergänzten sich perfekt.

„Dann versuch, mehr über ihn herauszufinden", drängte Heidi sie. „Geh außerhalb des Spiels auf ihn zu. Trefft euch auf einen Kaffee oder so."

Doch Beth schüttelte den Kopf. „Das könnte ich niemals", entgegnete sie automatisch. Aber sie musste. Sofern sie jedenfalls ihre Mutter nicht zum tausendsten Mal enttäuschen wollte.

„Und warum nicht?", erkundigte Heidi sich ehrlich überrascht. „Was hast du gesagt, wie lange ihr schon Partner seid? Ein halbes Jahr. Dann denk dir einen Vorwand aus. Erzähl ihm, du wolltest Kampfstrategien mit ihm erörtern und dass dir das bei einem realen Treffen leichterfällt."

„Aber ... er könnte glauben, dass ich ihn anbaggere."

Heidi lächelte. „Na ja, tust du das etwa nicht?"

Die Freundin hatte recht. „Nein", murmelte Beth, aber die Antwort kam wenig überzeugend rüber.

„Du willst ihn deiner Familie vorstellen, oder?"

Genau darüber zerbrach Beth sich ja schon die ganze Zeit den Kopf. Sie beschloss, Heidi die ganze Geschichte zu erzählen, angefangen mit dem Anruf ihrer Mutter. Noch während sie sprach, kam sie zu dem Ergebnis, dass es hoffnungslos war. Sie konnte Peter einfach nicht zum Weihnachtsessen einladen. Und ihn tatsächlich mitzubringen wäre noch schlimmer. Andererseits ... es könnte funktionieren, wenn sie an einem Strang zogen. Aber warum sollte Peter sich darauf einlassen? Schließlich besaß er eine eigene Familie und eigene Verpflichtungen, ohne dass er sich auch noch um ihre kümmerte. Nein, sie konnte ihn einfach nicht fragen.

Aber wenn sie die Sache so bedachte, gab es vielleicht eine Chance, dass er ihr Verständnis entgegenbrachte. Hatte er sich nicht darüber beklagt, dass seine Familie ihm ebenfalls in den Ohren lag, etwas aus seinem Leben zu machen? Vielleicht konnten sie beide sich ja auf ähnliche Weise beistehen, wie sie das bei *World of Warcraft* taten. Die Kräfte bündeln.

Und trotzdem ...

„Ich weiß nichts über ihn. Er könnte fünfzig sein, noch bei seinen Eltern leben und arbeitslos sein." Da – Beth hatte sie ausgesprochen, ihre größte Angst. Aber womöglich stellte sich Peter ähnliche Fragen, was sie anging. „Oder", und das war eine noch größere Angst, „er ist verheiratet."

Einen Augenblick lang kaute Heidi nur ihr Sandwich, ohne zu antworten. „Das kannst du nur herausfinden, indem du ihn fragst", antwortete sie schließlich.

„Aber dann denkt er vielleicht, dass ich ..."

„Was? Dass du zu haben bist? Beth, du *bist* zu haben! Ja, gut, früher einmal hast du einen Fehler gemacht. Das passiert, es fühlt sich schlimm an, aber bedeutet nicht das Ende der Welt!"

„Soll ich Peter gleich davon erzählen?", fragte Beth unsicher. „Von der Scheidung, meine ich?" Das war die andere Sorge, die ihr ständig durch den Kopf ging: Wie viel sollte sie ihm offenbaren, und wann? Sie hatte Angst, dass sie gleich beim ersten Gespräch in ihrer unüberlegten Art ihre gesamte Beziehungsgeschichte vor ihm ausbreiten würde. Vermutlich würde es dann kaum zwei Minuten dauern, bevor ihr einziger Kandidat für ein Weihnachtsdate die Flucht ergriff.

„Du solltest nichts beschönigen", riet Heidi ihr.

„Soll ich dem Thema lieber ausweichen?"

„Zumindest brauchst du ihn nicht gleich am Anfang mit Einzelheiten zu überfrachten. Mehr sage ich dazu nicht."

„Also gut." Irgendwie kam es Beth lächerlich vor, diese Dinge zu besprechen. Schließlich hatte Peter bisher einem Treffen noch nicht einmal zugestimmt.

„Das, was du über ihn weißt, gefällt dir, oder?"

Beth überlegte einen Moment, bevor sie nickte. „Ja."

„Das ist das Allerwichtigste."

Wieder nickte Beth. Nun musste sie lediglich noch den ersten Schritt tun.

Goodness seufzte, während sich der Schleier zwischen Himmel und Erde langsam wieder schloss, sodass sie das Geschehen da unten nicht weiterverfolgen konnten. Sie wandte sich zu Gabriel um. Offenbar erwartete sie von ihm, dass er etwas sagte.

„Beth ist bereit", erklärte er im Tonfall der Überzeugung.

„Und Peter?"

„Er auch."

„Und er ist keine fünfzig, wohnt bei seinen Eltern und ist arbeitslos, oder? Und … verheiratet ist er auch nicht."

Gabriel schüttelte den Kopf. „Nein, er ist Single und hat eine gute Stelle in der Verwaltung der Coffeeshop-Kette Starbucks. Finanziell geht es ihm gut, und bei seinen Freunden ist er beliebt."

„So ähnlich wie Beth."

„Beth hat sich bisher geweigert, der Liebe eine zweite Chance zu geben", sagte der Erzengel. Was diese neue Beziehung anging – nun ja, da gab es noch ein paar wichtige Einzelheiten. Aber die sollte Goodness auf eigene Faust in Erfahrung bringen.

„Man muss Beth begreiflich machen, dass sie in der Lage ist, sich neu zu verlieben", murmelte Goodness.

„Ja", antwortete Gabriel. Sie weiter zu ermutigen wagte er nicht.

„Aber es könnte sein, dass Peter nicht der Richtige ist."

Was hatte Goodness bloß gegen den jungen Mann? „Das haben nicht wir zu entscheiden", entgegnete er streng.

„Also gut." Goodness faltete die Hände. „Dann will ich mein Bestes tun, die beiden aufeinander zu zubewegen. Danach müssen sie selbst sehen, wie sie weitermachen."

Misstrauisch blickte Gabriel sie an. Sie klang, als sagte sie etwas auf, das sie auswendig gelernt hatte. „Ich verlasse mich auf dich", erinnerte er sie. „Vergiss nicht, wo deine Grenzen sind. Du bist dazu da, ihnen zu helfen, ihnen vielleicht einen kleinen Schubs in die richtige Richtung zu geben – aber nicht, um sie einander in die Arme zu stoßen."

„Ich werde dich nicht enttäuschen", versprach sie.

Gabriel konnte nur hoffen, dass sich das als wahr herausstellen würde. Gerade als er ihr seine Befürchtungen auseinandersetzen wollte, flatterte ein weiteres dringendes Gebetsanliegen an ihm vorbei und landete auf seinem Schreibtisch.

Seufzend bückte sich der Erzengel, um es zu lesen. Es kam von dem neunjährigen Carter Jackson. Ach ja. Nicht das erste Mal, dass er von dem jungen Mann hörte. Carter wünschte sich einen Hund. Sofort beschloss der Erzengel, Shirley mit dieser Aufgabe zu betrauen, denn diese fühlte sich zu Kindern ganz besonders hingezogen.

Shirley, Goodness und Mercy kehrten zur Erde zurück. Wenn sein Haar nicht ohnehin schon weiß wäre – diese Vorstellung hätte es geschafft.

5. KAPITEL

Carter Jackson presste sein Ohr an die Tür seines Zimmers, so fest er nur konnte. Wenn er die Augen dabei schloss und sich ganz doll konzentrierte, konnte er der Unterhaltung seiner Eltern folgen.

„Es tut mir leid, Schatz. Ich weiß, wie sehr Carter sich einen Hund wünscht, aber wir können uns im Moment keinen leisten."

„Aber David, wir haben es ihm versprochen!"

„Ich habe ihm überhaupt nichts versprochen, Laurie. Alles, was ich gesagt habe, war, dass er *vielleicht* einen Hund zu Weihnachten bekommt."

Carters Mutter klang traurig. „Es wird ihm das Herz brechen."

„Glaub mir, das weiß ich. Und mir fällt diese Entscheidung auch nicht leichter als dir."

Obwohl er bloß neun war, verstand Carter, dass sein Vater ihm den Hund gönnte. Er hatte selbst einen besessen, als er so alt war wie Carter jetzt. Carter hatte schon beschlossen, dass er seinen Hund genauso nennen wollte wie sein Vater seinen: Rusty. Rusty war ein guter Name für einen Hund.

„Wir könnten einen aus dem Tierheim holen", sagte seine Mutter.

„Aber es geht nicht um die Anschaffungskosten, sondern um das Geld für den Tierarzt, das Futter – das alles."

Seine Mutter schwieg.

„Du hast doch unser Haushaltsbudget gesehen. Wenn wir es irgendwie bewerkstelligen könnten, würden wir ihm den Wunsch erfüllen. Aber du weißt so gut wie ich, dass wir uns einen Hund nicht leisten können. Schon der Weihnachtsbaum übersteigt ja fast unsere Möglichkeiten!"

Carter wusste zwar nicht, was ein Haushaltsbudget genau

war, aber dass es etwas mit Geld zu tun hatte, das verstand er. Geld schien ein ständiges Problem zu sein. Früher hatte seine Mutter in einem Modegeschäft in der Innenstadt von Leavenworth gearbeitet. Seit der Laden geschlossen hatte, war es ihr nicht gelungen, eine neue Stelle zu finden.

Nicht, dass Carter darüber sehr traurig war. Er fand es toll, dass seine Mutter tagsüber zu Hause blieb, und seiner kleinen Schwester Bailey ging es genauso. Nun konnten sie beide nach der Schule heimgehen, statt den Nachmittag bei der Tagesmutter zu verbringen. Meistens hatte seine Mutter dann schon etwas zu essen oder eine kleine Überraschung vorbereitet. Sie war außerdem froh darüber, dass sie abends nicht mehr so lange arbeiten musste. Aber Carter wusste, dass es seitdem Probleme mit dem Haushaltsbudget gab – was immer das sein mochte.

„Die Beiträge für die Krankenversicherung sind gerade wieder erhöht worden", sagte sein Vater.

„Das habe ich gesehen." Seine Mutter hatte die Stimme gesenkt, und Carter konnte sie nicht mehr gut verstehen. „Ich versuche schon, die Heizung runterzudrehen, während die Kinder in der Schule sind. Aber viel hilft das nicht."

Trug seine Mutter deshalb immer einen dicken Wollpullover, wenn Carter von der Schule kam?

„Dieser Ölpreis treibt uns noch in den Ruin", antwortete sein Vater ärgerlich.

„Ich weiß. Es tut mir leid."

„Dafür kannst du doch nichts, Laurie."

Ganz leise und vorsichtig öffnete Carter die Tür einen Spaltweit, um hindurchzuspähen. Es dauerte einen Moment, bis sich seine Augen an das Licht gewöhnt hatten, aber dann sah er seine Eltern. Sie saßen zusammen auf dem Sofa, und seine Mutter hatte den Kopf an die Schulter seines Vaters gelehnt. Er hatte ihr den Arm um die Schulter gelegt, und sie schienen sich gegenseitig zu stützen.

„Sollen wir es Carter gleich sagen, oder warten wir damit bis Weihnachten?“, fragte seine Mutter.

Carter biss sich auf die Lippe. Sie hatten ihm einen Hund *versprochen*. Sein Vater hatte behauptet, das stimmte nicht, aber er hatte es wirklich versprochen. Er konnte sich bloß nicht mehr daran erinnern. Dabei hatte er es schon im Sommer gesagt, und seitdem hatte Carter sich an die Hoffnung geklammert, dass er Weihnachten einen Hund bekommen würde.

Es war einfach unfair. Carter musste sich bemühen, nicht in Tränen auszubrechen. Mit abgewandtem Kopf vergrub er das Gesicht in den Armen und atmete tief ein und aus. Seine Eltern durften ihn auf keinen Fall hier stehen sehen – oder hören, wie er weinte.

„Ich glaube nicht, dass wir den Kindern überhaupt irgendwelche Geschenke zu Weihnachten kaufen können“, sagte sein Vater gerade.

„Das ist nicht schlimm, Schatz. Von deinen und meinen Eltern bekommen sie jede Menge geschenkt. Die Päckchen von deiner Familie liegen schon hier. Sie können also auf jeden Fall etwas auspacken. Außerdem wollen wir Carter und Bailey nicht verwöhnen. Viel wichtiger ist, dass sie lernen, worum es bei Weihnachten wirklich geht.“

Dem schien sein Vater zuzustimmen.

Mehr konnte Carter von der Unterhaltung nicht verstehen. Im Bett auf der anderen Seite des Zimmers schlief seine Schwester Bailey tief und fest. Sie ging gerade in die erste Klasse, er in die vierte. Bailey wollte ein eigenes Zimmer. Aber wenn er keinen Hund haben durfte, dann wurde Baileys Wunsch auch nicht erfüllt. Obwohl sie deswegen extra einen Brief an den Weihnachtsmann geschrieben hatte.

Die Kinder in der Schule machten sich über Bailey lustig, weil sie noch an den Weihnachtsmann glaubte. Carter wusste zwar, dass es ihn nicht gab, aber er sagte nichts. Schon gar nicht seiner Schwester. Schließlich glaubte sie noch daran. Als er so alt war wie sie, wollte er auch noch an den Weihnachtsmann glauben.

Der Weihnachtsmann, das waren ihre Großeltern, die in Wenatchee wohnten. In der Familie seiner Mutter gab es so was wie ein Haushaltsbudget nicht. Zumindest nicht, dass er wüsste. Den Großeltern fiel es nie so schwer wie seinen Eltern, Geschenke zu kaufen. Vielleicht …

Carter beschloss, am nächsten Morgen mit seiner Mutter über diese Möglichkeit zu reden. Mal sehen, was sie sagte. Wenn Mom und Dad sich keinen Hund leisten konnten, dann konnten sie vielleicht wenigstens dafür sorgen, dass Grandma und Grandpa ihm einen kauften. Oder seine Großeltern konnten ihnen das Geld für den Tierarzt geben, wenn es das war, was seinem Vater Sorgen machte.

Etwas hoffnungsvoller schlug Carter die Bettdecke zurück und schlüpfte darunter. Er hatte gerade die Augen geschlossen, als ihm noch etwas einfiel. Auch wenn der Weihnachtsmann eine Erfindung war: Gott gab es wirklich, und Weihnachten war schließlich der Geburtstag von Jesus. Entschlossen kletterte Carter wieder aus dem Bett und kniete sich daneben auf den Boden. Er hatte zwar sein Nachtgebet schon aufgesagt, aber das hier war wichtig. Hoffentlich hatte Gott nichts dagegen, noch mal von ihm zu hören.

„Lieber Gott", flüsterte er. „Danke, dass du Geburtstag hast. Ich finde es toll, dass wir Geschenke kriegen, weil du geboren bist. Das hast du prima so eingerichtet. Ähm, lieber Gott, ich weiß, dass ich schon mal gefragt habe, ob ich nicht einen Hund haben kann. Meine Eltern haben gesagt, ich muss warten, und ich habe gewartet. Das war ganz schön schwer.

Erst haben sie gesagt, dass ich erst neun sein muss, damit ich die Verantwortung für einen Hund übernehmen kann. Also, jetzt bin ich neun, und ich helfe im Haushalt und mache immer meine Hausaufgaben, und in der Schule schreibe ich nie ab oder so was."

Er zögerte. Vielleicht sollte er lieber die ganze Wahrheit sagen. Schließlich wusste Gott sowieso Bescheid. „Manchmal muss Mom mich daran erinnern, dass ich im Haushalt helfe. Aber ich versuche wirklich, brav zu sein."

Noch einmal hielt Carter inne. Ob Gott ihm wohl antworten würde? Er lauschte mit geschlossenen Augen. Aber wie sehr er sich auch anstrengte, kein Laut kam ihm zu Ohren. Das hieß natürlich nicht, dass Gott ihm nicht zuhörte, das war Carter klar.

„Wenn du einen Weg finden könntest, dass ich doch einen Hund zu Weihnachten kriege, dann wäre ich sehr froh. Ich verspreche auch, mich gut um Rusty zu kümmern und ihn richtig zu erziehen. Und ich werde ihn ganz sicher über alles lieben. Danke."

Damit war sein Gebet zum Ende gekommen. Er beugte den Kopf und schickte noch ein „Amen" hinterher. Dann verharrte er noch einige Momente auf den Knien, falls Gott ihm doch noch etwas zu sagen hatte. Schließlich legte er sich wieder ins Bett.

Carter war sich sicher, dass Gott einen Hund für ihn hatte, und zwar einen ganz besonderen. Er wusste nur nicht, wie dieser Hund zu ihm kommen würde. Vielleicht brachten seine Großeltern ihn an Weihnachten mit, vielleicht aber auch nicht. Er musste einfach abwarten. An den Weihnachtsmann glaubte er zwar nicht mehr, aber dass Gott Gebete erhörte, das wusste Carter genau. Also musste er jetzt nur noch Geduld haben.

„Hast du das gehört?", fragte Gabriel die dritte seiner Lieblingshimmelsgesandten. Shirley hatte früher als Schutzengel gearbeitet. Weil sie Kinder so sehr liebte, vertraute er ihr nach Möglichkeit die Gebetsanliegen kleiner Jungen und Mädchen an.

„Ein Hund", wiederholte Shirley.

„Natürlich gibt es auch wichtigere Anliegen, wenn dir das lieber ist", äußerte Gabriel.

„Nein", antwortete sie sofort. „Ich möchte Carter helfen, damit er seinen Hund bekommt."

„Das dachte ich mir."

„Es ist nur …"

„Ja?"

„Es ist nur, dass ich bei meinem Besuch auf der Erde vermutlich zwei oder drei Aufträge in der Art erledigen könnte", erklärte der Engel im Brustton der Überzeugung. „Aber ich weiß, warum du mir nur einen gibst."

„Ach ja?", gab Gabriel zurück. „Und warum, glaubst du, tue ich das?"

„Weil mein Auftrag eigentlich darin besteht, ein Auge auf Goodness und Mercy zu haben. Weiß der Himmel – und das ist jetzt *kein* Wortspiel –, auf die beiden muss man ein bisschen aufpassen." Dabei lächelte sie dem Erzengel ein wenig selbstgefällig zu.

„Stimmt. Allerdings meine ich mich zu erinnern, dass du das eine oder andere Mal auch die Finger in ihren Unternehmungen hattest."

„Vollkommen gegen meinen Willen", beeilte sich Shirley zu versichern. „Ich wusste, dass sie Unruhe stiften würden, und habe versucht, sie zu warnen. Aber sie haben nicht auf mich gehört. Also blieb mir keine Wahl." Sie schüttelte bekümmert den Kopf. „Du hast ja keine Ahnung, wie viel Ärger ich dir bei anderen Aufträgen schon erspart habe. Aber ich bin schließlich nur ein einzelner Engel, und deshalb hat mein Einfluss auf die beiden Grenzen."

Man musste Gabriel nicht erst an die Scherereien erinnern, die ihm diese drei bereitet hatten. Ja, Shirley hatte recht: Er wollte, dass sie auf die anderen beiden aufpasste. Aber allzu häufig lief es darauf hinaus, dass Goodness und Mercy schließlich auch Shirley in Versuchung führten. Und dennoch ...

„Dir als der verantwortungsvollsten von euch dreien ...“

„Stimmt, das bin ich“, unterbrach ihn Shirley. Sie faltete die Flügel auf dem Rücken, ohne auch nur im Geringsten den Eifer zu verraten, den Goodness und Mercy an den Tag gelegt hatten. Anders als diese beiden bot Shirley ein Bild himmlischer Ruhe und gelassenen Selbstvertrauens.

„Ich will nur darauf hinweisen, dass die Zeit knapp ist“, fuhr Gabriel fort. „Spätestens Heiligabend müsst ihr alle drei wieder in den Himmel zurückkehren.“ Das dürfte Shirley nicht allzu sehr überraschen, denn diese Bedingung galt für alle Aufgaben auf der Erde, die um diese Zeit des Jahres herum vergeben wurden.

Trotzdem huschte ein Ausdruck des Schreckens über Shirleys Gesicht. „Das heißt, dass uns nach dem irdischen Kalender kaum eine Woche Zeit bleibt.“

„Vergiss nicht, dass wir euch hier oben für die Feierlichkeiten brauchen“, erinnerte Gabriel sie streng.

„Ja, natürlich.“ Die Zeitknappheit schien Shirley außergewöhnliche Sorgen zu bereiten, was Gabriel überraschte. Schließlich hatten die drei schon Gebetsanliegen in kürzerer Zeit bearbeitet.

„Wenn es Schwierigkeiten gibt, kann ich mich dann direkt an dich wenden?“, fragte Shirley.

Es verstand sich von selbst, dass Probleme auftauchen würden, wo Goodness und Mercy beteiligt waren. „Selbstverständlich.“

Wobei, wenn er so recht darüber nachdachte: Vielleicht war er sich doch nicht so sicher, dass die Scherereien vorprogrammiert waren. In Mercys Augen hatte er Mitleid und eine neue Ernsthaftigkeit gelesen. Sie begriff, wie dringend ihre Aufgabe war. Harry Alderwoods Tage auf Erden waren gezählt, und Mercy musste einerseits Rosalie von einem Umzug überzeugen und andererseits Harry auf den Übergang vorbereiten. Im Himmel erwartete man seine Ankunft bereits.

Was Goodness anging … Ihr Fall war ganz anders gelagert. Beth Fischer musste eine wichtige Lektion lernen und Hindernisse bewältigen – Hindernisse, die sie selbst geschaffen hatte. Möglicherweise würde es sich als schwieriger herausstellen, ihr den Weg in die Zukunft zu weisen, als Goodness sich das vorstellte. Gabriel beschloss, genau zu verfolgen, wie sich dieser Auftrag entwickelte.

Auch das Anliegen von Carter Jackson sah auf den ersten Blick einfacher aus, als es war – ohne dass Shirley sich dessen bewusst zu sein schien. Sie gehörte zwar zu den erfahreneren Engeln, aber ein paar Dinge hatte auch sie noch zu lernen.

„Darf ich Carter sehen?“, fragte Shirley.

„Natürlich.“ Wie bei den anderen beiden schlug Gabriel den Schleier zwischen den beiden Welten zurück und gönnte Shirley einen Blick auf die Erde.

Carter saß am Frühstückstisch und ließ seine Eltern nicht aus den Augen.

„Erinnerst du dich, wie du im Sommer gesagt hast, dass ich einen Hund haben kann, wenn ich neun bin, Dad?“, sprach er das Thema an, das ihm am wichtigsten war.

Sein Vater wechselte einen schnellen Blick mit seiner Mutter. „Ja, ich erinnere mich daran.“

„Jetzt bin ich neun.“

Die Art, wie sein Vater sorgfältig die Gabel auf den Tisch legte, zeigte Carter, dass er nun etwas Wichtiges sagen würde. „Es tut mir entsetzlich weh, dir das sagen zu müssen, aber wir können uns keinen Hund leisten.“

„Dad …“

„Es tut mir leid, Carter. Ich weiß, dass du gehofft hast, einen Hund zu bekommen, aber das ist finanziell im Moment nicht drin."

Obwohl Carter sich nach Kräften bemühte, das Weinen zu unterdrücken, füllten sich seine Augen mit Tränen, und der Raum verschwamm. Seine Mutter stellte sich hinter ihn. Damit sie ihn nicht heulen sah, wischte Carter sich die Augen mit dem Ärmel und schluckte ein paarmal schwer.

„Sobald wir uns einen Hund leisten können, bekommst du ihn", flüsterte sie und legte ihm die Hände auf die Schultern. „Das versprechen wir dir."

„Aber ihr habt es schon vorher versprochen!", rief Carter aus. „Ihr habt gesagt, ich kann einen Hund haben, wenn ich neun geworden bin. Und dann habt ihr gesagt, dass ich bis Weihnachten warten muss. Und jetzt ..."

Sein Vater wirkte auf einmal so traurig, wie Carter ihn noch nie gesehen hatte. „Es tut mir leid, Carter. Ich tue alles, was ich kann, und deine Mutter auch."

Auch Bailey hatte zu weinen angefangen. Carter bemühte sich nach Kräften, den Tränenfluss zu stoppen, aber es wollte ihm nicht gelingen. Stattdessen schniefte er. Am liebsten wäre er vom Tisch aufgestanden und weggelaufen. Essen konnte er sowieso nichts.

„Was ist denn mit Grandma und Grandpa Parker?", fragte er. Mit aller Macht klammerte er sich an den Gedanken, dass die Großeltern ihm den heiß ersehnten Hund schenken würden.

„Ich habe mit ihnen geredet", erklärte sein Vater.

Carter spürte, wie in ihm neue Hoffnung aufkeimte. Gespannt hielt er den Atem an, während er darauf wartete, dass Dad weitersprach.

„Wenn deine Großeltern dir einen Hund schenken, ist das Problem damit noch lange nicht gelöst. Ein Haustier kostet viel Geld, auch lange nach der Anschaffung."

„Er könnte doch mein Essen haben", schlug Carter vor.

Darüber hatte er schon nachgedacht. „Es macht mir nichts aus, mit ihm zu teilen."

„Außerdem sind da noch die Impfungen."

„Die könnt ihr mir auch geben", erklärte Carter. Es war ihm auch egal, wie weh die Spritzen taten.

„Die Impfungen sind für den Hund, Carter, und sie sind teuer."

„Oh."

„Außerdem kommen noch Papiere und Hundeschule und Sterilisation und eine Menge anderer Kosten dazu. All das würde im Moment das Haushaltsbudget zu sehr belasten. Aber es dauert nicht mehr lange. Okay?"

Carter war sich nicht sicher, ob er seinem Vater glauben sollte. „Wie lange?"

„David." In der sanften Stimme seiner Mutter lag eine Warnung – beinahe als fürchtete sie, sein Vater könnte wiederum ein Versprechen abgeben, das er nicht halten konnte.

„Ich weiß es nicht. Aber ich verspreche dir, dass du deinen Hund bekommst, sobald wir es uns leisten können."

Genau das Gleiche hatte Mom schon gesagt. Wieder schluckte Carter schwer. Die Eltern seines Vaters konnte er nicht fragen, denn sie wohnten weit weg und schickten ihre Geschenke mit der Post. Letzte Woche waren sie angekommen. Seitdem lagen die bunten Päckchen auf dem Sofatisch unter dem winzigen Weihnachtsbaum, den seine Mutter im Supermarkt für fünf Dollar gekauft hatte. Grandma und Grandpa Parker, Moms Eltern, waren Carters letzte Hoffnung gewesen. Aber nach dem, was Dad gesagt hatte, würde er auch von ihnen keinen Hund bekommen.

Seine allerletzte Chance war nun Gott. Aus tiefstem Herzen glaubte Carter, dass Gott ihm einen Hund schicken würde.

6. KAPITEL

Rosalie Alderwood summte in der Küche ein Weihnachtslied vor sich hin, während Harry die Fernsehnachrichten anschaute. Es war Mittwoch, ihr üblicher Einkaufstag, denn an diesem Tag standen die Sonderangebote in der Morgenzeitung. Diese Woche war Suppe darunter – Tomatensuppe, die er am liebsten mochte. Zwei Dosen kosteten einen Dollar. Außerdem gab es drei Packungen Eiscreme für nur sechs Dollar. Es war zwar nicht seine Lieblingsmarke, aber Eiscreme war Eiscreme, und dafür hatte Harry schon immer eine Schwäche gehabt. Viel Appetit hatte er nicht mehr, aber der Gedanke an Schokoladeneis war trotzdem verlockend.

Schon seit Jahren, seit Harry in Rente gegangen war, gingen er und Rosalie mittwochs einkaufen.

„Soll ich den Automotor schon einmal warm laufen lassen?“, fragte Harry. Bisher hatte er das Gespräch mit seinen Töchtern über den Verkauf des Wagens vor sich hergeschoben. Vielleicht rief er sie heute Abend an.

„Gute Idee.“ Rosalie kam aus der Küche, ein Geschirrtuch in der Hand, und warf einen Blick auf die Werbebeilagen, die Harry auf dem Sofatisch ausgebreitet hatte.

„Wir sollten ein paar Dosen Tomatensuppe kaufen. Sie ist im Sonderangebot“, sagte er.

„Ja.“

Seit Rosalies Gedächtnis so stark nachließ, hatte Harry sich angewöhnt, Listen mit den Dingen zu schreiben, die sie brauchten. Heute waren Milch und Brot zu Ende gegangen. Außerdem wollte er die Eiscreme nicht vergessen. Und wenn sie früh genug zum Supermarkt kamen, konnten sie sich noch die schönsten Schnittblumen aussuchen. Oder sollten sie vielleicht lieber einen Weihnachtsstern nehmen? Inzwischen genügten ihm die kleinen Freuden des Alltags.

„Ich hole meinen Mantel."

Harry nickte, während er nach den Autoschlüsseln griff, die an einem Haken neben der Tür hingen. So, wie er Rosalie kannte, würde sie mindestens zehn Minuten brauchen, um sich fertig zu machen. Und zwar *nachdem* sie ihm gesagt hatte, er solle den Motor schon einmal starten. In den frühen Jahren ihrer Ehe hatte ihn diese Angewohnheit kribbelig gemacht, aber das war längst vorbei. Ihre Trödelei gehörte einfach zu Rosalie, und Harry hatte gelernt, damit zu leben.

Bevor er zum Auto ging, warf er noch einen raschen Blick in den Kühlschrank.

Eine weitere von Rosalies Angewohnheiten war ihre Unfähigkeit, Dinge wegzuwerfen, die sich sogar auf verdorbene Lebensmittel erstreckte. Er begriff das zwar nicht, aber schon vor Jahren hatte er eingesehen, dass er derjenige sein musste, der die Reste wegwarf. Zum Glück blieb nur noch wenig übrig, jetzt, da Rosalie kaum noch kochte. Trotzdem förderte eine kurze Inspektion des Kühlschranks ein paar merkwürdige Dinge zutage. Wozu brauchten sie bloß Sardellenpaste oder fünf Sorten Senf? Du liebe Zeit, er hatte ja noch nicht einmal geahnt, dass es so viele Sorten überhaupt gab!

Wie er vorhergesehen hatte, verstrichen zehn Minuten, bis Rosalie wiederkam. Sie hatte neuen Lippenstift aufgelegt und sich die Haare gekämmt. „Ich bin so weit, Harry."

„Ich auch." Rosalie konnte nicht Auto fahren. Auch seine eigenen Fähigkeiten waren inzwischen stark eingeschränkt, und er wagte sich nur noch auf die Straße, wenn es notwendig war. Tatsächlich hatte er sich seit seinem Arztbesuch am Montag nicht mehr hinters Steuer gesetzt. Die Zeiten, an denen sie sonntagnachmittags Ausflüge in die Umgebung gemacht hatten, waren ohnehin längst vorbei.

Harry hatte als einen der Vorteile des Einkaufens am Mittwochvormittag zu schätzen gelernt, dass es beinahe menschenleer war. Die wenigen Leute, die ihnen zwischen den Gängen begegneten, gehörten zur gleichen Generation wie Rosalie und er. Seit Neuestem stellte der Supermarkt seinen behinderten und älteren Kunden elektrische Einkaufswagen zur Verfügung, was das Ganze deutlich vergnüglicher machte.

Harry steuerte den Einkaufswagen, während Rosalie aus den Regalen nahm, was sie brauchten. Nicht ein einziges Mal während des vergangenen Jahres hatte Rosalie sich darüber beschwert, dass Harry nun den Einkaufszettel schrieb. Dabei hatte das früher immer zu ihren Aufgaben gehört.

Gerade waren sie in den Gang mit den Suppen und Gemüsekonserven eingebogen, als ihnen Lucy Menard entgegenkam. Ein Lächeln erschien auf ihrem Gesicht, als sie sah, wer da auf sie zukam.

„Rosalie!“, rief Lucy. Sie ließ den eigenen Wagen stehen und kam mit weit ausgebreiteten Armen auf ihre Freundin zu.

Die beiden umarmten sich und blieben einen Moment lang so stehen. Im Zweiten Weltkrieg hatten sie sich eine Wohnung geteilt und zusammen in den Werften von Portland gearbeitet. Damals waren Rosalie und Harry erst kurz verheiratet, und er kämpfte auf Europas Schlachtfeldern. Damals waren sich die beiden Frauen so nah gewesen wie Schwestern. Später wurde Lucy die Patin ihrer älteren Tochter Lorraine. Doch seit Jake, Lucys Mann, gestorben war, trafen sie einander nicht mehr so häufig. Harry bedauerte das und fürchtete, dass er daran nicht unschuldig war. Das Haus zu verlassen kostete ihn inzwischen zu viel Überwindung.

„Du liebe Zeit, es ist ja schon ewig her, seit ich euch beide zuletzt gesehen habe!“, sagte Lucy und trat einen Schritt zurück. Sie sah gut aus – besser als bei ihrer letzten Begegnung. Na ja, das war vielleicht auch kein Wunder. Schließlich hatten sie sich zum letzten Mal bei Jakes Beerdigung getroffen.

„Ich wollte euch schon die ganze Zeit erzählen, dass ich umgezogen bin", erklärte Lucy aufgeregt.

„Umgezogen?" Rosalie schien es kaum glauben zu wollen.

Strahlend fuhr Lucy fort: „Die Kinder haben mich irgendwann davon überzeugt, dass ich nicht allein wohnen sollte, jetzt, wo Jake nicht mehr ist."

„Ich bin überrascht, dass du dein Haus aufgegeben hast", äußerte Rosalie. Verstohlen blickte sie zu Harry, um sofort die Augen abzuwenden. Wenn es nach Rosalie ging, würde sie den Umzug bis zur allerletzten Sekunde hinauszögern.

„Ich bin in Liberty Orchard eingezogen, diesem neuen Zentrum für betreutes Wohnen in der Nähe der Frontier Street."

Sofort war Harrys Interesse geweckt.

„Harry hat schon darüber geredet, dass wir auch so etwas ins Auge fassen müssen. Aber ich glaube nicht, dass ich es über mich brächte", gab Rosalie etwas kleinlaut zu.

„Das habe ich auch immer gesagt." Lucy nickte verstehend. „Nachdem ich dreißig Jahre lang im selben Haus gewohnt habe, dachte ich immer, ich bin zu alt, um noch solche tief greifenden Veränderungen vorzunehmen. Ich habe meinen Kindern sogar gesagt, dass es für mich das Todesurteil bedeuten würde, wenn sie mich drängen, mein Zuhause zu verlassen."

„Genau so geht es mir auch." Wieder wich Rosalie dem Blick ihres Mannes aus.

„Aber dann bist du doch umgezogen", warf Harry ein. „Und jetzt fühlst du dich doch wohl, oder?"

„Oh ja." Lucy lächelte zufrieden. „Früher habe ich immer geglaubt, dass sie schon mit dem Gabelstapler vorfahren müssten, um mich aus diesem Haus zu kriegen. Allein der Gedanke, die Dinge eines halben Lebens auszusortieren und einzupacken!"

Harry wusste, dass genau diese Befürchtung auch bei Rosalie eine Rolle spielte.

„Aber zum Glück sind die Kinder gekommen und haben mir eine Menge Entscheidungen abgenommen. Sie sind durch jeden Raum gegangen, haben eingepackt, was ich noch brauche, und den Rest aufgeteilt. Am einen Tag saß ich in meinem Haus, und am nächsten war ich schon in Liberty Orchard und habe angefangen, neue Leute kennenzulernen. Es ist wirklich das Beste, was mir in den letzten zehn Jahren passiert ist."

Mit gerunzelter Stirn musterte Rosalie die Freundin. „Aber bekommt man dort denn nicht alle Mahlzeiten serviert? Warum kaufst du dann ein?"

„Das Essen ist großartig, aber alle paar Tage bleibe ich lieber für mich allein. Zum Glück habe ich die Freiheit, selbst zu kochen, wenn ich das möchte. In der Wohnung gibt es einen Kühlschrank und eine Mikrowelle, und mehr brauche ich nicht." Sie hielt eine Schachtel mit Mikrowellenpopcorn hoch und kicherte wie ein Schulmädchen. „Dieses Zeug hier liebe ich einfach."

„Das klingt wirklich nach der idealen Lösung", bemerkte Harry.

„Ich bin noch nicht bereit dazu", murmelte seine Frau.

Weil Harry ihre Ängste genau kannte, setzte er alles daran, sie zu beruhigen und sanft in die richtige Richtung zu drängen. „Vielleicht können Rosalie und ich ja mal vorbeikommen und dich in deinem neuen Zuhause besuchen", schlug er gut gelaunt vor, als handelte es sich dabei um einen harmlosen Besuch.

Insgeheim hoffte er, dass Rosalie sich umstimmen ließ, wenn sie die Anlage erst mit eigenen Augen sah. Wenn es ihm nicht gelang, sie zu einem Besuch in Liberty Orchard zu bewegen, dann hatte Lucy womöglich mehr Glück.

„Wie wäre es mit morgen Nachmittag?", fragte Lucy gleich. „So gegen drei? Um zwei habe ich ein Treffen mit dem Lesekreis, und davor gehe ich zur Gymnastikstunde. Beides will ich nicht verpassen."

„Es gibt dort Gymnastikstunden?“ Rosalie klang beeindruckt.

„Ja. Jetzt gibt es jeden Tag eine Menge Dinge, die ich tun kann. Vor dem Umzug war es mir manchmal schon zu viel, überhaupt das Haus zu verlassen.“

Überrascht wechselte Rosalie einen Blick mit Harry. „Ich weiß genau, was du meinst. Wir kommen gerne vorbei, Lucy.“

„Dann sehen wir uns morgen“, antwortete Lucy. Sie schien sich zu freuen.

Doch Harry freute sich fast noch mehr. Diese Begegnung hätte nicht besser laufen können, wenn er sie geplant hätte. Durch Lucys Auftauchen genau zum richtigen Zeitpunkt konnten sie morgen ganz beiläufig einen Besuch in Liberty Orchard machen. Genau um so etwas hatte er gebetet.

Sie beendeten ihren Einkauf, und als sie nach Hause zurückkehrten, war Harry so müde, dass er ein Schläfchen brauchte. Da der Arzt ihm eingeschärft hatte, er dürfe nichts Schwereres als zwei, drei Kilo tragen, brachte Rosalie die Tüten aus der Garage ins Haus. Harry schlurfte zu seinem Sessel und war beinahe schon eingeschlafen, bevor er die Füße hochgelegt hatte.

Mercy war hocherfreut. Das Treffen mit Lucy Menard hätte nicht besser verlaufen können. Mit freudig geröteten Wangen saß sie in dem elektrischen Einkaufswagen, den Harry wieder am Eingang des Supermarkts abgestellt hatte.

„Wie hast du das bloß hingekriegt?“, fragte Goodness, die sich auf der Griffstange desselben Wagens niedergelassen hatte. „Wusstest du denn von Lucy?“

Die Hände hinter dem Kopf verschränkt, lehnte Mercy sich zurück. Ihre Augen leuchteten vor Genugtuung. „Ich habe ein paar Nachforschungen angestellt und dabei herausgefunden, dass Lucy und Rosalie früher beste Freundinnen waren. Und dann habe ich gesehen, dass sie erst kürzlich nach

Liberty Orchard gezogen ist. Danach musste ich lediglich ein zufälliges Treffen im Supermarkt arrangieren."

„Und wie, bitte schön, hast du dieses ‚zufällige' Treffen zustandebekommen?"

„Ich habe einfach Lucys letzte Packung Mikrowellenpopcorn verschwinden lassen. Außerdem habe ich ihre DVD-Sammlung neu gemischt und den Film ‚Ist das Leben nicht schön?' obenauf gelegt. Das hat Lucy daran erinnert, dass es langsam Zeit für ihren üblichen vorweihnachtlichen Filmabend ist – und dass sie dazu Popcorn braucht." Mercy lachte in sich hinein. „Und damit war der Kuchen gegessen."

„Kuchen? Hat hier jemand die Bäckerei erwähnt?" Von oben flatterte Shirley zu ihnen herab. Der Wind, den ihre Flügel verursachten, wirbelte einen Stapel Handzettel im Eingangsbereich des Supermarkts auf. Ein kleines Kind lief hinterher und versuchte sie einzufangen.

Als Shirley ihre Freundin Mercy auf dem elektrischen Einkaufswagen sah, weiteten sich ihre Augen. „Denk gar nicht erst daran", warnte sie. „Gabriel hat mir ausdrücklich befohlen, ein Auge auf euch zu haben. Er weiß so gut wie ich, dass euch beiden nicht zu trauen ist."

„Ich hatte überhaupt nicht vor, eine Ausfahrt mit dem Wagen zu unternehmen!", widersprach Mercy entrüstet.

„Aber du hast darüber nachgedacht."

Shirley kannte sie einfach zu gut. „Na gut, der Gedanke kam mir tatsächlich." Seufzend gab Mercy es zu. „Aber inzwischen bin ich älter und weiser und neige nicht mehr zu vorschnellen Handlungen." Dieser Einkaufswagen war fast so gut wie ein Golfmobil (es hatte da früher einmal diesen bedauerlichen Zwischenfall auf dem Golfplatz von Augusta gegeben), aber wenn Shirley darüber kein Wort verlor, würde Mercy es mit Sicherheit auch nicht tun.

„Du wirst sie nicht auch noch ermutigen", mahnte Shirley,

an Goodness gewandt.

„*Ich*?“ Mit einem Ausdruck purer Unschuld legte der andere Engel die Hand aufs Herz.

Shirley setzte sich auf einen zweiten Wagen. „Ich dachte, wir sollten uns kurz miteinander beraten, bevor wir uns unseren Aufgaben widmen.“

Mercy wusste wirklich nicht, seit wann Shirley eine Führungsrolle innehatte und so verflixt wichtigtuerisch klang. Offensichtlich betrachtete sie sich als ihre Chefin. Obwohl Mercy das durchaus anders sah, wollte sie ihren Auftrag zu einem guten Ende bringen.

„Jede von uns hat eine wichtige Aufgabe vor sich“, verkündete Shirley, als stände sie auf einer Bühne und spräche zu einer großen Zuhörerschaft. Sie hatte das Kinn gehoben und redete mit voller, tönender Stimme. „Das hier ist eine einmalige Gelegenheit, um uns zu beweisen, und zwar sowohl gegenüber Gabriel als auch …“, sie machte eine kleine Kunstpause und endete mit dramatischem Effekt, „… gegenüber Gott.“

„Gabriel und Gott“, wiederholten Mercy und Goodness brav. Ihre Blicke begegneten sich.

Shirley fuhr in ihrer salbungsvollen Ansprache fort. „Unsere Aufgabe, nein, unsere Pflicht ist es, diesen Menschen eine Lektion unseres himmlischen Vaters zu übermitteln, bevor wir ihre Bitten gewähren.“

„Unsere Pflicht“, kam das Echo von Mercy und Goodness.

An diesem Punkt ließ Shirley sich dazu herab, ihnen ins Gesicht zu sehen. „Man sieht es euch an der Nasenspitze an.“

„Was denn?“, wollte Mercy wissen.

„Dass ihr etwas getan habt, was ihr nicht hättet tun sollen.“

„Also, ich nicht“, erklärte Mercy rundheraus. „Und selbst wenn, dann ginge dich das gar nichts an.“

Um die beiden abzulenken, sagte Goodness: „Ich arbeite gerade am Fall Beth Fischer, und das ist gar nicht so einfach. Ich könnte euren Rat gebrauchten."

„Was ist denn das Problem?"

Nach Mercys Ansicht klang Shirleys Tonfall mehr als herablassend.

Goodness runzelte bedeutsam die Stirn, bevor sie die Situation darlegte. „Wie es scheint, hat Beths Vertrauen in ihre Fähigkeit, den richtigen Lebenspartner auszuwählen, einen herben Schlag abbekommen. Sie wagt es einfach nicht, sich auf ihr Herz zu verlassen."

„Und warum das?", erkundigte sich Shirley.

„Das weiß ich nicht genau. Ich habe sie genau beobachtet und halte sie für eine wunderbare Frau. Es ist nur, dass … dass …" Sie zögerte. „Ich fürchte, sie liebt immer noch ihren Exmann. Wie soll ich ihr bloß in einer einzigen kurzen Woche helfen, über ihn hinwegzukommen und gleichzeitig eine neue Beziehung anzufangen? Das ist einfach unmöglich."

Mercy verstand genau, in welchem Dilemma die Freundin steckte. „Hast du nicht gesagt, dass ihr Exmann wieder geheiratet hat?"

„Ja."

„Dann musst du sie lehren, die Vergangenheit loszulassen", beschied Shirley sie unzweideutig. „So etwas passiert ständig. Die Geschichte ist inzwischen fast zehn Jahre her, und sie muss nach vorne blicken."

„Da stimme ich dir ja zu, aber es dürfte ein bisschen schwierig sein, Beth davon zu überzeugen. Aber danke für den Ratschlag." Hörte Mercy da etwa einen leicht sarkastischen Unterton aus den Worten von Goodness heraus? Natürlich nur einen Hauch davon.

„Ich helfe dir", erklärte Shirley.

„Nein", gab Goodness ohne zu zögern zurück. „Vielen

Dank für das Angebot, aber ich komme mit Beth schon allein zurecht. Am Wochenende kommt sie nach Leavenworth."

„Tatsächlich?" Nachdenklich legte Shirley die Hand ans Kinn.

„Ihre Freundin Heidi hat sie eingeladen, sich hier das Weihnachtsspektakel anzusehen. Und das ist nirgends hübscher als in Leavenworth. Habe ich gehört."

„Und was ist mit deinem Auftrag?", erkundigte sich Mercy bei Shirley.

Zum ersten Mal schien der Engel etwas verunsichert. „Ja, also, mein Auftrag wirkt trügerisch leicht – von außen betrachtet."

„Ich weiß nicht – hattest du schon erwähnt, auf wessen Gebetsanliegen du angesetzt bist?"

„Es geht um einen Jungen namens Carter", murmelte Shirley etwas undeutlich. „Er wünscht sich einen Hund zu Weihnachten."

Mercy musste sich bemühen, einen empörten Einspruch hinunterzuschlucken. Sie hatte es mit einem sterbenden alten Mann zu tun, dessen dringlichste Sorge seiner Familie galt. Goodness musste einer jungen Frau mit gebrochenem Herzen den rechten Weg weisen. Und alles, was Shirley zu tun hatte, war, einen Hund für einen kleinen Jungen aufzutreiben? Das war ja nun wirklich eine leichte Übung – die Mercy selbst dann hinbekommen würde, wenn man ihr einen Flügel am Rücken festband.

„Wie ich schon sagte, die Aufgabe klingt trügerisch einfach, aber …"

„Ja, ziemlich trügerisch." Mercy warf Goodness einen Blick zu. „Hört zu, ich würde ja gerne hier herumstehen und mit euch plaudern, aber die Arbeit wartet."

„Ja, auf mich auch", bestätigte Goodness.

„Tja, Carter und seine Schwester sind in der Schule.

Ich habe also ein paar Minuten Zeit", erklärte Shirley ihren Freundinnen.

„Schön für dich", erwiderte Mercy und verschwand. Goodness folgte ihr, sodass Shirley allein im Foyer des Supermarkts sitzen blieb.

Eine Minute später kehrte Mercy zurück und schwebte hinter Shirley, die immer noch auf dem elektrischen Einkaufswagen saß. Shirley schien anzunehmen, dass die anderen beiden längst auf und davon waren, und Mercy ließ sie in dem Glauben. Kurz betrachtete sie den Wagen. Es war ein Kinderspiel, diese Dinger zu steuern – was allerdings die ach so rechtschaffene und wohlerzogene Shirley vermutlich nicht wusste … Mit einer einzigen Berührung setzte Mercy den Einkaufswagen in Gang.

Wie vom Schlag getroffen sah Shirley sich um. Ganz offensichtlich fragte sie sich, was für ein Wandel gerade vor sich gegangen war und warum. Doch Mercy hatte nicht vor, ihr die Antwort darauf zu geben. Der Wagen, der Shirley an Bord hatte, fuhr los.

Überrascht keuchend sprangen die Supermarktkunden aus dem Weg. Einige von ihnen kramten nach ihren Handys, um mit der integrierten Kamera schnell ein Bild von dem Einkaufswagen zu machen, der wie wild geworden durch den Supermarkt fuhr, ohne dass ihn jemand steuerte.

Mercy musste sich die Hand vor den Mund halten, um nicht laut loszulachen. Kurz darauf kam Goodness herbei, auch sie kichernd. Die Einzige, die diese Heiterkeit nicht zu teilen schien, war Shirley.

„Mercy!", schrie sie. „Hilfe! Tu doch was!"

„Ich glaube fast, dass sie schon etwas getan hat." Damit verschwand Goodness, und Mercy folgte ihr. Shirley hatte schließlich gerade frei. Sollte sie ihre Zeit doch dafür nutzen, herauszufinden, wie sich dieser Wagen bedienen ließ.

7. KAPITEL

Beth war sich sicher, dass sie es sich nicht einbildete: Seit dem Abend, an dem ihre Mutter angerufen hatte, veränderte sich die Beziehung zwischen ihr und Peter. Das war inzwischen zwei Tage her. Wann immer sie sich nun in das Spiel einloggte, ließ sie ihn ein wenig mehr von sich sehen. Und Peter tat das Gleiche.

Der größte Unterschied zu vorher bestand darin, dass sie nun mehr chatteten, als nötig gewesen wäre. Und dabei drehten sich ihre Unterhaltungen keineswegs mehr hauptsächlich um *World of Warcraft.*

Du kommst genau pünktlich, schrieb er, als sie sich einloggte.

Beth streifte sich die Schuhe ab, bevor sie es sich auf dem Schreibtischstuhl bequem machte. Um die Antwort zu tippen, musste sie erst die Limonade abstellen, die sie gerade trank. *Und du bist früher als üblich.*

Ich habe es nicht mehr ausgehalten.

Während Beth seine Worte las, lehnte sie sich zurück. Wie sollte sie diesen Kommentar verstehen? Wollte Peter damit sagen, dass er ihre Ankunft herbeigesehnt hatte? Oder dass er sich Sorgen gemacht hatte, sie könnte zu spät sein? Schwierig zu sagen.

Warum? fragte sie zurück. Manchmal war es besser, den direkten Weg zu gehen.

Weil ich mit dir reden wollte.

Da sie inzwischen Level vierzig in *World of Warcraft* erreicht hatten, war ihnen angeboten worden, ein Reittier zu erwerben. Da es viele Vorteile bot, sich schneller fortbewegen zu können, hatten sie schon länger darüber nachgedacht.

Aus einem bestimmten Grund? fragte sie. Vielleicht wollte er über diese Frage mit ihr diskutieren.

Ja.

Nun war sie nicht schlauer als zuvor. *Könntest du das vielleicht näher erläutern?*

Es dauerte etliche Minuten, bis seine Antwort aufblinkte; so als müsste er erst darüber nachdenken. Offenbar ging es also nicht darum, ob sie ihren Ressourcen ein Reittier hinzufügten.

Wie lange sind wir jetzt noch mal Partner? fragte er stattdessen.

Ein halbes Jahr.

Kommt mir länger vor.

Schon wieder wusste Beth nicht genau, wie sie diesen Kommentar verstehen sollte. *Wirklich?*

Ich vertraue dir.

Sie lachte. *Dazu hast du auch allen Grund. Schließlich habe ich dir schon mehr als einmal den Allerwertesten gerettet, o mächtiger Timixie.*

Und ich dir deinen.

Dafür bin ich dir dankbar.

Zu Recht.

Beth musste lächeln. Sie genoss es, sich in diesem leichtherzigen, witzelnden Ton mit ihm zu unterhalten. Schnell tippte sie eine Antwort. *Hast du vor, die ganze Zeit zu quatschen, oder wollen wir spielen?*

Können wir nicht beides tun?

Sofort breitete sich ein warmes Gefühl in Beths Innerem aus. Es war eine angenehme Empfindung – und eine, die sie beinahe schon vergessen hatte. Sich mit Vertretern des anderen Geschlechts zu unterhalten machte sie gewöhnlich unsicher. Es sei denn, jede romantische Erwartung war von vornherein klar ausgeschlossen: bei Familienangehörigen beispielsweise, bei Kollegen und bei Freunden wie Sam. Mit Peter dagegen fühlte sie sich wohl und entspannt. Obwohl sie noch nicht einmal miteinander telefoniert, sich geschweige denn persönlich getroffen hatten, empfand sie zum ersten Mal seit der Geschichte mit John wieder etwas für einen Mann.

Auch wenn ihre Mutter das nicht wahrhaben wollte: Beth hatte auch nach ihrer Scheidung Dates gehabt. Sie waren nur nicht sonderlich erfolgreich verlaufen. In Unterhaltungen mit Männern benahm sie sich steif und überlegte permanent, was sie sagen durfte und was nicht.

Ihr persönlicher Rekord lag bei drei Dates mit ein und demselben Mann, Luke Whitcomb. Er war ein netter Kerl gewesen, unterhaltsam und witzig. Sein Humor hatte ihr über die anfängliche Unsicherheit hinweggeholfen.

Vermutlich hätte sie sich auch ein viertes Mal mit ihm verabredet, aber er gestand ihr, dass die Beziehung für ihn nicht recht funktionierte. Er hatte ihr aufrichtig erklärt, dass es besser war, die Sache jetzt zu beenden, bevor noch einer von ihnen Verletzungen davontrug.

Was Wunder! Lukes Ablehnung traf Beth dennoch tief. Wieder einmal fand sie ihre Überzeugung bestätigt, dass es ihr nie wieder gelingen würde, einen Mann für sich einzunehmen. Danach hatte sie sich von allen weiteren Datingerfahrungen ferngehalten, und wenig später entdeckte sie *World of Warcraft*. Beinahe ihr gesamtes Sozialleben drehte sich seitdem um Borincana, die Nachtelfe und Jägerin.

Und nun gab es Peter, einen Mann, dem sie noch nie begegnet war. Seine Familie hatte ihm nahegelegt, etwas aus seinem Leben zu machen. Das sprach dafür, dass er ebenfalls Single war. Am liebsten hätte Beth sich danach erkundigt, aber sie wusste nicht, wie sie das anstellen sollte, ohne ihr Interesse zu offensichtlich durchblicken zu lassen. Die offene Frage, ob er verheiratet war, schien in diesem Stadium ihrer Bekanntschaft ausgeschlossen.

Sie bewegten sich bereits seit zehn Minuten durch die Welt

des Spiels, als Peter ihr eine neue Nachricht schickte. *Vielleicht kommt dir die Frage blöd vor, aber bist du eigentlich … Single, verheiratet oder sonst was?*

Er hatte sie wirklich gefragt. Erleichterung machte sich in Beth breit. *Single.*

Ich auch.

Wie alt?

Ist das ein Verhör? tippte sie.

So was in der Art. Findest du das schlimm?

Nein, eigentlich nicht. Eigentlich sogar überhaupt nicht. Schließlich erfuhr sie auf diese Weise auch mehr über ihn.

Ich sag's, wenn du es auch tust.

Gut.

Ich nähere mich den dreißig, schrieb er. *Ein Grund, weshalb meine Familie will, dass ich endlich eine Frau kennenlerne.*

Geht mir genauso. Langsam fing ihr Herz an zu klopfen. Vielleicht half die Kerze, die ihre Mutter in der Kirche angezündet hatte, doch. Vielleicht fing das Gebet an, auf merkwürdige Art seine Wirkung zu entfalten.

Peter war Single, und sie war Single.

Er wohnte in Seattle, und sie wohnte in Seattle.

Er war ungefähr in ihrem Alter und ging einem Beruf nach, genau wie sie.

Es klang fast zu gut, um wahr zu sein.

Meine Familie sagt auch, dass es langsam Zeit für mich wird, jemanden kennenzulernen, tippte sie.

Tatsächlich? Er schien beinahe so überrascht zu sein wie sie. Fragte er sich wohl auch, ob das noch Zufall sein konnte? Ein bisschen unheimlich war es schon.

Einen Augenblick später erschien seine nächste Nachricht auf dem Bildschirm: *Was ist denn dein Problem?*

Na gut, das war ziemlich direkt. Andererseits hatte sie

auch kein Blatt vor den Mund genommen. Beth spielte kurz mit dem Gedanken, ihm zu erzählen, dass sie schon eine Ehe und eine Scheidung hinter sich hatte. Doch dann erinnerte sie sich an Heidis Rat. Es war nicht nötig, schon gleich beim ersten Date alles preiszugeben – selbst wenn man diese Unterhaltung vielleicht nicht als richtiges Date bezeichnen konnte.

Ich verbringe zu viel Zeit mit Computerspielen. Sie lächelte, während ihre Finger mühelos über die Tasten flogen.

Das Problem habe ich auch.

Vielleicht war es albern, aber Beth war sich sicher, dass sie in diesem Moment beide lächelten. Sie chatteten noch eine Stunde lang weiter, und zu ihrem Erstaunen stellte sie fest, dass das Spiel dabei nur noch eine Nebenrolle spielte.

Als Beth an diesem Abend ins Bett kroch und sich die Decke über die Ohren zog, fiel sie in tiefen, friedlichen Schlaf. Sie erwachte mit der Erwartung, dass irgendetwas Wunderbares passieren würde. Ohne die Augen zu öffnen, klammerte sie sich so lange wie möglich an dieses Gefühl, als fürchtete sie, dass die Wirklichkeit es jederzeit in die Flucht schlagen konnte.

Das Telefon klingelte, während sie sich fürs Büro fertig machte. Ein Blick auf die Nummer sagte ihr, dass ihre Mutter am anderen Ende war.

„Hi, Mom", sagte sie, während sie ihren Ohrring zumachte.

„Du klingst fröhlich."

„Das bin ich auch. Jedenfalls so was in der Art."

Ihre Mutter zögerte nur den Bruchteil einer Sekunde. „Hat das vielleicht etwas mit dem Mann zu tun, den du bei diesem Computerspiel kennengelernt hast?"

Inzwischen konnte Beth kaum noch glauben, dass sie Peter ihrer Mutter gegenüber erwähnt hatte. Es war eine Augenblickseingebung gewesen, und zwar keine besonders gute.

Beth hatte damit einen Redeschwall voller versteckter Kritik und plumper Ermutigung abwenden wollen. Normalerweise wäre ihre Mutter der letzte Mensch gewesen, dem sie so etwas erzählt hätte. „Wir sind uns noch nie begegnet", gab sie schließlich zu. „Zumindest noch nicht von Angesicht zu Angesicht."

„Und warum nicht, bitte schön?"

„Er hat bisher nicht vorgeschlagen, dass wir uns mal außerhalb des Spiels treffen", antwortete Beth. In ihren Ohren klang diese Erklärung vollkommen überzeugend. Schließlich gehörte ihre Mutter noch zu der Generation, in der es an den Männern war, den ersten Schritt zu tun. Auch Joyce würde diese Ausflucht akzeptieren.

„Dann schlag du es vor."

So viel dazu. „Mom!"

„Ich meine es ernst", beharrte Joyce. „Was bringt es, um den heißen Brei herumzureden? Du bist eine Frau, die weiß, was sie will. Und jetzt geh hin und tu's endlich."

Beth dachte darüber nach. Wie es wohl wäre, Peter zu fragen? Vielleicht gar nicht so schlimm. Einer von ihnen musste schließlich das Eis brechen. „Ich würde ihn schon gerne treffen, aber andererseits möchte ich nicht, dass er mich für dreist hält."

„Marybeth, dir bleibt nicht mehr viel Zeit. Vielleicht ist er schüchtern und wartet darauf, dass du das Thema anschneidest. Also leg endlich ein bisschen Eigeninitiative an den Tag, tu mir den Gefallen. Es ist schon später, als du glaubst."

„Glaub mir, Mom, Peter ist keineswegs schüchtern." Das wusste sie sehr genau. Schließlich konnte sie beinahe täglich beobachten, wie er in *WoW* ihre Feinde angriff.

„Worauf wartest du dann noch?"

Beth biss sich nachdenklich auf die Lippe. „Ich will nichts überstürzen."

„Aber wir haben schon den zwanzigsten Dezember. Weihnachten steht vor der Tür."

Irgendwie ergab das keinen Sinn. „Warum ist es so wichtig, dass Peter mit zum Weihnachtsessen kommt?", erkundigte sich Beth mit einem ersten Anflug von Misstrauen.

„Es ist überhaupt nicht wichtig. Na ja, irgendwie schon. Dein Vater und ich haben da diese Wette …"

„Mom!" Ihre Eltern wetteten ständig miteinander. Meistens fand Beth das eher lustig, aber in diesem Fall nicht. Nicht, wenn sich die Wette um sie selbst drehte. „Das erklärst du mir besser etwas genauer."

„Na gut …" Ihre Mutter holte tief Luft. „Letztes Jahr hat dein Vater an Weihnachten gesagt, dass du niemals heiraten wirst, wenn du so weitermachst."

„Und du hast ihm widersprochen."

„Natürlich! Marybeth, du glaubst gar nicht, was für eine attraktive junge Frau du bist! Du hast es verdient, glücklich zu werden."

„Ich bin glücklich", erwiderte Beth fest.

„Da muss ich dir widersprechen. Du glaubst nur, dass du glücklich bist."

Beth rollte nur stumm die Augen. Es hatte keinen Sinn, ihrer Mutter zu widersprechen.

„Du solltest einen Freund haben", fuhr Joyce fort.

„Und heiraten und Kinder bekommen." Diese Litanei war ihr nur allzu vertraut.

„Ja", antwortete ihre Mutter. „Ich finde den Gedanken schrecklich, dass zu Hause nichts weiter auf dich wartet als dieses vermaledeite Computerspiel."

„Das verstehst du nicht, Mom. Peter und ich haben inzwischen Level vierzig erreicht, und …" Sie unterbrach sich. Es hatte keinen Sinn, das ausführlicher zu erklären.

„Wie bitte?"

„Ach, vergiss es."

„Hat es irgendetwas damit zu tun, dass du Peter zum Weihnachtsessen mitbringen sollst?", wollte ihre Mutter wissen.

„Überhaupt nichts."

„Aber darum geht es doch. Es ist wichtig! Sonst wird dein Vater …"

„Ja?", hakte Beth nach.

„Sonst muss ich ein halbes Jahr lang jeden Mittwoch die Mülltonne rausstellen."

„Ein Schicksal, schlimmer als der Tod", murmelte Beth sarkastisch.

„Ich habe ja kein Problem mit dem Müll", erklärte ihre Mutter. „Aber schon wieder eine Wette gegen deinen Vater zu verlieren – vor allem jetzt, wo du so nah dran bist, tatsächlich jemanden an Weihnachten mitzubringen …"

Beth kam es nicht so vor, als wäre sie nah dran. In ihrem verzweifelten Wunsch, die Wette zu gewinnen, verlor Joyce die Realität vollkommen aus den Augen.

„Versprich mir, dass du Peter fragst", bat ihre Mutter.

Langsam reichte es. „Das werde ich nicht tun."

„Wenn schon nicht meinetwegen, dann wenigstens deinetwegen, Marybeth."

„Nein!" Und das war ihr letztes Wort.

Die nachfolgende Stille ließ diesen Entschluss ins Wanken geraten. „Merkst du denn nicht, wie unsinnig dieser Vorschlag ist?", fragte Beth. „Peter ist praktisch ein Fremder."

„Triff dich doch wenigstens mit ihm", bettelte Joyce. „Mehr erwarte ich ja gar nicht. Ob er dann zum Weihnachtsessen mitkommt, überlasse ich vollkommen dir. Ich bitte nur darum, dass ihr beiden euch wenigstens mal seht. Das kannst du mir doch wenigstens versprechen."

Auch wenn sie es niemals offen zugeben würde, war Beth durchaus neugierig auf ihren Onlinepartner. Ob seine Familie ihn wohl auch bedrängte, sie kennenzulernen? Vielleicht sollte sie ihn einmal danach fragen.

Sie verabredete sich noch zu einem Mittagessen mit ihrer Mutter, dann beendete sie das Telefonat.

Als Beth an diesem Abend nach Hause kam, loggte sie sich sofort in das Spiel ein. Peter tauchte zehn Minuten später dort auf. Als Erstes fragte er sie, wie viel Gold sie inzwischen für den Kauf eines Reittiers zusammenhatten. Die Tatsache, dass er nach dem Chat am Vorabend jedes persönliche Thema mied, sprach Bände. Vermutlich war es ihm im Nachhinein unangenehm, dass sie sich im Gespräch so nahegekommen waren. Auch sie fühlte sich davon verunsichert, aber gleichzeitig fand sie es aufregend.

Trotzdem beließ sie es dabei, seine Fragen zu beantworten.

Eine Stunde lang spielten sie, aber keiner von ihnen schien mit den Gedanken ganz bei der Sache zu sein.

Heute muss ich früher Schluss machen, schrieb sie endlich.

Hast du ein aufregendes Date?

Mit einem Date hatte es überhaupt nichts zu tun. Beth war mit Heidi verabredet, um über das gemeinsame Wochenende in Leavenworth zu sprechen. *Eine Verabredung*, antwortete sie deshalb.

Beruflich oder zum Vergnügen?

Langsam wurde er ziemlich neugierig. *Vergnügen.*

Es dauerte einen Moment, bis seine Antwort aufleuchtete. *Dann viel Spaß.*

Dir auch.

Treffen wir uns morgen Abend wie gewöhnlich?

Das hatte er sie noch nie zuvor gefragt. *Natürlich.*

Na gut. Dann reden wir morgen weiter.

Beth brachte Borincana in das sichere Versteck und verließ das Spiel. Die Vorfreude, mit der sie am Morgen aufgewacht war, hatte sich in nichts aufgelöst. Was war zwischen ihr und

Peter nur passiert – und warum? Zog er sich zurück? Hatte er das Interesse an ihr verloren? Allerdings hatte er sich extra erkundigt, ob sie morgen spielen würde. Vielleicht zog er es vor, dass ihre Romanze auf die virtuelle Welt beschränkt blieb. Womöglich aus Angst, ihr Verhältnis Wirklichkeit werden zu lassen.

Sie waren schon zwei armselige Gestalten! Beide fühlten sich in der Haut von Fantasiefiguren wohler als im wirklichen Leben. Zwei traurige, einsame Menschen sahen Weihnachten näher kommen, wollten miteinander in Kontakt treten, fürchteten sich aber davor, den Versuch zu unternehmen.

8. KAPITEL

Während Carter mit seiner Schwester zusammen an der Bushaltestelle wartete, stampfte er gegen die Kälte mit den Füßen. Nur noch zwei Tage blieben bis zu den Ferien, und alle redeten von Weihnachten und davon, was wohl unter dem Baum liegen würde. Carter wusste, dass seine Eltern sich keine Geschenke leisten konnten. Aber etliche bunte Päckchen, die von seinen Großeltern gekommen waren, hatte seine Mutter bereits unter den Weihnachtsbaum gelegt. Der sah zwar ziemlich erbärmlich aus, aber das störte Carter nicht weiter – Hauptsache, es gab Geschenke. Er hoffte nur, dass er nicht nur Socken oder Unterwäsche auspacken würde.

Als der große gelbe Bus ächzend zum Stehen kam, ergriff Carter die Hand seiner Schwester. Seine Mutter hatte ihm eingeschärft, ein Auge auf Bailey zu haben, und Carter nahm diese Pflicht ernst.

Die Bustüren öffneten sich, und Carter schob Bailey vor sich die Stufen hoch. Als er selbst das Businnere betrat und die warme Luft im Gesicht spürte, zog er die wollenen Fäustlinge aus und steckte sie in die Jackentaschen. Bailey, die ihre Freundin Maddy entdeckt hatte, lief durch den Gang nach hinten. Ohne sie weiter zu beachten, setzte Carter sich neben seinen besten Freund Timmy Anderson.

„Wollen wir das Mittagessen tauschen?“, fragte Timmy. Carter versuchte sich daran zu erinnern, was seine Mutter ihm in die Brotdose mit dem Piratenaufdruck getan hatte. Am Vorabend hatte sie Plätzchen gebacken. Außerdem hatte er das übliche Sandwich mit Erdnussbutter und Gelee eingepackt bekommen. Und einen Apfel – so wie jeden Tag.

„Was hast du denn?“, erkundigte Carter sich.

Timmy öffnete seine Spiderman-Brotdose. „Eine Tüte

Chips, einen Twinkie-Riegel, einen Becher Pudding und einen Apfel."

„Kein Sandwich?"

Timmy schüttelte den Kopf.

In Timmys Dose lagen all die Leckereien, an die Carter nur kam, indem er tauschte. Twinkies fand er toll. Auf der anderen Seite backte seine Mutter großartige Chocolate-Chip-Cookies.

„Und?", drängte Timmy. „Willst du jetzt tauschen oder nicht?"

„Okay."

Die Brotdosen wechselten die Besitzer. Timmy schien Carters Pausensnacks lieber zu mögen als die eigenen. Fast jeden Tag wollte er tauschen.

Als der Bus erneut hielt, stiegen drei weitere Schüler zu. Cameron und Isaiah Benedict kletterten in die Sitze vor Timmy und Carter.

Kaum saßen sie, drehte Cameron sich nach hinten um und verkündete aufgeregt: „Ich kriege eine Spielkonsole zu Weihnachten, eine Xbox 360!"

„Wow!", machte Timmy, die Augen neidvoll geweitet. „Die habe ich auch auf meinen Wunschzettel geschrieben, aber meine Eltern haben gesagt, sie ist zu teuer."

„In echt?", fragte Carter. Wahrscheinlich glaubte Cameron nur, dass er eine Xbox bekam. Schließlich hatte er selbst auch geglaubt, dass ihm seine Eltern einen Hund schenkten. Sie hatten es versprochen, aber nun würde er trotzdem keinen bekommen.

„Ja. Mom hat gesagt, wenn ich die Konsole will, kriege ich nichts anderes."

„Für Cameron liegt nur ein einziges Geschenk unter dem Baum", erklärte dessen jüngerer Bruder Isaiah.

„Könnte Unterwäsche sein."

Wütend starrte Cameron Carter an. „Lass die blöden Witze."

„Ich kriege eine PSP", sagte Timmy.

Carter wusste, dass es sich dabei um eine PlayStation Portable handelte und dass alle sich so eine wünschten. „Super."

Nun sahen die Jungen Carter an. „Was kriegst du denn zu Weihnachten?"

Er zuckte die Achseln. Wie sollte er seinen Freunden auch erklären, dass seine Eltern ihm das einzige Geschenk, das er so heiß ersehnte, verweigern wollten?

„Sag doch mal, was hast du dir denn gewünscht?" Neugierig beugte sich Isaiah über die Lehne seines Sitzes.

Auch Carter hätte gern einen Computer und eine Xbox gehabt. Aber seine Eltern konnten sich solche Dinge nicht leisten. Mutlos ließ er den Kopf sinken und flüsterte kleinlaut: „Ich habe mir einen Hund gewünscht." Sofort spürte er einen Kloß im Hals.

„Was für einen Hund?"

Eigentlich war ihm das egal. „Einen roten." Wenn er ihn schon Rusty nannte, dann wäre es wohl am besten, wenn der Hund auch ein rostrotes Fell hätte. „Mittelgroß, damit er Stöckchen holen kann und so."

Seine Grandma Parker besaß einen kleinen Kläffer, einen Zwergpudel. Für seine Großmutter war Suzette bestimmt ein gutes Haustier, aber Carter stellte sich eine andere Sorte Hund vor. Tagsüber nach der Schule und am Wochenende würde sein Hund mit ihm draußen spielen. Nachts konnte er in Carters Zimmer schlafen, auf einem Teppich neben seinem Bett. Das machten Hunde so. Sie schliefen neben ihren Herrchen. Deshalb würde Rusty genau dort schlafen, wo Carter sich hingekniet und gebetet hatte.

Wenn er die Augen schloss, konnte Carter seinen Hund vor sich sehen: mit großen Schlappohren und der Zunge, die ihm seitlich aus der Schnauze hing, wenn er gerannt war. Ach ja, und Carter wollte einen Jungen. Natürlich wäre ein Mädchen auch in Ordnung, aber lieber wäre ihm ein Junge.

„Und – kriegst du einen?"

Carter zögerte. „Das weiß ich erst an Weihnachten."

„Lassen dich deine Eltern warten?"

Lieber nickte er, als die Wahrheit zuzugeben.

„Hätte ich mir doch auch einen Hund gewünscht", sagte Timmy. Niedergeschlagen rückte er sich in seinem Sitz zurecht.

„Ich kann doch Rusty mit dir teilen", bot Carter an. Erst dann fiel ihm wieder ein, dass es gar keinen Rusty geben würde.

„Echt?"

„Klar", versicherte Carter seinem Freund.

Timmy grinste Carter an, sodass man alle seine Zahnlücken sah. Als der Bus vor der Schule hielt, liefen die beiden Jungen gemeinsam in das Gebäude.

Ihre Lehrerin stand im Flur vor dem Klassenzimmer. Als sie näher kamen, rief Timmy schon von Weitem: „Ms. Jensen, Ms. Jensen – wissen Sie was? Carter kriegt einen Hund zu Weihnachten!"

Die Augen der Lehrerin leuchteten freudig auf. „Wirklich, Carter? Das klingt toll. Hast du schon einen Namen für ihn?"

„Rusty."

Zustimmend nickte sie. „Das ist ein guter Name für einen Hund."

Carter versuchte zu lächeln, aber in seiner Magengrube machte sich langsam ein merkwürdiges Gefühl breit. Was sollte er nur tun, wenn seine Freunde erst herausbekamen, dass er Rusty nicht bekommen hatte? Er hätte die Sache niemals erwähnen sollen.

„Carter hat gesagt, dass ich auch mit seinem Hund spielen darf."

Ms. Jensen strahlte ihn an. „Teilen ist etwas sehr Schönes. Ich bin stolz auf dich, Carter." Damit ging sie ins Klassenzimmer und ließ die beiden im Flur stehen.

Während der Rechenstunde schweiften Carters Gedanken immer wieder ab. Er fragte sich, was seine Freunde wohl nach Weihnachten sagen würden, wenn er keinen Hund hatte. Er hätte nicht lügen dürfen. Der Bauch tat ihm weh, so wie immer, wenn er nicht die Wahrheit gesagt hatte.

In der Pause ging Carter zum Lehrerpult und hielt sich den Magen. Er fehlte selten in der Schule – eigentlich war es sogar noch nie vorgekommen, dass er einen Tag zu Hause geblieben war.

„Geht es dir nicht gut, Carter?", fragte Ms. Jensen mit sanfter, besorgter Stimme, die ihn an die seiner Mutter erinnerte.

„Mir tut der Bauch weh."

Sie legte ihm den Handrücken auf die Stirn, bevor sie ihn zum Zimmer der Schulschwester begleitete. Mrs. Weaver war so alt wie seine Großmutter, und ihre Haare waren ganz weiß. Während sie Fieber maß, redete sie beruhigend auf ihn ein. Mit einem Blick auf das Thermometer erklärte sie dann, Fieber hätte er nicht. Er solle sich eine Weile hier auf der Liege ausruhen.

Carter versuchte zu schlafen, aber seine Gedanken ließen sich einfach nicht abstellen. Nach einer Weile setzte er sich auf und sah müßig aus dem Fenster. Und da sah er ihn.

Einen Hund.

Draußen auf dem Schulhof lief ein Hund herum, der genauso aussah, wie Carter ihn sich vorgestellt hatte. Er hatte lange Schlappohren, genau die richtige Größe und sprang um die Schüler herum, um dann einem Ball hinterherzujagen. Obwohl er mager und schmutzig aussah, wusste Carter genau, dass er ein guter Hund war.

Genau so einen Hund wünschte er sich, obwohl dieser hier kein rotes Fell hatte. Seines war dunkel, und Dreck klebte an seinem Stummelschwanz. Das schien ihn allerdings nicht daran zu hindern, aufgeregt damit zu wedeln. Als er zusah, wie die anderen Kinder mit dem Hund spielten, vergaß Carter sein Bauchweh.

„Ich konnte deine Mutter nicht erreichen“, erklärte Mrs. Weaver, als sie zurückkam.

Carter murmelte: „Es geht mir besser.“

„Möchtest du zurück in deine Klasse gehen?“

Er nickte. In diesem Augenblick läutete die Glocke zum Pausenende. Wenn der Hund in der Mittagspause immer noch auf dem Schulhof herumlief, würde er mit ihm spielen, beschloss Carter. Freudige Erregung ergriff ihn, und er konnte die Zeit bis zum Pausenklingeln kaum abwarten.

Sein Mittagessen verzehrte er in Rekordzeit. Danach raste er auf den Schulhof, ohne sich auch nur die Jacke zuzuknöpfen. Timmy hatte er bei Isaiah zurückgelassen, wo er über Ferienpläne redete und seine Chocolate-Chip-Cookies aß. Die eisig kalte Luft schnitt Carter ins Gesicht, aber es machte ihm nichts aus. Draußen waren kaum Kinder, aber der Hund spazierte immer noch schnüffelnd über den Hof, die Nase dicht am Boden. Als er Carter sah, rannte er augenblicklich auf ihn zu und sah aus dunklen, flehenden Augen zu ihm hoch.

„Hallo“, sagte Carter und ließ sich auf ein Knie nieder. Er zog den Twinkie-Riegel aus der Tasche, packte ihn aus und gab ihn dem Hund.

Zwei Bissen, dann war der Riegel verschwunden. Das arme Tier war völlig ausgehungert. Plötzlich wünschte Carter, er hätte sein ganzes Mittagessen übrig gelassen. Wenn er doch seinem neuen Freund noch mehr zu fressen geben könnte! Carter dachte kurz nach, dann lief er hastig wieder ins Schulgebäude. Heute Morgen noch hatte sich seine Schwester beschwert, dass sie schon wieder ein Sandwich mit Erdnussbutter und Gelee in der Brotdose hatte. Wenn sie es nicht wollte, würde Carter es nehmen. Nicht für sich selbst, sondern für den Streuner.

Ganz wie er es erwartet hatte, fand er seine Schwester bei ihren Freundinnen. Sie hatte alles gegessen bis auf das Sandwich.

„Bailey", sagte Carter atemlos, „kann ich dein Sandwich haben?"

Misstrauisch sah Bailey ihn an. „Was hast du denn mit deinem gemacht?"

„Timmy gegeben."

Bailey zögerte. „Ich wollte meins eigentlich essen."

„Stimmt nicht. Komm, Bailey, ich brauche das Sandwich."

„Was tauschst du dafür?", fragte sie.

Langsam wurde die Zeit knapp. Wenn Carter nicht allmählich nach draußen zurückkehrte, würde sich noch ein anderes Kind mit dem Hund anfreunden. Oder der Streuner lief vom Schulhof. „Du kannst Samstagvormittag im Fernsehen gucken, was du willst."

Die Augen seiner Schwester weiteten sich. Es war ein großzügiges Angebot, und das wusste sie auch. Bei ihnen gab es nur einen Fernseher, und ihre Mutter sorgte dafür, dass sie abwechselnd bestimmen durften, welche Sendung sie anschauten. Bailey mochte am liebsten Mädchenkram, während Carter Actionhelden viel interessanter fand.

„Den *ganzen* Samstagvormittag?"

Carter nickte. Mit einem selbstzufriedenen Blick überreichte Bailey ihm das Sandwich, und sofort rannte Carter zurück nach draußen. In der Zwischenzeit war es auf dem Schulhof voll geworden. Doch sobald der Hund Carter erblickte, sprang er auf ihn zu.

Wieder ließ Carter sich auf ein Knie nieder. Er strich dem Hund die schmutzigen Haare aus den Augen, und es machte ihm nichts aus, dass er dabei selbst dreckige Finger bekam. Dann streckte er ihm das Sandwich hin. Es war so schnell verschwunden wie das Twinkie.

„Du solltest den Hund nicht füttern."

Aufblickend erkannte Carter Mr. Nicholson, einen der Lehrer, der in der Mittagspause die Schulhofaufsicht hatte. Seine Stirn war gerunzelt.

„Ich habe seinetwegen schon den Tierschutzverein angerufen."

„Nein!" Carter hatte das Wort schon ausgerufen, bevor er nachdenken konnte. Er wollte nicht, dass man seinen Freund in ein Tierheim brachte.

„Er gehört nicht hier auf den Schulhof."

„Aber er ist ein netter Hund."

Dem stimmte Mr. Nicholson weder zu, noch stritt er es ab. „Ich will nicht sehen, dass du ihn noch einmal fütterst. Haben wir uns verstanden?"

Carter nickte. Schließlich hatte der Lehrer nicht ausdrücklich gesagt, dass Carter den Streuner nicht füttern durfte. Er hatte nur gesagt, dass er das nicht *sehen* wollte.

Im nächsten Augenblick wandte Mr. Nicholson sich ab, um einen Streit zwischen ein paar älteren Schülern zu schlichten, und Carter tätschelte dem Hund den Kopf. „Ist ja gut, alter Junge. Ich bringe dir was zu fressen. Kommst du morgen auch her?"

Der Hund sah Carter aus tiefbraunen Augen an, als wollte er ihm versichern, dass er auf ihn warten würde.

Bevor Carter ins Klassenzimmer zurückkehrte, wusch er sich die Hände. Wie lange der Hund wohl schon herrenlos herumstreunte? Er war ziemlich dreckig, und einsam hatte er auch ausgesehen. Bei diesem Gedanken verspürte Carter einen

Stich. Was dieses Tier brauchte, waren ein Zuhause und eine Familie, genau wie jeder andere auch. Carter hoffte nur, dass die Leute vom Tierschutzverein ihn nicht abholten, bevor er ihn mit nach Hause bringen konnte.

Zuerst musste er seinem Vater erklären, dass dieser Hund kein Welpe war, sondern ein erwachsenes Tier, das ein Zuhause brauchte. Außerdem war das kein teurer Hund, sondern ein ganz normaler. Wahrscheinlich hatte er schon alle seine Impfungen bekommen.

Beim Abendessen gelang es Carter kaum, still am Tisch zu sitzen. Alles woran er denken konnte, war der Hund auf dem Schulhof. Der saß nun mutterseelenallein in der Kälte und Dunkelheit. Ob er dort wohl in Sicherheit war? Ob ihn der Tierschutzverein in ein Tierheim brachte? Vielleicht war das noch nicht einmal so schlecht, denn dort konnte er von einer Familie adoptiert werden. Nur dass Carter den Hund selbst haben wollte.

„Carter, iss auf", ermahnte ihn sein Vater.

Abwesend starrte Carter auf den Teller. Spaghetti waren eigentlich sein Lieblingsessen, und seine Mutter hatte es heute extra für ihn gemacht. Und nun drehte er nur die Nudeln um die Gabel, während er fieberhaft überlegte, wie er die Fleischbällchen vom Teller schmuggeln und bis zum nächsten Tag verstecken konnte.

„Wie war es in der Schule?", erkundigte sich seine Mutter. Jeden Abend fragte sie ihn das.

„Gut", murmelte Carter. „Ich hatte Bauchweh, aber es ist wieder weggegangen."

„Carter hat einen Hund auf dem Schulhof gefüttert, und der Lehrer hat mit ihm geschimpft." Bailey konnte es kaum erwarten, ihn zu verpetzen.

Wütend sah Carter sie über den Tisch hinweg an.

Sein Vater runzelte die Stirn. „Wem gehörte der Hund?"

Schulterzuckend antwortete Carter: „Niemandem."

„Ein Streuner?"

Carter hob den Blick nicht vom Teller. „Ja."

„Er war ganz schlimm dreckig und hatte überall Schlamm, und Carter hat ihm ein Sandwich gegeben und ihn gestreichelt, aber dann hat Mr. Nicholson ihm das verboten."

„Ach, Carter", flüsterte seine Mutter.

Sein Vater schüttelte den Kopf. „Ich will nicht, dass du diesen Hund mit nach Hause bringst. Hast du mich verstanden?"

„Na gut."

„Das meine ich ernst." Er klang streng.

Um nicht zu weinen, schluckte Carter schwer. „Darf ich aufstehen? Bitte?", fragte er.

Sanft legte seine Mutter ihre Hand auf seine. „Ja."

Carter ging in das Zimmer, das er sich mit seiner Schwester teilte, und warf sich angezogen der Länge nach aufs Bett. Den Kopf im Kissen vergraben betete er, dass der Hund am nächsten Tag noch da sein würde.

9. KAPITEL

Mercy sah Shirley misstrauisch an. Die Arme hatte sie vor der Brust verschränkt, und sie tappte ungeduldig mit dem Fuß auf den Boden. „Du hast den Hund auf den Schulhof gebracht, stimmt's?“ Sie zeigte auf das Tier, das im Sandkasten lag und schlief, den Kopf auf den Pfoten.

Shirley saß in der hintersten Ecke des Schulhofs auf der Schaukel und schüttelte entschieden den Kopf. „Das habe ich ganz sicher nicht getan. Ich habe ja noch nicht einmal eine Ahnung, woher er überhaupt gekommen ist. Glaub mir: Wenn ich einen Hund in Carters Leben gebracht hätte, dann ganz sicher nicht diesen räudigen Streuner.“

Mercy glaubte ihr kein Wort. „Ich persönlich finde nur, es fügt sich auffallend praktisch, dass ausgerechnet heute ein herrenloser Hund auf dem Schulhof auftaucht.“ Außerdem wusste sie genau, dass Shirley Tiere liebte – trotz ihrer abfälligen Bemerkung über diesen Hund.

„Da kann ich Mercy nur zustimmen.“ Goodness tauchte neben ihr auf und tappte im gleichen Rhythmus mit dem Fuß wie Mercy.

„Hört auf, mich so anzuschauen“, beschwerte sich Shirley. „Carter darf keinen Hund haben, die Entscheidung ist längst gefallen. Ihr wisst genau, dass ich mich an Befehle von oben zu halten habe. Carters Vater fühlt sich zwar elend genug dabei, aber er hat klar und deutlich gesagt, dass sein Sohn keinen Hund haben kann. Warum sollte ich die Sache noch schwieriger machen, als sie ohnehin schon ist?“

„Tja, warum bloß?“ Goodness wandte sich an Mercy.

Diese erwiderte: „Das weiß ich nicht. Aber wie ich schon sagte: Ich finde, es fügt sich alles ein bisschen zu praktisch.“

Shirley stieg von der Schaukel und klopfte sich den Schnee

von den Händen. „Apropos praktisch: Kommt es euch nicht auch merkwürdig vor, dass Beth und Peter so gut zusammenpassen?"

Goodness hob beide Arme. „Schau bloß nicht mich an. Damit hatte ich rein gar nichts zu tun. Die beiden haben sich vor einem halben Jahr online kennengelernt, wenn du dich erinnerst."

„Stimmt", bestätigte Mercy. „Und bevor du jetzt davon anfängst, dass Harry und Rosalie zufällig Lucy Menard treffen – das habe ich schon erklärt."

„Ich hoffe wirklich, dass die Sache für Beth und Peter gut ausgeht", äußerte Goodness, und ein wehmütiger Ausdruck trat in ihre Augen.

„Warum zweifelst du daran?", fragte Shirley.

„Die beiden sind einfach so starrsinnig – und sie haben Angst. Was sie brauchen, ist jemand, der ihnen einen ordentlichen Schubs in die richtige Richtung gibt."

„Goodness!" Entsetzen malte sich in Shirleys Miene. „Wage es nicht, daran auch nur zu denken! Unsere Aufgabe ist es, diese Menschen etwas zu lehren. Ihre Entscheidungen müssen sie selbst treffen, und sie müssen auch ihren eigenen Weg finden."

„Den eigenen Weg finden?" Mercy wollte nicht sarkastisch klingen, aber sie konnte es nicht verhindern. Dazu war die Beweislage einfach zu eindeutig: Die Menschheit war einfach bedauernswert unfähig. „Darf ich dich daran erinnern, dass es Menschen waren, die vierzig Jahre in der Wüste umhergeirrt sind, obwohl die ganze Wanderung höchstens drei Monate hätte dauern müssen?"

„Und Josua hat sie siebenmal um Jericho wandern lassen, nur um das Stadttor zu finden", fügte Goodness kopfschüttelnd hinzu.

Shirley zog die Brauen zusammen. „Ihr wisst beide, dass es

dafür gute Gründe gab."

„Das mag ja sein. Aber du musst zugeben, dass die Geschichte der Menschheit nicht gerade ein Ruhmesblatt ist."

Widerstrebend räumte Shirley ein, dass ihre Freundinnen recht hatten.

„Die Menschen brauchen Hilfe", wiederholte Mercy.

„Und zwar unsere Hilfe."

Doch Shirley schien immer noch nicht überzeugt. „Aber Gabriel ..."

„... wird niemals etwas davon erfahren", versicherte ihr Mercy. „Wir machen es unauffällig – hier und da ein kleiner Schubs, wo es sein muss. Wenn Gabriel uns schon der irdischen Zeit unterwirft, müssen wir eben ein bisschen erfinderisch werden."

„Erfinderisch", wiederholte Goodness. „Wie meinst du das?"

„Na ja, zum einen steht ja wohl fest, dass du bei Beth und Peter ein bisschen nachhelfen musst."

„Ich?"

„Ja." Mercy wusste wirklich nicht, warum ausgerechnet sie ihren Kolleginnen alles bis ins Kleinste auseinandersetzen musste. „Hast du nicht erzählt, dass die beiden noch nicht einmal ein Treffen verabredet haben?"

„Äh, ja ..."

„Und warum nicht, bitte schön?"

Goodness wand sich unbehaglich. „Also, wie ich eben schon sagte, haben sie Angst ..."

„Angst wovor?", fragte Mercy. „Glaubst du, sie befürchten, ein Treffen könnte ihre Illusionen zerstören?"

„Vielleicht. Und sie brauchen Hilfe, darin stimme ich dir zu. Als ich sie das letzte Mal gesehen habe, war Beth ziemlich niedergeschlagen. Erst scheint alles zwischen ihr und Peter so glattzulaufen, und plötzlich macht er dicht, ohne dass man weiß, warum."

„Gibt es irgendetwas, das du dagegen tun könntest?"

„Ich … ja, natürlich." Unsicher flackerte ihr Blick hin und her. „Leider kann ich mich im Moment nicht recht darauf besinnen, was das sein könnte. Aber es fällt mir sicher ein."

„Shirley." Mercy wandte sich dem ehemaligen Schutzengel zu.

„Melde mich gehorsamst zur Stelle." Sie nahm Habachtstellung an, die Flügel ordentlich gefaltet, die Füße parallel ausgerichtet. Einen Augenblick lang fragte sich Mercy, ob Shirley sich über sie lustig machte.

„Was hast du vor, um Carter zu helfen?", fragte sie.

Shirley sank ein Stück in sich zusammen. „Ich sorge dafür, dass dieser Hund nirgends zu sehen ist, wenn er morgen zur Schule kommt."

„Und du bist dir sicher, dass es das ist, was ihm hilft?" Mercys Herz wurde schwer, wenn sie an den kleinen Jungen dachte.

Widerstrebend nickte Shirley. „Sein Vater hat gesagt, dass er keinen Hund haben darf, egal was passiert. Mir bleibt keine Wahl."

Alle drei dachten über diese unglückseligen Umstände nach.

„Vielleicht könnte ich Carters Vater einen Weg zeigen, wie er einen besser bezahlten Job finden kann", schlug Shirley vor.

„Das wäre zumindest eine Idee."

Goodness wandte sich Mercy zu. „Was geschieht gerade bei Harry?"

Ach ja, Harry und Rosalie. „Sie haben heute Nachmittag Lucy Menard besucht und sich von ihr die Anlage für betreutes Wohnen zeigen lassen."

„Und was ist passiert?", fragte Shirley.

„Kommt mit, dann wissen wir's", forderte Mercy ihre Freundinnen auf. Gemeinsam stiegen sie zu dem Haus in der

Walnut Avenue 23 hinab, in dem sich Rosalie und Harry am Abendbrottisch gegenübersaßen.

„Es hat mich überrascht zu sehen, wie viele unserer Freunde inzwischen in Liberty Orchard eingezogen sind“, bemerkte Rosalie, den Blick auf ihren Teller Hühnersuppe aus der Dose gesenkt.

Sie wirkte tief in Gedanken versunken – ein ermutigendes Zeichen, fand Harry. Der Besuch war besser verlaufen, als er zu hoffen gewagt hatte. Während ihres Aufenthalts in Liberty Orchard war Rosalie drei guten Freundinnen begegnet, zu denen sie in den letzten Jahren den Kontakt verloren hatte. Jede von ihnen hatte ihr gut zugeredet, den Schritt zu wagen und sich der netten Gemeinschaft dort anzuschließen.

„Ist dir aufgefallen, dass die meisten gesagt haben, sie wünschten, sie wären schon früher ins betreute Wohnen gezogen?“ Insgeheim erwartete Harry Widerspruch von seiner Frau. Obwohl sie es ihn nicht merken lassen wollte, sah er ihr an, wie sehr sie die Anlage beeindruckt hatte.

„Mir hat vor allem das Freizeitprogramm gefallen“, murmelte Rosalie.

Harry stimmte ihr zu. Auch er hatte über die vielfältigen Angebote gestaunt – und sich gefreut. Wenn er starb, hätte Rosalie dort die Gesellschaft, die sie brauchte. Eine Woge der Traurigkeit überrollte ihn, als er daran dachte, dass er seine Frau allein zurücklassen musste. Er vermied es nach Möglichkeit, sich zu sehr mit dem Tod zu beschäftigen. Aber das Wissen, dass das Ende unmittelbar bevorstand, lenkte seine Gedanken trotzdem häufig in diese Richtung.

Harry nickte, sorgfältig darauf bedacht, nicht allzu begeistert zu erscheinen.

„Du liebe Zeit“, sagte Rosalie freudig, „sie haben dort an jedem einzelnen Wochentag irgendein Programm!“

Wieder nickte Harry, während er einen Löffel Suppe aß.

„Hast du dir die Speisepläne angeschaut?“, fragte Rosalie. Sie hatte den Zettel an einem Brett vor dem Speisesaal entdeckt und ihn drei- oder viermal durchgelesen. Außerdem hatte sie Lucy jede Menge Fragen gestellt. Das Mittagessen war die Hauptmahlzeit, und gegen fünf wurde noch einmal ein leichtes Abendessen serviert. „Sie haben dort die Wahl zwischen zwei Sorten Suppe *und* Salat, und danach zwischen Fisch, Fleisch oder Geflügel. Und Lucy hat gesagt, dass das Essen jeden Tag wechselt!“

„Ich weiß, ich habe es mir auch angeschaut“, antwortete Harry. Eines stand fest: Die Bewohner von Liberty Orchard mussten jedenfalls nicht von Dosensuppen leben – es sei denn, sie wünschten es. Aber es war nicht nötig, Rosalie darauf hinzuweisen.

Plötzlich legte seine Frau den Löffel hin. „Harry“, setzte sie befangen an. „Ich weiß nicht, ob es dir aufgefallen ist, aber ich fange an, gelegentlich mal etwas zu vergessen.“ Es schien ihr schwerzufallen, das zuzugeben. „Langsam frage ich mich, ob es vielleicht daran liegt, dass mein Geist nicht mehr ganz so gefordert wird wie früher.“

„Lucy hat erzählt, dass ihr das Gleiche passiert ist“, erinnerte Harry seine Frau. Sie hatten erst am Nachmittag darüber gesprochen. „Erinnerst du dich, was sie sagte? Dass sie bei Weitem nicht mehr so vergesslich ist, seit sie wieder mehr Zeit mit anderen Leuten verbringt?“

Darüber musste Rosalie einen Moment nachdenken. „Ja, ich glaube, sie hat so etwas erwähnt.“

Harry hütete sich davor, zu schnell zu viel zu sagen. Immerhin hatte ihr Besuch in Liberty Orchard Rosalie die Augen geöffnet. Und dass etliche ihrer Freunde bereits dort wohnten, war sicher auch nicht von Nachteil.

„Übrigens hat Lucy auch erzählt, dass die Wohnung gleich

neben ihr noch zu haben ist“, erwähnte Harry beiläufig, um zu sehen, wie Rosalie reagierte. Während seine Frau mit ihren Freundinnen geplaudert hatte, war Harry zu der Verwalterin gegangen und hatte sich erkundigt, ob sie sich diese Wohnung sichern konnten. Natürlich würde er eine solche Entscheidung niemals treffen, ohne sie zuerst mit Rosalie zu besprechen. Aber allmählich wuchs sein Vertrauen, dass auch sie die Vorteile dieses Umzugs einsehen würde.

Rosalie sah ihn mit dem gleichen Ausdruck an wie damals, vor so vielen Jahren, als sie über den Kauf ihres Heims an der Walnut Avenue nachgedacht hatten. Sie hatte sich in das Haus verliebt, und Harry liebte sie. Er hätte Himmel und Erde in Bewegung gesetzt, um ihr zu kaufen, was sie sich wünschte.

„Glaubst du wirklich, wir sollten unser Zuhause verlassen, Harry?“

Warum bloß hatte es so weit kommen müssen? „Wie ich schon gesagt habe, mir wird dieses Haus langsam zu viel.“

Mit gesenktem Blick räumte Rosalie ein: „Mir auch.“

Es war das erste Mal, dass sie zugab, wie sehr das Alter sie beeinträchtigte. In Harrys Augen bedeutete das einen riesigen Fortschritt.

„Wir sollten die Mädchen fragen“, schlug sie mit leichtem Zögern vor.

„Gute Idee.“ Ihre jüngste Tochter würde den Weihnachtstag bei ihnen verbringen, während Lorraine mit ihrer Familie einen Tag später kommen würde. Beide teilten Harrys Ansicht. Genau wie er hielten sie die Veränderung für notwendig, auch wenn sie noch nicht erkannt hatten, wie dringend sie war.

Harry wusste, dass er es seinen Töchtern überlassen konnte, Rosalies Befürchtungen auszuräumen. Das würde ihnen besser gelingen als ihm selbst. All das war nur eine Frage der Zeit. So Gott wollte, würde sich alles finden …

„Allerdings möchte ich erst nach Weihnachten weiter darüber reden“, sagte Rosalie mit bestimmtem Tonfall. „Ich möchte während der Festtage nicht einmal an einen Umzug denken müssen.“

„Aber Rosalie, es gibt nur die eine freie Wohnung“, rutschte es ihm unwillkürlich heraus. „Wenn wir nicht gleich die Kaution bei der Verwalterin hinterlegen, kann uns jemand anders zuvorkommen.“

„Dann ist es eben so“, antwortete Rosalie. Offenkundig war ihr entgangen, dass er ohne ihr Wissen mit der Verwalterin gesprochen hatte.

„Mrs. Goldsmith sagte mir, dass es noch andere Interessenten gibt.“ Angst schien ihn überwältigen zu wollen. Wenn sie nicht schnell handelten, würde ein anderes Paar die Wohnung bekommen.

„Es ist doch klar, dass sie dir das erzählt hat“, erklärte Rosalie mit unerschütterlichem Optimismus. „Das muss sie schließlich. Alles eine Sache der Taktik. Oder muss ich ausgerechnet dir erst erzählen, was Leute alles behaupten, wenn sie auf einen Verkaufsabschluss aus sind?“

Frustriert rief er aus: „Aber Rosalie ...“

„Harry, mein Schatz, mach dir doch nicht solche Sorgen. Wenn uns diese Wohnung entgeht, bietet sich früher oder später eine andere Gelegenheit.“

Da er ihr nicht sagen wollte, was er von Dr. Snellgrove wusste, blieb ihm keine andere Wahl, als zuzustimmen. „Ich persönlich würde die Sache lieber noch vor den Feiertagen in die Wege leiten.“

„Hättest du etwas dagegen, wenn wir noch etwas warten?“, fragte Rosalie. „Das macht doch keinen Unterschied, oder?“

„Vermutlich hast du recht“, antwortete er widerstrebend. „Eigentlich ist es egal.“ Was nicht stimmte. Aber Harry brachte es nicht über sich, ihr die Wahrheit zu sagen.

Er stand vom Tisch auf und griff nach dem Rollator, obwohl er das Ding hasste. Es war lästig, aber so wie die Dinge standen, konnte er nicht darauf verzichten.

„Die Mädchen könnten uns packen helfen, während sie hier sind“, unternahm er einen letzten Versuch, als er sich in den Sessel sinken ließ.

„Nicht an Weihnachten, Harry. Bitte, Schatz. Das möchte ich wirklich nicht von ihnen verlangen.“

Er nickte. Er würde die Sache nicht wieder erwähnen. Zumindest heute Abend nicht mehr.

„Sieht nicht gut aus.“ Shirley fand den Mut, das Offensichtliche auszusprechen. „Rosalie möchte bis nach Weihnachten warten.“

Allmählich wusste Mercy nicht mehr, was sie tun sollte. „Das hilft uns nichts.“

„Warum nicht?“ Ihre beiden Freundinnen sahen sie fragend an.

Mercy seufzte, sorgenvoller als je zuvor. „Weil Harry dann schon im Himmel ist.“

10. KAPITEL

Als Beth in dem überfüllten Café des Nordstrom-Kaufhauses ankam, war es ihrer Mutter bereits gelungen, einen freien Tisch aufzutreiben. Joyce Fischer winkte ihr zu, um sie auf sich aufmerksam zu machen.

Beth fühlte sich wunderbar. Selbst wenn sie es versucht hätte, wäre es ihr nicht gelungen, ihre gute Laune zu verbergen.

„Hallo, Mom." Zur Begrüßung umarmte sie ihre Mutter.

„Ich war so frei, schon für dich mitzubestellen – einfach zweimal das Übliche."

„Danke." Beth hatte nur eine Stunde Mittagspause. Obwohl sie eigentlich gerne einmal etwas anderes probiert hätte als die übliche Tagessuppe mit Putenbrustsandwich, erhob sie keinen Einwand.

Sie zog den Mantel aus und hängte ihn über einen Stuhl.

„Du strahlst ja förmlich. Was ist los?" Ihre Mutter sah aus, als hätte sie sich vor Freude am liebsten die Hände gerieben. „Hat es etwas mit dem jungen Mann aus dem Computerspiel zu tun?"

„Wir wollen uns treffen." So genau wusste Beth bis jetzt nicht, wie und warum sich die Lage geändert hatte. Gerade als sie drauf und dran gewesen war, jede Hoffnung auf eine persönliche Begegnung aufzugeben, hatte Peter einen Schritt vorwärts gemacht. Sie verstand zwar nicht, was geschehen war, aber dass ein Wandel stattgefunden hatte, stand fest.

Am Vorabend hatten sie sich bei *World of Warcraft* eingeloggt und sofort angefangen zu chatten. Anfangs ging es um nichts Besonderes. Sie tauschten einfach die üblichen Bemerkungen aus. Und plötzlich, aus heiterem Himmel, hatte Peter eine überraschende Information fallen lassen.

„Er ist geschieden", erzählte Beth ihrer Mutter.

„Nun ja, meine Liebe, das Gleiche gilt schließlich für dich."

„Ich weiß. Das wollte ich damit gar nicht sagen. Aber Peter und ich haben uns unterhalten."

„Am Telefon?"

„Nein, nein, online. Bisher haben wir immer nur gechattet."

Ihre Mutter runzelte die Stirn. Doch dann schien sie sich dagegen zu entscheiden, das auszusprechen, was ihr auf der Zunge lag. Stattdessen drängte sie: „Los, erzähl. Ich will alles hören."

„Na gut. Er hat mir erzählt, dass er lange gebraucht hat, um über die Scheidung hinwegzukommen. Aber jetzt meint er, dass er so weit ist, wieder nach vorne zu schauen."

„Wie lange ist die Sache her?", fragte Joyce. „Ich meine seit dem Scheidungsurteil."

Beth zog die Augenbrauen zusammen. Ihre Mutter hatte recht. Das war eine wichtige Frage. „Das habe ich ihn nicht gefragt."

„Frag ihn. Wenn die Trennung weniger als ein Jahr zurückliegt, dann solltest du die Beziehung besser langsam und vorsichtig angehen." Doch dann schüttelte sie den Kopf, als bereue sie, ihrer Tochter einen Ratschlag gegeben zu haben. „Folge einfach deinem Herzen. Hör nicht auf mich."

Etwas zynisch dachte Beth: Das hat sicher mit der Wette zwischen Mom und Dad zu tun. Solange Peter nur auftaucht, wäre es ihr sogar egal, wenn er der Bruder von Frankensteins Monster wäre. „Du willst wirklich, dass er Weihnachten mitkommt, stimmt's?"

Augenblicklich hellte sich Joyces Miene auf. „Meinst du, das wäre möglich?"

Beth zuckte die Achseln. Trotz dieser Wette – und sie persönlich fand, dass ihre Mutter es verdiente zu verlieren – würde sie sich darüber freuen, wenn Peter mit ihr Weihnachten feierte. Am liebsten würde sie ihn einladen. Aber da er sie bisher noch nicht einmal von Angesicht zu Angesicht gesehen hatte, war das wohl ein bisschen viel verlangt. Alles hing von diesem Wochenende ab.

Ihre Mutter machte eine ungeduldige Handbewegung, um sie wieder aus ihren Gedanken zu reißen. „Dann hast du ihm also erzählt, dass du auch geschieden bist?"

„Ja, natürlich. Und daraufhin haben wir uns so angeregt unterhalten, dass ich kaum schnell genug tippen konnte, um mit meinen Gedanken Schritt zu halten." Peter hatte sich von seiner Frau tief verletzt gefühlt. Sie hatte ihn förmlich vor die Tür gesetzt und ihn dann komplett aus ihrem Leben ausgeschlossen. Für ihn war das eine schmerzliche und brutale Erfahrung gewesen, und er hatte das Scheitern der Beziehung nur schwer verwunden.

Das konnte Beth gut verstehen. Nach dem Tod ihrer Ehe war sie durch die gleiche Trauerphase gegangen. Im weiteren Verlauf der Unterhaltung hatten sie sich über Reuegefühle ausgetauscht und darüber, was sie hätten tun können, um ihre Beziehungen zu retten. Die paar Einzelheiten, die Peter erzählt hatte, ließen in Beth das Bild einer kalten und berechnenden Exfrau entstehen.

Sie selbst hatte über John gesprochen, wie sie es nie zuvor mit irgendjemandem getan hatte – ihre Eltern eingeschlossen. Es war, als sei in ihrem Innern eine schwärende Wunde aufgebrochen, sodass die Scheidung erneut schmerzte wie im ersten Moment.

Bald war das Spiel über dem Chat vergessen. Erst nach Mitternacht erinnerte Peter sie daran, dass sie beide am Morgen arbeiten mussten. Beth hatte sich widerstrebend ausgeloggt.

„Was hat er denn noch gesagt?", fragte ihre Mutter. „Hast du ihm erzählt, dass du eigentlich Marybeth heißt?"

„Um Himmels willen!“ Allein die Frage fand Beth schon abwegig. „Und du wirst ihm bitte auch keinen Ton davon verraten.“

„Also hast du ihn zum Weihnachtsessen eingeladen?“ Auf einmal wirkte ihre Mutter über alle Maßen erfreut.

„Nein ... zumindest noch nicht.“ Beths Optimismus sprach Bände darüber, wie aufregend sie die neueste Entwicklung fand. Kein Mann hatte sie seit dem College je wieder so sehr interessiert. Kein Mann seit John. Peter dagegen gab ihr Hoffnung. Möglicherweise führte die Beziehung nirgendwo hin, aber zumindest stellte sie sich dem Risiko. Sie unternahm einen neuen Versuch.

In diesem Augenblick brachte die Bedienung ihr Essen, sodass Beth eine kurze Verschnaufpause von den unerbittlichen Fragen ihrer Mutter vergönnt war. Sie probierte ihre Brokkolicremesuppe, und es dauerte etwas, bis die Unterhaltung sich wieder Peter zuwandte.

„Du willst ihn doch deiner Familie vorstellen, oder?“ Erwartungsvoll lächelte Joyce ihre Tochter an, während das Putenbrustsandwich auf halbem Weg zu ihrem Mund verharrte.

„Wenn alles gut geht.“ Sie nickte. „Peter und ich haben eine Menge gemeinsam.“

„Das klingt wunderbar.“

Beth verspürte das berauschende Gefühl, dass endlich alle Puzzleteile ihren Platz fanden. „Nach all den Monaten hätte ich mir nie träumen lassen, dass wir eine so persönliche Beziehung aufbauen könnten.“

„Und?“ Erwartungsvoll machte ihre Mutter eine Pause. „Wann trefft ihr euch nun?“ Noch bevor Beth antworten konnte, fügte sie hinzu: „Hoffentlich bald.“

„Ist dir morgen früh genug?“

„Samstag? Aber ich dachte, du fährst mit Heidi nach Leavenworth!“

„Das tue ich auch."

„Triffst du dich dort mit Peter?"

Beth nickte. Peter schien ein verkappter Romantiker zu sein, obwohl sie sich sicher war, dass er es niemals zugeben würde. Zumindest war er derjenige gewesen, der auf eine sofortige Begegnung gedrängt hatte. Als er vorschlug, sie sollten sich am Samstag zum Mittagessen treffen, hatte Beth erklärt, dass sie nach Leavenworth fahren würde. Ohne sich davon abschrecken zu lassen, hatte Peter die Begegnung dorthin verlegt.

„Aber wie soll das denn funktionieren, wenn du noch nicht einmal weißt, wie er aussieht? Du liebe Zeit, Beth, hast du überhaupt irgendeine Vorstellung davon, wie voll die Stadt in der Adventszeit werden kann?"

„Wir haben alles genau geplant. Heidi, Sam und ich nehmen mit den Kindern den Zug, und …"

„Dann trefft ihr euch im Zug?", unterbrach ihre Mutter.

„Nein. Der ist schon seit Wochen ausgebucht, deshalb fährt Peter mit dem Bus. Wir kommen um elf an, und falls das Wetter ihm keinen Strich durch die Rechnung macht, ist er gegen zwölf da."

„Der Zug hat immer Verspätung."

„Oh, ihr Kleingläubigen!"

„Ich bin überhaupt nicht kleingläubig! Aber zufällig verfüge ich über einen gesunden Menschenverstand", verteidigte sich Joyce.

„Daran haben wir schon gedacht, Mom. Schließlich könnte es sein, dass auch der Bus Verspätung hat."

„Ja, natürlich."

„Deshalb treffen wir uns um vier an dem Pavillon in der Stadtmitte."

„Und warum nicht früher?", wollte Joyce wissen.

Beth seufzte. „Weil ich hinfahre, um den Tag mit Heidi zu

verbringen, falls du dich erinnerst. Außerdem – falls es mit uns beiden nicht funktioniert …"

„Na gut", unterbrach Joyce sie. „Aber wie wollt ihr euch erkennen?"

Beth setzte ihr den Plan auseinander, den sie ausgeheckt hatten. Peter würde eine einzelne langstielige rote Rose in der Hand halten und eine Baseballkappe mit dem Emblem der Seahawks aufsetzen. Sie dagegen würde ihren langen blauen Wollmantel, eine rote Mütze und einen roten Schal tragen.

Eigentlich sollten sie einander ohne größere Schwierigkeiten finden können. Dann würden sie gemeinsam zuschauen, wie die Weihnachtsbeleuchtung feierlich angezündet wurde. Ihr Zug fuhr um halb sieben wieder ab, sein Bus kurz darauf. Auf diese Weise würden sie nur ein paar Stunden miteinander verbringen – das war eine gute Zeitspanne, egal ob das Treffen gut ging oder nicht. Peter hatte zwar nichts davon gesagt, aber Beth hatte das sichere Gefühl, dass er sie um ein weiteres Date für Sonntag bitten würde, falls sich das erste als Erfolg herausstellte.

„Du klingst so hoffnungsvoll", bemerkte ihre Mutter.

„Das bin ich auch."

„Aber was … was ist, wenn Peter nicht so gut aussieht, wie du es dir vorstellst?" Joyce schien sich darüber ernsthafte Sorgen zu machen.

„Das macht nichts." John hatte umwerfend gut ausgesehen. Damals waren ihr die neidischen Blicke all ihrer Freundinnen gefolgt. Doch sie hatte feststellen müssen, dass Attraktivität nicht wesentlich war. In ihren Augen waren Anstandsgefühl und Freundlichkeit viel wichtigere Eigenschaften.

„Das sagst du jetzt", warnte ihre Mutter sie. „Aber wenn du ihn erst siehst, denkst du vielleicht anders darüber."

„Vielleicht." Aber gleichzeitig war Beth davon überzeugt, dass sich ihre Meinung nicht ändern würde. Wenn es irgendetwas gab, was sie aus ihrer Scheidung gelernt hatte, dann das: Aussehen konnte täuschen. John hatte sich als vollkommen egozentrisch herausgestellt, als selbstsüchtig, unverantwortlich ... Halt. Es brachte nichts, sich wieder einmal bei seinen unzähligen Fehlern aufzuhalten.

Sie beendeten ihre Mahlzeit. Weil Beth danach noch ein paar Minuten blieben, bummelten sie und Joyce noch eine Weile durch die Straßen. Seattle entfaltete zur Weihnachtszeit einen ganz besonderen Zauber. Beth fand die festliche Stimmung wunderbar – den Weihnachtsschmuck, all die erwartungsfrohen Menschen und die Musik. Überall sangen und spielten Straßenmusiker. Einen Moment blieben sie und ihre Mutter bei einem Geigenspieler stehen, der die Melodie von „Stille Nacht“ in die Luft steigen ließ, über die Leute hinweg, die mit Tüten und Päckchen beladen von Geschäft zu Geschäft gingen. Beth spürte den kalten Wind auf ihren Wangen und suchte den Himmel nach Anzeichen dafür ab, dass es Schnee geben würde. Sie fühlte sich leichtfüßig und beschwingt. Zum ersten Mal seit Jahren freute sie sich auf Weihnachten.

Ihre Mutter war nicht die Einzige, der ihre gute Stimmung auffiel. Als sie nach der Mittagspause wieder ins Büro kam, machte Lloyd eine Bemerkung darüber – der Kollege, der vor einem halben Jahr *World of Warcraft* erwähnt hatte.

„Du siehst aus, als wärst du über irgendetwas besonders glücklich“, sagte er und lächelte sie an.

„Stimmt“, erwiderte sie geheimnisvoll.

Sobald sie Feierabend hatte, eilte sie nach Hause. Kaum angekommen, loggte Beth sich ein – in der Hoffnung, Peter online vorzufinden.

Ihre Erwartung trog sie nicht.

Hattest du einen guten Tag? schrieb er.

Super. Und du?

Er antwortete nicht gleich. *Hätte nicht besser sein können,* antwortete er schließlich. *Danke, dass du dir gestern mein Gejammer über meine Ehe angehört hast. Ich rede nicht oft darüber. Wahrscheinlich hätte ich auch dir nicht davon erzählt, aber irgendwie dachte ich, du müsstest davon erfahren.*

Danke, Peter, tippte sie eilig. *Ich kann dir gar nicht sagen, wie befreiend ich es fand, mit dir über meine Scheidung zu sprechen. Normalerweise versuche ich das Thema eher zu meiden. Als wir uns getrennt haben, kam ich mir wie eine komplette Versagerin vor, und das Gefühl ist seitdem nie wieder vollständig weggegangen.*

Ich weiß. Mir ging es genauso, als meine Ehe zerbrochen ist.

Sieht so aus, als hätten wir noch mehr gemeinsam, als wir geglaubt haben, bemerkte sie.

Das habe ich auch gerade gedacht.

Sie chatteten fast eine Stunde lang. Erst als Beth der Magen knurrte, fiel ihr ein, dass sie noch nicht einmal zu Abend gegessen hatte. Peter konnte nicht länger online bleiben, weil er mit einem Freund verabredet war, und deshalb beendeten sie schließlich die Unterhaltung.

Eigentlich war das ganz praktisch, denn Beth musste noch Heidi anrufen, um ihr zu erzählen, dass sich eine kleine Planänderung ergeben hatte.

Nachdem sie die Freundin erreicht hatte, erklärte Beth, dass sie Peter in Leavenworth treffen würde. „Ich hoffe, das macht dir nichts aus."

„Wie bitte? Natürlich macht mir das nichts aus", antwortete Heidi. „Ich finde es unglaublich romantisch, dass ihr zwei euch dort treffen wollt. Jetzt brauchen wir nur noch Schnee, und der Tag wird einfach perfekt."

Schnee in der Lieblingsstadt des Weihnachtsmannes – das wäre wirklich wunderbar.

„Ich frage mich, ob ich zu viel erwarte", bemerkte Beth,

der plötzlich bange wurde.

„Kein Wunder. Er klingt wirklich zu gut, um wahr zu sein.“

Es stimmte. Keine Partnervermittlung hätte einen passenderen Kandidaten für sie auswählen können. Bisher waren sie bei jedem Thema, das sie ansprachen, einer Meinung gewesen. Innerhalb einer Woche hatte Beth erfahren, dass sie die gleichen Bücher lasen, das gleiche Essen mochten (mexikanische und chinesische Küche), dass sie Sardellen im Cesar's Salad lecker fanden, aber Pizza stehen ließen. Zugegeben, diese Ähnlichkeiten waren oberflächlicher Natur. Aber anders als John war Peter ein verantwortungsvoller und zielstrebiger Mensch – Eigenschaften, die Beth schätzte. Sie schloss das daraus, wie loyal er sich seinen Freunden gegenüber verhielt, wie wichtig ihm sein Beruf als Kaffeeeinkäufer bei Starbuck's war, mit wie viel Zuneigung er von seinen Eltern sprach, und aus vielen anderen Dingen, die er erzählt hatte.

Vielleicht war er wirklich zu gut, um wahr zu sein, wie Heidi gesagt hatte. Trotzdem spürte Beth, dass er ein Mann war, den sie näher kennenlernen wollte, weil er es wert war. Nicht, dass sich ihr Gespür in der Vergangenheit immer als zuverlässig erwiesen hatte. Deshalb musste sie prüfen, ob diese Sache sich zu einer ernsthaften Beziehung entwickeln konnte. Und es gab nur eine Möglichkeit, es herauszufinden.

Mit anderen Worten: Beth zählte darauf, dass die persönliche Begegnung ihr verraten würde, ob ihre Gefühle für Peter real waren – oder lediglich ein Fantasiegebilde, das während ihrer Onlinespiele entstanden war.

11. KAPITEL

Carter konnte es kaum erwarten, zur Schule zu kommen. Kaum war der Bus stehen geblieben, als er schon hinaussprang und zum Schulhof lief, statt mit Timmy und seinen anderen Freunden ins Klassenzimmer zu gehen. Hinter dem Schulgebäude blickte er sich um.

Rusty war nirgends zu sehen. Das Herz wurde Carter schwer.

„Was machst du hier?", fragte Timmy, der hinter ihm hergerannt war.

„Nichts", murmelte Carter mit gesenktem Kopf und hängenden Schultern. In der Nacht hatte er kaum schlafen können, weil er die ganze Zeit an den Hund denken musste. Und je länger er über das Tier nachdachte, desto sicherer wurde er sich, dass es sich dabei nicht um irgendeinen beliebigen Hund handelte. Es war sein Hund. Sein Rusty. Gott hatte ihn geschickt, als Antwort auf sein Gebet.

„Willst du Fußball spielen?", schlug Timmy vor. „Ich hole Cameron und Isaiah und …"

„Nö."

Timmy wirkte von der Antwort genauso niedergeschlagen, wie Carter sich fühlte. „Es ist kalt hier. Gehen wir rein."

„Na gut." Timmy folgte ihm über den Schulhof nach drinnen.

Als der Unterricht anfing, konnte Carter sich kaum auf das konzentrieren, was Ms. Jensen sagte. Stattdessen dachte er darüber nach, was wohl aus Rusty geworden war. Er hatte Angst, dass die Tierschutzleute ihn abgeholt haben könnten. Andererseits: Der Gedanke, dass sie ihn nicht abgeholt hatten, war noch schlimmer.

Tief in seinem Innern wusste Carter, dass Rusty es zumindest warm hatte, wenn er ins Tierheim gekommen war. Außerdem bekam er dort etwas zu fressen. Dabei hatte Carter heute sicherheitshalber richtig viel als Mittagessen eingepackt.

Als die Pausenglocke ertönte, rannten seine Freunde zur Tür. Sie konnten es kaum erwarten, sich dicke Jacken anzuziehen und auf den Schulhof zu laufen.

„Carter!" Ms. Jensens Stimme hielt ihn zurück.

Langsam trottete er zum Lehrerpult. „Ja, Ms. Jensen?" Einen kurzen Augenblick überlegte er, sie zu fragen, ob sie den Streuner gesehen hatte. Aber dann erinnerte er sich an die Warnung von Mr. Nicholson.

„Ist alles in Ordnung?"

„Ja, Ms. Jensen."

„Ich meine zu Hause."

Er nickte. Am liebsten hätte er ihr erzählt, dass es dieses Jahr bei ihnen keine Weihnachtsgeschenke gab und dass er seine Freunde angelogen hatte. Dass er Timmy nicht die Wahrheit gesagt hatte, lag ihm auf der Seele. Aber er wollte nicht, dass die anderen Kinder erfuhren, was für ihn unter dem Weihnachtsbaum lag: Unterwäsche von seiner Großmutter und sonst nichts.

„Irgendwie bist du nicht ganz du selbst. Geht es dir gut?"

„Ja, Ms. Jensen. Kann ich jetzt rausgehen?"

„Na gut. Ach, und sag deiner Mutter schönen Dank für die Cookies, die sie mir geschickt hat."

„Mach ich", versprach Carter.

Während er hinauslief, nahm er wahr, dass seine Lehrerin ihm hinterherblickte. Kaum hatte er den Schulhof betreten, sah er Rusty. Carter bekam vor Aufregung kaum Luft.

Auch Rusty hatte Carter entdeckt. Obwohl ein Mädchen aus der dritten Klasse ihm gerade einen Keks hinhielt, schoss er über den Schulhof hinweg auf Carter zu. Der kniete sich hin, um seinen Freund zu begrüßen. Freudig leckte Rusty ihm das Gesicht. Er schien sich ebenso sehr über das Wiedersehen zu freuen wie der Junge. Sofort zog Carter das Fleischbällchen aus der Tasche, das er am Morgen aus dem Kühlschrank stibitzt hatte. Rusty verschlang es mit einem Bissen und blickte Carter erwartungsvoll an.

„Tut mir leid", erklärte der ihm. Vor lauter Freude schlang er die Arme um den Hund und drückte ihn an sich. Es war ihm egal, dass Rusty dreckig war und dass die Ärmel seiner Winterjacke schmutzig wurden. Seine Mutter würde mit ihm schimpfen, aber die Freude über diesen kleinen Hund wog all das mit Leichtigkeit auf.

„Wir müssen bloß aufpassen, dass Mr. Nicholson dich nicht sieht", warnte Carter seinen tierischen Freund. Dann rannte er hinüber zu Timmy und den anderen.

Rusty folgte Carter überallhin. Als Mr. Nicholson den Schulhof betrat, verschwand der Hund schnell und leise, als hätte er verstanden, dass er sich vor dem Lehrer in Acht nehmen musste.

Carter drehte sich um und suchte ihn, aber Rusty war nirgends zu sehen. Erst dann sah er, dass sich der Hund zwischen den Bäumen verkrochen hatte, die den Schulhof vor den benachbarten Häusern verbargen.

„Guter Junge", flüsterte Carter. Rusty war kein Dummkopf. Er kannte seine Freunde – und seine Feinde.

Zu Mittag aß Carter nur seinen Apfel. Den Rest hob er für Rusty auf. Wieder verschlang der Hund begeistert alles, was Carter ihm hinhielt. Mit leuchtenden Augen schaute er danach zu dem Jungen hoch, als wolle er seine Dankbarkeit ausdrücken.

Carter tätschelte ihm den Kopf, obwohl dabei seine Hand ziemlich schmutzig wurde. Was würde nur über Weihnachten aus dem Hund werden, wenn niemand in der Schule war? Wer würde ihn füttern? Wer würde auf ihn aufpassen? Carter wusste die Antworten bereits. Niemand. Nach dem heutigen

Tag war der Unterricht für dieses Jahr beendet, und bis zur ersten Januarwoche würde der Schulhof verwaist sein. Bis dahin konnte Rusty verhungern.

Carter legte dem Hund die Hände um das schmutzige Gesicht und blickte ihm ernst in die tiefbraunen Augen. Ohne einen Gedanken an das Verbot seines Vaters zu verschwenden, flüsterte er: „Hör zu, Rusty, du musst mit mir nach Hause kommen."

Der Hund blinzelte und blickte ihm aufmerksam ins Gesicht.

„Ich nehme Bus Nummer sieben. Dem musst du hinterherlaufen. Okay?"

Rusty legte den Kopf auf die Seite.

Nun wusste Carter nicht, was er noch tun sollte. Untröstlich sagte er sich, dass der Hund ihn nicht verstehen würde, egal wie oft er die Anweisung wiederholte. Nach dem heutigen Tag, wenn ihn der Bus nach Hause gebracht hatte, würde er Rusty vermutlich nie mehr wiedersehen. Carter ertrug den Gedanken kaum, aber er musste sich auf die große Enttäuschung einstellen.

Weil heute der letzte Tag vor den Weihnachtsferien war, hörte der Unterricht eine Stunde früher auf. Carter stellte sich mit seinen Freunden an die Haltestelle für Bus Nummer sieben. Doch gleichzeitig blickte er sich überall nach Rusty um. Wieder war der Hund nirgends zu sehen, und wieder wurde Carter das Herz schwer.

„Willst du mit mir nach Hause kommen und Videospiele spielen?", fragte Timmy, als er sich in den Sitz neben Carter fallen ließ.

„Nein, danke."

Sein Freund wirkte enttäuscht.

„Kann ich Montag kommen?", fragte Carter.

„Klar." Sofort hellte sich Timmys Miene auf. „Dann kann

ich dir die Geschenke zeigen, die für mich unter dem Baum liegen."

„Okay." Carter versuchte zu lächeln, aber es fiel ihm schwer. Natürlich freute er sich darüber, dass sein Freund viele Geschenke bekam. Auch er wünschte sich haufenweise Päckchen. Aber jedes einzelne davon würde er freudig hingeben, wenn er dafür Rusty bekommen könnte.

Gott hat mein Gebet erhört, sagte sich Carter. *Rusty wird mich finden. Gott hat ihn zum Schulhof geschickt, und bestimmt findet er eine Möglichkeit, ihn zu mir nach Hause zu bringen.*

Der Bus hielt. Cameron und Isaiah stiegen aus und rannten die Straße hinunter nach Hause. Sie wohnten in dem größten und schönsten Haus in der ganzen Nachbarschaft.

An der nächsten Haltestelle mussten Carter und Bailey aussteigen. Carter, der seinen Rucksack ergriff, spürte sein Herz wie wild klopfen. Mit aller Kraft hoffte er, dass Rusty den Weg finden würde. Bus Nummer sieben. Er hatte Rusty gesagt, er solle Bus Nummer sieben hinterherlaufen. Natürlich wusste Carter, dass es ein Wunder wäre, wenn der Hund ihn verstanden hätte. Aber schließlich war Gott für Wunder zuständig, und eines hatte er bereits bewirkt. Wenn Gott ein Wunder fertigbrachte und ihm einen Hund schickte, dann sollte ein zweites auch noch drin sein.

Als sich die Bustüren öffneten, stieg Carter aus und sah sich nach beiden Richtungen um. Rusty war nicht da. Carters Herz fühlte sich so schwer an wie … wie ein großer Lastwagen.

„Beweg dich", sagte Bailey, die hinter ihm ausstieg, und stieß ihm in den Rücken.

„Hey!", rief Carter empört aus.

„Du versperrst den Ausgang." Wie Bailey das sagte, klang sie beinahe wie eine strenge Lehrerin.

Endlich stieg Carter ganz aus und setzte sich Richtung Zuhause in Bewegung. Bailey ging neben ihm.

„Ich habe dich auf dem Schulhof wieder mit dem Hund gesehen", bemerkte sie, während sie versuchte, mit ihm Schritt zu halten. Sie trug den Rucksack in beiden Händen und stemmte sich gegen den kalten Wind.

„Du erzählst doch Mom und Dad nichts davon, oder?"

„Nein. Der Hund ist nett."

Carter nickte. „Und auch klug." Aber nicht klug genug, um Bus Nummer sieben zu folgen. Nicht klug genug, um zu wissen, dass die Weihnachtsferien begonnen hatten und dass niemand zur Schule kommen würde, um ihn zu füttern oder mit ihm zu spielen. Früher oder später würde der Tierschutzverein ihn abholen.

„Wisch lieber deine Jacke ab, bevor Mom sie sieht", warnte ihn seine Schwester.

Carter hatte den Schmutz auf seinen Ärmeln schon vergessen. „Mach ich. Geh zuerst rein, okay?"

„Na gut."

Bailey hielt Wort. Sie ging als Erste ins Haus und lenkte ihre Mutter ab. Damit gab sie Carter Zeit, sich in ihrem Zimmer die Jacke auszuziehen, bevor er in die Küche kam.

„Ich soll ein Dankeschön von Ms. Jensen für die Cookies ausrichten", erzählte er. Seine Mutter legte gerade auf dem Küchentisch die Handtücher zusammen, die frisch aus dem Wäschetrockner kamen. Abwesend nickte sie. „Euer Vater arbeitet heute lange", sagte sie. „Dafür bekommt er Überstundenzuschlag, und das ist gut."

„Oh."

„Er hat gesagt, wir sollen ruhig ohne ihn essen."

„Können wir überbackene Nudeln aus der Fertigpackung haben?", fragte Carter. Das war sein Lieblingsgericht, und es konnte nicht viel kosten, denn seine Mutter widersprach nie, wenn er es sich wünschte.

„Okay", antwortete sie.

„Aber ich wollte Würstchen!", jammerte Bailey.

Ihre Mutter lächelte. „Dann gibt es eben beides."

Während Bailey ihr dabei half, die Handtücher wegzuräumen, lief Carter ins Badezimmer und hielt einen Waschlappen unter den Wasserhahn. Er drückte ihn aus und ging in sein Zimmer, wo er die Ärmel seiner Jacke abwischte. Zwar war jetzt der Waschlappen schmutzig, aber dafür sah die Jacke viel besser aus.

„Mom hat gesagt, wir dürfen fernsehen", erklärte Bailey, die reinkam.

Aber Carter hatte keine Lust dazu. Seine Schwester würde ohnehin nur Mädchenprogramme sehen wollen.

„Ich lese lieber."

Lesen war eine Freizeitbeschäftigung, die seine Eltern immer billigten. Jetzt entschied sich Carter allerdings lediglich deshalb dafür, weil er keine Lust auf irgendetwas anderes hatte. Weder wollte er Freunde besuchen noch fernsehen oder spielen. Alles, was er wollte, war Rusty vergessen. Offenbar wirkte Gott immer nur ein Wunder auf einmal. Carter hatte sich geirrt.

Er legte sich lustlos auf den Boden und schlug das Buch auf. Aber er konnte sich kaum auf die Geschichte konzentrieren. Eine Viertelstunde später kam seine Schwester ins Zimmer gerannt. „Carter, komm mal gucken!"

„Was soll ich gucken?"

„Komm einfach!", wiederholte sie und brachte ihn damit auf die Palme.

„Ach, na gut", brummelte er.

Bailey lief ihm voraus ins Wohnzimmer, wo der Fernseher noch lief, und deutete aus dem Fenster.

Draußen lief Rusty auf dem Bürgersteig auf und ab, sah hierhin und dorthin, als suche er etwas.

Vor Freude schrie Carter beinahe: „Das ist Rusty!"

„Ich weiß." Seine Schwester hatte die Augen weit aufgerissen.

Ohne seine Jacke zu holen, rannte Carter zur Tür hinaus. „Rusty!", rief er, „Rusty!"

Sobald der Hund Carters Stimme vernahm, drehte er sich um und lief in großen Sprüngen auf ihn zu. Diesmal traute Carter sich nicht, ihn zu umarmen, damit seiner Mutter nicht der Schmutz auf der Jacke auffiel. Aber wie konnte sie ärgerlich sein? Gott hatte ihm schließlich den Hund geschickt. Carter konnte beweisen, dass Rusty die Antwort auf sein Gebet war.

„Hierher, Kleiner", sagte Carter und führte ihn ums Haus herum. Weil seine Mutter gesagt hatte, dass Dad heute spät kommen würde, ließ Carter den Hund in die Garage. Danach klapperten ihm die Zähne vor Kälte und Aufregung.

„Erzählst du Mom davon?", erkundigte sich Bailey, die im Flur auf ihn gewartet hatte.

„Nein, noch nicht." Langsam nahm in Carters Gedanken ein Plan Gestalt an. „Wenn Mom fragt, wo ich bin, sag ihr, dass ich bade."

„Willst du wirklich baden?"

„Nein." Warum musste er seiner Schwester eigentlich alles immer bis in die letzte Einzelheit erklären? „Aber ich will Rusty baden. Wenn er erst sauber ist, sieht Mom, was für ein guter Hund er ist. Und dann überredet sie Dad bestimmt, dass ich ihn behalten darf."

Bailey riss die Augen noch weiter auf, aber dann nickte sie verschwörerisch.

Im Bad füllte Carter die Wanne mit warmem Wasser. In einem Moment, als die Luft rein war, kehrte er in die Garage zurück und hob Rusty hoch. Der Hund war schwerer, als er gedacht hatte, aber es war wichtig, dass er keine Pfotentapser auf dem Boden hinterließ. Sobald Carter mit Rusty im Arm das Haus betrat, sah er sich vorsichtig um. Erst als er sich sicher war, dass seine Mutter gerade nicht herschaute, eilte er ins Badezimmer und schloss die Tür mit dem Fuß hinter sich. Sanft setzte er den Hund in die Wanne, drehte sich um und schloss ab.

Kurz darauf macht er eine überraschende Entdeckung, die ihm die Tränen in die Augen trieb. Unter all dem Schlamm und Dreck hatte Rusty rötlichbraunes Fell. Das war wirklich der Hund, den Gott ihm gesandt hatte. Alles an ihm war perfekt.

Rusty schien das Wasser zu gefallen. Während Carter ihn mit dem Shampoo einrieb, das seine Mutter für ihn und Bailey gekauft hatte, hielt der Hund vollkommen still. Dann spülte Carter ihm den Schaum mithilfe seines Zahnputzbechers ab. Auch jetzt bellte Rusty kein einziges Mal. Carter hob ihn aus der Wanne, nahm sich eines der noch trocknerwarmen Handtücher und wollte den Hund gerade abtrocknen, als der sich kräftig schüttelte, sodass Wassertropfen in alle Richtungen spritzten.

„Rusty!“, schimpfte Carter, bevor er sich das Wasser aus dem Gesicht wischte.

„Carter“, erklang die Stimme seiner Mutter von der anderen Seite der Tür, „wer ist da mit dir?“

Am liebsten hätte er gelogen und geantwortet: *Niemand.* Aber er erinnerte sich daran, wie weh ihm der Bauch nach der letzten Lüge getan hatte. „Ein Freund“, antwortete er deshalb. Und das war die Wahrheit. Rusty war sein Freund.

„Was tut ihr da drinnen?“

„Äh …“

Der Türknauf drehte sich. Im nächsten Moment sagte seine Mutter: „Carter, du machst jetzt augenblicklich die Tür auf!“

Carter biss sich auf die Lippe. Vertrauensvoll sah Rusty

zu ihm hoch. „Okay, Kleiner", flüsterte Carter, „jetzt wird's ernst."

Er entriegelte die Badezimmertür und öffnete sie. Draußen stand seine Mutter, die Hände in die Hüften gestemmt. Sobald sie Rusty sah, trat ein weicher Ausdruck in ihre Augen – um sofort wieder zu verschwinden.

„Ach, Carter – ein Hund."

„Aber es ist *mein* Hund, Rusty. Gott hat ihn geschickt."

„Carter ..." Seine Mutter sah aus, als sei sie den Tränen nahe. „Jetzt schau dir doch bloß mal an, wie schmutzig die Badewanne ist!" Es stimmte. Auf dem Grund der Wanne hatte sich der Dreck gesammelt, und ein dunkler Ring zog sich über ihre Wände.

„Das mache ich sauber", versprach Carter ihr. Wenn seine Mutter ihn nicht gestört hätte, dann hätte er es auch schon früher gemacht.

„Er ist ein guter Hund, wirklich, Mom", erklärte Carter ihr überzeugt.

„Das glaube ich dir. Aber ich weiß wirklich nicht, was wir deinem Vater sagen sollen."

Carter sah zwischen Rusty und dem besorgten Gesicht seiner Mutter hin und her. Er wusste auch nicht, was sie Dad sagen sollten.

12. KAPITEL

Harry wurde abrupt aus dem Schlaf gerissen. Panik ergriff ihn, und er riss die Augen auf. Verzweifelt rang er um Atem, aber gleichgültig, wie sehr er sich bemühte, er bekam einfach keine Luft. Der Schmerz wurde stärker, überwältigte ihn.

Blind tastete Harry nach der kleinen Medikamentenflasche auf dem Nachttisch, schüttelte eine Nitropille heraus und legte sie sich unter die Zunge. Dann wartete er. So etwas war bereits mehrmals in den frühen Morgenstunden aufgetreten. Es fühlte sich an, als versänke er im Wasser und bekäme keine Luft.

Könnte es sein, dass meine Zeit gekommen ist?

Es kam ihm beinahe so vor, als wollte Gott ihn hier und jetzt zu sich nehmen. Mit Mühe unterdrückte Harry seine Panik und legte sein Leben in Gottes Hände. Und dann ebbte der Schmerz urplötzlich ab, und seine Lungen füllten sich mit wunderbarer, erfrischender Luft. Sofort empfand er Erleichterung. Als er zum zweiten Mal tief einatmete, wurde ihm klar, dass er noch einmal davongekommen war – knapp.

Inzwischen hellwach, beobachtete Harry die Bewegung des zweiten Zeigers seines altmodischen Weckers. Rosalie besaß einen Radiowecker, aber er zog die alte Uhr vor, die ihn immer schon geweckt hatte. Zwar musste man sie alle paar Tage aufziehen, aber sie hatte ihm über all die Jahre gute Dienste geleistet. Warum sollte er dann eine neue kaufen? Das vertraute Ticken beruhigte ihn.

Zwei Minuten waren vergangen, und er atmete immer noch normal.

Der Vorfall gemahnte Harry daran, dass er nicht mehr viel länger für Rosalie da sein konnte. Bevor er sie verließ, wollte er sie gut versorgt wissen. Sie aber war fest entschlossen,

Weihnachten noch in ihrem alten Haus zu verbringen. Diesen Wunsch konnte Harry seiner Frau nicht abschlagen. Aber obwohl er ihre Gefühle nachvollziehen konnte, wusste er, dass ihm die Zeit davonlief. Er befürchtete, dass sie den Umzug immer weiter vor sich herschieben würde, wenn er erst einmal tot war. Das durfte nicht geschehen.

Nach Neujahr würde er sich als Allererstes darum kümmern, beschloss Harry und betete, dass Gott ihm noch bis dahin Zeit gab.

Er setzte sich auf.

„Harry?" Augenblicklich war Rosalie wach. Die geringste seiner Bewegungen schien sie zu alarmieren. Genauso war sie damals, als die Mädchen noch klein waren, beim geringsten Geräusch erwacht. Harry hatte das niemals begriffen, denn normalerweise schlief seine Frau tief und fest. Aber nicht, solange die Kinder sie brauchten, und auch jetzt nicht.

Harry hatte sie schon viel zu häufig im Schlaf gestört. Nachdem sie den ganzen Nachmittag in der Anlage für betreutes Wohnen verbracht hatten, war Rosalie erschöpft gewesen. Sie brauchte ihre Ruhe.

„Alles in Ordnung, Schatz", flüsterte er.

Ihre Augen fielen wieder zu, und sie schlief erneut ein. Eine Weile lag Harry ganz still und lauschte dem Klang ihres Atems. Zweimal wurde sein eigener flach, nur um dann wieder regelmäßiger zu gehen.

Ganz offensichtlich hatte Gott ihm eine weitere Schonfrist gewährt. Der Tod würde kommen. Nicht jetzt, aber bald – schneller, als ihm lieb war.

Als er erkannte, dass er nicht so schnell wieder einschlafen würde, schlug Harry langsam seine Decke zurück. Da er wach war, konnte er genauso gut seine Blase leeren gehen. Das Bedürfnis weckte ihn inzwischen ohnehin zwei- bis dreimal pro Nacht. Verflixt lästig – eine weitere Begleiterscheinung des Alters, in dem sein Körper immer höhere Ansprüche stellte.

Sobald er fertig war, machte er sich auf den Rückweg zum Bett. Erst in diesem Augenblick fiel ihm ein, dass er den Rollator im Schlafzimmer gelassen hatte. Da es ihm immer noch widerstrebte, dieses Gerät benutzen zu müssen, vergaß er es manchmal. Nun aber saß er in der Klemme. Der kurze Gang zum Badezimmer hatte alle seine Kräfte verbraucht. Ohne den Rollator schaffte er noch nicht einmal die wenigen Schritte zum Bett zurück. Geschwächt lehnte er sich gegen die Wand, während er darüber nachdachte, welche Alternativen ihm blieben. Aber es gab keine. Er brauchte Hilfe. Und zwar sofort.

„Rosalie!", rief er. Doch seine Stimme klang nicht lauter als ein Flüstern, und seine Frau reagierte nicht. Sobald sie sich davon überzeugt hatte, dass es ihm gut ging, war sie wieder eingeschlafen. So viel zu dem sensiblen Gehör, das er ihr gerade noch zugeschrieben hatte.

Sosehr er sich auch anstrengte, so entschlossen er auch war – langsam, aber sicher rutschte Harry zu Boden. Rosalie war nicht stark genug, um ihm aufzuhelfen. Wenn er fiel, dann musste er bis zum Morgen liegen bleiben. Falls er bis zum Morgen überlebte …

„War es das?", rief Mercy händeringend. „Stirbt Harry jetzt?" Sie brauchte Weisung. Ihr erster Impuls war gewesen, ihn zu stützen, ihm zu helfen. Es war nichts Ungewöhnliches, dass Engel auf der Erde auch physisch eingriffen. Aber dabei musste das korrekte Vorgehen gewahrt bleiben – zuerst hieß es, die Erlaubnis einzuholen. Dafür war jetzt keine Zeit. Mercy wusste, dass sie gelegentlich Regeln etwas großzügig ausgelegt hatte. Aber sich in Gottes Plan für Harry einmischen? Das durfte sie nicht riskieren.

„Gabriel!", schrie sie hilflos gen Himmel. „Ich weiß nicht, was ich tun soll!"

Im nächsten Augenblick stand der Erzengel neben ihr.

„Ist es schon Zeit für Harry, in den Himmel zu kommen?“, fragte sie dringlich. Bevor sie die Angelegenheit in die eigenen Hände nahm, musste sie die Antwort darauf wissen.

Der Erzengel wirkte seltsam gelassen – ganz im Gegensatz zu Mercy. Ängstlich schwebte sie neben Harry, um sofort eingreifen zu können, wenn Gabriel antwortete.

Sie erkannte, dass Harry langsam die Kräfte verließen. Während sie ihn beobachtete, weiteten sich plötzlich seine Augen, und er presste eine Hand aufs Herz.

„Gabriel!“, rief Mercy erneut. „Tu doch was!“ Hastig verbesserte sie sich: „Kann ich Harry nicht helfen?“ Und weil ihr der alte Mann inzwischen ans Herz gewachsen war, fügte sie ein „Bitte!“ hinzu.

Gabriel nickte. „Bring ihn zurück ins Bett.“

„Danke!“, kam es erleichtert von Mercy.

Wieder weiteten sich Harrys Augen, aber diesmal war es nicht das Herz, das ihm Sorgen bereitete. Direkt vor ihm, sodass er sie deutlich sehen konnte, stand eine Frau in Weiß. Eine Frau mit … Flügeln. Ein Engel? Sie bedachte ihn mit einem liebevollen, fürsorglichen Blick.

„Ich bräuchte ein bisschen Unterstützung“, sagte er. Unter anderen Umständen hätte er geglaubt, schon gestorben zu sein. Aber der Schmerz in seiner Brust belehrte ihn eines Besseren. Mit jedem Herzschlag verstärkte er sich.

Der wunderschöne Engel trat auf ihn zu und legte ihm schweigend den Arm um die Taille. Sein Gewicht schien der Frau überhaupt nichts auszumachen. Kaum dass er sich's versah, lag er auch schon wieder im Bett, und seine Retterin war verschwunden. Sie hatte sich einfach in Luft aufgelöst und war so schnell gegangen, wie sie gekommen war.

Dankbar, dass die Katastrophe sich noch einmal hatte abwenden lassen, versuchte Harry zu begreifen, was gerade passiert war. Vielleicht hätte er den Engel für ein Hirngespinst gehalten, wenn er nicht sicher im Bett läge. Gerade noch hatte er im Badezimmer kraftlos an der Wand gelehnt, ohne sich länger aufrecht halten zu können. Der Rollator stand neben der Kommode, dort, wo er die ganze Zeit gewesen war. Aber er selbst lag neben Rosalie.

Harry blinzelte, um klarer sehen zu können, und griff nach seiner Brille. Vielleicht konnte er den Engel noch einmal anschauen. Angestrengt blickte er in die Dunkelheit und widerstand nur mit Mühe der Versuchung, das Licht einzuschalten.

Der Engel war verschwunden. Einfach weg.

Trotzdem war Harry davon überzeugt, dass er die Himmelsbotin wirklich gesehen hatte. Sie hatte ihm zurück ins Bett geholfen. Und wie schön sie gewesen war! Schon immer hatte er sich gefragt, ob es Engel wohl wirklich gab. Nun wusste er es.

„Ist jetzt alles in Ordnung mit ihm?“, fragte Mercy, die sich über den schlummernden Harry beugte.

„Ja. Den Rest der Nacht wird er ruhig schlafen“, antwortete Gabriel.

„Und wird er sich morgen früh noch an das erinnern, was geschehen ist?“ Ein Teil von ihr war der Meinung, dass es das Beste wäre, wenn der Vorfall aus Harrys Gedächtnis gelöscht wäre. Andererseits wünschte Mercy sich, er möge wissen, dass Gott über ihn wachte und ihn liebte. Immerhin war der mächtige Gabriel selbst zu seiner Hilfe geeilt.

„Ja, er wird sich erinnern. In solcher Todesnähe ist die Trennlinie zwischen Himmel und Erde nur halb verborgen“, erklärte Gabriel.

„Mir kommt es fast so vor, als ob Harry mit einem Fuß im Himmel und mit einem auf der Erde stünde.“

„Genau." Der Erzengel wandte sich zum Gehen, hielt aber noch einmal inne. „Ich bin stolz auf dich, Mercy."

„Tatsächlich?" Obwohl sie strahlte, wusste sie eigentlich nicht so genau, womit sie ein so großes Lob verdient hatte. Es war schließlich nicht so, als ob Gabriel übertrieben oft lobte. Als Vorgesetzter war er streng, aber gerecht.

Offensichtlich hatte er ihre Gedanken gelesen. „Du hast dir nicht selbst angemaßt, in dieser Sache eine Entscheidung zu treffen. Stattdessen hast du dich an den Himmel und an mich gewandt, um Hilfe zu bekommen. Das zeigt mir, dass du gereift bist."

Vor Aufregung über diese Worte flatterte Mercy freudig mit den Flügeln. Zum Glück hatte Gabriel nicht mitbekommen, dass sie Shirley mit dem elektrischen Einkaufswagen auf Spritztour geschickt hatte.

„Allerdings hast du mir in dem Supermarkt Anlass zur Besorgnis gegeben."

Also wusste Gabriel doch Bescheid.

Als hätten seine Worte sie herbeigerufen, erschien in diesem Augenblick Shirley.

„Wusste ich's doch, dass Mercy für den Zwischenfall verantwortlich war!", rief sie aus und funkelte die Freundin zornig an.

„Es w-war doch bloß ein Spaß!", stammelte Mercy. Sie schämte sich. Manchmal, besonders wenn sie sich auf Erden aufhielt, verhielt sie sich eher menschlich als engelhaft. Wie es ein Mensch ausgedrückt hätte: Shirley hatte sich die Sache selbst zuzuschreiben.

„Sollen wir das vielleicht anderswo ausdiskutieren?" Gabriel blickte auf Harry und Rosalie, die friedlich schlummerten.

„Gerne."

Die drei zogen sich ins Wohnzimmer zurück. Dort sah Mercy bereits Goodness auf der Spitze des Weihnachtsbaums sitzen, den Harrys und Rosalies Schwiegersohn aufgestellt hatte.

„Ich bin sehr froh, dich zu treffen, Gabriel“, äußerte Shirley. „Meine Aufgabe bereitet mir jede Menge Schwierigkeiten.“

„Tatsächlich?“ Gabriel hatte die Augenbrauen gehoben, und Mercy und Goodness wechselten verstohlene Blicke. Sie waren sich einig, dass Shirley von ihnen allen bei Weitem die einfachste Aufgabe bekommen hatte.

Shirley zögerte einen Moment, um dann zu erklären: „Es geht um Carter. Er hat einen streunenden Hund gefunden.“

„Und was ist das Problem daran?“

Shirley zuckte unbehaglich die Schultern. „Das Problem liegt darin, dass sein Vater immer noch der Meinung ist, die Familie könne sich keinen Hund leisten. Ich habe schon versucht, etwas dagegen zu unternehmen.“

„Nämlich was?“, fragte Gabriel.

„Sein Vater macht Überstunden, und das Geld kommt ihnen vor Weihnachten gerade gelegen.“ Nervös rieb Shirley sich die Hände. „Aber …“

„Ja?“, hakte Gabriel nach.

Mercy musste zugeben, dass sie nun auch neugierig war. Für Goodness schien das Gleiche zu gelten, denn sie hatte ihren Platz auf dem Weihnachtsbaum verlassen und sich zu ihnen gesellt.

„Rusty, das ist der Hund, ist dem Bus Nummer sieben bis zu Carters Haus gefolgt, genau wie der Junge es ihm gesagt hat.“

Nun runzelte Gabriel die Stirn. „Verstehen denn irdische Hunde normalerweise so detaillierte Anweisungen?“

„Nein!“, rief Shirley aus. „Das ist genau der Punkt. Ich hatte Angst, du könntest denken, dass ich damit etwas zu tun habe. Aber ich schwöre dir, das stimmt nicht!“

„Wirklich nicht?“, erkundigte Goodness sich skeptisch.

„Ich bin unschuldig“, bekräftigte Shirley.

Bei sich dachte Mercy: In meiner Hochachtung wärest du eher gestiegen, wenn du tatsächlich deine Finger im Spiel gehabt hättest.

„Alles, was ich an Informationen bekommen habe, weist darauf hin, dass Carter diesen Hund nicht bekommen soll.“

„Bist du dir sicher?“, murmelte Gabriel, die Stirn in noch tiefere Falten gelegt. „Wo ist das Tier jetzt?“

„Das ist gleich das nächste Problem“, erklärte Shirley. „Carter und seine Mutter haben Rusty in die Waschküche gebracht. Wie ich schon sagte, musste David – das ist der Vater – gestern Abend bis spät arbeiten. Carter hat seine Mutter davon überzeugt, dass es besser ist, Rusty bis zum Morgen zu verstecken.“

„Also hält sich der Hund im Haus auf?“

„Zumindest im Moment“, antwortete Shirley. „Eigentlich hätte ich nicht gedacht, dass Laurie ihm erlaubt, den Hund auch nur eine Minute lang zu behalten, aber da habe ich mich wohl getäuscht.“ Sie schüttelte den Kopf. „Ich weiß wirklich nicht, was ich dir über Rusty erzählen soll. Es ist nicht nur, dass er lesen kann …“

„Er kann *lesen*?“

„Nun ja, immerhin wusste er doch, welches der Bus Nummer sieben war, oder?“

„Meinst du nicht, er könnte gesehen haben, in welchen Bus Carter eingestiegen ist?“, schlug Mercy vor.

„Dürfte ich bitte mit meiner Geschichte fortfahren?“, fragte Shirley in gemessenem Tonfall.

„Lass dich von mir nicht aufhalten“, grummelte Mercy, woraufhin Gabriel ihr einen strengen Blick zuwarf.

„Es ist nicht nur das: Dieser Hund scheint instinktiv zu wissen, wer sein Freund ist und wer nicht. Außerdem bringt er es irgendwie fertig, sich unsichtbar zu machen, wenn es nötig ist. Mir kommt es fast so vor, als hätte er … etwas Himmlisches."

„Interessant", murmelte Gabriel. „Halte mich über die weitere Entwicklung auf dem Laufenden, ja?"

„Natürlich."

„Goodness, wie läuft es denn bei dir?" Gabriel drehte sich zu dem dritten seiner Himmelsgesandten um.

„Einfach super. Beth und Peter stehen kurz davor, sich zu treffen. Ist das nicht wunderbar?"

„Hervorragende Arbeit." Damit kehrte Gabriel in den Himmel zurück.

Als Harry erwachte, sah er, dass auch Rosalie nicht mehr schlief. Sofort berichtete er: „Letzte Nacht ist etwas Unfassbares passiert."

Rosalie blinzelte ein paarmal, um den Schlaf abzuschütteln. „Hattest du schon wieder einen Anfall?"

„Ja, aber das war es nicht, was ich dir erzählen wollte."

Seine Frau stützte sich auf einen Ellbogen. „Du liebe Zeit, Harry, weshalb bist du denn so aufgeregt?"

„Ich habe einen Engel gesehen!"

„Na …"

„Ich weiß genau, was du denkst, Rosalie. Aber es ist die Wahrheit."

Unsicher runzelte sie die Stirn. Harry spürte, dass sie ihm gerne Glauben schenken wollte, aber es nicht recht schaffte.

Etwas später am Vormittag hörte Harry mit an, wie Rosalie mit ihrer jüngeren Tochter telefonierte. „Ich weiß nicht, was ich denken soll, Donna. Dein Vater hat mir erzählt, er hätte … also, er hätte einen Engel gesehen."

Inzwischen bereute Harry, Rosalie von dem Erlebnis erzählt zu haben. Offensichtlich hatte sie daraus geschlossen, dass er langsam den Verstand verlor.

„Ja, ja, das finde ich auch“, sagte Rosalie mit gesenkter Stimme. „Tu das.“

Kurz darauf legte sie auf und setzte sich neben Harry vor den Fernseher. „Ich habe eben mit Donna telefoniert“, äußerte sie beiläufig, als hätte er nicht mitbekommen, wer am anderen Ende gewesen war.

Aber er sagte nichts darauf.

„Sie will etwas früher kommen, nicht erst Weihnachten. Ist das nicht schön?“

Wenn die Geschichte von dem nächtlichen Erlebnis seine jüngste Tochter dazu brachte, früher zu kommen – umso besser. Dann hatte der Engel ihm sogar noch mehr Gutes erwiesen, als er geglaubt hatte.

13. KAPITEL

Leavenworth war genauso wunderbar, wie Beth es sich vorgestellt hatte. Als der Zug in den Bahnhof einfuhr, schien die Sonne, und der frisch gefallene Schnee glitzerte. Die gesamte Stadt kam ihr wie ein Weihnachtswunderland vor. So etwas hatte sie noch nie gesehen. Die Hauptstraße war für den Autoverkehr gesperrt worden, und in geringen Abständen hatte man Feuertonnen aufgestellt, an denen sich die Leute die Hände wärmen konnten. Auf dem kurzen Hang neben dem Pavillon in der Stadtmitte rodelten Kinder, während eine kostümierte Musikgruppe die Zuhörer mit Weihnachtsliedern erfreute.

Genau an diesem Pavillon würde Beth Fischer in ein paar Stunden Peter treffen.

Nachdem sie aus dem Zug ausgestiegen waren, unternahmen Heidi, Sam, der zweijährige Adam und Beth als Erstes einen Rundgang. Weil Adam rodeln wollte, kaufte Sam schnell einen runden Plastikschlitten. Kurz darauf schlitterten Vater und Sohn den kleinen Hang hinunter, während Heidi Fotos machte.

„Eins davon lege ich unserem Weihnachtsbrief bei", äußerte sie begeistert.

„Ist es nicht ein bisschen spät, um noch Karten zu verschicken?", zog die Freundin sie auf. Heidi war immer mit allem spät dran. Letztes Jahr waren die Weihnachtskarten sogar erst Mitte Januar angekommen. Doch Heidi hatte ungerührt erklärt, Beth könne die Grüße entweder als zu spät oder aber als ausgesprochen früh betrachten.

Beth hatte an diesem Tag vor Nervosität noch nichts gegessen. Als sie daher einen Maroniverkäufer sah, kaufte sie eine kleine Tüte gerösteter Kastanien, um sie mit Heidi zu teilen.

Die Freundin nahm eine und biss hinein. „Hey, gar nicht

schlecht. Die schmecken sogar ein bisschen süßlich."

Auch Beth probierte eine Kastanie und griff gleich zur nächsten. Nun konnte sie sogar sagen, dass sie Maronen gegessen hatte, die am offenen Feuer geröstet worden waren. Sie fühlte sich wie in einem Wintermärchen.

Während sie durch die Straßen spazierten, umgeben von Weihnachtsschmuck, Weihnachtsklängen und Weihnachtsdüften, ertappte Beth sich dabei, wie sie die Gesichter der Passanten musterte. Ob wohl der Bus schon angekommen war? Könnte dieser große, gut aussehende Mann Peter sein? Doch als sich ihm ein kleines Mädchen in die Arme warf, ließ sie diesen Gedanken wieder fallen.

„Bereust du es, dass du das Treffen mit Peter erst für nachmittags ausgemacht hast?"

„Ja", antwortete Beth angespannt.

Kurz darauf holte Sam sie ein. Auf seinem Arm schlief Adam, von oben bis unten warm eingepackt. Das Spielen im Schnee hatte ihn müde gemacht.

„Wir haben gerade über Beths Verabredung gesprochen", erklärte Heidi ihrem Mann.

„Ich hoffe, dass du und dein *WoW*-Partner eine Möglichkeit ausgemacht habt, wie ihr euch auch dann findet, wenn etwas schiefgeht", bemerkte Sam, der bei allem die praktische Seite sah. „Hier laufen heute Nachmittag vermutlich Tausende von Leuten herum."

„Peter hat mir seine Handynummer gemailt."

„Hast du ihm auch deine gegeben?", fragte Heidi.

„Nein. Daran habe ich gar nicht gedacht." Das war allerdings nur die halbe Wahrheit. „Eigentlich hatte ich es sogar vor, aber über unserer Unterhaltung habe ich es dann vergessen."

„Das ist kein gutes Zeichen", sagte Sam. „Was ist, wenn …"

Doch Heidi unterbrach ihn sofort. „Sam, hör auf. Alles wird gut gehen."

Beth hoffte nur, dass ihre Freundin recht behalten würde. „Du kommst doch mit, oder?“, fragte sie Heidi. Allmählich kam der Zeitpunkt näher. Nun war es drei, und es fing an zu schneien. Dicke Wolken bedeckten den Himmel, während die Dämmerung hereinbrach. Um halb fünf würde es vollständig dunkel sein.

„Ich soll mitkommen?“, wiederholte Heidi. „Du machst doch Witze, oder?“

„Heidi, bitte! Ich bin so nervös, dass mir schon übel wird.“

„Keine Sorge. Alles, was du bisher gegessen hast, waren schließlich ein paar Maronen.“

Doch Beth war nicht zum Scherzen aufgelegt. „Hör auf damit. Ich meine es ernst.“

„Na gut“, erklärte Heidi. „Ich komme mit, wenn du es wirklich willst. Aber ich bleibe nur so lange, bis ihr beide euch gefunden habt.“

„Und was ist, wenn wir uns nicht ausstehen können?“, fragte Beth. Angst stieg in ihr auf. Sie hatte dieses Treffen mit so viel Hoffnung, so viel Sehnsucht verabredet, dass sie befürchtete, die Wirklichkeit könnte nur enttäuschen.

Am Abend vorher, als sie gechattet hatten, schien Peter derjenige gewesen zu sein, der ängstlich war.

Sie hatten versucht, sich gegenseitig zu beruhigen. Er hatte ihr sogar seine Handynummer gegeben. Zumindest online gab es so viele Dinge, über die sie sich unterhalten konnten. Beth hoffte nur, dass sich diese gleiche Wellenlänge auch im wirklichen Leben einstellte.

Um zehn vor vier machten Beth und Heidi sich auf den Weg zu dem Pavillon, wo Peter auf sie warten würde. Erkennen würden sie ihn an der langstieligen roten Rose und der Seahawks-Cap.

„Das ist das romantischste Rendezvous, von dem ich je gehört habe“, bemerkte Heidi verträumt.

Beth hakte sich bei ihr unter. „Ich bin so dankbar, dass du bei mir bist."

Sie hielten sich etwas im Hintergrund, denn Beth fühlte sich ein klein wenig schüchtern und unsicher, was Heidi auf den niedrigen Blutzuckerspiegel zurückführte. Jedenfalls wollten sie warten, bis Peter auftauchte. Dann wollte Beth auf ihn zugehen und sich zu erkennen geben.

„Da ist er!", rief Heidi aus. Sie zeigte auf eine kleine Gruppe von Leuten, die neben dem Pavillon standen.

„Wo? Wo? Ich kann ihn nicht sehen!" Im nächsten Moment fiel ihr Blick auf ihn.

„Beth, du liebe Zeit – schau ihn dir nur an! Er sieht einfach umwerfend aus!"

Doch Beth erstarrte. Das Herz rutschte ihr in die Hose, und der Magen vollführte einen unangenehmen Salto. „Das stimmt wohl", flüsterte sie wie betäubt.

„Wie kommt es nur, dass du das große Los gezogen hast?" Vor lauter Begeisterung merkte Heidi nicht, dass Beth ihre Freude nicht teilte.

„Ich weiß nicht", erwiderte Beth tonlos.

Heidi drehte den Kopf, um sie anzustarren. „Was ist denn los mit dir? Peter sieht aus, als sei er geradewegs einem Liebesroman entsprungen!"

„Stimmt." Dann vergrub Beth das Gesicht in den Händen und wandte sich ab. Hastig riss sie sich die rote Mütze vom Kopf und wickelte sich den verräterischen Schal ab.

„Beth, was ist los?", fragte Heidi.

„Was los ist?", wiederholte Beth. „Ich soll dir sagen, was los ist? Dieser Peter ist ein Betrüger, das ist los!"

„Woher willst du wissen, dass er ein Betrüger ist, wenn du ihm noch nie vorher begegnet bist?"

„Weil er gar nicht Peter heißt", brachte sie heraus. „In Wahrheit heißt er John Nicodemus, und er ist mein Exmann."

Diese Eröffnung schien Heidi einen Schock zu versetzen. „*Was*?"

„Lass uns verschwinden, bevor er mich sieht", drängte Beth. Heidi hatte nicht wissen können, wie John aussah, denn die Freundschaft war erst vor fünf Jahren entstanden, also lange nach der Scheidung. Und Beth schmückte ihre Wohnung ganz bestimmt nicht mit alten Hochzeitsfotos.

Zusammen eilten sie um die Ecke, wo Beth sich gegen eine Hauswand drückte.

„Was willst du jetzt tun?", erkundigte sich Heidi neugierig.

Darüber musste sie nachdenken. Im ersten Moment hatte die Überraschung sie betäubt, aber nun stieg Wut in ihr auf. „Das hat er geplant. Er wusste es die ganze Zeit!"

„Beth, das ist unfair. Wie sollte er es wissen?"

„Er hat seinen Vornamen geändert, oder etwa nicht? Unsere Nachnamen sind nie gefallen. Er hat mich ausgetrickst."

Doch Heidi schüttelte den Kopf. „Hast du mir nicht selbst erzählt, dass du seit der Scheidung nur noch die Kurzform Beth als Vornamen benutzt?"

„Das stimmt", gab sie zu. „Ich wollte damals ganz neu anfangen. Deshalb habe ich beschlossen, von da an nur noch Beth zu heißen."

„Vielleicht hatte John ähnliche Beweggründe."

Aber so leicht war Beth nicht zu einem Zugeständnis zu bewegen. „Er heißt tatsächlich mit zweitem Vornamen Peter. Trotzdem wäre mir nie der Gedanke gekommen …"

„Jedenfalls sieht er umwerfend gut aus."

„Das ist aber auch das Einzige, was für ihn spricht", murmelte Beth.

„Noch vor Kurzem hast du mir etwas ganz anderes erzählt."

„Was willst du damit sagen?" Normalerweise war Heidi niemand, der sich auf Diskussionen einließ. Jetzt aber schien sie auf Peters/Johns Seite zu stehen, und das machte Beth wütend.

„Erinnerst du dich nicht mehr daran, wie du erst letzte Woche über ihn gesprochen hast?“, fragte Heidi. „Du hast gesagt, dass Peter das genaue Gegenteil von deinem ersten Mann ist.“

„Wirklich?“ Wie hatte sie nur eine solche Idiotin, ein solcher Schwachkopf sein können? Sie hatte zugelassen, dass John sich über sie lustig machte. Denn er wusste, wer sie war. Er musste es einfach wissen. Alles andere war undenkbar. Obwohl – vielleicht … vielleicht war er ahnungslos. Wie hatten sie sich online finden können? Niemand würde ihnen glauben, dass ein so großer Zufall möglich wäre. Die ganze Sache war nicht nur höchst merkwürdig – sie war vollkommen unglaublich. Oder etwa nicht?

„Du kannst ihn da nicht stehen und auf dich warten lassen“, drängte Heidi sie. „Das wäre grausam.“

Beth antwortete nicht. Sie war immer noch damit beschäftigt, darüber nachzudenken, wie es zu dieser Situation hatte kommen können. Allmählich wurde ihr klar, dass er nichts gewusst haben konnte. Schließlich hatte er den Vorschlag gemacht, sie vor dem Pavillon zu treffen. Hätte er die Sache geplant, dann hätte er ihr niemals die Gelegenheit gegeben, ihn zuerst zu sehen und davonzulaufen. So unwahrscheinlich es ihr auch vorkam, das ließ nur einen Schluss zu: Er tappte genauso im Dunkeln wie sie.

„Hast du mich verstanden?“, wiederholte Heidi. „Du musst ihn auf dem Handy anrufen.“

„Nein, mach du das!“, gab Beth panisch zurück.

„Wie bitte?“ Heidi wirkte verwirrt.

„Hier, nimm mein Handy.“ Beth streckte es der Freundin entgegen.

„Warum denn ich? Beth, du bist diejenige, die mit ihm

reden sollte, nicht ich." Heidi weigerte sich, das Handy zu nehmen.

„Das kann ich nicht. Er würde sofort meine Stimme erkennen." Und das war die reine Wahrheit. Auch wenn die Scheidung schon zehn Jahre her war: Das spielte keine Rolle. John würde ihre Stimme genauso unfehlbar wiedererkennen wie sie die seine.

„Dann willst du also nicht, dass er herausfindet, wer du bist?" Nun klang Heidi noch verwirrter als vorher.

„Nein. Zumindest noch nicht. Erst muss ich darüber nachdenken." In dieser peinlichen Situation galt es, jeden Schritt sorgsam abzuwägen. Sonst würde John noch glauben, dass sie ihn in die Falle gelockt hatte – genau wie sie es zuerst umgekehrt vermutet hatte.

„Also gut. Ich tu's." Heidi nahm das Handy. „Was soll ich ihm sagen?"

So weit war Beth in ihren Überlegungen noch nicht gediehen. „Ich ... ich weiß nicht."

„Soll ich ihm sagen, dass dir in letzter Sekunde etwas dazwischengekommen ist, sodass du fahren musstest?"

„Aber wenn er fragt, was genau passiert ist ..." Allmählich wurde Beth immer verzweifelter.

„Das tut er schon nicht", beruhigte Heidi sie. „Und schließlich ist wirklich etwas dazwischengekommen. Das ist noch nicht einmal gelogen."

Hilflos zuckte Beth die Schultern.

„Gib mir seine Handynummer." Heidi streckte die Hand aus.

Bei der Suche in ihrem Portemonnaie hätte Beth beinahe den gesamten Inhalt in den Schnee gekippt.

„Ganz ruhig", sagte Heidi mit aufreizend gelassener Stimme. „Gaaanz ruhig."

Ärgerlich funkelte Beth die Freundin an. Sobald sie den

zerknitterten Zettel mit der Telefonnummer gefunden hatte, drückte sie ihn Heidi in die Hand.

Heidi wählte. Dabei hielt sie das Handy dicht an Beths Ohr.

Peter/John nahm schon beim ersten Klingeln ab. „Hallo?"

„Peter?"

„Beth? Wo bist du?"

Heidi warf Beth einen Blick zu, doch die bedeutete ihr, weiterzusprechen. „Es tut mir leid, Peter, aber ich kann nicht kommen. Es ist mir in letzter Sekunde etwas … etwas dazwischengekommen, sodass ich die Verabredung nicht einhalten kann. Ich finde das total schade." In die letzten Worte legte Heidi besonders viel Gefühl.

„Oh, ich auch", antwortete Peter. „Ich wusste nicht, was ich davon halten sollte, dass du nicht um vier hier aufgetaucht bist."

„Ich würde dich wirklich gerne treffen – aber jetzt gerade geht es nicht. Könnten wir etwas Neues verabreden?"

Beth starrte die Freundin wütend an. Wild gestikulierend gab sie Heidi Anweisung, das Gespräch zu beenden, doch die drehte ihr einfach den Rücken zu.

Sofort eilte Beth um sie herum. Wieder bedeutete sie Heidi mit heftigen Gesten, endlich aufzulegen, und diesmal benutzte sie beide Hände, um der Aufforderung Nachdruck zu verleihen.

„Nächsten Freitag, nach Weihnachten? Ja, das klingt wunderbar", sprach Heidi einfach weiter. „Und da ich diejenige bin, die dich versetzt hat, komm doch einfach zu mir. Ja. Ja, ich bin mir sicher."

Beth blieb der Mund offen stehen. Damit hatte die Freundin wirklich eine Grenze überschritten. Bevor sie Heidi Einhalt gebieten konnte, hatte die schon Beths Adresse heruntergerasselt.

Kurz darauf klappte Heidi das Handy zusammen und gab es zurück.

„Bist du verrückt geworden?", rief Beth aus. „Du hast ihm meine Adresse gegeben!"

„Na ja, das war es doch, was ich tun sollte. Oder etwa nicht?"

„Nein ... ja. Ach was, ich weiß es nicht." Beths Ohren fühlten sich an wie erfroren, und sie bedeckte sie mit den Händen. Die Mütze wieder anzuziehen wagte sie nicht, solange sie sich noch in der Nähe des Pavillons aufhielten.

„Damit bleiben dir sechs Tage, um ihn darauf vorzubereiten."

„Du machst dir Sorgen um *John*?" Na, großartig – Heidi erwies sich ja als tolle Freundin!

„Nein, nicht um John", erläuterte Heidi geduldig. „Es geht mir um Peter, den Mann, in den du dich während des letzten halben Jahrs verliebt hast."

In diesem Augenblick traf Beth die Erkenntnis. Das hatte sie ja vollkommen vergessen! „Er ist verheiratet."

„Wie – er ist verheiratet?"

„Eine Freundin hat mir erzählt, dass John ein zweites Mal geheiratet hat. Wenn das der Fall ist, dann hat er sich entweder schon wieder scheiden lassen, oder er betrügt seine Frau." Übelkeit stieg in ihr auf.

„Ich vermute ja eher, dass diese Freundin von irgendeinem anderen John gesprochen hat."

„Das kann nicht sein." Oder vielleicht doch? Beth wusste inzwischen gar nichts mehr. Nur, dass ihr noch sechs Tage blieben, bis sie Peter/John mit der Wahrheit konfrontieren musste.

14. KAPITEL

Am frühen Samstagmorgen schlich sich Carter hinunter in die Waschküche, so leise er konnte. Sein Vater war so spät aus dem Pizzarestaurant, in dem er arbeitete, nach Hause gekommen, dass die Kinder schon ins Bett gegangen waren. Doch Carter hatte noch lange wach gelegen. Was war, wenn sein Vater irgendwie entdeckte, dass Rusty im Haus war? Wenn das passierte, dann brachte er den Hund vielleicht noch mitten in der Nacht fort.

Als Carter hörte, wie die Garagentür ins Schloss fiel, betete er mit aller Kraft, das unvertraute Geräusch möge Rusty nicht zum Bellen veranlassen. Aber der Hund schien eine Art sechsten Sinn zu besitzen. Jedenfalls hatte er sich die ganze Nacht über still verhalten.

Carter hatte gehört, wie seine Eltern sich unterhielten. Doch obwohl er das Ohr gegen die Tür presste, konnte er nichts verstehen. Er wusste nur, dass sie nach ungefähr zehn Minuten ins Bett gingen. Erst dann hatte Carter einschlafen können.

Nun befreite er Rusty aus der Waschküche. Der Hund wollte nach draußen, und Carter ließ ihn in den Garten, damit er dort sein Geschäft verrichtete. Sobald er fertig war, kam er wieder auf die Veranda gelaufen, wo Carter auf ihn wartete.

„Hast du Hunger, Kleiner?“, fragte Carter leise. Im ganzen Haus war noch niemand außer ihm wach. Er bückte sich und streichelte das rotbraune Fell seines neuen Freundes. Dann führte er Rusty zurück in die Waschküche und füllte seinen Wassernapf. Weil er kein Hundefutter hatte, gab er ihm eine Schüssel Cornflakes mit Milch.

Rusty schien es zu schmecken, jedenfalls leckte er sogar die Schüssel aus. Als Carter in sein Zimmer zurückkehrte, ging der Hund wohlerzogen neben ihm. Ohne dass seine Mutter ihn dazu auffordern musste, machte Carter sein Bett, zog sich an und putzte sich sogar die Zähne. Die ganze Zeit über lag Rusty auf dem Bettvorleger und ließ Carter nicht aus den Augen.

Endlich hörte Carter Geräusche aus dem Schlafzimmer seiner Eltern. Er war bereit. Es würde einiges an guten Argumenten erfordern, damit sein Vater ihm erlaubte, Rusty zu behalten. Aber vielleicht ließ er sich überzeugen, wenn er hörte, dass der Hund Carter nach Hause gefolgt war. Darin bestand Carters einzige Hoffnung: dass sein Vater erkannte, was für ein besonderer Hund Rusty war. Er war der Hund, den Gott geschickt hatte.

Durch die angelehnte Tür konnte Carter hören, wie sein Vater in die Küche ging und anfing, Kaffee zu kochen. Rusty rannte aus dem Zimmer, bevor Carter ihn aufhalten konnte. Eilig lief er hinterher, aber es war schon zu spät. Unter begeistertem Schwanzwedeln schlitterte Rusty in die Küche.

Als Carters Vater den Hund sah, bückte er sich, um ihn zu streicheln. „Wo kommst du denn her, Kleiner?“

„Hallo Dad“, sagte Carter vorsichtig.

„Übernachtet ein Freund von dir hier?“, fragte David und sah seinen Sohn fragend an.

Carter schluckte schwer. „Rusty ist mein Freund.“

„Rusty?“

„Ich habe ihn nach dem Hund benannt, den du als Kind hattest. Du hast mir davon erzählt, erinnerst du dich?“

Langsam nickte sein Vater. „Wo hast du den Hund her, Carter?“

In diesem Augenblick kam seine Mutter in die Küche. Während sie den Gürtel ihres Bademantels zuknotete, sah sie unbehaglich von Carter zu seinem Vater. „Ich wollte dir eigentlich schon gestern Abend von Rusty erzählen“, sagte sie und schenkte sich und ihrem Mann Kaffee ein.

„Es muss dir wohl entfallen sein“, bemerkte David, aber er runzelte die Stirn dabei.

„Nein. Ich fand, du wärst zu müde, um dich noch um ein weiteres Problem zu kümmern. Außerdem konnten wir vor dem Morgen ohnehin nichts unternehmen."

Sein Vater wandte sich an Carter. „Wo hast du den Hund her?", fragte er zum zweiten Mal.

„Er war auf dem Schulhof – aber, Dad, er ist ein besonderer Hund. Ganz besonders. Von allen Kindern auf dem Schulhof hat er sich mich ausgesucht."

„Hast du ihn gefüttert?"

„Er wäre sonst verhungert, Dad! Und sein Fell war ganz dreckig, und … und er braucht eine Familie."

„Du hast ihm etwas zu fressen gegeben, stimmt's?"

„Ja." Carter biss sich auf die Lippe. „Erst ein Twinkie, und dann hat Bailey mir ihr Sandwich gegeben." Damit sein Vater nicht dachte, seine Schwester hätte ihm das Sandwich freiwillig gegeben, erklärte er: „Dafür habe ich ihr versprochen, dass sie bestimmen kann, was wir im Fernsehen gucken."

„Carter", sagte sein Vater behutsam. „Rusty ist zu dir gekommen, weil er dachte, dass du ihn fütterst."

„Nicht ganz am Anfang", widersprach Carter. „Er konnte nichts von dem Twinkie wissen."

„Vermutlich hat er es gerochen. Hunde haben einen sehr feinen Geruchssinn."

„Oh."

„Und er ist dir nach Hause gefolgt?"

„Ja, also … Rusty ist wirklich kein gewöhnlicher Hund. Er ist klug und hört zu und versteht, was man sagt."

Sein Vater hockte sich vor ihn, sodass er auf Augenhöhe mit ihm reden konnte. „Hast du ihm gesagt, er soll dir folgen?"

„Er ist dem Bus nachgelaufen! Ich habe doch schon gesagt, dass er klug ist, Dad."

David legte seinem Sohn eine Hand auf die Schulter.

„Rusty hat wahrscheinlich gemerkt, dass du ihn gernhast."

„Das ist es nicht!", rief Carter aus. „Aber ich habe ganz doll gebetet, und dann hat Gott mir Rusty geschickt. Er war so dreckig, dass ich nicht mal wusste, dass er rotes Fell hat. Das habe ich erst gemerkt, als ich ihn gebadet habe."

„In unserer Wanne?", fragte sein Vater.

Widerstrebend nickte Carter.

Sein Vater erhob sich und warf ihm einen ärgerlichen Blick zu.

„Hat er das Bad schmutzig gemacht?" Die Frage war an Carters Mutter gerichtet.

„Ich habe alles wieder geputzt", mischte Carter sich ein. „Mom, sag ihm doch, dass ich die Badewanne ausgespült habe!"

„Das hat er wirklich", bestätigte sie und reichte ihrem Mann einen Becher frischen Kaffee.

David nahm ihn entgegen und trank einen Schluck, die Augen geschlossen. „Ich bin froh, dass du hinterher sauber gemacht hast."

Erleichtert und hoffnungsvoll lächelte Carter seinen Vater an. „Es war, als ob Gott mir sagen wollte, dass Rusty mein Hund ist, weil er rotes Fell hat."

Ein schmerzlicher Ausdruck glitt über Davids Gesicht. „Und hast du schon einmal darüber nachgedacht, dass Rusty vielleicht einem anderen kleinen Jungen gehört?"

Dieser Gedanke war Carter noch überhaupt nicht gekommen. „Du meinst, Rusty hat schon eine andere Familie?"

Mit Bedacht stellte sein Vater den Becher ab und legte Carter erneut die Hand auf die Schulter. „Es könnte sein, dass irgendwo da draußen ein kleiner Junge seinen Hund verloren hat."

„Aber nicht Rusty", erklärte Carter im Brustton der Überzeugung.

„Das kann man nicht sicher sagen. Schließlich ist er ein streunender Hund."

Carter schüttelte den Kopf und sagte mutig: „Rusty braucht eine Familie. Unsere Familie. Er hat uns adoptiert."

Schon wieder erschien dieser traurige Ausdruck auf dem Gesicht seines Vaters. „Ich wünschte wirklich, wir könnten ihn behalten. Er sieht nach einem lieben Hund aus."

„Er ist ein *ganz toller* Hund, und außerdem ist er stubenrein und frisst ganz wenig. Er kann mein Essen haben."

David fuhr sich mit der Hand übers Gesicht. „Wenn es nur um das Futter ginge, dann könnten wir damit klarkommen. Aber das ist es nicht, und das habe ich dir schon erklärt, Carter. Zum einen kostet der Tierarzt Geld. Wenn Rusty schon eine Weile auf der Straße gelebt hat, dann muss er erst einmal gründlich untersucht werden."

„Das kann ich von meinem Taschengeld bezahlen", wandte Carter ein. „Ich habe dreißig Dollar und sechsundsiebzig Cent gespart."

„David", murmelte seine Mutter, und in ihrem Tonfall lag etwas Bittendes.

„Damit sind die Kosten für eine solche Untersuchung und die notwendigen Impfungen noch lange nicht gedeckt. Und was ist, wenn er krank ist und Medikamente braucht? Außerdem braucht er Papiere und weiß der Himmel was noch. Wir können ihn nicht behalten, Carter. Ich will wirklich nicht herzlos klingen, aber wir würden Rusty damit auch keinen Gefallen tun."

Eigentlich wollte Carter nicht weinen, aber seine Augen füllten sich mit Tränen, bevor er sie zurückhalten konnte.

Seine Mutter legte die Arme um ihn und drückte ihn an sich. „Es tut mir so leid", flüsterte sie.

„Wo willst du ihn hinbringen?", schluchzte Carter mit einem Blick auf seinen Vater.

„Er muss ins Tierheim."

„Nein, Daddy, bitte nicht!" In diesem Augenblick kam Bailey in die Küche. Ihren alten Teddy schleifte sie an einem Arm hinter sich her. Sie hatte immer noch den Schlafanzug an, und die Locken krausten sich um ihr Gesicht, weil sie mit nassen Haaren ins Bett gegangen war.

„Kann Rusty nicht wenigstens bis Weihnachten bei uns bleiben?", bettelte Carter.

„Dann fällt es uns nur noch schwerer, ihn wegzugeben", antwortete sein Vater. „Außerdem wissen wir nicht, ob er nicht irgendwelche Parasiten aufgelesen hat. Je früher er untersucht wird, desto besser."

Rusty legte sich auf den kleinen Vorleger vor der Spüle und ließ den Kopf auf die Vorderpfoten sinken. Bailey setzte sich neben ihn.

„Steh auf, Bailey. Vermutlich hat er Flöhe."

„Nein, Dad", widersprach Carter. „Ich habe ihn ganz gründlich gewaschen. Frag Mom."

„Heute Nachmittag bringen wir ihn ins Tierheim", verkündete sein Vater. Ohne zu warten, ob Bailey seiner Anweisung folgte, ging er hinaus.

„Mom?" Carter spürte, wie ihm die Tränen über die Wangen liefen.

„Du hast deinen Vater gehört." Sie sah so aus, als ob sie auch am liebsten geweint hätte.

„Aber ..."

„Erinnerst du dich, was Dad gesagt hat? Irgendwo hat vielleicht ein kleiner Junge Rusty verloren. Kannst du dir vorstellen, wie glücklich er ist, wenn er seinen Hund zurückbekommt?"

Carter versuchte sich vorzustellen, wie es sich wohl anfühlte, wenn sein Hund weg wäre. Es musste schrecklich sein. Schniefend wischte er sich die Wangen mit dem Ärmel ab.

„Wenn wir Rusty zum Tierheim bringen, kann der kleine Junge ihn dort finden“, fuhr seine Mutter fort.

Tapfer zu sein war nicht einfach, aber Carter gab sich alle Mühe. Seine Unterlippe zitterte. Verzweifelt setzte er sich auf den Boden und vergrub das Gesicht in dem Hundefell. Auf der anderen Seite saß Bailey, den Teddy an sich gedrückt, und murmelte vor sich hin. Als wollte er ihn trösten, leckte Rusty Carter die Hand.

„Vielleicht hast du eine andere Familie, die dich noch mehr liebt als ich.“ Carters Stimme brach, als er mit dem Hund redete.

„Carter“, sagte seine Mutter sanft. „Sobald wir es uns leisten können, darfst du deinen Hund haben. Ich habe an der Schule mit Mrs. Smith gesprochen. Sie sagt, dass in der Cafeteria im Februar eine Stelle frei wird. Darauf will ich mich bewerben, und wenn ich den Job bekomme, kriegst du einen Hund.“

Hoffnung stieg in Carter auf, doch genauso schnell erstarb sie auch wieder. „Aber das ist dann nicht Rusty.“

„Nein. Das ist dann nicht Rusty.“

„Ich will keinen Hund außer Rusty.“

„Ach, Carter.“

„Das meine ich ernst, Mom. Rusty ist der einzige Hund, den ich mir wünsche.“

„Ich hätte niemals zulassen dürfen, dass du ihn ins Haus bringst“, sagte seine Mutter. Sie klang, als ärgere sie sich über sich selbst. „Jetzt wird alles nur noch schwieriger. Es tut mir so leid, Carter, aber dein Vater hat recht. Wir können Rusty nicht das Zuhause bieten, das er verdient.“

„Aber Rusty ist Carters Hund!“, heulte Bailey plötzlich los. Sie drückte ihren Teddy fest an sich, als hätte sie Angst, dass ihr Vater auch das Stofftier ins Tierheim bringen würde.

„Kann ich Grandma anrufen?“, fragte Carter. Nun waren

seine Großeltern seine letzte Hoffnung. Wenn er ihnen die ganze Sache erklärte, dann würden sie vielleicht das Geld für die Untersuchung, die Papiere und alles andere schicken, was Rusty brauchte.

„Deine Großeltern sind dieses Wochenende verreist", antwortete seine Mutter.

„Dann kann ich sie also nicht anrufen?"

„Nein. Sie besuchen Freunde in Seattle."

„Oh."

Carter wusste nun, dass ihm keine Wahl blieb. Er musste seinen Hund aufgeben. Den ganzen Vormittag verbrachte er mit Rusty und redete mit ihm. Bailey kam mit ihrer Haarbürste und striegelte das Hundefell, bis es glänzte. Die ganze Zeit stand Rusty still. Er schien es sogar zu genießen, von Bailey gebürstet zu werden.

Am frühen Nachmittag kam ihr Vater ins Kinderzimmer. „Bist du bereit, Carter?"

Bereit sein würde Carter niemals. Er schlang Rusty die Arme um den Hals, vergrub das Gesicht in seinem Fell und nickte.

„Du musst nicht mitkommen."

„Aber ich will", erklärte Carter stur.

Sein Vater seufzte. „Na gut. Lass uns fahren."

Rusty schien zu denken, dass sie einen Ausflug unternahmen. Kaum hatte David die Autotür geöffnet, da sprang er schon auf den Rücksitz und legte sich neben Carter.

Auf der ganzen Fahrt zum Tierheim in Wenatchee sagte David nicht ein einziges Wort. Auch Carter schwieg. Er streichelte Rustys Kopf und kämpfte mit den Tränen.

Im Tierheim war viel los. Alle möglichen Leute waren gekommen, um sich während der Weihnachtsferien Hunde und Katzen auszusuchen. Nun würde eine andere Familie Rusty bekommen. Ein anderer kleiner Junge würde Carters besonderen Hund kriegen.

„Du kannst im Auto bleiben, wenn du willst", sagte sein Vater.

„Nein." Carter war entschlossen, so lange bei seinem Hund zu bleiben wie nur irgend möglich.

Kurz nachdem sein Vater im Tierheim verschwunden war, tauchte er schon wieder auf. Neben ihm ging eine Frau, die Halsband und Leine in der Hand hielt. Carter hörte, was sein Vater ihr erzählte.

„Mein Sohn hat Rusty auf dem Schulhof gefunden, und der Hund ist ihm nach Hause gefolgt. Von meiner Frau habe ich erfahren, dass das arme Tier vollkommen drecküberkrustet war. Er scheint ein lieber Hund zu sein und ist offenbar auch gut erzogen. Deshalb gehe ich davon aus, dass er ausgesetzt wurde oder weggelaufen ist."

Als der Vater die Autotür öffnete, hob Rusty erwartungsvoll den Kopf. Die Frau beugte sich vor und streichelte seinen Kopf. „Ach, was für ein hübscher Hund! Ich würde sagen, er ist ein Irish-Setter-Mischling – eine schöne Rasse. Vermutlich hätten wir ihn heute schon ungefähr ein Dutzend Male an adoptionswillige Familien weggeben können."

Das war nicht gerade das, was Carter hören wollte. „Aber was ist denn mit seiner anderen Familie? Mein Dad hat gesagt, dass es vielleicht andere Leute gibt, denen Rusty gehört." Damit hatte er sich die ganze Zeit getröstet: dass er Rusty dabei half, seine richtigen Besitzer zu finden, indem er ihn ins Tierheim brachte.

Die Dame vom Tierheim seufzte. „Seine andere Familie scheint aber nicht besonders gut auf ihn aufgepasst zu haben, meinst du nicht auch? Oder hatte Rusty eine Hundemarke?"

„Nein", musste Carter zugeben.

Sie untersuchte das Innere von Rustys Ohren. „Hier ist auch nichts eintätowiert."

„Aber wie wollen Sie dann rausfinden, wem er gehört?", fragte Carter.

„Wir können nachschauen, ob er einen Mikrochip unter der Haut trägt, aber das bezweifle ich", erklärte die Frau. „Und ohne irgendeine Art von Identifizierung können wir nicht feststellen, wo er herkommt. Aber um diese Zeit des Jahres wird er schnell ein gutes Zuhause finden. Das wünschst du dir doch für ihn, oder?" Sie sah Carter direkt an.

Obwohl es ihm schwerfiel, ihr zuzustimmen, nickte Carter. Das Herz schien ihm brechen zu wollen, als er zum allerletzten Mal die Arme um Rusty schlang.

15. KAPITEL

Den ganzen Tag beschäftigte sich Rosalie im Haus, um alles für die Ankunft ihrer Töchter vorzubereiten. Diese Betriebsamkeit erschöpfte Harry. Als sie die Betten frisch bezog, wollte Harry ihr im Gästezimmer zur Hand gehen, aber er konnte nicht mehr. Ohne dass er auch nur ein Wort sagte, schien seine Frau zu verstehen, wie sehr ihm das Bewusstsein seiner Hinfälligkeit gegen den Strich ging. Sie kam zweimal extra ins Wohnzimmer, wo Harry vor dem Fernseher saß, um ihm einen Kuss auf die Stirn zu geben.

„Donna kommt morgen Nachmittag", verkündete Rosalie ungefähr zum zehnten Mal an diesem Morgen. „Zuerst sind nur Donna und Richard hier, und Lorraine und Kenny kommen Heiligabend, und die Enkelkinder auch. Habe ich dir das schon erzählt?"

Er nickte. In diesem Fall war nicht ihr Gedächtnis das Problem – Rosalie war einfach ein bisschen überdreht. Und wenn sie sich glücklich fühlte, dann neigte sie dazu, ohne Punkt und Komma zu reden. Obwohl Harry nicht pausenlos darüber sprach, empfand er die gleiche Vorfreude. Es war lange her, dass ihre Mädchen das letzte Mal Weihnachten in diesem Haus gefeiert hatten. Die ganze Familie würde beisammen sein. Nach Meinung von Dr. Snellgrove wäre es Harrys letztes Weihnachtsfest auf der Erde, und für Rosalie wünschte er sich, es möge schön werden. Wenn ihre Töchter dabei waren, sah alles danach aus.

„Die Mädchen wollen nicht, dass du dir wegen des Essens Gedanken machst", erinnerte Harry seine Frau. Allein an diesem Tag hatten Rosalie und ihre Töchter schon zwei- oder dreimal miteinander telefoniert. Lorraine hatte darauf bestanden, für das Festessen einen Weihnachtsschinken zu bestellen, den sie mitbringen wollte. Donna wollte ein Kartoffelgratin zubereiten, weil sie ein besonders gutes Rezept kannte. Und um die Beilagen wollten die Töchter sich ebenfalls kümmern, wie es aussah. Rosalie backte den Lieblingskuchen der ganzen Familie zum Nachtisch.

Obwohl das Menü schon lange feststand, verbrachte seine Frau Stunden damit, in Kochbüchern zu blättern. Harry wusste nicht, warum. Aber sie so voller Eifer zu sehen, hob auch seine eigene Stimmung.

Sie hatte das Erscheinen des Engels nicht wieder erwähnt, seit er ihr davon erzählt hatte. Hinterher hatte Harry eine ganze Weile darüber nachgedacht. Der Engel war real gewesen, genauso real wie Rosalie. Und was noch wichtiger war: Er war da gewesen, direkt neben ihm. Ohne den Engel hätte Harry es niemals zurück ins Bett geschafft.

Das brachte ihn wieder darauf, was ihm der junge Arzt erzählt hatte. Jederzeit, hatte Dr. Snellgrove gesagt. Der Tod kam näher, das konnte Harry spüren. Jeden Tag wurde er ein bisschen schwächer. Jeden Tag wurde es schwieriger, selbst die einfachsten und alltäglichsten Dinge zu erledigen, zum Beispiel sich anzuziehen und zu rasieren. Wenn er mit Zähneputzen fertig war, fühlte er sich manchmal zu schwach, um sich noch auf den Beinen zu halten.

„Ich dachte, ich würde vielleicht Zimtbrötchen zum Weihnachtsfrühstück backen“, erklärte Rosalie gerade. Mit einem Staubwedel in der Hand lief sie durchs Wohnzimmer und fuhr über alle Oberflächen, sodass sie überall Staub aufwirbelte.

„Rosalie!“, protestierte Harry.

„Tut mir leid, Schatz, aber ich will, dass das Haus für die Mädchen blitzblank aussieht.“

Im nächsten Moment war sie schon an ihm vorbei ins nächste Zimmer geeilt. Harry wusste wirklich nicht, wo sie die Energie hernahm. Als er sie das nächste Mal zu Gesicht bekam, stürzte sie sich auf das Sofa, um sämtliche Sofakissen aufzuschütteln und in Form zu boxen. Unwillkürlich musste er lächeln.

„Rosalie!", rief er. „Setz dich doch wenigstens mal eine Minute hin! Ich werde ja vom bloßen Zusehen schon ganz müde."

„Ich habe jetzt keine Zeit, mich hinzusetzen."

„Aber ich muss mit dir reden."

„Na gut, na gut." Wie sie in den Raum getänzelt kam, erinnerte ihn an die Art, wie die großen Diven der Fünfzigerjahre in Fernsehshows die Treppe herunterkamen. Rosalie hatte es damals mit jeder einzelnen dieser Frauen aufnehmen können, und er fand sie immer noch schön.

„Setz dich." Harry deutete auf den Sessel neben seinem.

„Was ist denn, Schatz?" Ungeduldig, mit ihrer Arbeit fortzufahren, hatte sie sich lediglich auf die Kante des Sessels gesetzt.

„Ich habe darüber nachgedacht. Wir sollten noch einmal über Liberty Orchard sprechen."

„Harry Alderwood, ich habe dir doch schon gesagt, dass ich jetzt keine Zeit habe, mich damit zu befassen!"

„Bitte", sagte er leise. Schon den ganzen Tag lag ihm dieses Thema auf der Seele.

Rosalie seufzte so tief, dass die Nachbarn es vermutlich hören konnten, wenn sie die Ohren aufsperrten. „Muss das wirklich sein?"

„Es wäre mir eine große Erleichterung."

Noch einmal seufzte Rosalie, aber anscheinend erkannte sie, dass er das Thema nicht so schnell fallen lassen würde. „Also gut, meinetwegen. Wenn du es so wichtig findest, dann lass uns darüber reden."

Dafür war Harry dankbar. Wenn irgend möglich, wollte er Rosalies Zukunft geregelt haben, bevor die Mädchen eintrafen. Er wusste, dass es notwendig war, Nägel mit Köpfen zu machen – und das bedeutete, dass sie sich die Wohnung sichern mussten. Inzwischen wurde die Angelegenheit für ihn immer dringlicher, und der Besuch des Engels hatte das noch verstärkt. Möglicherweise blieben ihm nur noch wenige Tage – wenige Tage, um alles in die Wege zu leiten.

„Du hast gesagt, dass du erst nach den Feiertagen über einen Umzug nachdenken willst“, begann er, „aber …“

„Und dabei bleibe ich auch“, unterbrach ihn Rosalie. „Im Moment habe ich wirklich genug damit zu tun, alles für den Besuch der Mädchen und ihrer Familien vorzubereiten.“

„Das stimmt.“

Dass er ihr nicht widersprach, schien sie zu überraschen.

Doch bevor sie ihren vermeintlich leichten Sieg bejubeln konnte, fügte er hinzu: „Aber mir wäre leichter ums Herz, wenn wir der Verwalterin sagen könnten, dass wir die Wohnung nehmen.“

Rosalie zögerte. „Glaubst du wirklich, dass die paar Tage einen so großen Unterschied machen?“

„Ja“, erklärte Harry fest. „Es würde erheblich zu meinem Seelenfrieden beitragen.“

Unsicher verschränkte Rosalie die Hände im Schoß. „Ich weiß nicht, Harry …“

„Was gibt es da zu wissen?“ Du liebe Zeit, Rosalie hatte doch in der Zwischenzeit nicht schon wieder ihre Meinung geändert?

„Harry, wir wohnen jetzt schon so viele Jahre in diesem Haus. Es einfach aufzugeben … Ich glaube, dazu bin ich noch nicht bereit.“

„Aber du hast doch gesagt …“

Sie hob die Hand. „Ich weiß genau, was ich gesagt habe. Ja, der Nachmittag in Liberty Orchard war schön. Lucy war schon immer ein überzeugender Mensch. Zuerst habe ich mich gefreut, alle meine Freunde wiederzusehen, aber jetzt …“ Der Satz blieb unvollendet in der Luft hängen, und

Rosalie wich Harrys Blick aus.

„Aber jetzt?“, bohrte er nach.

„Jetzt finde ich, wir sollten nichts überstürzen. Lass uns doch erst mit den Mädchen darüber sprechen.“

„Sie werden mir zustimmen.“

„Das tue ich ja auch, Harry. Aber warum muss es ausgerechnet jetzt sein? Es wird mir schwer genug fallen, dieses Haus aufzugeben.“

„Ich weiß. Mir auch.“ Aber noch schwerer würde es ihm fallen, Rosalie und seine ganze Familie zu verlassen.

„Ich rufe die Verwalterin an“, sagte er.

„Harry!“ Rosalie klang entsetzt.

„Wenn wir danach unsere Meinung ändern, verlieren wir nichts als ein paar Hundert Dollar.“ Im Gegensatz zu Rosalie glaubte Harry nicht, dass Mrs. Goldsmith ihn angelogen hatte. Es gab sicher andere Interessenten für die Wohnung, und deshalb wollte er die Kaution sofort bezahlen.

„Ein paar Hundert Dollar?“, wiederholte Rosalie fassungslos. „Seit wann können wir uns es denn leisten, das Geld einfach zu verbrennen, Harry Alderwood?“

Harry und Rosalie waren beide zurzeit der großen Weltwirtschaftskrise geboren worden, und das hatte sie geprägt. Ihr ganzes Leben lang hatten sie jeden Cent umgedreht und ein Zehntel dessen zurückgelegt, was sie verdienten. Keiner von beiden hätte je irgendetwas verschwendet. Rosalie hob sogar die Plastiktüten aus dem Supermarkt auf. Heutzutage wussten die jungen Leute nicht mehr, was das Geld wert war. Und diese Kreditkarten! Harry hatte mehr als einmal beobachtet, dass das Plastikgeld Menschen in finanzielle Bedrängnis brachte.

„Das ist gut investiertes Geld“, versicherte Harry seiner Frau.

Doch Rosalie schien nicht überzeugt. „Wenn du dir ganz sicher bist, dass es das ist, was du willst …“

„Ja, ich bin mir sicher", unterbrach Harry sie. „Rosalie, dieser Engel war wirklich da."

Sie runzelte die Stirn.

„Ich brauchte Hilfe, weil ich zusammengebrochen war und nicht mehr aufstehen konnte. Ohne den Engel wäre ich verloren gewesen."

Die Furchen auf ihrer Stirn wurden noch tiefer. „Im Moment nimmst du jede Menge Tabletten."

Sofort wusste Harry, dass das Donnas Erklärung gewesen sein musste. In dem Telefonat, das er zum Teil belauscht hatte, hatte Rosalie mit ihrer Tochter über den Zwischenfall gesprochen, und daraufhin hatte Donna angekündigt, schon einen Tag früher anzureisen. „Ich weiß nur, dass ich in der Klemme saß, weil ich den Rollator vergessen hatte. Und dann ... habe ich mich auf einmal im Bett wiedergefunden."

„Warum hast du mich nicht gerufen, wenn du Hilfe brauchtest? Ich wäre doch sofort gekommen!"

„Das hätte ich auch getan, wenn ich die Kraft dazu gehabt hätte." Soweit er sich erinnern konnte, hatte er versucht, seine Frau zu wecken – ohne Erfolg. Nicht dass sie ihm hätte helfen oder ihn auf dem Rückweg ins Bett hätte stützen können.

Rosalie stand auf. „Ich merke, dass du fest entschlossen bist. Dann ruf halt dort an", erklärte sie. „Wir werden uns schon daran gewöhnen. Du hast recht, Harry. Wenn es nach mir ginge, würde ich den Umzug bis in alle Unendlichkeit vor mir herschieben. Wir müssen anfangen, Pläne zu machen."

Erleichterung stieg in ihm auf. Sobald Rosalie wieder zu ihrer Putzerei zurückgekehrt war, nahm Harry das Portemonnaie aus der Hosentasche – ein Handgriff, nach dem er außer Atem war – und nahm die Visitenkarte heraus, die ihm die Verwalterin gegeben hatte.

Elizabeth Goldsmith stand darauf.

Harry griff nach dem schnurlosen Telefon. Dank Lorraine

gab es in ihrem Haus inzwischen drei Telefone: eins im Schlafzimmer, eins in der Küche und eins direkt neben seinem Sessel auf dem Sofatischchen.

Obwohl Samstag war, hatte die Verwalterin ihm zugesichert, für ihn erreichbar zu sein.

Eine Frau mit angenehmer Stimme meldete sich am Telefon: „Liberty Orchard. Was kann ich für Sie tun?“

„Ich hätte gern mit Elizabeth Goldsmith gesprochen.“

„Einen Augenblick, bitte.“

„Danke.“ Harry schloss die Augen. Er hatte Angst, dass Rosalie in seine Richtung schauen und noch einmal versuchen würde, ihn zum Abwarten zu bewegen. Aber er hatte die beste Entscheidung getroffen. Die einzig richtige.

„Elizabeth Goldsmith“, hörte er kurz darauf am anderen Ende der Leitung.

„Harry Alderwood“, antwortete er.

„Harry Alderwood – wir haben erst kürzlich miteinander gesprochen, wenn ich mich recht erinnere“, sagte die Verwalterin.

„Meine Frau Rosalie und ich waren vor ein paar Tagen da, um die Anlage zu besichtigen.“

„Ach ja. Sie sind die Freunde von Lucy Menard, stimmt's?“

„Ja.“ Ohne Umschweife kam Harry auf den Grund seines Anrufs zu sprechen. „Bei unserem Gespräch sagten Sie, dass es noch eine freie Wohnung gibt.“

„Ja.“ Mrs. Goldsmith zögerte. „Aber …“

Doch Harry fuhr fort. Er wollte die ganze Sache hinter sich bringen. „Wir sprachen darüber, dass wir die Kaution hinterlegen können, um die Wohnung zu reservieren.“

„Ja, ich erinnere mich, dass ich Ihnen geraten habe, den Scheck so schnell wie möglich auszustellen.“

Genau. Und seitdem hatte er an kaum etwas anderes denken können.

„Habe ich erwähnt, dass es nur die eine freie Wohnung

gab?", fragte sie.

„Ja." Etwas in ihrer Stimme begann Harry zu sorgen.

„Und dass es noch andere Interessenten gibt?"

„Ja, Sie haben davon gesprochen."

„Es tut mir leid, Mr. Alderwood, aber diese anderen Interessenten haben die Kaution schon am nächsten Tag hinterlegt."

„Sie wollen sagen ... die Wohnung ist schon vergeben?" Seine Stimme klang ungläubig, das hörte er sogar selbst.

„Ja, es tut mir wirklich leid. Und es gab wirklich nur die eine."

Harry wünschte, sie würde darauf verzichten, ihn immer wieder daran zu erinnern.

„Wie lange dauert es, bis die nächste Wohnung frei wird?", erkundigte Harry sich, immer noch fassungslos.

Die Verwalterin schien ihre Worte sorgfältig abzuwägen. „Das ist schwer zu sagen. Vielleicht drei Monate, vielleicht aber auch ein halbes Jahr."

„Oh."

„Es tut mir leid, Mr. Alderwood."

„Nein ... nein, ich bin derjenige, dem es leidtun muss. Schließlich haben Sie uns nahegelegt, uns schnell zu entscheiden. Und ich dachte schon, wir wären schnell."

„Wenn es irgendetwas gibt, was ich sonst noch für Sie tun kann, sagen Sie ruhig Bescheid. Ach ja, und bis dahin wünsche ich Ihnen frohe Weihnachten."

„Danke. Ihnen auch frohe Weihnachten." Harry beendete das Gespräch und legte das Telefon auf das Tischchen zurück. Mit einem tiefen Seufzer des Bedauerns dachte er: Ich hätte doch noch am selben Tag etwas unternehmen sollen.

Jetzt war es zu spät.

Zu spät für ihn.

In drei Monaten würde er nicht mehr hier sein. In drei Monaten würde Rosalie Witwe sein.

16. KAPITEL

In dieser Nacht schlief Beth unruhig. Vor den Gedanken, die sich wie wild in ihrem Kopf überschlugen, gab es kein Entrinnen. Doch von Zeit zu Zeit forderte die Erschöpfung ihren Tribut, und Beth sank in leichten Schlaf. Dann träumte sie – von John. Und der Schreck der Entdeckung, dass Peter eigentlich John war, weckte sie sofort wieder auf. Kurz darauf ging alles wieder von vorne los.

Am Morgen wachte sie mit schweren Augenlidern und beginnenden Kopfschmerzen auf. Obwohl sie sich schrecklich fühlte, konnte sie nicht liegen bleiben. Sie musste zur Messe. James und Bella, die Kinder ihrer Schwester, spielten in einem Krippenspiel mit. Wenn sie nicht auftauchte, würden die beiden enttäuscht sein. Außerdem traf sich ihre gesamte Familie dort. Es war einfacher, sich jetzt hinzuschleppen, als später lauter Entschuldigungen vorbringen zu müssen.

Bevor sie aus dem Haus ging, spülte Beth zwei Aspirin mit einem Glas Orangensaft herunter. Ihre Mutter hatte für nach der Messe einen großen Brunch geplant.

Als Beth an der Kirche ankam, war der Parkplatz beinahe voll. Sie hoffte nur, dass ihre Mutter ihr einen Platz besetzt hatte.

Joyce wartete im Vestibül der Kirche auf sie, und das bedeutete, dass sie etwas auf dem Herzen hatte. Es war nicht schwer zu erraten, worum es sich handelte.

„Du kommst spät. Die Messe beginnt gleich“, erklärte ihre Mutter und legte den Arm um Beth, als befürchte sie, ihre Tochter könne noch in letzter Sekunde die Flucht ergreifen. „Dein Vater hat uns zwei Plätze reserviert, aber vermutlich kann er sie nicht mehr lange frei halten.“

„Tut mir leid, Mom. Ich bin schlecht aus dem Bett gekommen.“

„Ich möchte jede Einzelheit über Leavenworth hören.“

Joyce sah ihrer Tochter streng in die Augen. „Und zwar wirklich jede Einzelheit."

„Ja, also … das erzähle ich dir später." Allerdings hatte sie keineswegs vor, ihrer Familie alles zu berichten. Sie hatte die Ereignisse des Vortages selbst noch lange nicht verarbeitet. Die Verabredung, die Heidi an ihrer Stelle mit Peter – John – getroffen hatte, machte die ganze Sache noch komplizierter. Aber zunächst stand sie vor dem Problem, wie viel sie ihren Eltern erklären sollte.

Sobald die Messe anfing, kam es Beth so vor, als würden ihr diese Probleme von den Schultern genommen. Das wunderschöne Kircheninnere mit seinem adventlichen Schmuck aus Weihnachtssternen und Tannenzweigen, die fröhliche Musik und die Predigt darüber, dass man sich selbst vergeben und sich nicht durch die Fehler der Vergangenheit am Leben hindern lassen sollte – all das schien genau auf sie gemünzt zu sein. Sie genoss das Krippenspiel, und als sie in die Weihnachtslieder einstimmte, fühlte sich ihr Herz frei und leicht an.

Noch am Morgen hatte sie ihr ganzes Leben als ein einziges Desaster betrachtet. Gegen Ende der Messe verspürte Beth dagegen einen Funken Hoffnung. Vielleicht hatte dieser seltsame Zufall mit John ja einen Sinn. Vielleicht … vielleicht gab man ihnen eine zweite Chance, trotz aller Bitterkeit und Trauer.

Die einzige Hürde, die noch vor ihr lag, war der Familienbrunch im Haus ihrer Eltern. Alle wollten wissen, wie die Begegnung mit Peter verlaufen war.

„Jetzt mach es doch nicht so spannend!", ermahnte ihre Mutter sie, während sie Beth den Teller mit Rührei weiterreichte.

„Mom, bitte!" In ihrer grenzenlosen Naivität hatte sie geglaubt, um lange Erklärungen herumkommen zu können. Anfangs schien das auch zu glücken, denn alle konzentrierten sich auf ihre Nichte und ihren Neffen, die in Nebenrollen bei dem Krippenspiel mitgewirkt hatten. Aber Beth hätte wissen können, dass sie nicht so glimpflich davonkommen würde. Nach Joyces Bemerkung hörten alle auf zu essen und starrten Beth an.

„Wir sind doch bloß neugierig", ergänzte ihre Schwester. „Wenn du uns sagst, dass uns das nichts angeht, ist das auch in Ordnung."

Doch ihre Mutter widersprach empört: „Angela! Wage es nicht vorzuschlagen, dass Marybeth das für sich behält!"

Beth stöhnte, aber sie begriff, dass Widerstand zwecklos war. Ihre Mutter schien zu glauben, dass sie ein Recht auf eine Antwort besaß – und zwar die richtige, bitte schön. Immerhin hatte Joyce eine Kerze in der Kirche angezündet.

„Gestern …" Beth dachte kurz darüber nach, ob sie die Wahrheit sagen sollte. Der direkte Weg hatte etwas für sich. Aber allein der Gedanke daran, erklären zu müssen, dass Peter gar nicht Peter war, sondern ihr Exmann John Nicodemus, schüchterte sie ein. Während sie mit sich rang, zögerte sie, und ihr Satz blieb unvollendet.

„Marybeth, bitte!", flehte ihre Mutter.

„Wir haben uns nicht getroffen", brachte Beth heraus.

„Ihr habt euch nicht getroffen?" Wie ein Echo ging die Frage um den Tisch.

„Jetzt erzähl mir nicht, dass du in letzter Sekunde kalte Füße bekommen hast", rief Joyce. Schon wieder hatte sie diese entgeisterte Miene aufgesetzt, als hätte Beth gerade zum zweiten Mal die ganze Familie enttäuscht.

Da Beth ihnen den wahren Grund, warum sie Peter nicht getroffen hatte, nicht erklären konnte, saß sie lediglich da und starrte gegen die Wand.

Nach einer Weile wechselten ihre Eltern einen Blick, und ihr Vater räusperte sich. „Deine Mutter und ich haben schon befürchtet, dass so etwas passieren könnte. Beth, wir haben den Eindruck, dass du dir überlegen solltest, eine Therapie zu machen."

„Wie bitte?" Beth traute ihren Ohren nicht.

„Dein Vater und ich würden auch die Kosten dafür übernehmen", ergänzte ihre Mutter.

Es ihnen ausreden zu wollen hatte keinen Sinn. Beth erkannte, dass sie von der einmal getroffenen Entscheidung nicht mehr lassen würden. „Ich habe überhaupt nichts gegen Therapien. Jedenfalls theoretisch. Ich glaube bloß nicht, dass ich eine brauche."

„Doch, du brauchst eine", erklärte ihre Mutter mit grimmigem Nachdruck.

„Könnten wir nach Weihnachten darüber reden?" Beth wollte jede Diskussion über das Thema auf einen Zeitpunkt verschieben, an dem sie sich über ihre Gefühle angesichts der komplizierten Lage mit Peter/John klar geworden war.

„Natürlich", erklärte ihre Schwester voller Mitgefühl.

Also hatte Angela sich mit ihren Eltern verbündet. Nichts hätte sie sicherer verraten können als dieser liebevolle, mitleidige Blick.

Beth verabschiedete sich, sobald nach dem Brunch das Geschirr gespült und abgetrocknet war. Während sie zu ihrer eigenen Wohnung zurückfuhr, überlegte sie hin und her, was sie zu Peter sagen sollte. Obwohl sie inzwischen wusste, dass er eigentlich John war, dachte sie an ihn immer noch als Peter – ein neuer Mann. Ein anderer Mann.

Zu Hause angekommen, warf sie Mantel und Handtasche beiseite und loggte sich ins Internet ein. Noch im selben Augenblick schickte Peter ihr eine Nachricht.

Ich habe mich schon gefragt, wann du kommst.

Die Bemerkung deutete darauf hin, dass er auf sie gewartet hatte.

Jetzt bin ich da, tippte sie. *Ich will mit dir über das Treffen diese Woche reden.*

Willst du einen Rückzieher machen?

Sie ließ sich mit der Antwort Zeit. *Ja. Weißt du, ich habe in meinem Leben schon einen katastrophalen Beziehungsfehler gemacht, und auf einen zweiten bin ich nicht gerade scharf.*

In anderen Worten: gebranntes Kind.

Ehrlich gesagt, ja.

Vielleicht überrascht es dich, aber mir geht es genauso, antwortete Peter.

Wirklich? Dann konnte Beth nicht widerstehen und fragte: *War denn deine Ehe so schrecklich?*

Eigentlich nicht. Wir waren beide jung und unreif.

So konnte Beth das nicht stehen lassen. Hier bot sich die perfekte Gelegenheit, endlich herauszufinden, was Peter über sie dachte. *Bedauerst du etwas?*

Er antwortete nicht gleich. *Manches.*

Ich auch, erklärte sie ihm. *Mehr, als ich dachte.*

Hat dein Ex wieder geheiratet? schrieb Peter.

Eine schwierige Frage. *Ja, zumindest habe ich das gehört.*

Dann hast du ihn also aus den Augen verloren?

Ja. Und was ist mit deiner Exfrau?

Keine Ahnung. Wir sind getrennte Wege gegangen. Ich bin ihr nicht mehr böse. Aber ob sie wieder geheiratet hat, kann ich nicht sagen.

Hast du sie geliebt? Einen Augenblick lang hielt Beth die Finger über der Taste in der Schwebe, mit der die Nachricht abgeschickt wurde. Ihre Gedanken rasten. Durfte sie diese Frage überhaupt stellen? Egal – sie drückte auf „Senden".

Statt einer Antwort kam ebenfalls eine Frage zurück: *Hast du deinen Ex geliebt?*

Schlicht erwiderte sie: *Ja. Vermutlich tue ich das in mancher Hinsicht immer noch. Und du?*

Auch. Nach einer kurzen Pause fügte er hinzu: *Ist das das eigentliche Problem? Liebst du deinen Exmann immer noch so sehr, dass du nicht bereit bist, dich ein zweites Mal zu verlieben?*

Peter hatte die Wahrheit verdient – aber noch war es zu früh dafür. Er hatte zugegeben, dass er sie geliebt hatte, es vielleicht immer noch tat, aber dass er lieber nicht über sie sprechen wollte.

Was Peter nicht wissen konnte, war die Tatsache, dass sie Informationen besaß, die ihm fehlten …

Hör zu, lassen wir Vergangenes doch vergangen sein, blinkte seine Nachricht auf. *Meine Frau und ich haben Fehler gemacht. Wir haben uns das Scheitern der Ehe beide zuzuschreiben, und ich habe inzwischen begriffen, dass unsere Probleme vielschichtig waren. Seitdem habe ich mich weiterentwickelt, und sie wohl auch. Die Scheidung hat zwar wehgetan, aber es war das Beste für uns.*

Das Beste? Als Beth die Worte las, schnürte sich ihr der Hals zu.

Ich wünsche ihr alles Gute, und du gönnst deinem Exmann sicher auch, dass er glücklich ist. Habe ich recht?

Ja, schrieb sie zurück.

Gut. Dann lass uns das Thema wechseln. Einverstanden?

Beth las seine Worte und presste die Finger an die Lippen, während sie überlegte, was sie antworten sollte. *Einverstanden … aber ich bin mir nicht sicher, dass der Zeitpunkt für uns zwei der richtige ist.*

Inwiefern?

Bald ist Weihnachten, und der Druck meiner Familie reicht mir schon, ohne dass ich mir auch noch Gedanken darüber machen muss, was passiert, wenn wir uns treffen.

Ich weiß genau, was du meinst.

Sollen wir es also verschieben? fragte sie.

Wie lange?

Warum nicht bis nach Neujahr?

Gut.

Seine einsilbige Antwort verriet, dass er enttäuscht war. Na gut, das war sie auch. Aber sie konnte Peter jetzt nicht mit der Wahrheit überfallen. Nicht zwei Tage vor dem höchsten Fest im Jahr.

Du willst doch nicht wieder einen Rückzieher machen, oder? erkundigte sich Peter.

Dass er sie direkt darauf ansprach, gefiel Beth. *Nein*, tippte sie. *Ich brauche bloß ein bisschen mehr Zeit.*

Wie du willst. Aber ich glaube, dass es für uns beide wichtig ist, die Vergangenheit hinter uns zu lassen.

„Hinter uns", wiederholte Beth laut. Peter hatte ja keine Ahnung, dass sich genau das als unmöglich erweisen würde.

„Nach Neujahr?", rief Goodness fassungslos aus. Über Beths Schulter gebeugt, las sie die Chatnachrichten mit.

„Was ist denn los?", fragte Mercy.

Was los war? Alles lief schief, fand Goodness. Nichts klappte so, wie sie es geplant hatte. Dabei hatte sie so hart gearbeitet, um diese beiden Menschen zusammenzubringen.

„Sie müssen sich einfach noch vor Heiligabend treffen", murmelte sie grimmig.

Mercy nickte. „Und wie willst du das erreichen?"

Ein Lächeln erschien auf dem Gesicht ihrer Freundin. Goodness war bereits dabei, einen Plan zu entwickeln. Dabei wollte sie sich gar nicht in den Lauf der Dinge auf der Erde einmischen. Wenn man es genau nahm, verstieß das nämlich gegen die Regeln. Aber Beth und Peter ließen ihr keine Wahl. Entweder nahm sie die Dinge in die Hand, oder Gabriel musste berichten, dass sie versagt hatte. Wegen einer geringfügigen Einmischung würde ihr niemand Vorwürfe machen, am allerwenigsten Gabriel. Aber sie hatte bisher eine vollkommen weiße Weste, wenn sie das von sich selbst behaupten durfte, und eigentlich wollte sie, dass es so blieb.

Jeder im Himmel wusste, dass Menschen schwierig waren. Von Zeit zu Zeit benötigten sie ein klares und unmissverständliches Zeichen, oder man musste etwas Überzeugungsarbeit leisten. Manchmal beides. Außerdem brauchten manche von ihnen mehr Hilfe als andere. Wenn man Goodness fragte – Beth gehörte zu Ersteren.

„Du musst zugeben, dass wir alle geschockt waren", äußerte Mercy, um Goodness an die Szene am Vortag in Leavenworth zu erinnern.

„Da stimme ich dir zu." Mit gerunzelter Stirn dachte Goodness über die nächsten Schritte nach. Peter und Beth einfach auf der Straße aufeinandertreffen zu lassen kam ihr ein bisschen zu einfach vor – und zu unauffällig. Nein, was auch immer sie ausheckte, musste eine gewisse Dramatik besitzen. Ihr persönlich gefiel ja ein Autounfall mit einer riesigen Explosion am besten – natürlich ohne dass dabei jemand starb. Die Aussicht, eine Spezialeinheit beim Einsatz zu sehen, entzückte sie. Noch aufregender wäre ein Rettungshubschrauber. Der wäre wirklich das i-Tüpfelchen. Uniformierte Helfer ließen ihren Andrenalinpegel immer sprunghaft ansteigen.

„Goodness!" Mercy stieß sie unsanft in die Seite. „Ich kenne diesen Ausdruck in deinen Augen, und wie deine Flügel gerade zittern, gefällt mir gar nicht."

„Ich glaube, es wäre am besten, wenn du jetzt verschwinden würdest", erklärte Goodness.

„Goodness!"

„Ich will nicht, dass du auch noch Ärger bekommst."

Mit einem Flügelschlag erhob Mercy sich über den Boden. „Was um alles in der Welt hast du vor?"

Doch Goodness schüttelte nur den Kopf, die Lippen fest zusammengepresst. „Es ist besser, wenn du nichts darüber weißt."

In diesem Augenblick tauchte Shirley auf. „Was ist hier los?“, verlangte sie zu wissen.

„Ich habe das eine oder andere Problem“, erklärte Goodness.

„Wirklich?“, gab Shirley zurück. „Na, damit bist du jedenfalls nicht die Einzige. Mein Auftrag entwickelt sich überhaupt nicht so, wie er soll.“

Plötzlich zog Mercy die Brauen zusammen und ließ den Blick von Shirley zu Goodness und wieder zu Shirley wandern. „Habt ihr eigentlich auch langsam das Gefühl, dass hier irgendetwas nicht mit rechten Dingen zugeht?“

Goodness sah sie verwirrt an. „Was meinst du damit?“

„Überlegt doch mal“, erläuterte Mercy ihnen. „Shirley hat einen Auftrag zugeteilt bekommen, der unter normalen Umständen ein Kinderspiel wäre. Wie schwer kann es wohl sein, einem kleinen Jungen einen Hund zu verschaffen?“

„Also, ehrlich gesagt ist dieses Gebetsanliegen eines der schwersten, die ich jemals hatte.“ Shirley seufzte. „Nicht nur Carters Vater macht Probleme. Da gibt es auch noch diesen Hund, der einfach nicht verschwinden will.“

„Aha.“

„Aber für gewöhnlich wäre die Sache doch nicht weiter schwierig, oder?“

In einer halbherzigen Geste hob Shirley eine Schulter. „Eigentlich nicht. Was mir am meisten Kopfzerbrechen bereitet, ist dieser Hund. Er kommt mir … einfach nicht normal vor. Und er will partout nicht weggehen. Allerdings glaube ich, dass dieses Problem inzwischen gelöst ist. Sie haben ihn ins Tierheim gebracht, und da wird ihn sicher bald jemand adoptieren.“

„Gut.“

Shirley sah traurig und ratlos drein. „Na gut, weil ich gerade ohnehin nichts tun kann, wende ich mich am besten anderen Dingen zu. Ich bin hier, um euch beiden zu helfen."

Auch Mercy wirkte alles andere als glücklich. „Mein Auftrag scheitert auch gerade."

„Du brauchst nicht zufällig eine Polizeisondereinheit, oder?", erkundigte sich Goodness aufgeregt. Es war eine Schande, auf ein großes Drama zu verzichten, wenn sie damit sogar ihren Freundinnen helfen konnte.

Entsetzen malte sich auf Mercys Gesicht. „Goodness, was ist das für eine Frage?"

Diese hob die Hände. „Stellt euch doch mal vor, wie Hubschrauber ankommen, Seile hinuntergeworfen werden und Männer – junge, gut aussehende Männer – daran hinabrutschen und auf den Dächern landen."

„Und was tun sie da?", erkundigte sich Mercy. „Du wirst noch alles kaputt machen! Als ob ich nicht schon genug Ärger mit Harry und Rosalie hätte. Die Art von Hilfe brauche ich nun wahrlich nicht. Allein das Geräusch von Hubschraubern würde bei Harry vermutlich einen Herzinfarkt auslösen."

„Aber was sollen wir denn dann tun?", fragte Goodness. „Wir haben drei unerledigte Aufträge am Hals."

„Vielleicht sollen wir einfach abwarten, wie sich die Lage entwickelt", schlug Mercy vor.

Wenig genug, dachte Goodness. Aber möglicherweise hatten Mercy und Shirley ja recht. Sie hatte alles getan, um Peter und Beth zusammenzubringen, aber ihre Bemühungen hatten lediglich zu Verwirrung geführt. Vielleicht sollte sie einen Schritt zurücktreten und beobachten, was diese Menschen von selbst mit der Situation anfingen.

Trotzdem – ein bisschen enttäuscht fühlte sie sich schon.

17. KAPITEL

Seit Carter mit seinem Vater zum Tierheim gefahren war, um Rusty dort abzugeben, war er traurig und den Tränen nah. Die ganze Nacht hatte er wach gelegen und an seinen Hund gedacht. Trotzdem setzte er alles daran, seine Verzweiflung nicht zu zeigen, denn er wusste, wie elend sich seine Eltern fühlten.

Ihm war inzwischen klar, dass seine Eltern kein Geld hatten und dass noch nicht einmal sein gespartes Taschengeld ausreichte.

„Carter!", rief seine Mutter aus dem Wohnzimmer. „Komm her und schau dir an, was dein Vater mit nach Hause gebracht hat."

Wider alle Vernunft hoffte Carter, es möge Rusty sein, und er rannte hinüber. Aber es war natürlich nicht der Hund. Seine Mutter stand vor einem künstlichen Weihnachtsbaum. Ihr eigener Baum war winzig – so klein, dass er auf dem Sofatischchen Platz gefunden hatte. Er stand in einem Blumentopf und war mit Mini-Glaskugeln geschmückt. Dieser hier dagegen war echt. Also, nicht richtig echt natürlich. Carter hatte schon gemerkt, dass die Zweige anders aussahen als bei einer lebendigen Tanne und dass der Baum nicht so schön nach Weihnachten roch. Aber die Größe war richtig, und eine Lichterkette war auch dabei.

„Ein Weihnachtsbaum!", kreischte seine Schwester begeistert, als sie hinter Carter ins Wohnzimmer kam. „Wo hast du ihn her?"

„Euer Vater hat ihn gefunden", erklärte die Mutter. „Heute Morgen ist ihm auf seinem Weg zur Arbeit etwas in einer Seitenstraße aufgefallen. Er ist stehen geblieben, und da hat er den Baum gesehen. Irgendjemand muss einen neuen gekauft haben, denn dieser stand gegen einen Müllcontainer gelehnt da. Also hat euer Vater ihn für uns mitgebracht."

Deshalb hatte Carter also gehört, wie sein Vater kurz nach der Abfahrt zur Arbeit noch einmal wiedergekommen war.

Bailey klatschte in die Hände, und sogar Carter lächelte. Der Weihnachtsbaum wirkte schon etwas alt, ein bisschen abgenutzt und schäbig. Trotzdem war er immer noch um Klassen besser als ihr Minibäumchen, das mehr wie eine Topfpflanze aussah als wie ein Baum.

Carters erster Gedanke war: Den muss ich Rusty zeigen! Doch dann fiel ihm ein, dass das nicht möglich war. Rusty war weg. Die Erinnerung an den Hund tat weh, aber Carter konnte an kaum etwas anderes denken. Er hoffte nur, dass Rusty ein gutes Zuhause fand und dass jemand in seiner neuen Familie ihn so lieb hatte wie Carter.

„Funktioniert das Licht?", fragte Bailey.

„Das müssen wir ausprobieren", antwortete ihre Mutter. Sie kniete sich hin, kroch hinter den Baum und steckte den Stecker ein. Zuerst flackerten die Birnchen auf, aber im nächsten Moment erloschen sie schon wieder.

„Wahrscheinlich haben sie ihn deshalb zum Müll gestellt", meinte Carter.

„Das ist gar kein echter Weihnachtsbaum", jammerte Bailey.

„Er sieht armselig aus", murmelte Carter. „Aber … er ist ganz okay." Er versuchte so zu tun, als freue er sich über den Weihnachtsbaum, und das tat er ja auch, aber … aber der Baum war alt, und die Lichterkette funktionierte nicht, und niemand anders wollte ihn. Wieder musste er an Rusty denken. Den Hund hatte auch niemand gewollt, nur er selbst. Und was hatte es ihm genützt?

„Wir können ihn schmücken!", sagte Bailey, die sich von der ersten Enttäuschung erholt hatte. „Bei meinen Schulsachen habe ich noch Buntpapier, und ich kann einen Engel für die Spitze basteln." Jetzt klang sie richtig aufgeregt.

„Lass uns Popcorn und Cranberrys zu Girlanden auffädeln", schlug ihre Mutter vor.

Nur Carter sagte erst einmal lange gar nichts. „Ich weiß, wie man Schneeflocken ausschneidet", meinte er endlich.

„Danke, Carter." Als ob sie erkannt hätte, wie viel Überwindung ihn das Angebot gekostet hatte, drückte sie ihn fest an sich.

Er versuchte sich aus ihren Armen herauszuwinden. Eigentlich war er zu groß, um sich noch von seiner Mutter drücken zu lassen. Andererseits gefiel es ihm. Nur seine Freunde durften nichts davon erfahren.

„Wir schmücken den Baum, wenn euer Vater von der Arbeit kommt."

„Okay." Carter beschloss, seinen Teil dazu beizutragen.

Bald erfüllte der Duft nach Popcorn das Haus. Carter saß am Küchentisch und fädelte den frisch gepufften Mais mit einer der großen Nähnadeln seiner Mutter auf: immer fünfundzwanzig Mal Popcorn und dann eine getrocknete Cranberry. Nachdem Bailey ihm eine Weile zugesehen hatte, tat sie es ihm gleich.

„Kannst du nicht ein eigenes Muster erfinden?", fuhr er seine Schwester an. „Du musst mir nicht immer alles nachmachen!"

„Carter", mahnte seine Mutter. „Sie will doch nur, dass ihre Kette zu deiner passt."

„Warum kann sie nicht ein Mal was anders machen als ich?"

„Weil du ihr großer Bruder bist und sie zu dir aufschaut."

Eigentlich wollte Carter wütend sein, aber sein Ärger verflog. Seine Schwester hatte ihm mit Rusty geholfen und den Hund ebenfalls geliebt.

„Was meinst du, was Rusty gerade macht?", fragte er seine

Mutter. „Erinnert er sich noch an mich?“

„Natürlich. Rusty wird sicher immer an den Jungen denken, der ihm etwas zu fressen gebracht und ihm den Dreck aus dem Fell gewaschen hat.“

„Und der mit ihm Fangen gespielt hat.“

Einen Augenblick lang glaubte Carter, gleich weinen zu müssen. Doch stattdessen lächelte er. Wenn er an all die Dinge dachte, die er mit Rusty erlebt hatte, ließ der Schmerz in seiner Brust etwas nach.

Als das Telefon klingelte, nahm seine Mutter ab. „Hallo, Schatz.“

Das hieß, dass Dad dran war.

„Wir schmücken gerade den Baum“, fuhr sie fort.

Offenbar sagte sein Vater am anderen Ende der Leitung daraufhin etwas, denn seine Mutter schwieg.

Dann entgegnete sie: „Klar. Er sitzt direkt neben mir.“ An Carter gewandt, meinte sie: „Dein Dad möchte gerne mit dir sprechen.“

„Okay.“ Carter rutschte vom Stuhl und nahm den Hörer entgegen. „Hallo, Dad.“

„Wie geht's?“

Carter hob die Schultern. „Ganz gut.“

„Wie findest du den Weihnachtsbaum, den ich gefunden habe?“

„Die Lichter funktionieren nicht“, murmelte er.

„Das schaue ich mir an, wenn ich nach Hause komme.“

Es war ungewöhnlich, dass sein Vater am Sonntag arbeitete. Wahrscheinlich machte er Überstunden in dem Restaurant. In der Weihnachtszeit war dort immer viel zu tun, und Dad hatte gesagt, dass sie das Geld gut gebrauchen konnten. Also arbeitete er so viel, wie er konnte.

Carter wünschte, sein Vater wäre wie früher fast jeden Sonntag zu Hause. Zusammen hatten sie Fußball geguckt.

Wenn er Rusty hätte behalten können, dann hätte der Hund neben ihnen sitzen können. Bestimmt fand Rusty Fußball genauso spannend wie Carter.

„Bist du immer noch traurig wegen Rusty?"

„Ja."

„Ich auch", gab sein Vater zu.

„Ich weiß."

„Sicher nimmt ihn eine gute Familie auf. Sie werden ihn auch lieben."

Aber Carter wollte nicht, dass eine andere Familie Rusty liebte. Er wollte Rusty selbst behalten. Niedergeschlagen ließ er den Kopf hängen. „Wann kommst du nach Hause?", fragte er mit belegter Stimme.

„Sobald ich kann."

„Tschüs, Dad."

„Tschüs, mein Sohn."

Carter gab seiner Mutter das Telefon zurück. Bevor sie auflegte, sprach sein Vater auch noch mit Bailey.

In diesem Augenblick hörte er es.

Ein Hund bellte.

Es klang ganz so, als säße Rusty direkt vor der Tür. Natürlich war das unmöglich, aber es klang genauso wie sein Hund.

„Was ist das für ein Geräusch?", fragte seine Mutter in Carters Richtung, die Stirn gerunzelt. Sie ging zur Haustür und öffnete.

Einen Moment lang hielt Carter die Luft an, dann hörte er den Ausruf seiner Mutter.

„Rusty!", schrie Bailey.

„Rusty!" Carter sprang so schnell von seinem Stuhl auf, dass der umkippte und hinter ihm auf den Küchenfußboden krachte.

Als seine Mutter die Küchentür öffnete, rannte Rusty herein, stellte sich auf die Hinterbeine und hüpfte im Kreis herum, bevor er mit allen vieren in die Luft sprang. Im nächsten Augenblick leckte er Carter das Gesicht ab, während er vor Freude jaulte. Schließlich warf er sich unter wildem Schwanzwedeln flach auf den Boden.

Carter blickte zu seiner Mutter hoch und sah, dass sie Tränen in den Augen hatte. Dann hockte auch sie sich hin, um Rusty zu umarmen, genau wie Bailey es tat. Sogar seine Schwester weinte.

„Wie ist er bloß hierhergekommen?" Fassungslos sah seine Mutter Carter an.

Aber er wusste auch keine Antwort darauf. Alles, was er wusste, war, dass das Tierheim keineswegs in der Nähe lag. Sie waren meilenweit mit dem Auto dorthin gefahren.

Carter nahm eine Schüssel und füllte sie mit Wasser. Nachdem Rusty alles ausgetrunken hatte, fraß er jeden einzelnen Krümel Popcorn, der auf dem Boden gelandet war.

„Ich weiß nicht genau, ob Hunde Popcorn vertragen oder nicht", warnte Carters Mutter.

Also ging Carter zum Schrank und nahm die Schachtel Cornflakes heraus, mit denen er Rusty schon einmal gefüttert hatte. Er schüttelte reichlich davon in eine andere Schüssel und goss Milch darüber. Dass sein Hund ein mäkeliger Esser war, konnte man wirklich nicht behaupten.

„Ach, Carter." Seine Mutter seufzte aus tiefstem Herzen. „Ich weiß nicht, was dein Vater dazu sagen wird."

„Ruf ihn nicht bei der Arbeit an", bat Carter. Er befürchtete, sein Vater könnte sonst nach Hause kommen und Rusty geradewegs wieder ins Tierheim bringen. Und das durfte nicht passieren. Noch nicht. Nie. Gleichzeitig wusste Carter, dass sein Vater ihm nicht erlauben würde, Rusty zu behalten. Deshalb wollte er den Hund so lange bei sich haben, wie es nur ging.

Sie zogen die Popcorngirlanden fertig auf und schmückten

den Baum damit. Als Carter unter die niedrigen Äste kroch, kam Rusty mit. Den Hund an seiner Seite, steckte Carter noch einmal den Stecker in die Dose. Diesmal gingen die Lichter an – und sie blieben an.

„Cool!“, schrie seine Schwester und klatschte in die Hände.

„Das ist Magie“, sagte Carter. „Rusty hat sie mitgebracht.“

Als sie unter dem Baum hervorkrochen, streckte sich der Hund auf dem Teppich aus und legte den Kopf auf die Vorderpfoten. Er sah genauso müde aus, wie Carter sich fühlte. Der Junge fragte sich kurz, ob auch Rusty die ganze Nacht wach gelegen und an ihn gedacht hatte wie er umgekehrt. Er gähnte, unfähig, es zu unterdrücken.

„Warum legen wir uns nicht alle eine Weile hin?“, schlug seine Mutter mit einem Blick auf ihn vor – beinahe, als wüsste sie, dass er in der Nacht zuvor nicht geschlafen hatte.

„Ich mache doch kein Mittagsschläfchen mehr“, antwortete Carter empört. Das machte nur Bailey manchmal. Wenn sie quengelig wurde, schickte Mom sie gewöhnlich in ihr Zimmer, und dort schlief sie unweigerlich ein.

Seine Mutter wandte ein: „Aber es sieht so aus, als wäre Rusty müde. Ich dachte, du könntest ihm vielleicht Gesellschaft leisten.“

Rusty folgte Carter in sein Zimmer und rollte sich auf dem Bettvorleger zusammen. Statt ins Bett zu klettern, legte Carter sich neben den Hund, legte den Arm über ihn und nickte ein.

Das Nächste, was Carter hörte, war die Stimme seines Vaters. „Wie ist das nur möglich?“

„Dad!“ Carter sprang auf und rannte in die Küche, auf dem Fuß gefolgt von Rusty. „Hast du es schon gehört?“

„Ja“, antwortete sein Vater. „Allerdings begreife ich nicht, wie er unser Haus finden konnte.“

„Aber er hat es gefunden.“

Rusty lief auf Dad zu und sah zu ihm hoch.

Der bückte sich, um ihm über das dicke Fell zu streicheln. „Tja. Mein Sohn hat schon gesagt, dass du ein ganz besonderer Hund bist."

„Und nicht nur das: Als wir den Baum zuerst angeschaltet haben, hat die Lichterkette nur geflackert und ist ausgegangen."

„Und als Rusty da war, hat Carter den Stecker reingemacht, und die Lichter sind angegangen!", ergänzte Bailey. Vor freudiger Aufregung überschlugen sich ihre Worte fast.

Carter sah sie missmutig an. „Das wollte *ich* Dad erzählen."

„Darf er bleiben?" Ohne auf ihren Bruder zu achten, wandte sich Bailey mit fragend aufgerissenen Augen an ihren Vater.

„Es tut mir leid, Kinder. Aber darüber haben wir schon gesprochen."

„David, hier ist die Nummer des Tierheims", sagte die Mutter, die in diesem Augenblick hereinkam.

„Dann will ich dort mal anrufen und herausfinden, was passiert ist." Der Vater nahm den Zettel und griff nach dem Telefon. Carter stand neben ihm. Auch er wollte gerne wissen, was passiert war.

Offenbar musste sein Vater lange warten, bis im Tierheim jemand dranging. Carter hörte es lange tuten. Die Hand über den Hörer gelegt, murmelte der Vater: „Wahrscheinlich haben sie für heute schon geschlossen."

Augenblicklich stieg Hoffnung in Carter auf. Vielleicht mussten sie Rusty über Nacht behalten. Vielleicht ...

„Hallo", sagte sein Vater in diesem Augenblick und versetzte Carter damit einen Dämpfer. „Ja, ich weiß, dass das Tierheim schon geschlossen ist." Er schien zu lauschen. „Wir sind die Familie, die Rusty vorbeigebracht hat. Das ist der rotbraune Streuner, der auf dem Schulhof aufgetaucht war und meinem Sohn dann nach Hause gefolgt ist. Gestern habe ich Rusty bei Ihnen abgegeben. Nun ja, und jetzt ist er wieder hier."

Eine kurze Pause folgte dieser Eröffnung. Carters Vater schüttelte den Kopf, ganz so, als könnte die Person am anderen Ende der Leitung ihn sehen.

„Und ich versichere Ihnen, dass er hier neben mir sitzt."

Wieder Schweigen.

„Dann schauen Sie doch in seinem Käfig nach."

Sein Gesprächspartner schien darauf etwas zu erwidern, denn wieder wurde der Vater still. Dann sagte er, an Carter gewandt: „Er will in dem Käfig nachsehen, in den sie Rusty gesteckt haben."

Kurz darauf war der Angestellte offenbar zurückgekehrt.

„Ja, er ist hier", erklärte Carters Vater zum dritten Mal. „Ich habe nicht die geringste Ahnung, wie er entkommen konnte oder wie er es geschafft hat, zu diesem Haus zurückzufinden, aber auf irgendeine Art und Weise ist es ihm gelungen."

„Kann er nicht über Nacht bleiben?", bettelte Carter. „Nur noch eine Nacht. Bitte, Dad, bitte."

„Ja, ich bringe ihn morgen früh zurück", sagte sein Vater.

Dankbar schlang Carter die Arme um Rusty. Er wusste nicht, wie der Hund den meilenweiten Weg über die schneebedeckten Straßen bis zu ihrem Haus gefunden hatte – aber er war schon immer überzeugt gewesen, dass Rusty besondere Fähigkeiten besaß.

Sein Vater beendete das Gespräch. „Aber er kann bloß bis zum Morgen bleiben, Carter."

Der Junge nickte. Es war zwar nicht annähernd lang genug, aber für diese eine Nacht gehörte Rusty ihm.

18. KAPITEL

„Sie sind da!“, rief Rosalie aus dem Wohnzimmer. Vor Aufregung klang ihre Stimme ganz hoch. Schon seit geraumer Zeit lief sie alle paar Minuten zum Fenster, um nachzuschauen, ob ihre Tochter und deren Mann schon angekommen waren.

„Ist es Donna?“ Er fühlte sich kaum weniger aufgewühlt als seine Frau.

„Ja“, antwortete Rosalie und ließ die Gardinen wieder fallen.

Harry bemühte sich, auf die Beine zu kommen. Sofort war Rosalie an seiner Seite, brachte ihm den verhassten Rollator und legte ihrem Mann den Arm um die Taille, um ihn in den Flur zu geleiten.

„Wie sehe ich aus?“, fragte sie.

Einen Moment lang gab Harry vor, sie genau zu mustern: ihr sorgfältig frisiertes graues Haar, das dunkelgrüne Kleid und die Kameenbrosche, die sie angesteckt hatte. „Selbst wenn du es versuchen würdest, könntest du überhaupt nicht hübscher sein.“

„Oh, Harry!“

Bei seinen Worten stieg ihr leichte Röte in die Wangen.

Die Tür öffnete sich, und herein stürmten ihre Tochter und ihr Schwiegersohn Richard, beide mit Tüten und Päckchen beladen. Im nächsten Moment umarmten und küssten sich alle durcheinander. Rosalie hatte Tränen in den Augen, und Harry ging es nicht anders. Seine Tochter zu sehen schien seine nachlassenden Kräfte noch einmal zu beleben.

Schon immer war Rosalie eine begeisterte Gastgeberin gewesen. Sobald Donna und Richard die Mäntel abgelegt hatten, führte sie die beiden ins gute Wohnzimmer und brachte ein Tablett mit Kaffee und Plätzchen herein.

Donna half ihr beim Einschenken, und es dauerte nicht lange, bis alle um den Tisch saßen und einträchtig die Neuigkeiten austauschten. Während Harry die lebhaften Gesten seiner Tochter beobachtete, schien ihm das Herz in der Brust vor Liebe überfließen zu wollen. Vom Äußeren her kam Donna auf Rosalies Familie: Das dichte braune Haar und die dunklen Augen stammten von ihrer Mutter. Aber von Harry hatte sie das Wesen geerbt. Wie er war sie praktisch veranlagt, ging aber hin und wieder auch gerne ein Risiko ein.

Donna war Lehrerin und unterrichtete seit beinahe dreißig Jahren Kinder der ersten Schulklassen. Bald würde sie in Rente gehen, und für Richard galt das Gleiche. Sie hatten sich am College kennengelernt und bald darauf geheiratet. Ihre beiden Kinder waren zwei Jahre auseinander.

„Erzählt mir von Scotty", bat Rosalie. Sie konnte es nicht erwarten, von ihrem jüngsten Enkel zu hören. Schon vorher hatte Donna angedeutet, dass sie besondere Neuigkeiten zu berichten hatte.

Donna und Richard lächelten sich gegenseitig an, und Richard nahm die Hand seiner Frau.

„Scott hat sich verlobt!", eröffnete Donna ihren Eltern freudestrahlend.

„Mit Lana?", fragte Harry. Im September war ihr Enkel bei ihnen zu Besuch gekommen und hatte ihnen bei dieser Gelegenheit eine junge Frau vorgestellt. Harry hatte den Ausdruck in Scotts Augen sofort erkannt: Der Junge war verliebt.

„Ja, und wir alle mögen sie richtig gerne", antwortete Donna. „Neulich haben Rich und ich Lanas Eltern kennengelernt, und sie freuen sich mindestens genauso sehr."

„Wann findet die Hochzeit statt?", erkundigte sich Rosalie.

„Im Februar."

„Schon so bald!", rief Rosalie begeistert aus. „Oh, ich bin so glücklich."

„Lana wollte eigentlich bis Juni warten", erklärte Donna, „aber Scott fand eine Hochzeit am Valentinstag romantischer."

„Wer hätte das von unserem Sohn gedacht?", warf Richard ein.

Rosalie und Harry lächelten sich an. „Die romantische Ader hat er von seinem Großvater."

„Dad?", fragte Donna mit gespielter Überraschung.

„Dein Vater hat mir seit dem Jahr, in dem wir uns begegnet sind, an jedem einzelnen Valentinstag Blumen geschenkt. Sogar im Krieg." Die Augen wurden ihr feucht, als sie Harry ansah. Hastig zog sie das spitzengesäumte Taschentuch aus dem Ärmel und betupfte sich die Wangen. „Was für wunderbare Neuigkeiten, findest du nicht auch, Schatz?"

Harry nickte. Damit wären alle seine Enkelkinder verheiratet. Obwohl er Lana nur dieses eine Mal begegnet war, glaubte er fest daran, dass sie und Scott gut zusammenpassten.

„Und das ist noch nicht alles", fuhr Donna fort. „Letzte Woche hat Phillip angerufen und erzählt, dass Tiffany schwanger ist."

Die Nachricht entlockte Rosalie einen kleinen Freudenjuchzer.

„Rich und ich werden Großeltern."

„Oh, du meine Güte!" Rosalie schlug die Hände zusammen. „Das heißt, dass Harry und ich dann sogar Urgroßeltern sind!"

„Ach was, du bist noch viel zu jung, um Urgroßmutter zu werden", zog Harry seine Frau auf, nur um sie noch einmal erröten zu sehen.

Sie tat ihm den Gefallen. „Unsinn. Einige unserer Freunde sind sogar schon mehrfache Urgroßeltern."

Es stimmte. Doch Harry sparte sich eine Antwort. Eigentlich hatte er gehofft, lange genug zu leben, um seinen ersten Urgroßenkel auf den Armen zu halten, aber es sollte nicht sein.

Richard nahm sich noch einen Keks. Rosalie hatte die Plätzchen am Samstag in der Bäckerei gekauft, und obwohl er sich hüten würde, ihr das zu sagen, fand Harry sie genauso gut wie ihre selbst gebackenen. Wenn er ehrlich war, konnte er auch noch eins davon vertragen. Kaum hatte er den Arm gehoben, als Rosalie ihm schon den Teller entgegenstreckte.

Donna redete immer noch von dem Baby. Harry wusste, dass sie eine wunderbare Großmutter sein würde. Schon als Mutter hatte sie sich großartig gemacht, und da sie jahrelang Sechs- und Siebenjährige unterrichtet hatte, konnte sie hervorragend mit Kindern umgehen. Donnas Schüler liebten sie. Es war nicht ungewöhnlich, dass Teenager und junge Erwachsene sie besuchten – ehemalige Schüler von ihr.

„Wann soll das Kind geboren werden?“, fragte Rosalie.

„Im Juli“, sagte Donna. „Wir wissen noch nicht, ob es ein Junge oder ein Mädchen wird, aber eigentlich ist das auch völlig egal. Aber den Zeitpunkt haben sie gut gewählt.“

Richard lächelte. „Phillip hat die Uni inzwischen beendet, und der Job, den er bei Microsoft angefangen hat, scheint einigermaßen sicher zu sein. Zumindest so sicher, wie man es heutzutage erwarten kann.“ Dabei warf er Harry einen Blick zu, und der lächelte. Im Lauf der Jahre hatten sie sich häufig über Wirtschaft und ähnliche Themen unterhalten.

„Allerdings muss Phillip häufiger auf Geschäftsreisen gehen, als die beiden sich wünschen würden“, warf Donna ein. „Aber da er noch dabei ist, in seinem Beruf Fuß zu fassen, liegt das in der Natur der Sache.“

Richard trank einen Schluck Kaffee. „Wie ich gehört habe, plant ihr, euer Haus zu verkaufen.“

Mit einem Seufzer sah Rosalie ihren Mann an.

„Leider hatten wir mit Liberty Orchard Pech“, erklärte Harry. Im Nachhinein würde er alles darum geben, der Verwalterin den Scheck schon bei dem Besuch in der Anlage überreicht zu haben. „Offenbar ist die einzige Wohnung, die dort frei war, inzwischen vergeben."

Donna beugte sich etwas vor. „Das hat Mom mir auch erzählt. Deshalb habe ich selbst noch einmal in Liberty Orchard angerufen und mit Elizabeth Goldsmith gesprochen."

„Nun ja, sie kann schließlich auch nicht einen Zauberstab schwingen, sodass plötzlich eine andere Wohnung auftaucht." Harry wollte nicht zugeben, wie sehr ihn die Nachricht getroffen hatte. Das neue Zuhause hätte das letzte Geschenk werden sollen, das er Rosalie vor seinem Tod machte, und nun war es unmöglich geworden.

Doch Donna fuhr fort: „Als ich mit ihr sprach, sagte mir Ms. Goldsmith, dass sie euch gerade anrufen wollte."

„Ist die Wohnung doch zu haben?" Hoffnung keimte in Harry auf.

„Nicht die, die ihr euch ursprünglich angeschaut habt. Aber eine andere."

„Ist denn jemand gestorben?", fragte Rosalie, die Stirn gerunzelt.

„Nein. Die Wohnung gehörte wohl einem Paar – vielleicht habt ihr sie sogar kennengelernt: Ralph und Daisy … an den Nachnamen erinnere ich mich leider nicht."

„McDonald", ergänzte Harry. Er erinnerte sich, mit den beiden gesprochen zu haben. Sie schienen sympathisch zu sein und hatten einen Sohn und eine Tochter, die in Chicago lebten. „Ziehen sie in die Nähe ihrer Kinder?"

„Ja."

„Wann?", fragte Rosalie.

„Sie hoffen, den Umzug bis zum fünften Januar über die Bühne gebracht zu haben. Natürlich dauert es ein paar Tage, bis die Grundreinigung und ein paar Schönheitsreparaturen fertig sind, aber am zehnten Januar könntet ihr beide dort einziehen."

„Ich schicke gleich nach Weihnachten einen Scheck hin", erklärte Harry, ohne seine Freude zu verbergen.

„Das ist alles schon erledigt, Dad", sagte Donna. „Ich wusste, dass ihr die Wohnung nehmen würdet. Also haben Rich und ich unsere Kreditkarte gezückt."

„Dann stelle ich dir den Scheck aus. Und zwar sofort." Er konnte nichts dagegen tun: Die Tatsache, dass die beiden eine Kreditkarte benutzten, bereitete ihm Sorgen.

Doch Donna winkte großspurig ab. „Betrachtet es als Weihnachtsgeschenk."

Obwohl Harry so viel Geld von seiner Tochter selbstverständlich niemals annehmen würde, fühlte er sich zutiefst beruhigt von der Aussicht, dass sie sich die Wohnung damit gesichert hatten.

„Das ist wirklich wunderbar", erklärte Rosalie und nickte nachdrücklich.

„Und es ist sogar noch besser, als du glaubst", fuhr Donna fort, „denn ich kann die ganze Zeit hierbleiben, um euch zu helfen."

Harry war überrascht. „Und was ist mit der Schule?"

„Das ist meine andere Überraschung. Ich gehe in Rente, und zwar sofort."

Sprachlos starrte Harry sie an. „Aber … es ist doch mitten im Schuljahr!"

„Nun ja, das ist der Wermutstropfen bei der guten Nachricht", warf Richard ein. „Donna hat nämlich eine Knieoperation vor sich."

Ihre Tochter nickte bestätigend. „Ich nehme an, das kommt davon, dass ich jahrelang in der Schule mit den Kindern auf dem Fußboden herumgekrochen bin. Die Operation ist keine große Sache, aber danach schließt sich eine mehrwöchige Reha an. Außerdem hatte ich ohnehin beschlossen, zum Ende des Schuljahres in Rente zu gehen. Mit der Hochzeit, der Operation und dem Baby spricht alles dafür, den Schritt jetzt schon zu tun. Das findet Rich auch."

„Das klingt wunderbar", wiederholte Rosalie.

Schon immer hatte sie ihre Töchter unterstützt, selbst wenn Harry seine Zweifel an manchen Entscheidungen der Kinder hegte. Aber Rosalie war ein bedingungslos loyaler Mensch, und das liebte er an ihr.

„Ich habe die Anträge schon eingereicht, und sie sind bewilligt worden."

„Du hättest uns davon erzählen sollen", schalt Rosalie sie.

„Das konnte ich nicht, bevor ich nicht den endgültigen Bescheid hatte. Ich hatte nicht vor, etwas vor euch zu verheimlichen, aber ich weiß doch, was für Sorgen du dir immer machst, Mom."

Obwohl Donna behauptet hatte, ihre Entscheidung hätte mit der Operation, der Hochzeit und dem Baby zu tun, beschlich Harry ein ganz anderer Verdacht. „Dann kannst du uns also beim Packen helfen."

„Ja. Und Lorraine auch."

Harry freute sich darüber. Also war sein Gebet erhört worden – sie hatten einen Platz in Liberty Orchard bekommen, und beide Töchter würden hier sein. Falls Gott nun beschloss, ihn zu sich zu nehmen, wusste Harry zumindest, dass Rosalie gut versorgt war.

Es würde das schönste Weihnachtsfest seines Lebens werden. Und das letzte …

19. KAPITEL

Beth gähnte. Es war ein langer Tag gewesen, angefangen mit der Messe und dann dem Familienbrunch. Nun war es fast zehn, und sie fühlte sich reif fürs Bett. Vor einer Weile hatte sie sich in *World of Warcraft* eingeloggt, aber enttäuscht feststellen müssen, dass Peter nicht online war. Sie war trotzdem immer noch erleichtert über die Verabredung, ihr Treffen bis nach Neujahr zu verschieben. Das gab ihr die Zeit, ein paar Entscheidungen zu treffen, sich die Situation noch einmal durch den Kopf gehen zu lassen und zu überlegen, wie sie mit dem, was sie nun wusste, umgehen wollte.

Es klingelte. Überrascht runzelte Beth die Stirn. Wer würde denn um die Zeit noch bei ihr vorbeischauen?

Durch den Türspion sah sie eine wunderschöne Frau mit unglaublich blauen Augen im Hausflur stehen. Beth erkannte sie nicht. Aber obwohl sie nicht wusste, wer die Frau war, entriegelte sie die Tür und machte auf.

Statt der Frau, die sie durch den Spion erblickt hatte, stand ein Mann vor ihr. Und nicht irgendein Mann, sondern John Nicodemus, ihr Exmann.

Peter.

Wenn schon Beth sprachlos war vor Schreck, so war das nichts im Vergleich zu dem Ausdruck, den sie auf Peters Gesicht sah.

„*Marybeth?*“, flüsterte er, als hätte er seine Stimme verloren. „Was machst du denn hier?“

„Ich wohne hier.“

„Nein, du kannst nicht hier wohnen“, widersprach er.

„Suchst du zufällig nach Borincana?“, fragte sie.

Peter wurde bleich.

„Du bist Timixie“, fügte sie hinzu. Da auf der Hand lag,

dass sie sich beide erst einmal setzen mussten, trat sie beiseite und winkte ihn hinein.

Peter ging ins Wohnzimmer und ließ sich schwer aufs Sofa fallen. Die Ellenbogen auf die Knie gestützt, vergrub er die Finger in den Haaren und starrte auf den Fußboden.

Beth wusste genau, was er in diesem Augenblick empfinden musste. Schließlich hatte sie den gleichen Schreck schon in Leavenworth erlebt. Es hatte sich angefühlt, als wolle der Bürgersteig unter ihr nachgeben, und im nächsten Augenblick waren Ärger und Entsetzen in ihr aufgeflammt.

Gestern in Leavenworth hatte sie ihn verdächtigt, die Sache absichtlich eingefädelt zu haben. Während sie Peter beobachtete, sah sie auf seiner Miene dieselbe Abfolge von ungläubigem Entsetzen, Ärger und Argwohn.

„Wie kann das sein?“, murmelte er nach einer langen Pause.

„Das habe ich mich auch gefragt.“

Misstrauisch blickte er sie an. „Seit wann weißt du Bescheid?“

Sie musste ihm klarmachen, dass sie die Sache genauso wenig arrangiert hatte wie er. „Seit Leavenworth.“

Ein harter Zug erschien um seinen Mund. „Dann warst du also dort?“

Beth nickte. „Du hast neben dem Pavillon gestanden, genau wie wir es verabredet hatten. Als ich die rote Rose gesehen habe, wäre ich fast ohnmächtig geworden.“

„Aber wer hat dann angerufen?“, wollte er wissen. „Deine Stimme hätte ich doch erkannt.“

„Meine Freundin Heidi. Wir kennen uns noch nicht so lange – du bist ihr nie begegnet.“

Er richtete sich auf, um sich dann im Sofa zurückzulehnen, während er das Gesagte verarbeitete.

„Warum bist du hier?“, fragte sie und musterte ihn eingehend. Er sah sogar noch besser aus als in ihrer Erinnerung. Die vergangenen Jahre hatten ihn reifen lassen, und in seinen

Gesichtszügen lag nichts Jungenhaftes mehr. Nun wirkte er ernster – erwachsener. Damals waren sie noch so kindisch und unvernünftig gewesen, dass sie die Beziehung gar nicht schnell genug beenden konnten. Der Schmerz der Trennung hatte Beth für alles andere blind gemacht, und vielleicht war es John … Peter ja auch so gegangen. Zumindest ließen seine Onlinenachrichten so etwas vermuten.

„Ich hätte nicht kommen sollen", murmelte er. „Schon auf der Fahrt hierhin wusste ich nicht so genau, was mich eigentlich dazu veranlasst hat."

Das verstand auch Beth nicht richtig. Sie hatten doch schon verabredet, bis nach Neujahr zu warten!

Ein paar Sekunden lang schloss er die Augen, dann öffnete er sie wieder und sah Beth gerade ins Gesicht. „Wir haben uns heute Nachmittag zwar verabredet, aber urplötzlich hat mir das nicht mehr gereicht. Ich konnte einfach nicht aufhören, an dich zu denken. Und dann hatte ich Angst, dass keiner von uns jemals den Mut finden würde, wenn wir das Treffen verschieben. Es wäre einfach zu leicht, immer so weiterzumachen."

Das stimmt, dachte Beth.

„Und sobald ich die Entscheidung einmal getroffen hatte, habe ich es nicht mehr ausgehalten, auch nur eine weitere Stunde zu warten. Deine Adresse hatte ich ja seit dem Anruf in Leavenworth – offenbar dank deiner Freundin. Ich habe also beschlossen, dich kennenzulernen, und es war mir egal, dass es schon nach neun ist und ich uneingeladen komme."

„Nur dass du mich schon kennengelernt hattest."

„Na ja, das konnte ich wohl kaum wissen, oder?", fuhr er sie an, um den Ausbruch offenbar im nächsten Moment schon wieder zu bereuen. Hilflos fragte er: „Wie konnte so etwas bloß passieren?"

Sie antwortete mit einer Gegenfrage: „Wann ist aus John Peter geworden?"

„Als ich die Stelle bei Starbuck's angetreten habe. Im Büro gab es vier Johns, und deshalb habe ich angefangen, meinen zweiten Vornamen zu benutzen. Im Laufe der Zeit habe ich mich daran gewöhnt. Die einzigen Menschen, die mich noch John nennen, sind meine Eltern."

Mit anderen Worten: Es gab eine vollkommen vernünftige Erklärung für den Namenswechsel. Mit Täuschung hatte es überhaupt nichts zu tun.

„Und was ist mit dir, Mary*beth*?"

„Nach der Scheidung ist aus Marybeth Beth geworden."

Er betrachtete sie skeptisch. „Gab es dafür einen besonderen Grund?"

„Ich wollte ganz neu anfangen, und Marybeth kam mir einfach kindisch und veraltet vor. Also habe ich den Namen abgekürzt. Die Einzigen, die mich heute noch Marybeth nennen, sind meine Eltern und meine Schwester."

„Aha." Er fuhr sich übers Gesicht. „Ohne zu dreist sein zu wollen: Ich könnte jetzt wirklich einen Kaffee gebrauchen."

„Klar. Tut mir leid, ich hätte dir auch welchen anbieten können." Beth stand auf und ging zwei Schritte in Richtung Küche, bevor sie sich umdrehte. „Wie hast du das eigentlich gemacht?"

„Was genau?"

„Bevor ich aufgemacht habe, habe ich zuerst durch den Spion geschaut, und da stand eine Frau draußen."

„Eine Frau?" Er klang ehrlich erstaunt.

„Ja, eine attraktive Frau mit blonden Haaren und strahlend blauen Augen."

„Das war nicht ich."

„Ganz offensichtlich."

Er begegnete ihrem Blick geradeheraus. „Ich war der Einzige da draußen, Beth. Vielleicht solltest du mal einen Sehtest machen lassen."

„Vielleicht solltest du ..." Gerade noch rechtzeitig schloss sie den Mund wieder. Es gab so viele andere Dinge, über die sie reden mussten. Einen Streit anzuzetteln hatte keinen Sinn. Vermutlich spielte es keine Rolle, was oder wen sie gesehen hatte – oder zu sehen geglaubt hatte. „Entschuldige mich kurz, dann koche ich Kaffee."

Zu ihrer Überraschung folgte Peter ihr in die Küche. „Was ist denn da grade passiert?", erkundigte er sich, offenkundig erstaunt.

„Was meinst du?" Routiniert füllte sie Kaffeepulver und Wasser in die Kaffeemaschine.

„Du hast das eben einfach so stehen lassen."

Beth warf ihm einen verwirrten Blick zu. „Was eben?"

„Früher musstest du bei jeder Diskussion das letzte Wort behalten", erklärte er. „Du hast immer alles darangesetzt, mir begreiflich zu machen, dass du recht hattest und ich unrecht."

„Wirklich?" Daran konnte Beth sich nicht erinnern.

„Irgendwie musstest du ständig was beweisen."

„Tja, Menschen verändern sich."

Einen Augenblick schwieg Peter, bevor er bemerkte: „Ich habe mich auch verändert."

„Das haben wir bestimmt beide." Und zwar zum Besseren, dachte sie. Aber das behielt sie für sich. Inzwischen spielte sie schon seit einem halben Jahr mit diesem Mann zusammen *World of Warcraft*. Sie kannte ihn, wusste wichtige Dinge über ihn, und er hatte überhaupt keine Ähnlichkeit mit ihrem Exmann.

Der Kaffee fing an durchzulaufen, und Beth nahm zwei Becher aus dem Schrank. Ohne den Blick von der Arbeitsplatte zu heben, raffte sie all ihren Mut zusammen, um ihm eine Frage zu stellen.

„Hast du das ernst gemeint, was du heute Nachmittag geschrieben hast … dass du mich immer noch liebst?" Es kam ihr vor, als blieben ihr die Worte im Hals stecken.

„Ja."

Sie wünschte, er könnte die Frage etwas ausführlicher beantworten – und nach einer kurzen Pause fuhr er tatsächlich fort.

„Ich habe nie aufgehört, dich zu lieben, Marybeth. Das war eines der Probleme. Jahrelang haben die Menschen um mich herum auf mich eingeredet, mir endlich jemand anders zu suchen und wieder zu heiraten. Und ich habe es wirklich versucht."

Beth riss den Kopf hoch. „Dann stimmt es also?" Sofort presste ihr etwas das Herz zusammen, und Übelkeit stieg in ihr auf. „Dann hast du wirklich wieder geheiratet."

„Nein", widersprach er. „Wer hat dir das denn erzählt?"

„Eine Freundin. Na ja, so was in der Art. Lisa Carroll. Erinnerst du dich an sie?"

„Ja." Peter runzelte die Stirn. „Das hat sie dir also erzählt?" Als Beth nickte, legte er beide Hände auf die Arbeitsfläche. „Das kommt der Wahrheit noch nicht einmal nahe. Warum hat sie das getan?" Er zögerte. „Und du? Bist du … hast du jemand anders gefunden?"

Beth zuckte die Schultern. Irgendwie mochte sie nicht zugeben, dass sie die ganzen Jahre lang quasi als Einsiedlerin gelebt hatte. „Ich hatte hier und da mal ein Date, aber die Beziehungen dauerten nie lange."

„Ich habe mich auch gelegentlich mit Frauen getroffen", gab er zu. „Unter anderem mit Lisa. Ungefähr zwei Wochen lang."

Na, das erklärt die Sache wohl, dachte Beth. Laut sagte sie: „Bei keinem der Dates ist bei mir der Funke übergesprungen."

Etwas traurig erwiderte er ihren Blick. „Bei mir auch nicht."

„Ich hatte hauptsächlich Angst." Weil sie nicht wusste, was sie sonst mit ihren Händen anfangen sollte, schenkte sie Kaffee in die beiden Becher, froh über die Ablenkung.

Peter griff nach seinem Becher. Automatisch öffnete sie den Kühlschrank und nahm die Milch heraus.

Er lächelte. „Du weißt also noch, dass ich Milch in den Kaffee nehme."

„Wie hätte ich das vergessen können?", fragte sie. Ihre Mundwinkel zuckten. „Erinnerst du dich nicht, dass wir diesen Riesenstreit wegen der Milch hatten? Nur weil ich vergessen hatte, auf dem Nachhauseweg welche einzukaufen."

Peter warf den Kopf zurück und starrte gegen die Decke. „Manchmal hatte ich ganz schön überzogene Ansprüche."

Damals hatte sie dasselbe gedacht. Er hatte ihr vorgeworfen, die Milch absichtlich nicht gekauft zu haben – als Rache dafür, dass er in einem albernen Streit am Vortag recht behalten hatte. Die ganze Sache war so dumm und unreif gewesen.

Peter goss sich einen Schluck Milch in den Kaffee und stellte den Karton dann in den Kühlschrank zurück. Erstaunt sah Beth ihm dabei zu. Während ihrer Ehe hatte er sie beinahe zur Verzweiflung gebracht, weil er alles stehen und liegen ließ. Schubladen blieben offen, Zeitungen lagen auf dem Fußboden, schmutziges Geschirr stand überall.

Wenn sie sich darüber beschwerte, warf er ihr vor, pingelig und ein Putzteufel zu sein. Beth fand sowohl das eine als auch das andere ungerechtfertigt. In ihren Augen war er derjenige, der faul und unorganisiert war. Natürlich hatte sie ihm das auch gesagt.

Eine Weile tranken sie still ihren Kaffee, anscheinend entspannt gegen die Arbeitsplatte gelehnt. Doch innerlich fühlte Beth sich alles andere als ruhig.

„Hast du auch gemeint, was du gesagt hast?" Peter sah sie über den Rand seines Bechers hinweg an.

Sie wusste genau, wovon er sprach. „Ich habe dich immer geliebt. Sogar als ich den Scheidungsantrag eingereicht habe, habe ich dich noch geliebt. Ich konnte zwar nicht mit dir leben, aber das hat nichts an meinen Gefühlen geändert."

Er lachte in sich hinein und nickte. „Mir ging es genauso. Du hast mich in den Wahnsinn getrieben."

„Das haben wir wohl gegenseitig getan." Beth stellte den

Becher ab. „So“, sagte sie mit einem Seufzer. „Heute Nachmittag hast du geschrieben, dass du die Vergangenheit hinter dir lassen und nach vorne schauen willst.“

Wieder nickte er. „Es wird für uns beide Zeit, das, was war, loszulassen.“

„Und ... was ist mit der Zukunft?“

Darauf antwortete er nicht gleich. Stattdessen warf er ihr einen unsicheren Blick zu, um dann wegzusehen. „Mit anderen Worten: Du willst wissen, wie wir jetzt weitermachen.“

„Das ist doch eine faire Frage, oder?“

„Stimmt. Aber ich bin mir nicht sicher, was ich darauf sagen soll. Ist es denn bloß Zufall, dass wir uns ein halbes Jahr lang online getroffen haben, ohne es zu merken?“

„Dass du Peter sein könntest, hätte ich mir nie träumen lassen“, erwiderte sie. „Ich habe das nicht geplant – ich hätte auch gar nicht gewusst, wie.“

„Ich glaube dir. Mir geht es genauso.“

Plötzlich erinnerte sich Beth an das Gespräch mit ihrer Mutter. Joyce hatte für sie eine Kerze in der Kirche angezündet. Sie holte tief Luft. „Mir kommt es so vor, als hätte es einen Sinn, dass wir uns wieder über den Weg gelaufen sind.“

„Mir auch.“

Ihr Herz fing wild zu klopfen an, als Peter seinen Becher abstellte und um den Küchentresen herumkam, bis er direkt vor ihr stand. Er legte ihr die Hände auf die Schultern und blickte ihr fest in die Augen.

„Wenn du gewillt bist, uns eine zweite Chance zu geben, dann sollten wir es versuchen“, erklärte er.

Beth schenkte ihm ein zaghaftes Lächeln. „Ja, ich bin gewillt, es zu versuchen.“

In nächsten Augenblick küsste er sie. Als er den Kopf senkte, schloss Beth die Augen und schlang die Arme um ihn. Seine Lippen waren weich, nachgiebig und warm. Plötzlich drehte sich die Zeit zurück, und sie waren wieder Studenten, die bis über beide Ohren verliebt und von Lust auf den anderen erfüllt waren. Im Bewusstsein ihrer Liebe konnten sie Drachen, Kriegern, feindlichen Herrschern und noch Schlimmerem trotzen.

Beth löste sich von ihm und lächelte ihn an. „Möchtest du Weihnachten mit mir und meiner Familie verbringen?"

Peter lachte. „Wenn du Silvester mit meiner verbringst – ja."

„Sehr clever, Goodness", sagte Mercy. Sie saß auf der Arbeitsplatte in der Küche von Beth Fischer und baumelte mit den Beinen.

„Ich musste schließlich etwas tun", erklärte Goodness. „Peter und Beth hätten sich sonst damit zufriedengegeben, ihr Treffen immer weiter zu verschieben, und das wollte ich verhindern." Sie lächelte Mercy zu. „Mir ist klar geworden, dass Männer viel leichter zu beeinflussen sind als Frauen."

„Das habe ich auch gerade entdeckt." Shirley gesellte sich zu ihnen. „Aber das ist noch nicht alles. Wie du dich zwischen Peter und die Tür gedrängt hast, sodass Beth durch den Spion nicht sein Gesicht sieht, sondern deins – das war einfach ein Geniestreich."

„Und ganz schön schwierig." Bewunderung schwang in Mercys Stimme mit. Goodness hatte in jenem Moment zwar für Beth sichtbar sein müssen, aber ohne dass Peter etwas von ihrer Anwesenheit merkte. Das war keine leichte Aufgabe. Sollte Gabriel jemals davon erfahren, so müsste sie sich bestimmt einiges anhören.

„Gabriel wird sich freuen, wenn er hört, dass Beth und Peter wieder zusammen sind."

„Das glaube ich auch", antwortete Goodness.

Ihre Mission war erfüllt.

Die Kerze, die Joyce Fischer in der Kirche entzündet hatte, flackerte noch einmal auf und erlosch.

20. KAPITEL

Weil er wusste, dass Rusty am nächsten Morgen zurück ins Tierheim musste, ließ Carter den Hund in dieser Nacht auf seinem Bett schlafen. Beide Arme um ihn gelegt, flüsterte er ihm ins Ohr: „Du bist der beste Hund, den man überhaupt haben kann."

Als ob er die Worte verstünde, leckte Rusty ihm das Gesicht. Er schien damit sagen zu wollen, dass auch für ihn Carter der beste Freund war, den er jemals haben würde.

„Ich würde alles tun, um dich behalten zu können. Na ja ... fast alles." Nachdem sein Vater von der Arbeit nach Hause gekommen war und erklärt hatte, Rusty am nächsten Morgen wieder ins Tierheim bringen zu wollen, hatte Carter ernsthaft darüber nachgedacht, einfach auszureißen.

Wenn Mom und Dad ihm nicht erlaubten, Rusty zu behalten, dann wollte Carter nicht länger zu dieser Familie gehören. Er würde eine neue finden, und zwar eine, die sich einen Hund leisten konnte und in der Versprechen gehalten wurden.

Von seinem Taschengeld hatte er über dreißig Dollar gespart. Damit konnte er zu den Großeltern in Wenatchee gelangen. Bestimmt musste er Grandma und Grandpa Parker nur von Rusty erzählen, damit sie ihm das Geld gaben, das er brauchte, um den Hund zu behalten.

Aber im Endeffekt brachte Carter es doch nicht über sich, von zu Hause wegzulaufen. Er liebte seine Mutter und seinen Vater – und sogar seine kleine Schwester, obwohl sie die meiste Zeit eine ziemliche Nervensäge war.

„Ich komme mit dir zum Tierheim", versicherte Carter seinem Freund. Am Morgen würde er mit dem Vater mitfahren. Er war fest entschlossen, mit der Dame zu sprechen, die Rusty beim letzten Mal aufgenommen hatte. Carter wollte ganz sichergehen, dass sein Hund ein gutes Zuhause bekam. Nicht einfach nur ein normales, sondern das bestmögliche.

Er hatte um einen Hund gebetet, und zwar mit aller Inbrunst. Obwohl er Rusty liebte, war dies vielleicht trotz allem doch nicht der Hund, den ihm Gott geschickt hatte.

Tränen stiegen ihm in die Augen, und er musste sich bemühen, ein Schniefen zu unterdrücken. Damit seine Schwester ihn nicht weinen hörte, vergrub er das Gesicht im Fell des Hundes.

„Ich will Rusty auch behalten", flüsterte Bailey von der anderen Seite des Zimmers.

Carter tat so, als hörte er sie nicht.

„Ich habe Rusty genauso lieb wie du", erklärte sie lauter.

„Ich weiß."

Sie schniefte, und Carter tat es ihr nach, bevor er sagte: „Schlaf ein."

Aber Bailey antwortete nicht. Carter vermutete, dass sie genauso traurig war wie er. Selbst wenn Rusty eigentlich ihm gehörte, war er bereit, ihn mit Bailey zu teilen. Nicht gerade jeden Tag, aber zumindest manchmal – ungefähr einmal in der Woche.

Nur dass er Rusty mit überhaupt niemandem teilen konnte, weil er ihn nicht behalten durfte. Sein Freund war nur noch ein paar Stunden bei ihm. Die Erkenntnis war niederschmetternd.

„Schlaf ein", wiederholte er und kuschelte sich an Rusty.

„Da hast du ja einen ganz schönen Schlamassel angerichtet", meinte Mercy vorwurfsvoll zu Shirley, die mit ihr im Kinderzimmer saß. Shirley hatte es sich am Fußende des Bettes bequem gemacht, auf dem Rusty zusammengerollt neben Carters Füßen lag.

„Ich?" Shirley, die weiter den Hund streichelte, trug eine Miene größter Unschuld zur Schau.

„Ja, du." Anklagend zeigte Mercy mit dem Finger auf ihre Engelskollegin, bevor sie die Arme verschränkte und die träumenden Kinder betrachtete. „Wie konntest du das zulassen?"

Bereit zur Verteidigung, straffte Shirley die Schultern.

Doch so einfach ließ Mercy sich nicht ins Bockshorn jagen. „Du warst doch diejenige, die beim Tierheim vorbeigeschaut und die Käfigtür geöffnet hat, um Rusty zu befreien."

„Äh ..."

„Und das war längst nicht die einzige Tür, die du aufgemacht hast." Mercy durchschaute das Getue der Freundin. Aus dieser Sache würde sie sich nicht einfach herauswinden.

„Na ja ..." Unbehaglich rutschte Shirley auf ihrem Sitz herum. Als ob er ihre Anwesenheit ahnte, hob Rusty den Kopf und sah sich um.

„Schon gut, Kleiner", flüsterte Shirley, um den Hund zu beruhigen.

Rusty legte den Kopf wieder auf die Pfoten und schloss die Augen.

„Mach dir gar nicht erst die Mühe abzustreiten, dass du diejenige warst, die ihn freigelassen hat", wiederholte Mercy mit strenger Stimme.

„Also gut", gab Shirley zu, „das war ich ..."

„Habe ich mir's doch gedacht."

„Ich konnte nicht anders! Carter liebt diesen Hund, und Rusty liebt den Jungen. Die beiden sind füreinander bestimmt!"

„Das hast du neulich abgestritten." Obwohl Mercy so tat, als klage sie Shirley an, freute sie sich insgeheim über deren kleines Manöver. Früher hatte sich Shirley bei ihren Besuchen auf Erden immer buchstabengetreu an sämtliche Vorschriften gehalten. Der ehemalige Schutzengel hatte die Rolle der Aufseherin eingenommen und Goodness und Mercy auf die Finger geschaut, als hätte sie das Recht dazu. Mercy war zutiefst befriedigt, dass Shirley wenigstens einmal selbst die Regeln gebrochen hatte.

„Schau dir Carter und Rusty doch bloß an", forderte Shirley sie auf. „Wie kann man es nur übers Herz bringen, dem Jungen seinen Hund wegzunehmen?"

Mercy blickte auf die Schläfer. Rusty hatte sich an Carter gekuschelt, und das Bild rührte den Engel beinahe zu Tränen.

„Was geschieht jetzt?“, fragte Mercy.

„Ich weiß es nicht.“ Shirley schüttelte den Kopf. „Ich habe Gabriel um Hilfe für Carter gebeten. Mehr kann ich nicht tun.“

„Wirklich?“ Wie oft hatte Mercy selbst schon das Gleiche versucht – ohne Erfolg? Shirley dagegen war ihres Wissens noch nie zu dem Erzengel gegangen, um Unterstützung zu erbitten. Bis jetzt.

„Was hat er gesagt?“

Shirley räusperte sich. „Dass ich mich sowieso schon unberechtigterweise eingemischt habe. Und dass Gott alles unter Kontrolle hat.“

„Dann wusste er also, was du getan hast.“ Eigentlich hätte Mercy nicht überrascht sein dürfen. Gabriel schien immer über alles Bescheid zu wissen, was sie taten.

„Ich soll meine Finger davonlassen.“ Shirley klang etwas beleidigt, was Mercy ihr nicht verdenken konnte.

„Das hat Gabriel dir gesagt?“

„Ja, und zwar mit genau diesen Worten. Er hat mir verboten, mich von jetzt an noch irgendwie einzumischen. Allerdings sagte er, ich solle hierbleiben.“

„Das hoffe ich doch.“

Shirley sah zu Boden. „Ich glaube, Gabriel war ziemlich unzufrieden mit mir.“

Doch Mercy zuckte nur die Schultern, als wolle sie sagen, dass das zu erwarten war. „Mach dir keine Sorgen. Gabriel wusste genau, was er tat, als er uns zur Erde geschickt hat.“

Missmutig nickte Shirley.

Da ihre Freundin sich offenbar so mies fühlte, beschloss Mercy, ihren Aufenthalt in Leavenworth ein bisschen vergnüglicher zu gestalten. „Was hältst du von ein bisschen Spaß?“

Noch vor einer Woche hätte Shirley die Engelskollegin

noch scharf dafür zurechtgewiesen, dass sie es auch nur wagte, einen solchen Vorschlag zu machen. Doch nun starrte sie Mercy einfach nur an. „Woran hast du denn gedacht?"

„Ist dir der Weihnachtsschmuck an den Straßenlaternen aufgefallen?" Es war schwer, ihn zu übersehen. Die Stadtverwaltung hatte überall große Kränze aufhängen lassen. Geschmückt waren sie mit Kerzen, Zuckerstangen und ein paar etwas unecht aussehenden Engelchen.

„Man könnte ein bisschen Unordnung hineinbringen", fuhr Mercy fort.

„Warum lassen wir nicht einfach alle Dekogegenstände verschwinden – außer den Engeln?", schlug Shirley zaghaft vor. Mercys Begeisterung schien sie anzustecken.

„Klingt gut."

„Lass uns Goodness Bescheid sagen und loslegen!"

Heute war der dreiundzwanzigste Dezember. Ihnen blieb noch ein letzter Tag auf Erden. Heiligabend mussten sie für die Weihnachtsfeiern in den Himmel zurückkehren. Mercy war fest entschlossen, aus diesem letzten Tag das Beste zu machen.

Carter lag warm und wohlig in seinem Bett, als Rusty zu bellen anfing. Das Bellen wurde lauter und aufgeregter, und es hörte nicht auf. Zuerst versuchte Carter es zu überhören und weiterzuschlafen. Doch als er endlich schlaftrunken die Augen aufschlug, konnte er nichts sehen. Das ganze Zimmer war von Nebel erfüllt, und es roch widerlich – als ob irgendetwas brannte.

Der Nebel war so dicht, dass Carter noch nicht einmal das Bett seiner Schwester sehen konnte, und er reizte seine Lunge. Jeder Atemzug tat weh.

Ohne zu begreifen, was los war, setzte er sich auf. „Bailey?"

Seine Schwester antwortete nicht.

„Bailey!" Er versuchte es noch einmal.

Auf einmal wurde die Zimmertür aufgerissen und mit einem Knall wieder zugeschlagen. Der Vater tauchte aus dem Nebel auf, die Hand über Nase und Mund gelegt.

„Dad? Was ist los?“

„Feuer“, antwortete sein Vater kurz angebunden. Dann war das hier also kein Nebel, sondern Rauch. Dad hob ihn hoch und trug ihn durch das Zimmer zu Baileys Bett, wo er ihn absetzte. Er riss Bailey an sich, öffnete das Fenster und setzte das schläfrige Mädchen barfuß in den Schnee.

„Lauf vom Haus weg, so schnell du kannst“, trug er ihr auf. „Mom wartet vorne auf dich.“

Carter sah seine Schwester durch den Schnee davonrennen. Der Rauch, der nun aus dem Fenster quoll, brannte ihm in den Augen. Als Nächstes war er an der Reihe. Sein Vater hob ihn vorsichtig hinaus, schaute sich noch einmal um und sprang dann selbst nach draußen.

Vater und Sohn liefen Hand in Hand um das Haus herum.

In der Ferne hörte Carter die Sirene der Feuerwehr aufheulen. Das Geräusch zerriss die Stille der Nacht.

Sein Haus brannte.

Carters Mutter schluchzte auf vor Erleichterung, als sie ihn und seinen Vater erblickte. Weinend breitete sie die Arme aus, drückte Carter fest an sich und küsste ihn. Er erwiderte ihre Umarmung. An seiner Wange spürte er ihre Tränen.

Die Feuerwehr traf ein, und plötzlich liefen alle möglichen Leute vor dem Haus herum. Ein Sanitäter verfrachtete Carter und seine Familie in den Rettungswagen und untersuchte sie. Dem Vater gab er eine Sauerstoffmaske, durch die dieser eine Weile atmen musste.

Als Carter durch das Heckfenster des Wagens schaute, sah er Flammen aus dem Dach des Hauses schlagen. Die Feuerwehrleute hatten ihre Schläuche ausgerollt, und Dutzende von ihnen schienen damit beschäftigt, den Brand zu löschen.

„Wovon sind Sie eigentlich aufgewacht?“, fragte der Sanitäter, der Carters Vater die Sauerstoffmaske gegeben hatte.

Carter antwortete: „Von Rusty." Plötzlich fiel ihm auf, dass er nicht wusste, wo sein Hund war. Er sprang auf und schrie: „Wo ist Rusty?", obwohl ihm dabei der Hals wehtat.

Sein Vater nahm die Maske ab. „Der Hund meines Sohnes hat gebellt", erklärte er heiser. „Wenn Rusty nicht gewesen wäre, dann hätte ich es niemals geschafft, meine Familie aus dem Haus zu bringen."

„Wo ist Rusty? Wo ist Rusty?", schrie Carter. Panisch sah er sich in alle Richtungen um. Der Gedanke, der Hund könne noch im Haus sein, erfüllte ihn mit Entsetzen.

In diesem Augenblick drang Gebell an sein Ohr.

„Rusty!" Carter sprang aus dem Rettungswagen und sah seinen Freund quer durch den Nachbargarten auf sich zurennen. Sofort ließ er sich im Schnee auf ein Knie nieder, schlang Rusty die Arme um den Hals und drückte ihn an sich. „Du hast uns gerettet. Du hast uns gerettet", flüsterte er immer wieder.

Sein Vater trat neben ihn und kniete sich ebenfalls hin. Seine Stimme zitterte, als er sagte: „Danke, Rusty. Wir können uns zwar immer noch keinen Hund leisten, aber heute Nacht hast du dir verdient, den Rest deines Lebens bei uns zu verbringen."

„Meinst du das ernst, Dad?"

„Ja, jedes einzelne Wort."

„Rusty!", brachte Carter heraus. Dann war Rusty doch sein Hund, ganz wie er es gehofft, ganz wie er es sich gewünscht hatte. Tränen liefen ihm die Wangen herab, und Rusty leckte ihm das Gesicht.

„Ich kann nur sagen", meinte der Mann in dem Rettungswagen, „Sie hatten mächtiges Glück, dass Sie den Hund hatten."

Doch Carter widersprach: „Das war kein Glück. Rusty ist der Hund, den mir Gott geschickt hat."

Der Sanitäter nickte. „Was heute Nacht passiert ist, ist wohl der beste Beweis dafür."

21. KAPITEL

Lorraine und ihr Mann Kenny waren am Vormittag des vierundzwanzigsten angekommen. Nun war es zwei Uhr, und Rosalie und ihre Töchter bereiteten in der Küche das Abendessen vor. Richard und Kenny saßen mit Harry im Wohnzimmer und sahen sich im Fernsehen ein Footballspiel an. Die zwei Enkelkinder wurden für den späteren Nachmittag erwartet.

So gefiel Harry Weihnachten: seine Kinder und zwei der vier Enkel würden bei ihm sein. Frieden erfüllte ihn.

Aus dem Sessel aufzustehen fiel ihm schwer, und es war ihm peinlich, nach dem Rollator greifen zu müssen.

„Brauchst du Hilfe, Dad?", fragte Richard.

„Nein, danke. Ich brauche nur ein bisschen länger, aber sonst geht es mir gut." Etwas wacklig auf den Beinen, sah er hinüber zu den beiden Männern, die seine Töchter geheiratet hatten. Er liebte sie ebenso sehr wie Lorraine und Donna. Sie waren die Söhne, die er nie gehabt hatte. In ihren Kindern würden er und Rosalie weiterleben.

„Wo gehst du hin, Dad?", fragte Lorraine, die aus der Küche kam und sich die Hände an einem Geschirrtuch abwischte. Harry wusste zwar nicht genau, was sie da drin kochten, aber es roch gut.

„Ich dachte, ich lege mich vor dem Abendessen noch ein Weilchen hin."

Sie schlang ihm den Arm um die Taille und begleitete ihn über den Flur ins Schlafzimmer.

Dort angekommen, setzte Harry sich auf die Bettkante, und Lorraine stellte den Rollator in seine Nähe, sodass er ihn erreichen konnte, wenn er aufwachte.

„Ich bin froh, dass ich einen Moment mit dir allein habe", sagte er zu seiner ältesten Tochter.

„Was ist denn, Dad?“ Sie setzte sich neben ihm aufs Bett.

„Wenn ich mal nicht mehr bin, dann müsst ihr beiden, du und Donna, für eure Mutter sorgen.“

„Du weißt doch, dass wir das tun werden.“ Tränen standen ihr in den Augen.

Harry nahm ihre Hand und drückte sie. „Ich will nicht, dass es Tränen gibt, wenn ich sterbe, hast du das verstanden?“

„Ach, Dad, natürlich wird es Tränen geben! Du weißt ja gar nicht, wie sehr wir dich lieben. Schließlich bist du das Herz der Familie.“

Harry seufzte. Es ließ sich nicht vermeiden, dass sein Tod sie traurig machte. Für ihn aber bedeutete er eine Befreiung. „Donna will hier sein, um eurer Mutter bei dem Umzug zu helfen.“

„Kenny und ich haben auch vor zu kommen.“

„Danke.“ Harry war sich nicht sicher, ob er zu dem Zeitpunkt noch auf Erden weilen würde. Aber zumindest war alles Notwendige in die Wege geleitet, und das gab ihm Seelenfrieden. „Ich glaube, jetzt ruhe ich mich besser ein bisschen aus.“

„Gute Idee.“ Nachdem er sich auf der Tagesdecke ausgestreckt hatte, küsste Donna ihn auf die Wange und schob ihm ein Kissen unter den Kopf.

Harry hatte gerade die Augen geschlossen, als Rosalie ins Zimmer kam. „Wie geht es dir, Schatz?“

„Ich bin nur etwas müde, das ist alles.“

Sie nahm die Strickdecke vom Fußende des Bettes und deckte ihn sanft zu. „Ruh dich aus. Ich wecke dich rechtzeitig zum Abendessen.“

Harry nickte. Als die Frau, die er seit sechsundsechzig Jahren die seine nannte, hinausgehen wollte, griff er nach ihrer Hand.

Erwartungsvoll drehte Rosalie sich noch einmal um.

„Ich habe dich immer geliebt, Rosalie.“

Sie lächelte. „Ich weiß, Harry. Und du bist die Liebe meines Lebens."

„Dieses Lebens – und des nächsten."

Rosalie bückte sich, um ihm einen Kuss auf die Wange zu drücken, und Harry schloss die Augen.

„Harry!", flüsterte Mercy.

Harry Alderwood öffnete die Lider. Erstaunt sah er den Engel an. „Bin ich tot? Bin ich im Himmel?"

Mercy nickte. „Schau dich an", sagte sie und wies auf seinen Körper, vom Kopf bis zu den Füßen. „Du bist nicht mehr alt, sondern wieder jung."

„Rosalie?"

„Du siehst sie bald wieder", versprach Mercy ihm. „Und wenn sie herkommt, ist sie wieder die junge Frau, als die du sie vor so vielen Jahren kennengelernt hast."

„Dich habe ich doch schon mal gesehen!" Harry zeigte auf Mercy. „Und zwar in der Nacht, als ich meinen Rollator vergessen hatte."

Mercy lächelte. „Stimmt, das war ich."

„Du hast mir geholfen. Danke dafür."

Nun traten auch Shirley und Goodness herbei. „Komm mit", forderte Mercy ihn auf. „Deine Eltern und dein Bruder warten auf dich."

„Mom und Dad?", fragte er aufgeregt. „Und Ted auch?"

Wieder musste Mercy lächeln. „Alle. Im Himmel hat man deine Ankunft schon erwartet. Wir feiern Weihnachten. Du wirst schon sehen – es ist ganz anders als auf der Erde."

Gabriel erschien vor ihnen. „Harry Alderwood?"

Harry, plötzlich wieder jung und gut aussehend, nickte.

„Willkommen im Paradies", sagte Gabriel. „Ab hier übernehme ich." Mit einem Blick entließ der Erzengel seine drei Himmelsgesandten. „Ich bin bald wieder bei euch."

Shirley, Goodness und Mercy standen auf der Chorempore der Kirche von Leavenworth. Sobald der Weihnachtsgottesdienst beendet war, würden sie sich zu Beth und ihrer Familie gesellen, die die Christmette in Seattle besuchten.

Die Orgel setzte mit den ersten Takten von „Stille Nacht“ ein, und Goodness beugte sich zu ihren Freundinnen. „Wartet bloß, bis diese Menschen hier endlich die Musik im Himmel hören. Mann, werden die überrascht sein!“

„Genau wie Harry“, bemerkte Mercy. Es war das erste Mal gewesen, dass sie bei einem Übergang geholfen hatte. Mit anzusehen, wie sich der gebrechliche Körper von Harry Alderwood in den eines jungen Mannes verwandelte, hatte sie zutiefst bewegt. Gleichzeitig war seine Seele befreit worden: Sie war nun frei von dem schwachen, versagenden Herzen, frei von Schmerz und frei von allen Fesseln der Welt.

„Genau wie Harry“, bestätigte Gabriel, der plötzlich neben ihnen stand. An Mercy gewandt, äußerte er: „Du hast deine Sache gut gemacht.“

„Danke“, antwortete sie demütig. „Ich bin froh, dass ich zur Stelle war, um ihn in den Himmel zu geleiten.“

„Wie geht es seiner Familie?“, fragte sie nach einer kurzen Pause. Sie konnte sich nicht vorstellen, wie es für Rosalie gewesen sein musste, ins Schlafzimmer zu kommen und festzustellen, dass ihr Mann im Himmel war.

„Für diejenigen, die auf der Erde zurückbleiben, ist es niemals einfach, einen geliebten Menschen zu verlieren“, erklärte Gabriel.

„Sie verstehen es nicht, oder?“

„Nein, noch nicht“, antwortete der Erzengel. „Im Moment schauen sie noch durch ein trübes Glas. Aber bald wird jeder von ihnen die Wahrheit erfahren. Jeder wird begreifen, dass der Tod nicht das Ende ist, sondern ein Anfang. Ein wahrer Anfang.“

„Wie geht es Rosalie?"

„Jetzt gerade überwältigt sie der Schmerz. Aber ihre Töchter sind bei ihr, und die Liebe der beiden gibt ihr Kraft. Zumindest eine der Töchter bleibt bei ihr, bis sie den Umzug nach Liberty Orchard hinter sich gebracht hat."

Das beruhigte Mercy.

Die Musik verklang, und Pfarrer Williams trat vor den Altar. „Bevor wir diesen Weihnachtsgottesdienst feiern, habe ich zwei Ankündigungen zu machen. Wie ich erfahren habe, ist heute Nachmittag Harry Alderwood gestorben. Lasst uns seine Frau Rosalie und die ganze Familie in unsere Gebete einschließen."

Unterdrücktes Gemurmel pflanzte sich durch die Bankreihen fort.

„Zum zweiten: Wie viele von Ihnen wissen, hat die Familie Jackson in der letzten Nacht durch ein Feuer das Dach über dem Kopf verloren. Zum Glück sind sie versichert. Aber der Brand hat ihren gesamten Besitz zerstört. Fürs Erste sind sie bei Verwandten untergekommen. All[illegible]itglieder unserer Gemeinde, die dieser jungen Familie das Herz öffnen, sollen gesegnet sein."

„Das ist Carters Familie", sagte Shirley mit einem Blick auf ihre Freundinnen.

„Ach ja, Carter", murmelte Gabriel. Argwöhnisch sah er Shirley an.

„Ich schwöre dir hoch und heilig, dass ich mit dem Brand nichts zu tun hatte!" Shirley hatte die Hände in einer Geste der Unschuld gehoben.

„Das weiß ich. Schließlich hattet ihr drei alle Hände voll damit zu tun, den Weihnachtsschmuck an den Straßenlaternen umzudekorieren."

„Oh ..." Schuldbewusst starrte Mercy zu Boden. Das war doch nur eine klitzekleine Sache gewesen, bloß zum Spaß. Dagegen konnte Gabriel doch nichts haben, oder? Den Bewohnern von Leavenworth hatte es schließlich auch nichts ausgemacht.

„Du wusstest von dem Brand?“, fragte Shirley den Erzengel.

„Ja.“

„Was ist da eigentlich passiert?“ Offenbar hielt sie es vor Neugier nicht mehr aus. „Wie hat das Feuer angefangen?“

Gabriel lehnte sich gegen die Balustrade der Empore. „Erinnert ihr euch an den Weihnachtsbaum, den David Jackson neben dem Müllcontainer gefunden hat?“

„Ja?“

„Es hatte seinen Grund, dass man ihn weggeworfen hatte.“

„Ein Kurzschluss?“

Gabriel nickte. „Carters Mutter hat die Lichterkette vor dem Zubettgehen nicht ausgeschaltet, weil sie Angst hatte, sie könnte am Morgen nicht wieder angehen.“ Er seufzte. „Und zu allem Überfluss hatten sie auch die Batterien in ihrem Rauchmelder nicht regelmäßig überprüft.“

„Ach, du liebe Zeit.“

„Aber so vernichtend der Brand auch war – für Familie Jackson wird sich alles zum Besten wenden. Die Versicherung wird ihnen die irdischen Besitztümer ersetzen. Und demnächst wird man David, Carters Vater, eine besser bezahlte Stelle anbieten.“

„Und seine Mutter?“

„Sie bekommt den Job im Schulamt. Demnächst können sich die Jacksons also problemlos einen Hund leisten.“

„Das freut mich zu hören“, sagte Goodness.

„Was wird aus Rusty?“, erkundigte sich Shirley.

„Er wird bei der Familie ein gutes und langes Leben führen. Er und Carter sind unzertrennlich und werden es auch bleiben, bis Rusty im stolzen Alter von sechzehn Menschenjahren stirbt."

„Oh!", machten alle drei gleichzeitig.

„Sein Leben lang wird sich Carter an diesen Hund erinnern." Gabriel berührte Shirley am Arm. „Gut gemacht."

Bei seinem Lob strahlte Shirley.

„Erzähl uns von Beth Fischer", sagte Goodness.

„Ach ja, Beth und Peter. Sie dürften jeden Moment die Kirche betreten." Augenblicklich war es fast Mitternacht. Die drei Himmelsgesandten und Gabriel verließen die Kirche in Leavenworth und erschienen sofort darauf in St. Alphonsus in Seattle.

Hier herrschte auf der Empore großes Gedränge, denn der Chor hatte dort in langen roten Roben Aufstellung genommen. Die Musik setzte gerade ein, als Goodness unten Beth an Peters Seite in die Kirche kommen sah. Lächelnd beobachtete sie, wie die beiden sich in die Bank setzten, in der Familie Fischer bereits vollzählig versammelt war.

Sogar aus dieser Entfernung sah Goodness das Erstaunen auf dem Gesicht von Joyce Fischer, deren Blick Beths Geste in Richtung Peter gefolgt war. Im nächsten Moment lagen sich Joyce und Peter in den Armen.

„Was wird aus den beiden?", fragte Goodness. „Heiraten sie zum zweiten Mal?"

Gabriel lächelte breit. „Ja, und zwar schon in ein paar Wochen. Sie haben aus ihren Fehlern gelernt."

„Bekommen sie auch Kinder?"

„Drei", antwortete Gabriel. „Zwei Jungen und ein Mädchen."

„Bitte sag, dass sie die Kinder nicht nach ihren Figuren aus *World of Warcraft* benennen!" Goodness zog eine Grimasse und schüttelte den Kopf.

Lachend erwiderte der Erzengel: „Keine Sorge. Der Älteste wird John heißen, die Tochter Mary, und den Jüngsten nennen sie Tim."

„Nach Timixie?"

„Das musst du sie schon selbst fragen."

„Darf ich?", rief Goodness aufgeregt aus.

„Es dauert noch etliche Jahre, aber wenn es so weit ist, dann bekommst du die Gelegenheit dafür."

Die Freude sprang Goodness förmlich aus dem Gesicht.

„Ich glaube, wir sind spät dran", erklärte Gabriel und scheuchte die drei in Richtung Himmel.

„Gloria in excelsis deo", sang die Gemeinde, und Shirley, Goodness und Mercy stimmten mit ein. Im Himmel begannen gerade die Feierlichkeiten zur Geburt des Erlösers.

„Friede auf Erden", murmelte Gabriel.

„Und den Menschen ein Wohlgefallen", setzte Shirley hinzu. „Und den Hunden auch."

Goodness und Mercy mussten lachen. Im nächsten Moment waren sie durch die Himmelstore verschwunden.

– ENDE –

Debbie Macomber
Das Muster der Liebe
Band-Nr. 25313
7,95 € (D)
ISBN: 978-3-89941-501-8
480 Seiten

Debbie Macomber
Der Garten des Lebens
Band-Nr. 25321
7,95 € (D)
ISBN: 978-3-89941-534-6
416 Seiten

Debbie Macomber
Die Maschen des Schicksals
Band-Nr. 25341
7,95 € (D)
ISBN: 978-3-89941-557-5
448 Seiten

Debbie Macomber
Die Farben der Herzen
Band-Nr. 25398
7,95 € (D)
ISBN: 978-3-89941-651-0
464 Seiten

Kat Martin
Mein wildes Herz

Band-Nr. 25461
7,95 € (D)
ISBN: 978-3-89941-752-4
400 Seiten

Kat Martin
Mein brennendes Herz

Band-Nr. 25477
7,95 € (D)
ISBN: 978-3-89941-778-4
368 Seiten

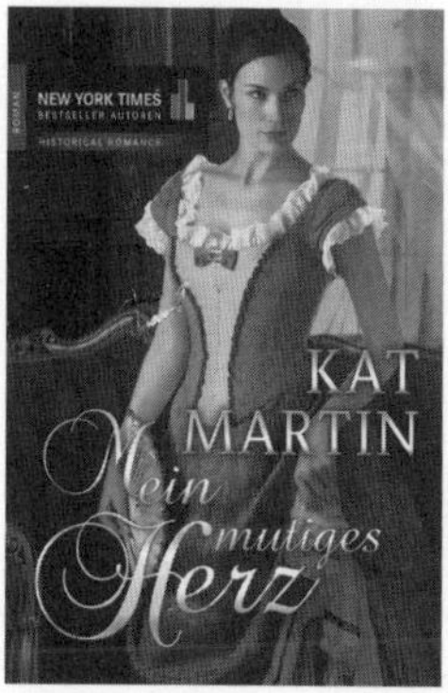

Kat Martin
Mein mutiges Herz

Band-Nr. 25483
7,95 € (D)
ISBN: 978-3-89941-789-0
416 Seiten